TOTENGRAEBER

V.S. Gerling: „Pakt des Bösen“

1. Auflage, April 2011, Periplaneta Berlin, Edition Totengraeber

Inh. Marion Alexa Müller, Postfach: 580 664, 10415 Berlin
www.periplaneta.com

Projektmanagement & Lektorat: Julia Bossart-Meister
Covermotiv: Sabrina Fuchs, nach einer Idee von V.S. Gerling
Satz & Layout: Thomas Manegold

Druck & Bindung: CPI books, Deutschland
Gedruckt auf FSC- und PEFC-zertifiziertem Werkdruckpapier

ISBN: 978-3-940767-75-2

V.S. GERLING

PAKT DES BÖSEN

periplaneta

Für Bettine.

Ich liebe Dich.

„So steht es mit euch. Nun bekommt ihr es zu fühlen. Und lasst euch gesagt sein, dass die Ungläubigen dereinst die Strafe des Höllenfeuers zu erwarten haben."

Koran, Sure 8 (14)

„Und macht euch auf eine Prüfung gefasst, die keineswegs ausschließlich diejenigen von euch treffen wird, die freveln! Ihr müsst wissen, dass Allah schwere Strafen verhängt."

Koran, Sure 8 (25)

„Das Paradies, das den Gottesfürchtigen versprochen ist, ist so beschaffen: In seinen Niederungen fließen Bäche. Und es hat andauernd Früchte und Schatten. Das ist der Lohn derer, die gottesfürchtig sind. Das letzte Ziel der Ungläubigen aber ist das Höllenfeuer."

Koran, Sure 13 (35)

„So spricht Gott, der Herr: Siehe, es kommt ein Unglück über das andere! Das Ende kommt, es kommt das Ende, es ist erwacht über dich; siehe, es kommt! Es geht schon an und bricht herein über dich, du Bewohner des Landes. Die Zeit kommt, der Tag des Jammers ist nahe, an dem kein Singen mehr auf den Bergen sein wird. Nun will ich bald meinen Grimm über dich schütten und meinen Zorn an dir vollenden und will dich richten, wie du verdient hast, und alle deine Gräuel über dich bringen."

Bibel, Hesekiel Kapitel 7

„Je weiter wir in die Vergangenheit blicken, desto weiter schauen wir wahrscheinlich in die Zukunft."

Winston Churchill, britischer Staatsmann (1874-1965)

Geschichte wiederholt sich. Immer und immer wieder. Fast scheint es, als würde sie so versuchen, uns zu lehren, zu warnen. Der erste überlieferte Krieg fand etwa 2700 vor Christus statt. Die Sumerer kämpften gegen die Elamiter. Die Sumerer lebten im heutigen Irak und die Elamiter im heutigen Iran. Wahrscheinlich gab es schon viel früher kriegerische Auseinandersetzungen, aber wir werden es kaum erfahren – die Schrift war noch nicht erfunden.

Wir leben in Mustern. Diese Muster wiederholen wir. Immer und immer wieder. Der Mensch war schon immer eine kriegerische Spezies. Angetrieben von Hunger und Neugier erschloss sie sich neue, größere Territorien. Aus einem Jäger und Sammler wurde ein Eroberer. Aus Hunger wurde Machthunger, aus Neugier die schlichte Gier. Zwei Dinge unterscheiden den Menschen von allen anderen Lebewesen auf diesem Planeten: Zum einen ist sich der Mensch seiner Existenz und deren Endlichkeit bewusst. Die Konsequenz daraus ist der zweite Unterschied: Kein anderes Lebewesen tötet aus so niederen Gründen wie der Mensch: Neid, Gier, Zorn oder Machthunger. Der Mensch weiß um seine eigene Vergänglichkeit. Also will er alles – jetzt.

Was sagt es über unsere Spezies aus, dass aus Liebe sehr schnell Hass werden kann, aus Hass aber niemals Liebe?

PROLOG

ISTANBUL, 12. MAI 2010, 20.25 UHR

Es war angenehm warm an diesem Abend. Die Temperatur lag bei 27 Grad Celsius. Die Insassen der Limousine freilich spürten von der Wärme nichts, da die Klimaanlage auf Hochtouren lief. Da sich wie immer einige Millionen Autos auf den Straßen Istanbuls bewegten, quälte sich das Fahrzeug durch den allseits zäh fließenden Verkehr.

Ihr Ziel war das alte, im Süden der europäischen Seite gelegene Stadtzentrum mit den Stadtteilen Eminönü und Fatih. Ihr Gastgeber hatte dort in einer kleinen Gasse ein Restaurant entdeckt, das er ihnen unbedingt vorstellen wollte. Heinrich Müller seufzte. Ihr Gastgeber ließ sich immer wieder neue Torheiten einfallen, in dem festen Glauben, die anderen damit begeistern zu können. Natürlich taten alle so, als wären sie begeistert, nur um ihn nicht zu verärgern. Sie wussten, was dann passieren konnte. Und da sie das wussten, würden sie auch in Zukunft Begeisterung vorgaukeln, selbst wenn der nächste Einfall eine Besprechung in einem Holzfass wäre, das die Niagarafälle hinunter stürzt.

Heinrich Müller versuchte, die eisige Brise, die ihm aus den Luftschlitzen entgegenströmte, in eine andere Richtung zu leiten, indem er die Lamellen verstellte. Als es ihm gelang, protestierte sein Nachbar, Jewgeni Kaschlenko, der jetzt an seiner Stelle die kühle Luft ins Gesicht bekam. Müller murmelte eine Entschuldigung und hantierte wieder an den Lamellen. Kaschlenko brummte zufrieden.

Was für ein unangenehmer Mensch, dachte Müller. Denkt, nur weil er über ein paar Millionen Dollar mehr verfügt als ich, kann er sich aufführen wie ein Zar. Scheiß Russe! Und überhaupt, was macht der schon großartig? Bohrt nach Öl. Das kann doch jeder Idiot! Ich stelle in meinen Fabriken wenigstens etwas her!

Heinrich Müller war einer der weltweit führenden Lieferanten von gepanzerten Fahrzeugen. Der Grund, weshalb er und Kaschlenko zu diesem Treffen mit dem Türken gereist waren, war einfach zu erklären: Weder er noch der Russe standen auf der Fahndungsliste irgendeiner Behörde.

Eine halbe Stunde später erreichten sie ihr Ziel. Müller stieg aus dem Fahrzeug und die Luft erwärmte ihn sofort. Kaschlenko stieg ebenfalls aus und sah sich misstrauisch um. Dann sah er Müller an und zwinkerte ihm zu. Müller lächelte schwach und gemeinsam folgten sie dem Fahrer, der sie zu diesem außergewöhnlichen Restaurant führen sollte.

Ihr Gastgeber, Özgür Karabey, erwartete sie bereits voller Ungeduld. Zum einen, weil er großen Hunger hatte, zum anderen wegen der guten Nachrichten, die er verkünden konnte. Er stand auf und ging seinen Geschäftspartnern entgegen. Mit seiner Körpergröße von eins sechzig und einem Gewicht von etwa hundertdreißig Kilo erinnerte er Müller an eine überdimensionale Bowlingkugel.

„Meine lieben Freunde. Willkommen!", grölte er durch das kleine Lokal. Da sie allerdings die einzigen Gäste waren, störte sich niemand daran. Karabey hatte das gesamte Restaurant für den heutigen Tag gemietet. Müller registrierte die Schweißflecken auf dem Hemd des Türken und sah wahre Sturzbäche von seinem kahlen Schädel hinunterlaufen. Ihm graute vor der nun folgenden Umarmung, er ließ sie aber über sich ergehen. Vor einigen Monaten war Müller Zeuge eines Wutausbruchs Karabeys geworden. Dieser hatte sich von einem Geschäftspartner beleidigt gefühlt, und als der sich nicht entschuldigen wollte, hatte ihm der Türke mit einem Stuhl kurzerhand den Schädel eingeschlagen. Nein, Müller würde ihn umarmen, selbst wenn Karabey blutbesudelt auf ihn zugewankt käme.

Auch Kaschlenko ließ die Umarmung über sich ergehen, er hatte mit einer solchen Art der Begrüßung allerdings auch mehr Erfahrung.

„Setzt euch, setzt euch", schnaufte der Türke und ließ sich auf die Bank fallen, die daraufhin verdächtig knirschte. Die beiden setzten sich vorsichtig.

„Ich habe gute Nachrichten", verkündete Karabey, verstummte aber gleich wieder, da ein Kellner an ihren Tisch kam. Karabey bellte den Kellner auf Türkisch an, der sich in rasender Geschwindigkeit Notizen machte. Müller hoffte für ihn, dass er nichts vergaß. Der Kellner verschwand und Karabey beugte sich schwerfällig vor. Erneut stöhnte die Bank gequält auf.

„Es kann losgehen! Ich habe den Sprengstoff", sagte er mit stolzem Lächeln. „Und ich habe die Leichen!"

ERSTES BUCH

„Wer seine Freiheit für die Sicherheit aufgibt,
hat weder das eine noch das andere verdient.“
Benjamin Franklin, amerikanischer Staatsmann (1706-1790)

1

BERLIN, 14. JUNI, 08.45 UHR

Bundeskanzler Jan Philip Gerling frühstückte einmal pro Woche mit seinen wichtigsten Ministern. Er hatte mit diesem Ritual nach seiner Amtseinführung vor neun Monaten begonnen und es bewährte sich. In dieser halbwegs lockeren Atmosphäre besprachen sie alle wichtigen Dinge und trafen entsprechende Entscheidungen. War ein Minister wegen einer Dienstreise oder aus einem anderen Grund verhindert, nahm dessen Stellvertreter an dem Treffen teil.

Heute waren fast alle Minister selbst anwesend, nur der Gesundheitsminister hatte sich verspätet. Eines der Themen war der anstehende Weltklimagipfel in Oslo. Ein anderes Thema der Bundeswehreinsatz in Afghanistan.

BERLIN, 14. JUNI, 08.58 UHR

Der Lieferwagen mit einem bekannten Logo fuhr langsam die Ebertstraße entlang. Dann blieb er stehen. Links von ihm befand sich das neue Holocaust-Mahnmal.

PARIS, 14. JUNI, 08.58 UHR

In Paris fuhr ein identischer Lieferwagen die Avenue du Franklin Delano Roosevelt entlang und bog dann links ab in die Avenue du Général Eisenhower. Dort blieb er stehen, rechter Hand befand sich das Grand Palais.

LONDON, 14. JUNI, 07.59 UHR

In London hielt ein Lieferwagen in der Straße Tower Hill. Rechts befanden sich Parkplätze für die Touristenbusse, links stand der berühmte Tower of London.

MADRID, 14. JUNI, 08.59 UHR

In der spanischen Hauptstadt kam ein Lieferwagen auf der Calle de Lope de Vega zum Stehen, in unmittelbarer Nähe des Prado.

BERLIN, 14. JUNI, 09.00 UHR

Die Explosion war verheerend. Noch im Kanzleramt, ungefähr eintausend Meter Luftlinie von ihrem Zentrum entfernt, erbebten die Fenster. Das Holocaust-Mahnmal wurde zwar nicht vollständig zerstört, dennoch waren die Auswirkungen der Explosion katastrophal und über hundert Menschen kamen ums Leben. Die meisten hatten gerade das Denkmal besichtigt oder sich in unmittelbarer Nähe davon aufgehalten. Es gab aber auch Opfer in den vorbeifahrenden Autos und benachbarten Gebäuden. Auch am Reichstag entstanden schwere Schäden.

BERLIN, 14. JUNI, 09.01 UHR

Der Kanzler und die Minister sprangen auf, als sie die Explosion hörten. Wenige Augenblicke später kamen Personenschützer in das Büro gestürmt. Martin von Sengen, eigentlich Leiter der Abteilung Personenschutz des BKA, aber seit der Krise vor mehr als einem Jahr im persönlichen Beraterstab des Bundeskanzlers, eilte auf Gerling zu.

„Wir müssen das Kanzleramt evakuieren. Sofort!“, rief er in das Kragenmikrofon und griff nach dem Arm des Kanzlers.

„Was genau ist passiert?“, wollte Gerling auf dem Weg nach draußen wissen.

Von Sengen sah sich gehetzt um.

„Eine Bombenexplosion. Wo genau wissen wir noch nicht. Aber ganz in der Nähe – soviel ist sicher“, antwortete er und schob den Kanzler nach draußen.

„Wo bringst du mich hin?“, fragte Gerling.

„Zum Hubschrauber!“

„Nein!“

Martin von Sengen blieb stehen und sah den Kanzler verwirrt an. „Wie, nein?“, fragte er.

„Ich haue doch nicht einfach ab! Ich muss wissen, was passiert ist“, sagte Bundeskanzler Gerling bestimmt.

„Hör mal, ich bin verantwortlich für...“, von Sengen beendete den Satz nicht. Stattdessen lauschte er konzentriert der Meldung, die durch seinen Ohrstöpsel drang. „Oh mein Gott“, flüsterte er.

„Was ist?“, fragte der Kanzler ungeduldig.

„Die haben das Holocaust-Mahnmal in die Luft gesprengt. Die Schäden sind enorm“, flüsterte von Sengen.

Gerling erstarrte. Schlagartig wurde ihm bewusst, dass sich die US-Botschaft in unmittelbarer Nähe befand.

„Wie viele Tote?“, fragte er.

Von Sengen schüttelte den Kopf. „Keine Ahnung, wie viele da waren. Aber von denen hatte kaum einer eine Chance.“

„Bring mich hin!“, forderte der Kanzler ihn auf.

Von Sengen blinzelte ungläubig.

„Wohin?“, fragte er, obwohl er die Antwort kannte.

„Zum Denkmal. Ich muss sehen, was passiert ist.“

„Das geht nicht! Wir haben keine Ahnung, ob es da sicher ist. Vielleicht gibt es noch mehr Bomben. Ich kann das nicht erlauben!“, sagte von Sengen entschieden.

„Martin, ich kann mich jetzt nicht verkriechen. Wenn es das ist, was wir glauben, dann werde ich mich nicht verkriechen!“ Gerling sah von Sengen mit festem Blick an. „Wenn du mich nicht hinbringst, dann finde ich jemanden anderes, der mich begleitet.“ Der Kanzler setzte sich in Bewegung, ohne auf eine Antwort zu warten. Er wollte gerade das Büro verlassen, als Huber, der Kanzleramtschef, ihm entgegenstürzte.

„Es gab noch mehr Anschläge!“, rief er.

„Oh Gott. Wo?“, fragte Gerling bestürzt.

„Paris, London und Madrid!“

Huber sah den Kanzler merkwürdig an.

„Was ist?“, wollte dieser wissen.

„Alle Bomben, einschließlich der in Berlin, explodierten exakt zur selben Zeit.“

„Das heißt...“

Huber nickte. „Genau. Das heißt, dass die Anschläge zusammengehören. Sie wurden von denselben Attentätern geplant und ausgeübt.“

„Wie damals in New York“, flüsterte Gerling.

BERLIN, 14. JUNI, 09.12 UHR

Fassungslos starrte Gerling auf das Trümmerfeld, das einmal die Westseite des Holocaust-Mahnmals gewesen war. Überall rannten Einsatzkräfte umher. Die Feuerwehrmänner hatten reichlich zu tun, da es aufgrund der Explosion an einigen Stellen brannte. Die Sanitäter jedoch konnten sich lediglich um Passanten kümmern, die unter Schock standen. Überlebende an dieser Stelle gab es kaum. Die Luft war verqualmt und es stank nach verbranntem Fleisch. Dem Kanzler wurde schlecht. Martin von Sengen, der neben ihm stand, hielt sich das rechte Ohr zu. Ein Zeichen dafür, dass er Informationen über seinen Ohrstöpsel erhielt. Die zwei Staatsmänner waren umringt von sechs Sicherheitsleuten. Gerling beobachtete von Sengen. Dieser wurde plötzlich blass.

„Was ist passiert?", fragte der Kanzler besorgt.

„Es waren auch Regierungsbeamte am Denkmal, als die Bombe explodierte."

„Oh mein Gott...", flüsterte Gerling.

„Der Gesundheitsminister war auch hier", sagte Martin und sah den Kanzler bestürzt an. „Minister Schäfer ist tot."

Der Kanzler schloss für einen kurzen Moment die Augen. Als er sie wieder öffnete, sah Martin, dass sie voller Tränen waren.

„Lass uns zurückgehen", sagte der Kanzler leise.

Martin nickte und sie setzten sich in Bewegung.

„Herr Bundeskanzler! Herr Bundeskanzler!", rief jemand und Gerling blieb stehen. Als er erkannte, wer gerufen hatte, bereute der Kanzler seine Entscheidung, hierher zu kommen. Es war Holger Fachner, der Journalist, der damals, als Gerling mit einer Schusswunde in der Brust in ein Krankenhaus gebracht wurde, den Rettungswagen verfolgt und dann live vor dem Krankenhaus die Story brutal ausgeschlachtet hatte.

„Herr Bundeskanzler. Was ist hier passiert?"

Gerling sah irritiert in die Kamera. Was für eine dumme Frage! Da der Kanzler die Frage nicht beantwortete, stellte Fachner die nächste. „Wissen Sie schon, wer das war?"

Der Kanzler sah auf seine Uhr.

„Herr Fachner. Die Explosion ist erst fünfzehn Minuten her. Wie in aller Welt sollen wir jetzt schon wissen, wer das war?"

„Es gibt Meldungen, die besagen, dass es in Madrid, Paris und London ähnliche Anschläge gegeben haben soll. Was wissen Sie darüber?"

„Genau soviel wie Sie", gab der Kanzler knapp zurück und wandte sich zum Gehen.

„Herr Bundeskanzler!", setzte Fachner nach. „Es heißt, dass der Gesundheitsminister bei diesem Anschlag..."

Er kam nicht dazu, den Satz zu beenden, da Gerling herumwirbelte und sich dicht vor ihm aufbaute.

„Herr Fachner", flüsterte der Kanzler, „wenn Sie auch nur einen Funken Anstand besitzen, dann behalten Sie diese Information für sich und sorgen so dafür, dass die Familie des Ministers das nicht über die Medien erfährt, sondern durch mich persönlich. Wenn nicht, dann haben Sie mich für den Rest Ihres Lebens zum Feind. Haben wir uns verstanden?"

Fachner schluckte. Dann nickte er.

WASHINGTON, DC, 14. JUNI, 03.40 UHR

John Patrick Ryan war sofort hellwach, als das abhörsichere Telefon läutete. Er setzte sich auf und hob den Hörer ab. „Ja?"

„Blitzmeldung aus Europa. Vier Bombenanschläge. Betroffen sind Berlin, Paris, Madrid und London. Zahl der Toten noch unbekannt. In Deutschland ist die Bombe in der Nähe unserer Botschaft explodiert. Gott sei Dank wurde vom Personal niemand getötet. Zuerst dachten wir, der Anschlag gelte unserer Botschaft. Aber das war falsch. Er galt dem Holocaust-Mahnmal. Alle vier Bomben wurden gleichzeitig gezündet. Pro Bombe schätzungsweise zwanzig Kilo Sprengkraft. Alles deutet auf Al-Qaida hin."

„Scheiße! Alles klar, danke." Fluchend legte Ryan den Hörer auf die Gabel. Der Sicherheitsberater des Präsidenten wusste um dessen Verhältnis zu Europa im Allgemeinen und zu Deutschland im Besonderen. Deshalb entschied er, sofort zu reagieren und nicht zu warten, bis das normale Briefing begann. Rasch zog er sich an und machte sich auf den Weg ins Weiße Haus.

WASHINGTON, DC, 14. JUNI, 04.12 UHR

Präsident Clifford hörte sich an, was sein Sicherheitsberater zu sagen hatte. Sein Gesicht war von Sorgenfalten durchzogen. Als Ryan geendet hatte, stand Clifford auf und ging im Oval Office auf und ab.

„Alles deutet auf Al-Qaida hin?", vergewisserte er sich.

Ryan nickte bestätigend. „Mehrere Ziele, zeitlich perfekt aufeinander abgestimmt. Hoher Wirkungsgrad."

„Typisch für Al-Qaida", meinte der Präsident. „Aber warum in Deutschland und Frankreich? Das ergibt doch keinen Sinn."

„Wir können im Moment nur spekulieren. Aber ich bin sicher, dass demnächst ein Bekennerschreiben oder ein Video erscheinen wird. Vielleicht erfahren wir dann mehr."

„Okay. Halten Sie mich auf dem Laufenden."

Ryan verließ das Büro. Präsident Clifford setzte sich an seinen Schreibtisch und griff zum Telefon.

BERLIN, 14. JUNI, 10.15 UHR

„Herr Bundeskanzler. Das Weiße Haus", quäkte es aus dem Telefonhörer.

„Ok, stellen Sie durch! ... Gerling."

„Jan, Bill hier. Furchtbare Sache, die da bei euch passiert ist. Wenn ich irgendetwas tun kann, dann sag es."

„Danke Bill. Im Augenblick versuchen wir uns zu sammeln. Es gibt noch kaum verwertbare Informationen. Sobald wir die Lage sondiert haben, komme ich auf dein Angebot zurück."

Der Präsident der Vereinigten Staaten von Amerika und der deutsche Bundeskanzler hatten sich kennengelernt, als sich Gerling mitten im Wahlkampf befunden und von den furchtbaren Plänen einer Nazi-Organisation erfahren hatte. Die Amerikaner hatten den Bundeskanzler unterstützt und Clifford und er waren gute Freunde geworden.

„Wie geht's dir?", fragte der Präsident leise.

„Nicht gut", antwortete Jan. „Ich habe einen Minister verloren. Ein wirklich netter Kerl, der mit mir zusammen etwas bewirken wollte. Er war erst zweiundsechzig Jahre alt. Ich habe ihn überredet, diesen Job zu übernehmen. Ich ..."

„Wir leben in schwierigen und gefährlichen Zeiten. Das weißt du besser als jeder andere. So traurig der Tod des Ministers auch ist – dich trifft keine Schuld. Fang gar nicht erst an, dir so etwas einzureden. Du hast jetzt nur eine einzige Aufgabe: Finde die Schweine, die das getan haben!"

BERLIN, 14. JUNI, 10.30 UHR

Mit ernstem Gesicht betrat Innenminister Rosenthal das Büro des Kanzlers. Neben Gerling war auch der Kanzleramtsminister Huber anwesend. „Das solltet ihr euch anschauen", sagte er und schaltete den Fernseher ein. Zu sehen war eine Pressekonferenz mit Holger Fachner.

„Die Pressefreiheit ist im Grundgesetz verankert", sagte er gerade. „Heute hat mich Bundeskanzler Jan Philip Gerling unter Androhung schwerster Konsequenzen daran hindern wollen, diesem Grundrecht nachzukommen. Wir Journalisten haben die Aufgabe und die Pflicht, unsere Mitbürger offen und ehrlich zu informieren. Ich stellte dem Bundeskanzler einige Fragen zum Bombenanschlag, die er mir, aus welchen Gründen auch immer, nicht beantworten wollte. Dann fragte ich Herrn Gerling, was er über den Tod von Bundesgesundheitsminister Schäfer wisse. Daraufhin drohte mir der Bundeskanzler, wenn ich diese Nachricht veröffentlichen sollte, hätte ich mit schwersten Konsequenzen zu rechnen. Mein Anwalt bereitet in diesem Moment eine Klage gegen Herrn Gerling vor."

„Der spinnt doch", war der einzige Kommentar des Kanzlers. Werner Rosenthal wirkte sehr nachdenklich.

„Hast du ihm gedroht?", wollte er wissen.

Gerling dachte nach. Dann zuckte er mit den Achseln. „Keine Ahnung. Ich weiß nicht mehr, was ich zu ihm gesagt habe. Ich war wütend, weil er die Nachricht vom Tod Schäfers bringen wollte, noch bevor ich die Familie hätte informieren können. Ich meine, Herrgott, ich stand da vor diesem Trümmerfeld, überall brannten Feuer und der Geruch nach verbranntem Menschenfleisch hing in der Luft. Und dann kommt dieser Idiot und stellt mir lauter blödsinnige Fragen. Ich war schockiert, zornig und traurig!"

„Schlechte Ratgeber, das", belehrte ihn Rosenthal.

„Wie bitte?"

„Zorn und Trauer sind schlechte Ratgeber. Du hättest gar nichts sagen sollen."

„Vielen Dank für den tollen Tipp!", erwiderte Gerling sarkastisch und verdrehte die Augen.

„Jan, du bist Bundeskanzler. Du musst dich jederzeit im Griff haben. Schließlich hat dich niemand gezwungen, dahin zu gehen."

„Warum nehmen Sie diesen Schwachkopf eigentlich so ernst?", fragte Gerling erstaunt. Huber und Rosenthal wechselten einen Blick. Das war das Problem mit diesem Kanzler. Er war kein Politiker, sondern ein Mann der Taten. Es kümmerte ihn nicht, ob Entscheidungen Wählerstimmen kosteten. Es war für ihn nur von Interesse, ob die Entscheidung die richtige war. Und er ließ sich einfach zu oft von seinen Gefühlen leiten. Meistens lag er zwar richtig. Aber in diesem Fall...

„Er wird Klage gegen dich einreichen. Und ich wette, er wirft dir Nötigung und Amtsmissbrauch vor. Das solltest du auch ernst nehmen. Schließlich hast du dir viele Feinde gemacht. Und alle werden sich darauf stürzen wie die Geier. Sie werden behaupten, du wärst dem Druck nicht gewachsen."

Jetzt blickte auch der Kanzler nachdenklich.

BERLIN, 14. JUNI, 11.05 UHR

Die Beamten des Verfassungsschutzes und des BKA saßen um den Fernseher herum und sahen sich immer wieder den gleichen Film an. Aufgenommen von den Überwachungskameras, die auf den Gebäuden rund um das Holocaust-Mahnmal angebracht waren. Die sechs Beamten, drei vom BKA und drei vom Verfassungsschutz, bildeten gemeinsam die Spitze der neuen Anti-Terror Abteilung. Ins Leben gerufen war diese neue Abteilung vom Innenminister worden, als dieser erfahren hatte, dass beide Ämter über unterschiedliche Informationen über Terrororganisationen- und Zellen verfügten, der Austausch untereinander aber zu wünschen übrig ließ.

Das Video zeigte einen Lieferwagen mit dem UPS-Logo, der langsam die Ebertstraße entlangfuhr und stehen blieb. Niemand verließ das Fahrzeug – es stand einfach nur da. Dann gab es plötzlich einen grellen Lichtblitz und man sah nur noch Qualm.

Es hatte etwas Unwirkliches an sich, diese Bilder ohne Ton und in schwarz-weiß zu sehen.

„OK. Jetzt wissen wir wie. Bleiben noch die Fragen wer und warum", stellte Michael Rensing, Beamter des Verfassungsschutzes, fest. Dirk Voges, Hauptkommissar des BKA, spulte das Band noch einmal zurück, drückte an einer bestimmten Stelle auf die Pause-Taste und starrte auf das Standbild.

BERLIN, 14. JUNI, 11.15 UHR

Normalerweise vermittelten Pressekonferenzen dem Kanzler immer ein wenig das Gefühl von Langeweile. Die Journalisten hingen mehr oder weniger interessiert in ihren Stühlen, ließen die leeren Worte der Politiker über sich ergehen, machten sich dann und wann Notizen oder taten nur so, als würden sie sich welche machen, stellten hin und wieder ein paar sinnvolle Fragen und verließen dann, in der Regel nicht viel klüger als vorher, den Presseraum.

Diese Pressekonferenz jedoch war anders. Das spürte Gerling sofort, als er den Raum betrat. Die Atmosphäre war voller Spannung und die anwesenden Journalisten musterten ihn voller Erwartung. Gerling ging zum Rednerpult, nahm einen Schluck Wasser und sah in die Runde.

„Heute um 09.00 Uhr wurde unser Land Opfer eines feigen Anschlages. Noch unbekannte Täter haben in unmittelbarer Nähe des Holocaust-Mahnmals eine Bombe gezündet und nach bisherigen Erkenntnissen über hundert Menschen getötet. Unter den Opfern befinden sich viele Kinder und Jugendliche, die das Denkmal besichtigen wollten." Der Kanzler nahm noch einen Schluck Wasser.

„Die Ermittlungen laufen auf Hochtouren, aber bislang wissen wir nicht, wer für dieses abscheuliche Verbrechen verantwortlich ist. Gleichzeitig explodierten in Madrid, London und Paris ebenfalls Bomben. Die Wahrscheinlichkeit, dass die Anschläge von derselben Gruppe verübt wurden, die auch für den Anschlag in Berlin verantwortlich ist, ist sehr hoch. Insgesamt kamen bei den Attentaten mehr als eintausend Menschen ums Leben." Der Kanzler machte erneut eine Pause. Dann fuhr er fort.

„Zu diesem Zeitpunkt gibt es keine Anhaltspunkte, die darauf hindeuten, dass mit weiteren Anschlägen zu rechnen ist. Wir wissen nicht, wer dafür verantwortlich ist, daher möchte ich alle Medienvertreter bitten, sich mit Spekulationen über mögliche Terrorgruppen zurückzuhalten. Wir wollen nicht die üblichen Verdächtigen im Voraus beschuldigen. Dies würde uns keinen Schritt weiterbringen. Vielen Dank."

Der Kanzler wandte sich ab und wollte den Raum verlassen. Die Journalisten riefen durcheinander und bombardierten ihn mit Fragen. Ein Reporter wartete, bis etwas Ruhe einkehrte. Dann rief er Gerling zu: „Herr Bundeskanzler. Was sagen Sie zu den Vorwürfen des Kollegen Fachner hinsichtlich Ihrer angeblichen Drohung?" Augenblicklich wurde es still im Presseraum.

Der Kanzler sah den Journalisten streng an.

„Ist das Ihr Ernst? In dieser Situation diese Frage zu stellen, wo ich Ihnen gerade mitteilte, dass über eintausend Menschen ihr Leben verloren haben? Sie sollten sich ernsthaft Gedanken über Ihre Prioritäten machen!" Mit diesen Worten verließ der Kanzler den Presseraum und ließ den Reporter mit hochrotem Gesicht zurück.

2

BERLIN, 14. JUNI, 12.30 UHR

Nachdenklich verließ Dirk Voges das Bürogebäude auf der Suche nach einem Imbiss, da er seit fünf Uhr heute Morgen nichts gegessen hatte. Er überquerte die Straße und bog links ab, weil sich in dieser Seitenstraße angeblich eine Imbissbude befand. Aus den Augenwinkeln bemerkte er einen Lieferwagen der Firma UPS. Er blieb stehen und sah dem Fahrzeug nach. Plötzlich stellten sich ihm die Nackenhaare auf. Er vergaß seinen Hunger und lief dem Wagen nach. Es war sein Glück, dass der Fahrer nicht sehr schnell fuhr, weil dieser eine bestimmte Hausnummer suchte. Als er das richtige Haus gefunden hatte, stellte er den Warnblinker und stieg aus dem Fahrzeug. Er wollte gerade die hintere Tür öffnen, als er sah, dass ein Mann schreiend auf ihn zulief. Irritiert hielt er mitten in der Bewegung inne und schaute den Mann entgeistert an.

Schnaufend kam Voges zum Stehen, zückte seinen Dienstausweis und hielt ihn dem Fahrer unter die Nase.

„Voges, BKA", keuchte er und stützte sich am Lieferwagen ab.

Besorgt sah der Fahrer ihn an.

„Alles klar mit Ihnen?", wollte er wissen.

„Alles klar. Zuviel Schreibtischarbeit, zu wenig Sport. Ist das hier ein ganz normaler Wagen von UPS? Ich meine, sehen alle Lieferwagen so aus wie dieser?"

„Ja, klar", meinte der Fahrer.

Voges stellte ihm noch eine Frage, dann rannte er wie der Teufel zurück zum Bürogebäude. Kopfschüttelnd sah ihm der Fahrer hinterher.

BERLIN, 14. JUNI, 12.55 UHR

Voges hatte die Teammitglieder wieder zusammengerufen und alle hatten sich im Besprechungsraum eingefunden. Er betätigte den Videorekorder und sah sich um.

„Schaut euch noch mal das Video an und sagt mir, was euch an dem Fahrzeug auffällt", bat er die anderen und drückte auf die Starttaste. Das Video zeigte wieder den Lieferwagen, der langsam die Straße entlangfuhr und dann zum Stehen kam.

Er drückte auf die Pausetaste.

„Und?", fragte er, erntete aber nur verwirrte Blicke. „Was seht ihr?", hakte er nach.

„Einen Lieferwagen von UPS", meinte einer.

„Einen stinknormalen Lieferwagen von UPS", ergänzte ein anderer. Voges sah ihn nachdenklich an. Dann verteilte er Farbkopien, die er vor Beginn der Besprechung erstellt hatte. Sie zeigten einen Lieferwagen von UPS.

„Fällt euch irgendetwas auf?", fragte er in die Runde.

Die anderen verglichen die Kopie mit dem Standbild. Einige schüttelten den Kopf.

„He!", sagte einer. „Der Lieferwagen mit der Bombe hatte eine Antenne. Der auf der Kopie nicht!"

Voges lächelte und nickte.

„Genau. Kein einziger Lieferwagen von UPS hat eine Antenne. Die brauchen keine Antennen. Warum also hat dieser hier eine? Und was wir jetzt unbedingt wissen müssen: Wie sahen die Fahrzeuge in Paris, Madrid und London aus?"

BERLIN, 14. JUNI, 13.45 UHR

Martin von Sengen erhielt kurzfristig einen Termin beim Kanzler. Dies war nicht unbedingt ungewöhnlich. Bemerkenswert war die Dringlichkeit, mit der von Sengen um diesen Termin bat.

„Martin, was kann ich für dich tun?", fragte Gerling, nachdem sich die beiden gesetzt hatten.

„Die Anti-Terror-Abteilung verfolgt eine interessante Spur. Nur ist sie auf die Hilfe der Franzosen, Engländer und Spanier angewiesen. Aber aus irgendwelchen Gründen lassen die uns auflaufen", erklärte von Sengen.

„Das heißt, ihr bekommt die Informationen nicht?", fragte der Kanzler erstaunt nach.

Von Sengen nickte. „Richtig. Die Franzosen sagen, sie müssen erst alle Hinweise auswerten. Die Spanier sagen etwas Ähnliches und die Engländer sagen gar nichts."

Fassungslos schüttelte Gerling den Kopf. „Die lernen es einfach nicht", murmelte er. Dann sah er von Sengen an. „Ich kümmere mich darum. Du hörst so schnell wie möglich von mir."

Es kostete den Kanzler drei Anrufe und fünfzig Minuten Zeit, dann trafen die nötigen Informationen ein.

BERLIN, 14. JUNI, 15.15 UHR

„Okay. Hier ist der Lieferwagen aus Paris." Voges legte drei Kopien auf den Schreibtisch. „Hier der aus Madrid und hier der aus London. Und hier unser Berliner Exemplar. Was sehen wir?"

Es war eindeutig. Alle vier Lieferwagen, die genau wie in Berlin von Überwachungskameras aufgenommen worden waren, hatten auf dem Dach eine Antenne. Diese waren aber laut UPS unnötig und deshalb bei keinem ihrer Fahrzeuge vorhanden.

„Jetzt müssen wir herausfinden, welchen Zweck diese Antennen hatten. Dienten sie der Kommunikation, waren sie Teil des Auslösers, oder was?" Voges sah in die Runde. „Machen wir uns an die Arbeit!"

BERLIN, 14. JUNI, 18.55 UHR

Gerling legte gerade den Telefonhörer auf, als Rosenthal sein Büro betrat.

„Alles in Ordnung?", fragte Rosenthal und setzte sich.

„Ja, alles ok. Das war Katja. Sie ist gerade mit einer Freundin in Griechenland und wollte wissen, wie es mir geht. Ich hab gelogen."

„Wie meinst du das: du hast gelogen?"

„Ich habe ihr gesagt, dass es mir gut geht. Das war eine Lüge. Mir geht's beschissen!"

Rosenthal nickte. Er verstand seinen Kanzler. Sie hatten bereits gemeinsam eine schwere Krise überstanden. Als Gerling zum Kandidaten bestimmt worden war, hatten sie herausgefunden, dass ein deutscher Unternehmer viele einflussreiche Politiker erpressbar gemacht hatte. Dieser Unternehmer, Jürgen Ehlers, hatte den Politikern Prostituierte und in einigen Fällen sogar kleine Kinder besorgt und sie bei ihren sexuellen Handlungen gefilmt. Im Zuge ihrer Ermittlungen fanden Gerling und seine Mitarbeiter heraus, dass Ehlers nicht nur die Politiker erpressbar gemacht hatte, sondern auch Nazi war und schon Jahre vorher Nazi-Schläfer in die demokratischen Parteien Deutschlands eingeschleust hatte. Sie deckten die ganze Verschwörung auf, was der Kanzler fast mit seinem Leben bezahlt hätte, als auf ihn ein Attentat verübt wurde. Sie glaubten, alles überstanden zu haben, und hatten gehofft, jetzt Politik machen zu können, da sich das Land immer noch in einer wirtschaftlichen Krise befand. Und nun die Bombenanschläge. Es war nicht weiter verwunderlich, dass es Gerling nicht gutging. Zu allem Überfluss strebte Fachner auch noch eine Klage gegen den Bundeskanzler an. Das einzig Positive war, dass es schlimmer nicht kommen könnte, dachte Rosenthal.

BERLIN, 14. JUNI, 21.15 UHR

Gerling saß mit seinem neuen Sicherheitsberater zusammen, als die Tür aufging und Werner Rosenthal das Büro betrat. Er wirkte angespannt.

„Das solltet ihr euch ansehen", sagte er und ging zum Fernseher. Der Kanzler hatte das starke Gefühl eines Déjà-vus. Vor etwas mehr als zehn Stunden hatte der Innenminister sein Büro mit denselben Worten betreten. Zu dem Zeitpunkt hatte der Journalist Fachner angekündigt, dass er vorhabe, den Kanzler zu verklagen.

Jetzt sahen sie die Liveübertragung einer Demonstration. Hunderte von Menschen gingen dicht gedrängt eine Straße entlang. Sie trugen Transparente mit Aufschriften wie „Stoppt das Töten" oder „Wir haben genug vom islamischen Wahnsinn". Einer hatte geschrieben „Moslems raus aus Europa!".

Die Kamera schwenkte nach vorne und Gerling erkannte, dass es dort an der Spitze des Demonstrationszuges zu ersten Ausschreitungen kam. Ein Kommentar wurde eingespielt:

„Wir befinden uns hier im Herzen von Kreuzberg, wo sich Hunderte von Berlinern zu einer spontanen Demonstration zusammengefunden haben. Bis eben verlief alles friedlich, obwohl in diesem Stadtteil der Anteil von Ausländern, darunter sehr viele mit islamischem Glauben, sehr hoch ist. Jetzt jedoch scheint die Stimmung umzuschlagen. Ich sehe mehrere Schlägereien. Schaufenster werden eingeworfen. Ich kann im Augenblick nicht feststellen, ob es Polizeikräfte in der Nähe gibt. Hier droht eindeutig eine Eskalation, obwohl bis jetzt keine rechtsradikalen Parolen zu hören waren."

Gerling stand auf und griff zu seinem Jackett.

„Wo willst du hin?", fragte Rosenthal.

„Wohin wohl", sagte der Kanzler knapp und ging Richtung Tür. Rosenthal sprang auf. Der Sicherheitsberater des Kanzlers beobachtete das Geschehen irritiert.

„Wenn du das vorhast, was ich glaube, dann rate ich dir dringend davon ab!"

Gerling blieb stehen und sah seinen alten Freund lange an.

Er kannte Werner Rosenthal seit vielen Jahren. Dieser war sein Jura-Professor an der Uni gewesen und sie hatten sich damals angefreundet. Rosenthal war dem jungen Kanzler schon vor dessen Wahl eine große Hilfe gewesen und es war der ausdrückliche Wunsch Gerlings gewesen, dass Rosenthal das Amt des Innenministers übernahm. Jan legte seinem Freund eine Hand auf die Schulter und lächelte.

„Soll ich mich hier in meinem Büro verstecken und hoffen, dass alles gut wird? Ist es das, was du von mir erwartest?" Es war das erste Mal, dass der Kanzler ihn duzte, und Rosenthal blinzelte erstaunt. Ohne ein weiteres Wort verließ Gerling das Büro.

Als Kirchner bewusst wurde, wo Gerling hinwollte, griff er mit entsetzter Miene zum Telefon.

BERLIN, 14. JUNI, 21.26 UHR

Martin von Sengen rannte auf der Suche nach Gerling durch das Kanzleramt. Kirchners Anruf hatte ihn natürlich alarmiert. Von Sengen gab sofort die Anweisung, dass der Kanzler nicht eher das Amt verlassen dürfe, bis er an dessen Seite sei. Es knackte in seinem Headset.

„Der Kanzler ist in der Tiefgarage und wartet auf Sie."

BERLIN, 14. JUNI, 21.30 UHR

Zwei Fahrzeuge verließen die Tiefgarage des Kanzleramtes und fuhren in Richtung Kreuzberg. Martin von Sengen hatte, als er die zuständige Polizei über den Plan des Kanzlers informiert hatte, erfahren, dass die Lage dort tatsächlich eskalierte. Mehrere hundert Demonstranten standen ebenso vielen Moslems gegenüber. Von Sengen war sehr besorgt, wusste aber, dass es keinen Zweck hatte, Gerling von seinem Vorhaben abzubringen. Nach wenigen Minuten tauchten vier Polizeimotorräder auf und verteilten sich. Zwei fuhren an der Spitze und zwei bildeten die Nachhut. Die beiden vorderen Motorradfahrer standen in ständigen Kontakt zur Einsatzzentrale und wurden über Nebenstraßen in die unmittelbare Nähe der Demonstration geleitet. Dort angekommen, stiegen sie ab und die Sicherheitsbeamten bildeten einen Schutzgürtel um den Kanzler. Von Sengen trat dicht an Gerling heran.

„Sobald die Lage bedrohlich wird, bringe ich dich da raus. Mir ist es egal, ob dir das gefällt oder nicht. Hast du mich verstanden?", flüsterte Martin. Jan zwinkerte ihm zu und Martin verdrehte die Augen. Dann setzten sie sich in Bewegung.

Sie bahnten sich einen Weg durch die Massen. Als die Demonstranten nach und nach bemerkten, wer sich dort einen Weg frei schob, wurde es ruhiger. Vor ihnen bildete sich eine Gasse, die sich hinter ihnen wieder schloss. Die Menschen folgten ihnen langsam. Dann erreichten sie das Epizentrum der Unruhen. Sofort spürten sie die aggressive Stimmung, die in der Luft hing. Die Sicherheitsbeamten rückten näher an den Kanzler heran. Der Lärm war hier ohrenbetäubend. Jan wandte sich an von Sengen.

„Ich brauche ein Megafon", stellte Gerling fest. Martin leitete den Wunsch weiter und wenig später drückte ihm jemand ein Megafon in die Hand.

„Und jetzt?", fragte von Sengen und hielt dem Kanzler das Megafon hin.

„Jetzt muss ich auf die andere Seite – zu den Moslems", sagte dieser und schob sich nach rechts durch die Menge. Die wich, als sie ihn erkannte, erstaunt aus. Von Sengen fluchte und folgte Gerling.

Die beste Übersicht hatte der Polizeihubschrauber, der über dem Geschehen kreiste. Der Demonstrationszug schob sich durch die Yorckstraße in westlicher Richtung auf eine Moschee zu. Ungefähr zehn Meter davor kam der Zug zum Stehen und dort standen sich die beiden Gruppen gegenüber. Auf der einen Seite die aufgebrachten Demonstranten und auf der anderen Seite die Moslems. Die Moschee selbst hatte noch keinen Schaden genommen, aber links und rechts vom Demonstrationszug gab es eingeworfene Schaufenster und Fensterscheiben sowie demolierte Autos. Beide Seiten schrieen sich nach Leibeskräften an und die Atmosphäre war bedrohlich. Jeden Augenblick konnte sie sich entladen.

Plötzlich kam Bewegung in die Gruppe der erregten Moslems. Der Kanzler bahnte sich einen Weg. Viele erkannten ihn und waren erstaunt über sein Erscheinen. Ein in weiß gekleideter Mann mittleren Alters mit schwarzem Haar und Vollbart stellte sich Gerling in den Weg.

„Guten Tag, Herr Bundeskanzler", sagte er in akzentfreiem Deutsch. „Mein Name ist Akbar Ganji. Ich bin der Mufti dieser Moschee. Darf ich Sie fragen, was Sie vorhaben?" Ganji lächelte den Kanzler freundlich an. Gerling erwiderte das Lächeln.

„Ich will vermeiden, dass das hier eskaliert", antwortete er.

Ganji nickte.

„Ich verstehe. Aber Sie müssen wissen, dass eine Eskalation nicht von unserer Seite aus erfolgen würde."

„Das weiß ich. Deshalb bin ich ja auch auf Ihrer Seite", erwiderte Gerling doppeldeutig. Dann schob er sich weiter nach vorn bis an die Spitze der Menge. Jetzt hatte er freien Blick auf die aufgebrachte Menge vor ihm. Er hob das Megafon.

„Hallo. Mein Name ist Jan Gerling", rief der Kanzler. Es wurde still. „Ich möchte Sie bitten, wieder nach Hause zu gehen. Ich denke, wir haben für heute wirklich genug Schlimmes in unserer Stadt erlebt."

„Wir wollen wissen, wer für den Bombenanschlag verantwortlich ist!", rief jemand.

„Scheiß Moslems. Das sind alles Killer!", rief ein anderer und viele stimmten ihm lautstark zu.

„Wir wollen auch wissen, wer für das fürchterliche Attentat verantwortlich ist. Und ich garantiere Ihnen, dass wir die Täter finden werden. Aber das, was hier gerade passiert, hilft keinem!", rief der Kanzler.

„Scheiß Politiker! Das sind doch alles nur leere Worte!", hörte Gerling einen der Männer rufen.

„Ich werde nicht zulassen, dass einem dieser unschuldigen Menschen auch nur ein Haar gekrümmt wird. Diese Leute hier haben mit den Anschlägen nichts zu tun!", machte Gerling klar.

„Verräter!", schrie einer und ein faustgroßer Stein flog haarscharf am Kopf des Kanzlers vorbei. Mit energischen Schritten ging Gerling auf die pöbelnde Menge zu.

Martin von Sengen erstarrte.

„Oh Scheiße!", rief er und versuchte, dem Kanzler zu folgen.

BERLIN, 14. JUNI, 21.50 UHR

Gebannt verfolgten Kirchner und Rosenthal das Geschehen im Fernseher. Die Stimme des Reporters überschlug sich.

„Jetzt sehe ich... Sie werden es nicht glauben, meine Damen und Herren, der Bundeskanzler bahnt sich hier einen Weg durch die Menge. Ja, ist der denn wahnsinnig? Er steht hier auf der muslimischen Seite, wenn Sie mir diese Ausdrucksweise gestatten. Er hat ein Megafon dabei und spricht jetzt zu der aufgebrachten Menge. Ich kann nicht verstehen, was er sagt, aber ich glaube, er versucht, die Demonstranten zu beruhigen. Da! Ein riesengroßer Stein hätte ihn fast getroffen. Ja, gibt's denn das?"

Rosenthal zuckte zusammen. Kirchner sah ihn von der Seite an.

„Macht der Kanzler öfters solche Sachen?", fragte der Sicherheitsberater des Kanzlers betroffen.

Rosenthal verzog das Gesicht und schaute betroffen zu Boden.

BERLIN, 14. JUNI, 21.55 UHR

Der Kanzler war zornig und das sah man ihm auch an. Ohne zu zögern, ging er auf die Menge zu. Diese bildete sofort eine Gasse. Gerling ging in die Richtung, in der er den Werfer vermutete. Eine Reihe unruhiger Bewegungen und Stimmen erregte seine Aufmerksamkeit.

„Lasst mich los!" Gerling sah einen jungen Mann, höchstens fünfundzwanzig Jahre alt, der von mehreren Personen festgehalten wurde und in seiner Faust einen weiteren Stein umklammerte.

„Hast du eben auf mich geworfen, Junge?", fragte der Kanzler und durchbohrte den Mann mit seinem Blick.

„Was haben Sie da drüben auch zu suchen?", rief der junge Mann aufgebracht. „Die haben heute Morgen meine kleine Schwester umgebracht!" Sein Gesicht verzog sich zu einer Grimasse aus Schmerz und Hass.

„Die? Alle? Das glaubst du doch selbst nicht!" Gerling ging einen weiteren Schritt auf den jungen Mann zu. Jetzt stand er unmittelbar vor ihm.

„Das mit deiner Schwester tut mir sehr leid", flüsterte er. „Ich habe heute Morgen einen Freund verloren. Ich weiß, das ist nicht das Gleiche wie eine Schwester, aber es tut auch sehr weh."

Der junge Mann senkte den Blick.

Dann drehte sich der Kanzler zur Menge und erhob die Stimme:

„Viele haben heute ihre Frau, ihren Mann, ihren Bruder oder ihre Schwester verloren. Aber glaubt wirklich jemand ernsthaft, dass einer dieser Menschen", er deutete auf die Moslems hinter ihm, „dass einer dieser unschuldigen Menschen etwas damit zu tun hat? Haltet ihr sie nicht alle für schuldig, weil sie Moslems sind, also anders als ihr?" Beschwörend sah der Kanzler in die Runde. „Indem ihr unschuldige Menschen verfolgt, anschuldigt und verletzt, lindert ihr keinen Schmerz, ihr vergrößert ihn nur. Geht nach Hause. Geht alle nach Hause und vertraut mir, wenn ich euch sage, dass wir die Schuldigen finden werden."

Die Menge geriet, wenn auch ein wenig widerwillig, in Bewegung und strebte schließlich auseinander. Der Kanzler wandte sich wieder dem jungen Mann zu. „Lust auf ein Bier?", fragte er und der junge Mann sah ihn mit großen Augen an.

Akbar Ganji, der Mufti der Moschee, verfolgte das Ganze mit nachdenklicher Miene.

BERLIN, 14. JUNI, 23.15 UHR

„Was zum Teufel hast du dir dabei gedacht? Hast du Todessehnsucht, oder was?", brüllte ein aufgebrachter Rosenthal. Bevor Gerling dazu kam, dem Innenminister zu antworten, klingelte sein Handy.

„Bist du wahnsinnig, Jan Philip Gerling?", schrie Katja so laut, dass der Kanzler das Handy vom Ohr weghalten musste. Er grinste Rosenthal entschuldigend an.

„Das ist Katja", erklärte er, „Hat wohl den Bericht im Fernsehen gesehen."

Rosenthal, der jedes Wort, das Katja brüllte, mitbekam, konnte sich ein Grinsen nicht verkneifen. Katja ließ nicht locker, bis Gerling ihr versprach, niemals wieder einen solchen Unsinn zu machen.

Die Presse freilich sah das ganz anders. Für sie war das Einschreiten des Kanzlers kein Unsinn, sondern ein Zeichen von Courage. Der Polizeipräsident von Berlin meinte, dass durch das Einschreiten Gerlings eine Eskalation der Situation und ein Ausbruch von offener Gewalt verhindert worden sei. Auch international fanden die Ereignisse des vierzehnten Juni reges Interesse. Der amerikanische Präsident Clifford rief den Kanzler an und nannte ihn einen durchgedrehten Cowboy. Dann meinte er noch, er hätte einen verdammt guten Job gemacht.

Kanzleramtsminister Huber allerdings machte Gerling darauf aufmerksam, dass sein Einschreiten bei der Demonstration, so gut gemeint es auch war, enorm riskant gewesen sei.

„Was, glauben Sie, wäre geschehen, wenn Ihnen etwas passiert wäre?", hatte er gefragt. „Stellen Sie sich vor, der Stein hätte

Sie getroffen und einer der Demonstranten hätte die Gunst der Stunde genutzt und geschrieen ‚Die Moslems haben den Kanzler angegriffen!'" Huber hatte Gerling ernst angesehen. „Mit Ihrem Verhalten hätten Sie die Situation auch massiv verschärfen können, Herr Bundeskanzler. Fangen Sie bitte endlich an, ab und zu wie ein Politiker zu denken und zu handeln. Wenn Ihnen das nicht gelingt, geht das hier voll in die Hose!"

BERLIN, 15. JUNI, 09.00 UHR

Der Nachrichtensprecher wirkte sehr ernst.

„Heute Morgen erreichte uns ein Bekennerschreiben zu den gestrigen Anschlägen in Berlin, London, Paris und Madrid, bei denen mehr als eintausend Menschen ums Leben kamen. Die Terrororganisation Al-Qaida bekennt sich zu den Anschlägen und kündigte weitere Attentate an. Wörtlich heißt es: ‚Wir werden nicht ruhen, bis auch der letzte westliche Soldat Afghanistan und den Irak verlassen hat. Tod und Verderben werden nicht aufhören und das Leid derer, die glauben, die Macht zu haben, wird ins Unermessliche steigen. Allah ist mächtig und diejenigen von uns, die in dem gerechten Krieg sterben, werden im Paradies unendliches Glück erfahren.'" Der Nachrichtensprecher sah in die Kamera.

„Die Echtheit der Botschaft wird zurzeit noch überprüft, Kenner halten sie jedoch für authentisch. Eine offizielle Stellungnahme aus dem Kanzleramt liegt noch nicht vor."

3

Um einen Menschen einwandfrei identifizieren zu können, genügt ein einzelnes Haar, am besten mit Wurzel, ein einziger Tropfen Blut oder etwas Speichel. Daraus lassen sich die Körperzellen eines Menschen isolieren. Und die enthalten die charakteristische DNS – diese ist so einmalig wie der Fingerabdruck oder die Handschrift der betreffenden Person. Einziges Kriterium zur Identifizierung ist ein Gegenstück der DNS, also eine eindeutig zuweisbare Haut- oder Blutprobe. Es gibt aber noch eine weitere Möglichkeit. Zum Beispiel werden Opfer eines Flugzeugabsturzes identifiziert, indem man die DNS der bis zur Unkenntlichkeit verstümmelten Leichen mit der von Eltern, Geschwistern oder Kindern vergleicht.

Was den Fall der Täter der Bombenanschläge vom vierzehnten Juni so bemerkenswert machte, war die Tatsache, dass von allen vier Tätern Vergleichsmaterial vorhanden war und somit eine hundertprozentige Identifizierung möglich machte. Dies war in der Tat bemerkenswert, aber auch höchst ungewöhnlich. Nur schien dies niemanden zu interessieren. Vielleicht fiel es auch niemanden auf.

BERLIN, 18. JUNI, 10.05 UHR

„Okay, was haben wir?", fragte Michael Rensing in die Runde. Da es eine rhetorische Frage war, antwortete niemand. Er deutete auf die Leinwand, auf der Fotos vom Tatort, irgendwelche chemischen Formeln und seit kurzem auch die Fotos von vier Männern hingen. „Wir wissen, dass der Sprengstoff in den UPS-Fahrzeugen verstaut war. Wir wissen, dass es sich bei dem Sprengstoff um C4 handelte. Und wir wissen seit heute Morgen, wer die Selbstmordattentäter waren." Rensing ging zur Leinwand und deutete auf das erste Foto. „Abdul Samad. Geboren in Saudi-Arabien 1968." Er zeigte auf die nächsten Bilder. „Hamzah al Rasheed. Geboren in Tunesien 1970. Hassan al Bashir. Ebenso geboren in Saudi-Arabien, 1971. Und zu guter Letzt Imad al Dih, ein alter Bekannter. Geboren in Ägypten, 1967." Rensing ging wieder zu seinem Platz und setzte sich. „Alle Täter wurden zweifelsfrei über ihre DNS identifiziert. Sie hatten in der Vergangenheit immer wieder Verbindung zu Al-Qaida. Das erhärtet auch die Annahme, dass das Bekennerschreiben echt ist. Was wir noch nicht wissen, ist, wo der Sprengstoff herkam. Aber daran arbeiten wir."

„Wir wissen auch noch nicht, was die Antennen zu bedeuten haben", fügte Dirk Voges hinzu. Rensing machte eine wegwerfende Handbewegung.

„Wir wissen nicht, ob die Antennen überhaupt etwas zu bedeuten haben. Bislang war es eine Sackgasse. In meinem Bericht werde ich es jedenfalls nicht erwähnen. Meine Empfehlung wird sein, alle bekannten islamischen Organisationen, die in der Vergangenheit Kontakte zu radikalen Fundamentalisten hatten, hochzunehmen. Wir müssen ein Exempel statuieren. Die müssen merken, dass wir nicht schlafen, sondern genau wissen, wer sie sind und wo sie sind!"

BERLIN, 18. JUNI, 16.25 UHR

Bundeskanzler Gerling hörte sich den Bericht der beiden Beamten an, ohne eine Zwischenfrage zu stellen. Aber er machte sich Notizen, genau wie sein Sicherheitsberater Kirchner. Ebenfalls anwesend waren Innenminister Rosenthal, Kanzleramtsminister Huber und von Sengen. Rensing beendete seinen Bericht und trank einen Schluck Wasser. Dann sah er die anderen an und wartete auf eine Reaktion.

„Wie sehen Ihre nächsten Schritte aus?", fragte Kirchner.

Der Kanzler musste innerlich schmunzeln. Dies wäre auch seine erste Frage gewesen. Er war froh, Kirchner als neuen Sicherheitsberater gefunden zu haben. Sein ehemaliger Berater in Sicherheitsfragen, Hartmut Witt, hatte gehen müssen, als herausgekommen war, dass er vertrauliche Informationen ohne Rücksprache mit Gerling an Verteidigungsminister Tjaden weitergegeben hatte. Kirchner war noch recht jung, erst dreiunddreißig, aber er verfügte über hervorragende Referenzen. Er war bis zu seiner Ernennung zum Sicherheitsberater im Auswärtigen Amt tätig gewesen. Dort war Minister de Fries auf ihn aufmerksam geworden.

Der Posten eines Sicherheitsberaters war von Gerling neu geschaffen worden. Es hatte, wie meistens bei solchen Änderungen, Unruhen und Proteste gegeben, als der Kanzler sein Vorhaben ankündigt hatte, den Posten eines Nationalen Sicherheitsberaters nach amerikanischem Vorbild einzurichten. Die beiden damaligen

Abteilungsleiterposten im Kanzleramt für Außenpolitik und Europa wurden unterhalb eines solchen Sicherheitsberaters spürbar abgewertet und das hatte einigen Mitarbeitern nicht gepasst.

„Da wir nun wissen, wer die Bombenanschläge verübt hat, sind die nächsten Schritte klar", sagte Rensing und fing an, diese an den Fingern abzuzählen.

„Schritt eins", der kleine Finger ging hoch, „Überprüfung aller bekannten Kontakte der Attentäter in den letzten Monaten. „Schritt zwei", der nächste Finger wurde gestreckt, „Observierung der identifizierten Kontakte. Schritt drei wäre dann das Verhören der verdächtigen Kontakte." Er sah in die Runde und wartete auf Fragen. Da keine kamen, fuhr er fort: „Parallel dazu versuchen wir herauszufinden, woher der Sprengstoff kam. Wir haben eine Vermutung, aber noch keine Bestätigung. Laut Bekennerschreiben, dessen Echtheit ja nun außer Frage stehen dürfte, haben wir mit weiteren Anschlägen zu rechnen. Deshalb ist es wichtig und hat oberste Priorität, mögliche Terrorzellen in Deutschland zu finden."

„Sind die Franzosen, Engländer und Spanier über die Identität des Berliner Attentäters informiert?", fragte Huber.

Rensing schüttelte den Kopf.

„Noch nicht. Wir wollten dieses Meeting abwarten."

Der Kanzler und Kirchner tauschten einen kurzen Blick.

„Tun Sie es", sagte Kirchner knapp.

Gerling beugte sich vor.

„Meine Herren, Sie haben bis jetzt gute Arbeit geleistet. Ich möchte Sie um etwas bitten: Gehen Sie bei den weiteren Ermittlungen behutsam vor. Vermeiden Sie unnötige Gewalt. Ich möchte nicht, dass sich so etwas wie in Kreuzberg wiederholt. Vor allem möchte ich nicht, dass der Eindruck entsteht, wir würden einen Kreuzzug gegen den Islam führen."

Voges stimmte zu, Rensing hingegen schüttelte energisch den Kopf. „Herr Bundeskanzler, bei allem Respekt. Es sind deutsche Staatsbürger getötet worden. Jetzt auf die Bremse zu treten, wäre in meinen Augen verkehrt. Wir können nicht auf der einen Seite effiziente Ermittlungen führen und auf der anderen Seite behutsam vorgehen!", sagte er mit Nachdruck.

„Herr Rensing, niemand spricht davon, dass Sie auf die Bremse treten sollen", stellte der Kanzler klar. „Was ich allerdings nicht möchte, ist, dass die Nachrichtensendungen in den nächsten

Tagen und Wochen von ein und derselben Schlagzeile beherrscht werden; nämlich von der, dass SEK-Einheiten der Bundespolizei alles, was irgendwie nach einer Moschee aussieht, stürmen und Verhaftungen vornehmen. Das wäre kontraproduktiv. Wir brauchen die Muslime. Sie können uns helfen, die radikalen Elemente zu identifizieren. Scheren wir alle über einen Kamm, verschließen sie sich uns. So kommen wir nicht weiter."

„Ich meine, das ist ein Fehler", brummte Rensing.

„Zur Kenntnis genommen", antwortete Kirchner für den Kanzler. „Sie wissen, was zu tun ist." Und mit einem Seitenblick auf Rensing fügte er ergänzend hinzu: „Und was zu unterlassen ist."

BERLIN, 18. JUNI, 19.50 UHR

Der Kanzler und der Graf saßen in dessen Garten. Jan fühlte sich fast wie in der Toskana. Es gab Oliven-, Zitronen- und Orangenbäume und überall standen Statuen und Amphoren. Gerling informierte den Grafen über die neuesten Ermittlungsergebnisse und die weiteren Schritte. Der Graf hörte aufmerksam zu.

„Wie ich hörte, sind die Attentäter aus London, Paris und Madrid ebenfalls zweifelsfrei identifiziert worden", sagte der Graf und sah den Kanzler merkwürdig an.

„Ja, das sind die guten Nachrichten", meinte Gerling.

„Finden Sie?"

„Natürlich. Das sind doch echte Fortschritte."

Der Graf ging nicht näher darauf ein. Stattdessen wandte er sich zum Haus um und machte mit der Hand ein Zeichen.

„Ich möchte Ihnen jemanden vorstellen. Sie sollten sich seine Meinung zu diesen Erkenntnissen anhören."

Gerling sah einen Mann mit selbstbewusster Haltung auf sie zukommen.

Der Graf lächelte.

„Herr Bundeskanzler, darf ich Ihnen Jörg Bauer vorstellen. Herr Bauer ist... sagen wir, mein verlängerter Arm."

Gerling stand auf und die beiden gaben sich die Hand. Er musterte Bauer, und was er sah, beeindruckte ihn. Jörg Bauer strahlte ein Selbstbewusstsein aus, wie er es selten an einem Menschen erlebt hatte. Die grauen Augen verrieten eine hohe Intelligenz und musterten Gerling abschätzend.

Dieser Mann ist eindeutig gefährlich, dachte Jan. Dann sagte Bauer etwas, das Gerling eine Gänsehaut verursachte.

„Herr Bundeskanzler, es tut mir sehr leid, dass es mir nicht eher gelungen ist, Jürgen Ehlers zum Reden zu bringen. Fünf Minuten haben mir gefehlt, dann hätten wir das Attentat verhindern können."

„Sie waren es, der..."

„Richtig", sagte der Graf. „Herr Bauer hat das Team geleitet, das Jürgen Ehlers aus Argentinien herausholte. Bevor Herr Bauer für mich zu arbeiten begann, war er für die Antiterroreinheit des BGS tätig. Sehr erfolgreich, wenn Sie mir diese Anmerkung gestatten. Aber wir sollten uns anhören, was Herr Bauer zu sagen hat."

Bauer setzte sich und sah Gerling durchdringend an.

„Herr Bundeskanzler. Ich habe mehr als sechs Jahre lang im Auftrag der Regierung Terrorristen gejagt. In diesen sechs Jahren haben wir mehr als vierzig Anschläge verhindern können. Ich kenne die Methoden der Terroristen, ich weiß, wie sie arbeiten, wie sie denken. Die Tatsache, dass alle Beteiligten der vier Anschläge einwandfrei identifiziert werden konnten, ist in meinen Augen im höchsten Maße merkwürdig und alarmierend!"

„Wie meinen Sie das?", wollte Gerling wissen.

„Die Durchführung einer solchen Kette von Anschlägen erfordert große Mengen an Geld und eine perfekte Planung", erläuterte Bauer. „Vergessen Sie bitte nicht, dass alle Anschläge exakt zur gleichen Zeit erfolgten. Die Planung dauerte mindestens ein Jahr. Die Selbstmordattentäter wurden sorgfältig ausgewählt und auf ihre Aufgabe vorbereitet. Sie wurden schon vor längerer Zeit in die entsprechenden Länder eingeschleust. Dort lebten sie wie normale Bürger. Sie hatten eine Arbeit, zahlten Steuern und sind niemals irgendwie auffällig geworden."

Bauer sah den Kanzler erwartungsvoll an.

„Was stimmt an diesem Bild nicht?", wollte er dann wissen.

Gerling dachte nach. Dann fiel der Groschen.

„Die Attentäter wurden anhand ihrer DNS identifiziert. Das bedeutet, sie müssen aktenkundig gewesen sein. Sie waren also als Terroristen bekannt!"

„Genau!", sagte Bauer. „Niemals hätten die Drahtzieher dieser Anschläge das gesamte Unternehmen aufs Spiel gesetzt, indem sie aktenkundige Terroristen einsetzten. Sie hätten gut ausgebildete, unbeschriebene Blätter gewählt. Unbekannte Gesichter, unbekannte DNS!"

„Aber was bedeutet das?", fragte Gerling.

„Herr Bundeskanzler, das bedeutet, irgendjemand will, dass wir glauben, es sei Al-Qaida gewesen." Bauer machte eine Pause. Dann sagte er: „Es war aber nicht Al-Qaida. Wir haben keine Ahnung, wer für die Attentate verantwortlich ist!"

Es war ein Schock für den Kanzler. Nicht nur die Bedeutung dessen, was Bauer ihm berichtete, sondern vielmehr das Offensichtliche dieser Fakten. Warum war den Beamten des Verfassungsschutzes und des BKA nichts Derartiges aufgefallen?

„Was machen wir jetzt?", fragte Gerling resigniert.

„Mit Ihrer Erlaubnis werde ich eigene Ermittlungen anstellen. Ich berichte direkt an den Grafen, der wiederum an Sie berichtet."

„Ich werde einige Leute einweihen müssen."

„Bei allem Respekt Herr Bundeskanzler: Halten Sie das für eine gute Idee?", fragte Bauer zweifelnd.

„Es geht nicht anders", beharrte Gerling.

„An wen haben Sie gedacht?", wollte der Graf wissen.

„Innenminister Rosenthal, Kanzleramtsminister Huber, meinen Sicherheitsberater Kirchner und von Sengen."

„Sehr viele Insider für ein solches Unterfangen", stellte Bauer emotionslos fest.

„Diese Leute haben mein volles Vertrauen und sie müssen informiert sein", machte Gerling klar.

Der Graf und Jörg Bauer wechselten einen raschen Blick, dann nickten beide.

BERLIN, 18. JUNI, 20.45 UHR

Martin von Sengen und Dirk Voges kannten sich schon sehr lange. Die Abteilung Personenschutz hatte zwar nicht direkt etwas mit der Abteilung Terrorabwehr zu tun, dennoch fand ein regelmäßiger Austausch statt, da Politiker ein beliebtes Ziel von Terroristen waren. Martin hatte bei der Besprechung am Nachmittag gespürt, dass Voges sich merklich zurückhielt. Deshalb hatte er ihn nach der Besprechung gefragt, ob sie nicht mal wieder ein Bier zusammen trinken wollten.

Voges hatte sofort zugestimmt.

„Ihr habt wirklich gute Arbeit geleistet", begann Martin das Gespräch. Voges grunzte nur.

„Etwa nicht?", hakte von Sengen nach.

„Rensing ist ein arrogantes und ignorantes Arschloch!", brummte Voges frustriert und nahm einen Schluck Bier.

„Was ist passiert?", fragte von Sengen.

„Passiert ist nichts. Aber wir verfolgen nicht alle Spuren, die wir haben. Das ist in meinen Augen ein großer Fehler."

„Kannst du vielleicht ein bisschen konkreter werden?"

Voges warf von Sengen einen verstohlenen Seitenblick zu. Er schien sich nicht sicher zu sein, ob er über die Angelegenheit reden sollte.

„Das bleibt aber unter uns, ja?", bat er.

„Kann ich noch nicht sagen", antwortete von Sengen ehrlich. „Wenn dir bei den Ermittlungen etwas aufgefallen sein sollte, was wichtig sein könnte, kann ich das nicht einfach für mich behalten."

Voges nickte. Da hatte Martin natürlich Recht. Er überlegte kurz, seufzte tief und begann zu erzählen.

Zwei Zigaretten und ein Glas Bier später endete Voges und sah von Sengen erwartungsvoll an.

„Und ihr habt keine Ahnung, was diese Antennen bedeuten könnten?", fragte Martin nach.

Voges schüttelte frustriert den Kopf.

„Nein. Keine Ahnung und scheinbar auch kein Interesse."

„Aber du hast so ein Gefühl?"

„Bei mir läuten alle Alarmglocken, wenn du verstehst, was ich meine." Von Sengen wusste genau, was Voges meinte.

„Wenn du einverstanden bist, dann gehe ich der Sache nach. Das bedeutet aber, dass ich den Kanzler einweihe."

Voges willigte ein. Hauptsache es tat sich etwas.

4

AFGHANISTAN, 19. JUNI, 07.45 UHR

Der Mann stützte sich auf seinen Stock und sah aus der Höhle hinab ins Tal. Nicht, dass es da etwas Besonderes zu sehen gegeben hätte. Dunkelbraune Berge und hellbrauner Sand, ab und zu einmal unterbrochen von grünen Flächen. Dennoch liebte der Mann diesen Anblick. Niemals hatte er einen schöneren Flecken auf diesem Planeten gesehen. Und es war sein Land. Als die Russen 1979 versucht hatten, es überfallen, hatte er den Boden mit ihrem Blut getränkt. Damals wurde er zur Legende und er schwor sich und allen anderen, dass nie wieder irgendeine fremde Macht hierher kommen würde. Er schwor bei Allah, dem Allmächtigen, dass er jeden Ungläubigen töten würde, der versuchen sollte, einen Fuß in sein heiliges Land zu setzen. Dann kamen die Amerikaner und er zog erneut in den Krieg. Mittlerweile verfügte er über weitreichende Kontakte. Über Geld verfügte er ohnehin. Sie nannten seine Kontakte „Netzwerk" und das gefiel ihm. Irgendwann entschloss sich dieses Netzwerk, den Krieg in das Land zu bringen, das so vielen Moslems Leid zugefügt hatte. Also planten sie die Anschläge des elften Septembers. Allerdings hatten sie sich verkalkuliert. Sie hatten nicht damit gerechnet, dass sich eine weltweite Allianz gegen sie bilden würde. Damals war er noch so etwas wie die rechte Hand des großen Anführers. Manche nannten ihn den Chefstrategen. Das mochte er. Was ihm nicht gefiel, war die Tatsache, dass sich selbst Moslems von ihnen distanzierten und behaupteten, sie würden den Islam falsch interpretieren. Sie verloren Kontakte und Freunde. Und sie wurden gejagt. Der Mann seufzte. Er wusste, dass er seinen Traum von einer islamischen Welt nicht mehr verwirklichen konnte und er hatte sich damit abgefunden. Allerdings bereute er nichts. Dann aber war etwas geschehen, was ihm wieder Hoffnung gab, sein Ziel zu erreichen. Der alte Kämpfer in ihm wurde wieder geweckt.

Natürlich war er über die Anschläge in Europa erfreut. Gerade das Attentat in Berlin, welches das verhasste Judendenkmal zerstörte, fand seinen Zuspruch. Er dachte wieder an das Video, welches ihm zugespielt worden war, und traf eine Entscheidung.

Er würde Kontakt aufnehmen zu diesem Ungläubigen, der in Berlin Partei für seine Brüder ergriffen hatte. Er wollte herausfinden, ob er sich in dem Ungläubigen täuschte oder nicht. Wenn ja, würde er ihn vielleicht töten, wenn nicht, könnte er ihn für seine Zwecke gut gebrauchen... Allah wird mir den Weg weisen, dachte er und zog sich wieder in seine Höhle zurück.

BERLIN, 20. JUNI, 09.30 UHR

„Herr Bundeskanzler. Ich habe hier einen... äh... Herrn Akbar Ganji am Telefon. Er meinte, Sie kennen ihn. Er ist der... äh... Mufti? Ja, Mufti der Moschee in Berlin Kreuzberg. Nehmen Sie das Gespräch an?"

„Ja, stellen Sie durch", sagte Gerling und fragte sich, was der Mufti wohl von ihm wollte.

Fünf Minuten später wünschte er sich, das Gespräch niemals angenommen zu haben.

BERLIN, 20. JUNI, 09.45 UHR

„Du sollst was?", rief Außenminister de Fries fassungslos. Energisch schüttelte er den Kopf.

„Auf keinen Fall fliegst du nach Afghanistan und triffst dich mit diesem... diesem Monster!", platzte de Fries heraus. „Himmel, Arsch und Zwirn. Allein schon die Tatsache, dass du dich ernsthaft mit diesem Gedanken beschäftigst, ist Irrsinn!"

„Wenn der dich nicht umbringt, Katja wird es mit Sicherheit tun!", sagte Rosenthal. Gerling verzog das Gesicht, als er an die mögliche Reaktion seiner Verlobten dachte, sollte er dem Treffen zustimmen.

„Nun überlegt doch mal einen Augenblick", forderte er seine engsten Berater auf. „Denkt vor allem an das, was dieser Bauer gesagt hat. Wenn das zutrifft, dann sind wir auf der völlig falschen Fährte. Überlegt doch mal: Bauer sagt, die Al-Qaida kann es nicht gewesen sein, und jetzt will deren Chefstratege mit mir sprechen. Was sagt uns das?"

„Das sagt uns, dass der Anschlag in Berlin nicht die gewünschte Wirkung hatte und er jetzt Nägel mit Köpfen machen will – und ein Kopf fehlt ihm noch, nämlich deiner!", brüllte de Fries.

Martin von Sengen hob beschwichtigend die Hände. „Vergesst bitte nicht das, was Voges gesagt hat. Die Antennen auf den

Lieferwagen. Irgendetwas stimmt da nicht. Ich gebe Jan Recht. Das Treffen birgt ein gewisses Risiko, das gebe ich zu. Aber sollte die Al-Qaida vorhaben, den Kanzler zu töten, würden sie ihn doch wohl kaum einladen, zu ihnen zu kommen, oder?"

De Fries musste zugeben, dass von Sengens Argumentation sinnvoll war. Dennoch gefiel ihm der Gedanke nicht, dass sein Freund nach Afghanistan reiste, um einen Massenmörder zu besuchen. Nichts daran gefiel ihm.

Gerling sah alle Berater der Reihe nach an. „Eines muss klar sein, und das ist mein Ernst: Kein Wort an Katja. Sie darf das niemals erfahren." Rosenthal konnte sich ein Grinsen nicht verkneifen und erntete dafür einen bösen Blick seines Freundes.

BERLIN, 20. JUNI, 18.10 UHR

„Das ist interessant", sagte der Graf, als Gerling ihm von den jüngsten Entwicklungen berichtete. Bauer schwieg. Der Graf nahm einen Schluck Eistee. „Sie haben natürlich nicht ernsthaft in Erwägung gezogen, tatsächlich nach Kabul zu fliegen?", fragte er dann.

Der Kanzler schüttelte den Kopf. „Nein. Ich habe es nicht in Erwägung gezogen, nach Kabul zu fliegen. In zwei Tagen fliege ich nach Washington, wo ich offiziell den Präsidenten treffe. Dort steige ich in ein Flugzeug, das mich nach Islamabad bringt. Es ist ein Flug von Militärberatern, die die pakistanische Regierung im Kampf gegen den Terror unterstützen. Von Islamabad aus geht es mit dem Auto weiter, keine Ahnung wohin. Offiziell bin ich drei Tage in Washington. Es wird mich also niemand vermissen."

Jörg Bauer musste grinsen. Der Graf hingegen war schockiert.

„Jetzt gehen Sie zu weit, Herr Bundeskanzler. Normalerweise bin ich der letzte, der unkonventionelle Maßnahmen ablehnt, aber dies... Das können Sie nicht machen!", stieß er hervor. Er war wirklich entsetzt.

„Ich gehe mittlerweile davon aus, dass die Anschläge von der Al-Qaida weder geplant noch durchgeführt wurden – im Gegenteil. Ich glaube, dass die Al-Qaida davon überhaupt nichts wusste. Wer weiß, möglicherweise erfahren wir so, wer für die Anschläge verantwortlich ist", erklärte Gerling mit Nachdruck.

Der Graf schien nicht überzeugt. „Und warum ruft man Sie nicht einfach an oder geht an die Öffentlichkeit? Sonst scheut die

Al-Qaida doch auch keine Kosten und Mühen, um über arabische Sender ihre kranken Vorstellungen publik zu machen. Warum so umständlich?“

Gerling zuckte mit den Schultern. „Keine Ahnung. Es ist aber die einzige Chance, die wir haben. Und ich gedenke, sie zu nutzen.“

„Ich werde mitkommen“, sagte Bauer.

„Das geht nicht. Die haben gesagt, ich soll alleine kommen. Wenn nicht, ist das Treffen hinfällig.“

„Die werden nicht merken, dass ich da bin“, meinte Bauer und Gerling glaubte ihm.

Der Graf nickte. „Lassen Sie Jörg mitkommen. Zumindest diese Sicherheit sollten Sie haben.“

„Was kann ein Mann schon ausrichten?“, fragte der Kanzler zweifelnd. Bauer grinste. Es sah furchteinflößend aus.

„Ich werde nicht alleine sein“, sagte er geheimnisvoll.

Gerling dachte nach, dann sagte er: „Tun Sie, was Sie tun müssen – ich weiß von nichts.“

BERLIN, 20. JUNI, 20.30 UHR

Gerling hatte seinen Innenminister zu einer vertraulichen Besprechung gebeten. Sie trafen sich im siebten Stock des Kanzleramtes, wo dem Kanzler eine kleine Wohnung zur Verfügung stand. Werner Rosenthal registrierte, dass Jan eine Flasche Wein geöffnet hatte. In Anbetracht der Tatsache, dass Gerling so gut wie nie Alkohol trank, recht bemerkenswert. Jan hielt seinem Freund ein leeres Glas hin.

„Auch einen Schluck trockenen Roten?“

„Wo kommt der Wein her?“, fragte Rosenthal.

„Natürlich aus Spanien.“

„Hast du ihn schon atmen lassen?“

„Jawohl, Herr Innenminister!“

„Dann ist es gut. Ich nehme ein Glas.“

Beide setzten sich in das kleine Wohnzimmer, nahmen einen Schluck Wein und schwiegen für eine Weile. Dann stand Jan auf und ging in das Zimmer nebenan. Nach kurzer Zeit kam er mit einen Umschlag in der Hand zurück. Er reichte ihn Rosenthal. Der sah den Kanzler jedoch nur an.

„Was ist das?“, wollte Rosenthal wissen.

Jan setzte sich wieder.

„Mein Testament", sagte er dann.

„Wie bitte?", fragte Rosenthal erschrocken.

„Für den Fall, dass mir etwas passiert, möchte ich dich bitten, diesen Umschlag Katja zu geben."

„Herrgott, Jan. Was soll denn das? Ich meine, warum ich? Und warum sollte dir etwas passieren?", presste Rosenthal mühsam hervor.

„Du meinst, die Tatsache, dass ich einen Anführer der gefährlichsten Terrororganisation der letzten einhundert Jahre treffe, nebenbei erwähnt einen der meist gesuchten Männer der Welt, sollte mich nicht dazu verleiten, gewisse Vorkehrungen zu treffen?"

„Aber du hast doch selbst gesagt, dass dieses Treffen ungefährlich ist – das waren deine Worte!", protestierte Rosenthal.

Jan lächelte humorlos. „Hätte ich meinen Zweifeln Ausdruck verliehen, wäre die Reise niemals zustande gekommen. Das weißt du."

„Warum tust du es dann?", fragte Rosenthal verzweifelt.

Jan hob in einer hilflosen Geste die Arme.

„Weil es unsere beste Chance ist, herauszufinden, wer wirklich hinter den Anschlägen steckt."

Rosenthal schüttelte hilflos den Kopf. „Irgendwie haben wir uns das alles anders vorgestellt, oder?", fragte er leise.

„Was meinst du?"

„Damals, vor mehr als einem Jahr, als du zu mir kamst, weißt du noch? Wir haben uns bei diesem Spanier in Hamburg getroffen. Du hast zu mir gesagt: Die wollen mich zum Kanzler machen! Weißt du noch?"

Jan erinnerte sich. Damals hatten ihn die führenden Köpfe der Partei den Plan offenbart, ihn zum Kanzlerkandidaten zu erklären. So hatte alles angefangen. „Ja, ich erinnere mich", sagte Jan leise.

Rosenthal nickte versonnen. „Wir haben uns das alles anders vorgestellt. Wir wollten das Land verändern, alles besser machen. Und was ist passiert? Wir haben erfahren, dass der halbe Bundestag erpresst wurde, dass Kinder misshandelt worden sind und dass Nazis in die Parteien eingeschleust wurden. Und dann wurde auch noch auf dich geschossen. Das alles ist noch gar nicht so lange her. Aber wir haben es überstanden und in unserer grenzenlosen Naivität geglaubt, jetzt loslegen zu können."

Er vergrub sein Gesicht in den Händen. Dann sah er Gerling wieder an.

„Mensch, Jan. Was ist hier bloß los? Ist denn die ganze Welt verrückt geworden?" Jan bemerkte, dass Werner Rosenthal Tränen in den Augen hatte. Er bekam einen Kloß im Hals. Jan stand auf, setzte sich neben seinen Freund und legte ihm eine Hand auf die Schulter.

„Die Welt ist das, was wir aus ihr machen. Wir können am Spielfeldrand stehen bleiben und hoffen, dass alles gut wird. Oder wir greifen in das Spiel ein und versuchen, es zu beeinflussen. Ich kann nicht teilnahmslos zusehen. Ich muss eingreifen, verstehst du das?" Rosenthal sah Jan an und nickte. Dann nahm er den Umschlag an sich.

WASHINGTON, DC, 22. JUNI, 09.30 UHR

Die Maschine des Bundeskanzlers landete pünktlich auf dem Dulles International Airport und Gerling stieg in die bereitstehende Limousine. Eigentlich hatte er erwartet, dass es mit dem Hubschrauber direkt zum Weißen Haus gehen würde, nahm diese Änderung aber gelassen hin. In Anbetracht dessen, was ihn in den nächsten Tagen erwartete, war das eine Kleinigkeit. Gerling machte es sich in dem Wagen bequem und versuchte zu entspannen. Kaum hatten sie das Flughafengelände verlassen, sah er links und rechts am Straßenrand Menschen stehen, die kleine Deutschlandflaggen schwenkten. Je näher sie dem Weißen Haus kamen, desto dichter wurden die Menschenmengen, die ihn begrüßen wollten. Er war gerührt. Unbeholfen winkte er aus dem Seitenfenster und fragte sich, ob man ihn von draußen überhaupt sehen konnte.

Als sie das Weiße Haus erreichten, fühlte sich der rechte Arm des Kanzlers an, als wäre er aus Blei. Aber er strahlte. Die Begrüßung hatte ihm gut getan. Präsident Clifford empfing ihn am Eingang des Weißen Hauses wie einen alten Freund – er umarmte Jan. Was er ihm ins Ohr flüsterte, war jedoch nicht für die anderen bestimmt. „Du bist ein gottverdammter Cowboy, weißt du das?"

Als wäre nichts gewesen, lächelten beide in die Kameras und verschwanden dann im Gebäude.

WASHINGTON, DC, 22. JUNI, 10.45 UHR

Die beiden saßen im Büro des Präsidenten und tranken Kaffee aus so filigran gearbeiteten Tassen, dass Jan Angst hatte, zu fest zuzugreifen, da er befürchtete, sie zu zerbrechen.

Der Präsident spürte seine Zurückhaltung.

„Alles in Ordnung?", fragte er.

Jan stellte die Tasse behutsam zurück auf den runden Tisch.

„Ich bin mehr der Becher-Typ", sagte er.

„Hab` schon bemerkt, dass du eher der zupackende Typ bist", sagte Clifford mit einem kurzen Lächeln. „Ich nehme an, du hast dir das alles gut überlegt?"

„Ja."

„Was sagen deine Berater?"

„Sie haben mir geraten, nicht zu gehen."

„Aber du bist hier!"

„Ich bin hier."

„Soviel zum Wert von Beratern", stellte Clifford fest.

„Sie sind nicht objektiv", meinte Jan.

Clifford nickte. „Das ist in der Tat ein Problem. Hast du daran gedacht, jemanden mitzunehmen, der aufpasst?"

„Nein. Das würde nicht funktionieren. Der Mann ist zu gerissen – immerhin ist es ihm gelungen, der einzig verbliebenen Supermacht der Welt immer wieder zu entwischen. Der riecht so was und dann ist das Treffen gestorben. Das Risiko ist mir zu hoch."

„Ich verstehe. Wie auch immer – von unserer Seite ist für alles gesorgt. Die Maschine nach Islamabad geht heute Nachmittag. Wir beide werden dann offiziell in Camp David sein – zum Ausspannen."

BERLIN, 22. JUNI, 18.45 UHR

Martin von Sengen fuhr das erste Mal seit langem früh nach Hause. Seine Frau hatte darauf bestanden. Ihr jüngster Sohn Björn hatte Geburtstag, er wurde acht, und Martins Frau hatte gemeint, er müsse wenigstens zwei Stunden für seinen Sohn Zeit haben, zumal der Kanzler ohnehin in den USA war.

Natürlich war es auch der Wunsch Martins, mehr Zeit mit seiner Familie zu verbringen. Aber manchmal ging das einfach nicht. Es war ein angenehmer Frühsommertag und er war sicher, dass seine Frau im Garten schon alles für das Grillfest vorbereitet hatte.

Vor der Haustür kam ihm Björn schon entgegengelaufen. Erstaunt stellte Martin fest, dass er den Tränen nahe war.

„Der Renner fährt nicht, Papa", schluchzte er. „Kannst du ihn heile machen?" Hoffnungsvoll sah sein Sohn zu ihm auf. Martin ging vor ihm in die Hocke.

„Weißt du, warum der Renner nicht fährt?", fragte er.

Björn schüttelte heftig den Kopf.

„Dann los. Zeig ihn mir. Mal sehen, was wir da machen können", meinte Martin und schon rannte sein Sohn zum Haus. An der Tür wartete schon Martins Frau auf ihn. Sie umarmten sich und er gab seiner Frau einen Kuss. „Alles klar?", fragte er.

„Eine Tragödie", sagte sie. „Der blöde Wagen zuckt nur kurz und bleibt dann stehen. Kannst du ihn reparieren?"

„Lass mal sehen", meinte Martin und gemeinsam gingen sie durchs Haus in den Garten.

Dort sahen sie Björn, wie er Stirn runzelnd sein Spielzeug betrachtete. Es war ein Geländewagen, der per Fernsteuerung bedient wurde. Martin setzte sich neben Björn auf den Rasen und begutachtete den Wagen nebst Zubehör. Er stellte fest, dass sie vergessen hatten, die Antenne der Fernbedienung herauszuziehen. Er tat es und der Renner setzte sich schnurrend in Bewegung. Björn klatschte begeistert in die Hände und rannte dem Wagen hinterher. Martin achtete nicht auf seinen Sohn, sondern betrachtete nachdenklich die Fernbedienung.

„Oh mein Gott...", flüsterte er plötzlich. Dann sprang er auf und rannte durch das Haus zu seinem Auto.

Verwirrt sah seine Frau ihm nach.

BERLIN, 22. JUNI, 18.55 UHR

Martin von Sengen raste mit seinem Wagen in Richtung Büro. Von unterwegs aus rief er Dirk Voges an.

„Ich weiß, warum die Lieferwagen Antennen hatten!", schrie Martin in sein Handy.

„Was? Warum?", hörte er Voges rufen.

„Die Lieferwagen wurden per Fernsteuerung bedient!"

„Was? Wie das? Ich meine, da saß doch ein Fahrer im Wagen. Wozu eine Fernbedienung?", fragte Voges ratlos. Dann dämmerte es ihm. „Oh Scheiße!", sagte er.

„Genau!", bestätigte Martin. „Ich bin in einer halben Stunde im Büro."

„Bin schon unterwegs!", sagte Voges.

ISLAMABAD, 23. JUNI, 15.35 UHR

Bundeskanzler Gerling trug eine bequeme Trekkinghose, ein T-Shirt und Wanderschuhe. Eine Schirmmütze und eine Sonnenbrille verdeckten sein Gesicht. Selbst Katja hätte wohl Schwierigkeiten gehabt, ihn zu erkennen. Er wartete jetzt schon eine halbe Stunde darauf, dass irgendetwas passierte. Er stand am vereinbarten Treffpunkt, einem kleinen Café außerhalb des Flughafens. Ein Geländewagen mit getönten Scheiben fuhr an ihm vorbei, wendete und kam auf der gegenüberliegenden Straßenseite zum Stehen. Da niemand ausstieg, ging Gerling auf den Wagen zu. Wie durch Geisterhand ging eine der hinteren Türen auf. Er sah in das Innere des Fahrzeuges. Ein arabisch aussehender Mann bedeutete ihm, Platz zu nehmen. Gehorsam stieg Gerling in den Wagen. Der Mann musterte ihn aus kalten schwarzen Augen. Dann hielt er ihm eine Augenbinde hin. „Bitte aufsetzten", knurrte er in schlechtem Englisch. Gerling nahm die Augenbinde und setzte sie sich auf. Er spürte noch den Stich, als der Mann ihm eine Spritze brutal in den Arm stach, dann verlor er das Bewusstsein.

BERLIN, 23. JUNI, 11.45 UHR

„Wir müssen die Überreste der Lieferwagen noch einmal überprüfen. Wenn unsere Vermutung stimmt, dann muss es Spuren geben, die belegen, dass die Wagen ferngesteuert waren. Wenn wir das beweisen können, dann stehen wir vor einer vollkommen neuen Ausgangssituation", machte Dirk Voges klar.

Kirchner und Rosenthal nickten.

Rensing war immer noch skeptisch. „Wir haben die Attentäter zweifellos identifiziert. Ich weiß nicht, was das erneute Überprüfen der Fahrzeuge bringen soll. Wir haben das doch schon erledigt, genauso die Franzosen, Engländer und Spanier."

„Aber jetzt wissen wir, wonach wir Ausschau halten müssen", erinnerte ihn von Sengen.

„Wir machen das. Sagt den anderen Bescheid. Die sollen das auch tun", entschied der Innenminister.

AFGHANISTAN, 23. JUNI, 22.45 UHR

Stöhnend erwachte der Kanzler aus seiner tiefen Bewusstlosigkeit. Er hatte einen trockenen Mund und stechende Kopfschmerzen. Langsam, da er das Gefühl hatte, sein Kopf würde explodieren, setzte er sich auf. Als das Pochen etwas nachließ, versuchte Gerling sich hinzustellen. Es funktionierte. Er sah sich um. Er befand sich in einer Art Höhle. Alles war rund, es gab keine Ecken. Der Raum, in dem er aufgewacht war, hatte etwa einen Durchmesser von zehn Metern und er schätzte die Raumhöhe auf drei bis vier Meter. Und es war kalt. An einem dunklen Fleck am Boden, in der Mitte des Raumes, konnte Gerling feststellen, dass hier normalerweise ein Feuer brannte. Er verließ den Raum durch eine runde Öffnung und gelangte in eine Art Flur, von dem links und rechts andere runde Öffnungen in weitere runde Räume führten. Großer Gott, dachte er, ich bin in Mittelerde in einer Hobbitkolonie. Im Hintergrund hörte Gerling Stimmen, denen er folgte, bis er in eine Art Haupthöhle kam. In der Mitte brannte ein Feuer und ungefähr zwanzig Araber saßen ringsherum und tranken etwas aus groben Bechern. Hier war es angenehm warm. Verwundert stellte er fest, dass es trotz des Feuers in der Höhle nicht verqualmt war. Er sah, dass der Rauch durch ein Loch, hoch oben in der Decke, nach außen entwich. Die Hobbits bemerkten ihn und die Gespräche verstummten.

„Guten Tag", sagte Gerling. „Hat jemand ein Aspirin – ich habe fürchterliche Kopfschmerzen."

Sie starrten ihn verständnislos an. Dann sprach jemand rasend schnell in einer gutturalen Sprache und die Männer brachen in Gelächter aus. Offenbar hatte jemand Jans Bitte übersetzt. Ein Araber stand auf.

„Bitte, setzen Sie sich und trinken Sie einen Tee mit uns", sagte der Mann in gutem Englisch. Gerling trat auf die Gruppe zu und sie machten bereitwillig Platz für ihn. Er setzte sich und jemand reichte ihm einen Becher mit Tee. Er probierte einen Schluck. Es schmeckte eher nach Kaffee, aber das Gebräu war angenehm warm. Gerling sah sich die Männer genauer an. Sie waren alle schätzungsweise Mitte bis Ende Dreißig, trugen dichte, schwarze Bärte und waren in weiße Umhänge gehüllt. Alle trugen Sandalen. Waffen konnte er keine sehen. Sie wirkten alle selbstbewusst und kräftig.

Er sah, dass sie ihn neugierig musterten. Jemand stellte ihm eine Frage. Der Mann, der ihn aufgefordert hatte, sich zu setzen, übersetzte für ihn. „Mein Freund möchte wissen, ob Sie in Europa auch so köstlichen Tee haben."

Gerling schüttelte den Kopf. „Nein, einen so ausgezeichneten Tee habe ich bei uns zu Hause noch nie getrunken“, antwortete er und der Mann übersetzte. Der Fragensteller grunzte begeistert und boxte seinem Nebenmann auf die Schulter. Der stimmte daraufhin in das Grunzen ein und Gerling vermutete, dass die Antwort ihnen gefiel. Plötzlich wurde es still in der Höhle.

Der Kanzler sah sich um und zuckte innerlich zusammen. Da stand er, einer der meistgesuchten Terroristen der Welt, der Chefstratege und einer der Drahtzieher der Anschläge des elften Septembers: Mohamed Al Farag.

AFGHANISTAN, 23. JUNI, 23.15 UHR

„Bitte, Herr Bundeskanzler. Begleiten Sie mich“, sagte Mohamed Al Farag in fast akzentfreiem Englisch. Gerling stand auf und ging dem Mann hinterher, als dieser auf seinen Stock gestützt aus der Höhle humpelte.

Die Nacht war klar und kalt. Der Kanzler bewunderte den überwältigenden Sternenhimmel. Der alte Mann bemerkte Gerlings Blick in den Himmel und ein schwaches Lächeln erschien auf seinem Gesicht. „Einen solch klaren Sternenhimmel gibt es in Deutschland nicht, oder?“, fragte er.

Gerling schüttelte den Kopf.

„Nein, leider nicht. Zu viel künstliches Licht.“

Al Farag nickte langsam. „Fortschritt ist ein zweischneidiges Schwert“, sagte er geheimnisvoll und setzte sich seufzend auf einen Stein. Er klopfte neben sich und bedeutete dem Kanzler so, sich neben ihn zu setzen. Gerling kam der Aufforderung nach. Al Farag deutete in das Tal, das sich unter ihnen erstreckte.

„Irgendwo da unten ist ein Mann, der uns beobachtet.“ Er sah Gerling von der Seite an und kicherte. „Und meine Leute beobachten ihn!“ Er sah wieder in das Tal. „Einer Ihrer Leibwächter?“, fragte er dann, ohne Gerling anzusehen.

„Ich konnte nicht verhindern, dass er mir folgte“, gab der Kanzler zu.

Al Farag nickte wieder.„Meine Leute sagen, er sei gut. Sehr gut“ Er sah Gerling wieder an. „Er ist nur zu Ihrem Schutz hier?“

„Ja.“

„Ihm wird kein Leid zugefügt werden“, sagte Al Farag und seufzte wieder. Er schien unter Schmerzen zu leiden. Er stützte sich mit beiden Händen auf seinem Stock ab und sah den Kanzler durchdringend an.

„Warum sind Sie zu dieser Moschee in Berlin gegangen und haben meinen Brüdern geholfen?“, fragte er und sah Gerling neugierig an. Der spürte, dass die Antwort auf diese Frage wichtig war. Er entschied sich, ehrlich zu sein.

„Ich habe nicht großartig nachgedacht“, gab er zu. „Ich habe die Bilder im Fernsehen gesehen und gespürt, dass ich dahin muss. Meine Berater waren dagegen, aber das war mir egal. Ich habe gewusst, dass es das einzig Richtige war, dahin zu fahren.“

„Sie sind ein bemerkenswerter Mann, Herr Gerling. Was Sie getan haben, war sehr mutig. Sind Sie ein mutiger Mann?“

Der Kanzler dachte über die Frage nach.

„Ich weiß nicht, ob ich mutig bin. Ich versuche, immer das Richtige zu tun. Als ich den Anruf des Muftis erhielt und mich entschied, hierher zu kommen, hatte ich Angst. Ich glaube, das ist nicht gerade ein Zeichen von Mut.“

„Angst und Mut schließen einander nicht aus. Ich denke, Sie sind ein mutiger Mann. Und ich denke, Sie sind ein aufrichtiger Mann. Das ist wichtig.“ Er sah Gerling wieder von der Seite an. „Was halten Sie von der amerikanischen Politik?“, fragte er dann listig.

Wieder entschied sich der Kanzler, aufrichtig zu antworten.

„Amerika hat in der Vergangenheit viele Fehler gemacht. Es war ein Fehler, Afghanistan zu bombardieren. Es war ein Fehler, den Irak unter Vortäuschung falscher Tatsachen anzugreifen. Es ist ein Fehler, anderen Kulturen die Demokratie made in USA aufzuzwingen. Der jetzige Präsident hat ein schweres Erbe angetreten. Aber er ist ein guter Mann.“

Al Farag schwieg lange und Gerling dachte schon, er wäre eingeschlafen. Dann fragte er: „Glauben Sie, dass wir für die Anschläge des vierzehnten Juni verantwortlich sind?“

„Wenn ich das glauben würde, wäre ich nicht hier“, machte der Kanzler klar.

„Ich denke, viele Freunde werden Sie dadurch nicht gewinnen“, sagte Al Farag langsam.

„Es ist nicht mein Job, Freunde zu gewinnen. Ich will die Wahrheit herausfinden und die Verantwortlichen bestrafen. Wenn ich mir damit Feinde mache, kann ich damit leben.“

„Sie sind ein Freund klarer Worte", stellte Al Farag fest. „Das gefällt mir."

„Wissen Sie, wer es war?", fragte der Kanzler.

„Ja, ich weiß, wer für die Anschläge verantwortlich ist. Aber ich werde es Ihnen nicht sagen!"

„Aber warum nicht?", rief Gerling erstaunt.

„Sie müssen es selber herausfinden. Sie müssen die Beweise selber finden, sonst glaubt Ihnen niemand. Ich habe die Anschläge des elften Septembers geplant. Was wollen Sie den Menschen sagen, wenn die Sie fragen, woher Sie wissen, wer für die Anschläge des vierzehnten Juni wirklich verantwortlich ist? Das hat mir Mohamed Al Farag erzählt? Sie müssen zugeben, dass ich für viele keine zuverlässige Quelle bin."

Gerling nickte. Der Mann hatte Recht.

„Dann bin ich kein Stück weiter als zuvor. Ich hätte mir den Weg zu Ihnen sparen können", sagte er dann.

„Das würde ich nicht behaupten", meinte Al Farag. „Kommen Sie mit. Ich möchte Ihnen etwas zeigen." Mühsam erhob er sich und schlurfte wieder in die Höhle.

BERLIN, 23. JUNI, 20.50 UHR

In Berlin Tegel, in einer Wartungshalle für kleine Sportflugzeuge, begann ein Team des BKA und des Verfassungsschutzes damit, aus den Trümmern des Lieferwagens vier Haufen zu bilden. Unterstützt wurden sie dabei von Mitarbeitern der Firma, die diese Fahrzeuge herstellte. Auf den ersten Haufen kamen alle Teile, die einem herkömmlichen UPS-Lieferwagen eindeutig zuzuordnen waren. Auf den zweiten Haufen kam alles, was wahrscheinlich dem Fahrzeug zuzuordnen waren, auf den dritten wanderten die Fragmente, die mit Sicherheit nicht zum Lieferwagen gehörten und auf den vierten kamen jene Teile, die bislang noch nicht eindeutig identifiziert werden konnten.

Es war eine sehr mühsame Arbeit, die noch Tage dauern konnte.

AFGHANISTAN, 23. JUNI, 23.25 UHR

Der Kanzler folgte Al Farag immer tiefer in das Höhlenlabyrinth. Längst hatte Gerling die Orientierung verloren, als Al Farag plötzlich nach links abbog. Gerling folgte ihm in eine hell erleuchtete Höhle und ihm stockte der Atem. Ganz offensichtlich befand er sich nun in einer Art Einsatzzentrale. Er sah mehrere Computer und Drucker. Ein Gerät sah aus wie ein Fax und er fragte sich, wie diese Geräte hier funktionieren sollten. Er wollte gerade fragen, wo der Strom herkam, als er das leise Rattern von Generatoren vernahm und den leichten Dieselgeruch bemerkte.

Mohamed Al Farag bedeutete Gerling, zu ihm zu kommen. Er reichte dem Kanzler einen Umschlag.

„Hier drin sind die Fotos und Biographien von zehn meiner besten Kämpfer. Alle haben eines gemeinsam: Sie sind spurlos verschwunden. Ich bin mir sicher, wenn Sie nach Hause zurückkehren und diese Fotos mit den bereits identifizierten, angeblichen Attentätern der Anschläge vergleichen, werden Sie feststellen, dass vier von ihnen in diesem Umschlag zu finden sind. Wenn das zutrifft, liegt das weitere Geschehen auf der Hand."

„Und das wäre?", fragte der Kanzler, der ahnte, was Al Farag antworten würde.

„Es folgen noch sechs weitere Anschläge!" Al Farag erklärte Gerling, wieso er mit weiteren Anschlägen rechnete. Die Argumente waren stichhaltig. Dennoch war der Kanzler skeptisch.

„Warum das Ganze?", fragte er ratlos. Al Farag musterte ihn.

„Die Frage muss lauten: Wer profitiert davon?" Mohamed Al Farag rief etwas in seiner Landessprache und sofort reichte ihm jemand einen Bogen Papier. Es war eine Weltkarte, wie Gerling feststellte. Al Farag deutete auf die Region am Persischen Golf.

„Die größten Erdölvorkommen der Welt liegen in diesen Ländern. Vor allem in Saudi-Arabien und im Irak." Er warf Jan Gerling einen Seitenblick zu. „Inzwischen wissen wir ja alle, warum die Amerikaner das Regime von Saddam Hussein gestürzt haben. Fünfzehn Milliarden Tonnen Erdöl sind ein schlagkräftiges Argument, nicht wahr?" Er deutete wieder auf die Region der Golfstaaten. „Hier liegen fünfundsiebzig Prozent der weltweiten Erdölreserven." Er pochte mit dem Finger auf die Vereinigten Staaten von Amerika. „Und hier ist das Land mit dem mit Abstand höchsten Verbrauch von Erdöl."

Der Kanzler schüttelte energisch den Kopf. „Sie wollen doch nicht ernsthaft behaupten, die USA hätten die Anschläge verübt?"

„Nicht die USA. Aber es gibt einige Menschen, denen geht Profit über alles. Und Profit ist eines der Motive. Das andere Motiv ist Angst."

„Angst", wiederholte der Kanzler, der kein Wort verstand. Mohamed Al Farag nickte. Dann deutete er auf einen Flecken Erde, der in Anbetracht der großen Golfstaaten kaum zu erkennen war.

„Schauen Sie sich die armen Israelis an. Von der ganzen Welt gehasst, haben sie sich dort verkrochen." Sein Finger pochte auf die entsprechende Stelle auf der Karte. „Umringt von Feinden, die nur darauf warten, ihnen den Garaus zu machen. Im Süden Saudi-Arabien, im Norden Syrien, im Westen Ägypten. Und im Osten war der Irak. Das hat sich ja nun erledigt, diese Gefahr ist gebannt. Gepriesen sei die Supermacht USA", fügte er spöttisch hinzu. Dann sah er Gerling an. „Also, Herr Bundeskanzler. Wer würde davon profitieren, wenn alle Welt glaubt, die Anschläge des vierzehnten Juni seien von meiner Organisation verübt worden? Wer würde davon profitieren, wenn alles darauf hindeutet, dass die islamischen Staaten den großen Krieg wollen?"

Gerling überlegte. Konnte das wirklich sein oder wurde er hier in dieser Berghöhle geschickt manipuliert? Er entschied sich, dass Spiel zunächst einmal mitzuspielen.

„Den bekannten Schurkenstaaten würden neue hinzugefügt werden und viele davon würden sich in der Region des Persischen Golfs befinden. Wenn diese Staaten durch Truppen der Alliierten eingenommen werden würden, dann wäre die nächste Regierung sicher eine nach dem Geschmack der USA. Und Israel würde auf einen Schlag seine Feinde los, ohne einen Finger zu rühren – ist es das, was Sie mir begreiflich machen wollen?", fragte er.

Der alte Mann nickte.

Der Kanzler sah ihn spöttisch lächelnd an. „Sie werden sicher verstehen, dass ich in Anbetracht Ihres Hasses auf Israel und die USA skeptisch bin, was Ihre Theorie betrifft."

„Es ist mehr als eine Theorie", erwiderte Mohamed Al Farag. „Es gibt die Beweise. Nur, wie ich bereits sagte, diese Beweise müssen Sie selber finden. Ich bin mir sicher, dass es Ihnen mit Allahs Hilfe gelingen wird. Und dann liegt es an Ihnen, was Sie daraus machen."

„Nur noch zwei Fragen – wenn Sie gestatten. Weiß der Präsident der Vereinigten Staaten davon?"

Al Farag schüttelte den Kopf. „Soweit ich weiß, hat er keine Ahnung. Aber er ist umgeben von Beratern, die ihm diesen Weg weisen."

„Meine letzte Frage: Warum erzählen Sie mir das alles?"

Der Mann schloss die Augen und seufzte.

„Unser Ziel war es, die islamischen Staaten von westlichen Einflüssen – von schlechten westlichen Einflüssen – zu befreien. Immer und immer wieder habt ihr versucht, uns euren Willen, eure Art zu Leben aufzuzwingen. Ihr habt keinen Respekt vor anderen Kulturen, vor anderen Glaubensrichtungen. Dem wollten wir Einhalt gebieten. Anfangs ohne, dann mit Waffen. Das, was uns jetzt bevorsteht, ist mit der Apokalypse in eurer Bibel zu vergleichen. Viele Millionen Unschuldige würden sterben. Kein gläubiger Christ oder Moslem würde das zulassen. Das Problem ist nur: Wer würde mir Glauben schenken? Niemand! Das ist der Grund unseres Treffens. Sie, Herr Gerling, und nur Sie können die Apokalypse verhindern!"

Gerling schluckte schwer. Er dachte an die Worte von Bauer und plötzlich ergab alles einen Sinn. „Das ist doch Wahnsinn", flüsterte er. Dann sah er Al Farag an. „Warum wollen Sie diese Entwicklung aufhalten? Bereuen Sie plötzlich das, was Sie getan haben?"

Al Farag blickte Gerling aus kalten, dunklen Augen an.

„Ich bereue nichts. Alles, was ich getan habe, geschah aus fester Überzeugung. Bitte bedenken Sie, dass im Namen der katholischen Kirche mehr Menschen gequält und umgebracht wurden als im Namen des Islam. Vergessen Sie das niemals." Al Farag seufzte tief und schloss kurz die Augen. „Denken Sie nicht, ich wäre ein Lamm geworden. Das wäre ein Fehler. Aber auch ich habe eine Art Ehrenkodex."

Gerling, der an die über dreitausend Tote in den Twin Towers und im Pentagon dachte, schüttelte unbewusst und kaum merklich den Kopf.

„Es mag Ihnen schwer fallen, das zu verstehen, Herr Bundeskanzler, aber dennoch ist es so. Macht es wirklich einen Unterschied, ob ein Soldat oder ein Zivilist getötet wird? Ein Menschenleben ist ein Menschenleben. Egal, ob sie eine Uniform tragen oder nicht. Wissen Sie, wie viele Zivilisten in Afghanistan oder im Irak getötet wurden?"

Er schien eine Antwort zu erwarten, doch Gerling schwieg. „Natürlich nicht", fuhr Al Farag fort. „Wer die Medien beherrscht, der beherrscht auch die Wahrheit – ob sie nun stimmt oder nicht." Al Farag veränderte seine Sitzposition und stöhnte leise.

Wieder hatte Gerling den Eindruck, dass er krank war.

„Sie wollen wissen, warum ich Ihnen das alles erzähle?", fragte er und fuhr, ohne auf eine Antwort zu warten, fort. „Alles, was wir getan haben, geschah aus einem bestimmten Grund, geschah aus einer bestimmten Überzeugung. Wir glauben an das, was wir tun." Er machte eine ausholende Handbewegung, die alle im Raum befindlichen Personen einschloss. „Jeder, der hier im Raum ist, jeder, der sich hier in diesem Höhlensystem aufhält, jeder Krieger, egal in welchem Winkel der Erde er sich aufhält, ist bereit, für unsere Sache zu sterben, Herr Bundeskanzler. Glauben Sie wirklich, das wäre so, wenn wir nicht an das, was wir tun, glauben würden?" Er machte eine kurze Pause. „Gerade Sie müssten das verstehen. Denn Sie sind genauso wie wir. Auch Sie haben Ihre Überzeugungen und würden dafür sterben. Sonst wären Sie jetzt nicht hier."

„Ich bin nicht so wie Sie. Denn ich würde nicht wegen meiner Überzeugungen töten", entgegnete Gerling.

„Doch, Herr Bundeskanzler. Das würden Sie. Um Ihr Land zu verteidigen, würden Sie töten. Um die Menschen zu schützen, die Sie lieben, würden Sie töten. Um Unrecht und Tod zu verhindern, würden Sie töten", versetzte al Farag im scharfen Ton.

„Aber ich würde niemals Unschuldige töten!", rief Gerling empört.

„Sie sind ein mutiger Mann, Herr Bundeskanzler. Sie sind aber auch sehr naiv", sagte Al Farag sanft. „Glauben Sie, dass der Anschlag auf das World Trade Center eine leichte Entscheidung war? Glauben Sie, dass das Töten von unschuldigen Zivilisten eine leichte Entscheidung war?", fragte Al Farag und schüttelte den Kopf. „Das Pentagon war als Ziel eine leichte Entscheidung. Die andere Maschine hätte das Weiße Haus treffen sollen. Auch das war eine leichte Entscheidung. Für die Zwillingstürme haben wir uns entschieden, um ein klares Signal zu setzen. Ein Krieg, Herr Bundeskanzler, ist kein chirurgischer Eingriff. Wir haben über dreitausend Zivilisten getötet. Wie viele Zivilisten haben die Vereinigten Staaten von Amerika im Namen der Freiheit und Gerechtigkeit getötet, in Vietnam, in Afghanistan und im Irak? Wenn Sie mir mit Moral kommen, dann sollten Sie alle mit gleichem Maßstab messen!"

5

BERLIN, 24. JUNI, 08.20 UHR

Katja Bachmann verließ die Ankunftshalle des Berliner Flughafens und wählte die Handynummer ihres Verlobten. Sie hatte Jan Philip Gerling kennengelernt, als er noch Innensenator von Hamburg gewesen war.

Irritiert lauschte Katja den merkwürdigen Geräuschen, die aus dem Handy kamen, unterbrach die Verbindung und machte einen erneuten Versuch, Jan zu erreichen. Mit dem gleichen Resultat. Eine schlecht verständliche Ansage – eindeutig in arabischer Sprache. Nachdenklich verstaute Katja das Handy in ihrer Handtasche. Merkwürdig, dachte sie, Jan ist doch in Washington, warum ist die Ansage auf Arabisch? Kopfschüttelnd verließ sie das Flughafengebäude. Einer ihrer beiden Leibwächter ging voraus, der zweite blieb an ihrer Seite.

BERLIN, 24. JUNI, 08.45 UHR

Außenminister de Fries knallte den Telefonhörer auf die Gabel und fluchte laut. Eigentlich wäre der Anruf ein Grund zur Freude gewesen – wenn er denn neun Tage früher gekommen wäre. Sie hätten sich eine Menge Arbeit und wertvolle Zeit sparen können. De Fries beruhigte sich wieder und wählte von Sengens Nummer.

„Martin, Jörn hier. Ihr könnt mit den Arbeiten an den Trümmern des Lieferwagens aufhören. Ich habe gerade einen Anruf aus Rom erhalten. Es waren eigentlich fünf Anschläge geplant. Die fünfte Bombe sollte in Rom hochgehen. Keine Ahnung, warum die nicht explodiert ist. Aber Fakt ist, wir haben einen komplett intakten Lieferwagen in Rom!“

„Warum, in Teufels Namen, erfahren wir das erst jetzt?“, wollte von Sengen wissen, der sein Glück gar nicht fassen konnte.

„Der italienische Inlandsgeheimdienst hat das so entschieden. Frag mich nicht warum. Auf jeden Fall steht uns der Wagen ab sofort zur Verfügung. Das gleiche gilt für den Sprengstoff, den Zünder und die Leiche des Fahrers. Ich möchte, dass du mit Voges und einem Sprengstoffspezialisten rüberfliegst und den Wagen untersuchst. Am besten nimmst du auch einen der Konstrukteure des

Lieferwagens mit, denn die Jungs da drüben sind ein bisschen verwirrt. An dem Wagen wurde scheinbar erheblich herumgebastelt. Eine Maschine der Luftwaffe steht am Flughafen für euch bereit."

CAMP DAVID, MARYLAND, 24. JUNI, 09.30 UHR

Präsident Clifford war erleichtert, als er erfuhr, dass Bundeskanzler Gerling sicher wieder in die Vereinigten Staaten zurückgekehrt war. Zwar hatte niemand wirklich angenommen, dass dem Kanzler etwas zustoßen würde, dennoch blieb ein gewisses Restrisiko bestehen. Darüber hinaus traute er Al Farag nicht über den Weg. Die letzten neun Stunden hatte der Kanzler im Tiefschlaf verbracht. Was nach den Reisestrapazen auch niemanden verwunderte.

Clifford saß auf der Veranda der sehr komfortablen Blockhütte und las ein Memo, als der Kanzler zu ihm kam und sich seufzend in einen der bequemen Stühle fallen ließ. Clifford sah seinen Freund über den Brillenrand hinweg an.

„Müde?", fragte er, obwohl er die Antwort kannte.

„Müde ist gar kein Ausdruck. Keine Ahnung, was die mir für ein Zeug verabreicht haben, aber es wirkt, glaube ich, immer noch.", sagte Gerling.

„Sollen dich meine Ärzte durchchecken?"

„Nicht nötig. Die werden mich wohl nicht gleich vergiftet haben. Darüber hinaus konnte ich Flüge von mehr als fünf Stunden Länge noch nie gut vertragen." Der Kanzler warf einen gierigen Blick auf die Thermoskanne, die auf dem Beistelltisch stand.

„Ist da Kaffee drin?", fragte er und erhob sich, noch bevor die Antwort kam. Er öffnete die Kanne und schnüffelte. „Kaffee! Gott sei Dank" Er schenkte sich eine Tasse voll ein. Zufrieden grinsend ließ sich Gerling wieder in den Sessel fallen und trank einen Schluck.

Clifford legte das Memo beiseite.

„Und, wie war es bei meinem ganz speziellen Freund?"

Der Bundeskanzler hatte während der wachen Momente auf der Fahrt zurück nach Islamabad und im Flugzeug lange darüber nachgedacht, was er dem Präsidenten sagen sollte. Er entschied sich, so dicht wie möglich bei der Wahrheit zu bleiben.

„Es war, sagen wir mal, sehr interessant. Er behauptete, mit den Anschlägen nichts zu tun zu haben. Er behauptete weiterhin, es gäbe Beweise, das bestätigen würden." Bis jetzt hatte Gerling nicht gelogen.

Clifford beugte sich vor.

„Und wer war es dann, wenn nicht er?", fragte er.

„Das ist das Problem. Er wollte mir keine Namen nennen. Der Grund dafür leuchtet ein, denn, mal im Ernst, wer würde ihm glauben?" Immer noch keine Lüge, stellte der Kanzler zufrieden fest.

„Aber er muss doch Andeutungen gemacht haben. Zum Beispiel, ob es abtrünnige Islamisten waren, oder eine neue Terrororganisation. Irgendetwas in dieser Art?", rief der Präsident erstaunt.

Okay, dachte Gerling, erwischt.„Nein", log er. „Keine Andeutungen. Die Beweise müsste ich selber finden."

Enttäuscht lehnte Clifford sich wieder zurück.

Der Grund, warum Gerling seinem Freund gegenüber nicht aufrichtig war, war ganz einfach: wenn er ihm sagte, dass die Anschläge eine Gemeinschaftsplanung von Mitgliedern des Beraterstabes des Präsidenten und den Israelis war, würde Clifford wie eine Dampfwalze durchs Weiße Haus pflügen, um die Schuldigen zu finden. Gerling hingegen wollte das Feld von hinten aufräumen. Er wollte da anfangen, wo der alte Mann es ihm geraten hatte. Der Kanzler hörte die letzten Worte Al Farags noch immer in seinen Ohren wieder hallen. „Alles begann in der Türkei", hatte er gesagt. „Fangen Sie dort an zu suchen. Und die Spur wird Sie zu den Verantwortlichen führen."

ROM, 24. JUNI, 16.35 UHR

Der Flughafen Rom-Fiumicino befindet sich an der Mittelmeerküste, etwa vierzig Kilometer westlich der römischen Innenstadt. Neben dem ebenfalls internationalen römischen Flughafen Ciampino ist er der wichtigste in der Region.

Der Lieferwagen war in einem streng bewachten Hangar der italienischen Regierung untergebracht. Martin von Sengen und Dirk Voges begutachteten den Wagen gemeinsam mit Manfred Cordes, einem Mitarbeiter der Firma, die diese Fahrzeuge hergestellt hatte. Seiler, ein Sprengstoffspezialist des BKA, war in einem gesicherten Raum der italienischen Polizei und untersuchte die Bombe.

Cordes ging um den Wagen herum und betrachtete ihn sorgfältig. Dann schüttelte er den Kopf.

„Also von außen kann ich keine auffälligen Veränderungen feststellen. Bis auf die Antenne natürlich", sagte er und öffnete die Fahrertür. „Was ist denn das?", rief er, als er einen Blick in die Fahrerkabine warf.

Von Sengen und Voges kamen zu ihm. „Was entdeckt?" Voges warf einen Blick in den Innenraum des Wagens.

„Merkwürdig, merkwürdig", murmelte Cordes.

„Was ist?", fragte Voges ungeduldig.

„Sehen Sie, alle Fahrzeuge von UPS haben Schaltgetriebe, dieser hier hat allerdings ein Automatikgetriebe."

BERLIN, 25. JUNI, 08.55 UHR

Von Sengen und Voges waren zurück im Kanzleramt und berichteten dem Bundeskanzler, dem Innenminister und Sicherheitsberater Kirchner von den Ergebnissen ihrer Inspektion. Rensing war nicht anwesend.

„Ich erspare uns allen die technischen Details. Fakt ist, dass Herr Voges den richtigen Riecher hatte. Die Fahrzeuge – und ich verwende absichtlich den Plural, da wir davon überzeugt sind, dass die anderen Lieferwagen auf die gleiche Art manipuliert wurden – die Fahrzeuge wurden technisch so verändert, dass es möglich war, sie per Funkfernsteuerung zu bedienen. Zwar recht simpel, das heißt, sie konnten nur vorwärts fahren, und das nicht einmal schnell, und sie konnten bremsen und anhalten, das war's. Aber für den Zweck, den sie zu erfüllen hatten, vollkommen ausreichend."

„Wie sicher können wir sein, dass das auch auf die anderen Fahrzeuge zutrifft?", fragte Kirchner.

„Da der missglückte Anschlag in Rom nach demselben Schema ablief wie die anderen, würde ich sagen, annähernd einhundert Prozent", antwortete von Sengen. Voges pfichtete ihm bei.

„Okay, dann nehmen wir das an", sagte Gerling. „Was haben wir noch?", wollte er dann wissen.

Voges studierte seine Notizen und sah dann auf. „Wir haben, nachdem wir davon ausgehen konnten, dass das Fahrzeug ferngesteuert wurde, nochmals alle verfügbaren Aufnahmen der Überwachungskameras im Umkreis von zwei Kilometern rund um das Denkmal ausgewertet. Dabei haben wir festgestellt, dass, kurz bevor das Fahrzeug in die Ebertstraße einbog, eine Person den Lieferwagen verlassen hatte. Zu identifizieren war diese

Person jedoch nicht. Wir sind davon überzeugt, dass ab diesem Zeitpunkt nur noch die Leiche im Lieferwagen saß. Wenn wir davon ausgehen, dass in allen Städten die gleiche Konstruktion verwendet wurde, dann wurden alle Bomben per Funksignal gezündet. Höchstwahrscheinlich per Handy. Wir glauben, dass der Sprengstoff aus Kroatien stammt. Wer ihn besorgt hat, wissen wir noch nicht mit Bestimmtheit, aber wir haben eine Liste der potentiellen Verkäufer." Voges begann diese Liste zu verteilen. Alle begannen zu lesen.

Gerling zuckte unmerklich zusammen. „Was wissen wir über...", er las noch einmal den Namen. „Über diesen Karabey?", fragte er.

„Türke, achtundfünfzig Jahre alt. Gilt als Mann mit ausgezeichneten Kontakten in den nahen Osten und nach Russland. Sehr vermögend. Hat offiziell eine Import-Export-Firma für Landwirtschaftsmaschinen. Es gilt aber als sicher, dass er keine Traktoren oder Mähdrescher verkauft, sondern Panzer, Landminen, Maschinengewehre und Sprengstoff. Lebt in Istanbul", antwortete Voges, der diese Informationen seinem Dossier entnahm. Gerling nickte dankend und konzentrierte sich wieder auf die Liste.

BERLIN, 25. JUNI, 14.25 UHR

Der Graf hörte sich nachdenklich an, was der Kanzler zu berichten hatte. Als der Name Karabey fiel, wurde er hellhörig.

„Der türkische Unternehmer?", fragte er nach.

Gerling nickte. „Sie kennen ihn?", wollte er wissen.

„Nicht persönlich. Aber ich hatte in der Vergangenheit schon mit ihm zu tun", antwortete der Graf nachdenklich.

Jetzt wurde der Kanzler hellhörig.

„Was bedeutet das: Sie hatten mit ihm zu tun?"

„Es gab einst Gerüchte, dass Nordkorea versuchte, an waffenfähiges Plutonium zu gelangen. Özgür Karabey war einer derjenigen, der Kim Jongs Ils Wunsch erfüllen wollte und auch konnte. Er verfügt über sehr gute Kontakte nach Russland. Und wie wir alle wissen, findet dort schon seit langem eine Art Ausverkauf statt." Der Graf schenkte sich etwas Tee nach. „Gott sei Dank konnten wir mit Hilfe der Amerikaner Schlimmeres verhindern. Womit aber nicht gesagt ist, dass der wahnsinnige Kim nicht doch sein Plutonium bekommen hat."

Er trank einen Schluck Tee und sah Gerling prüfend an.

„Sie treiben ein gefährliches Spiel, Herr Bundeskanzler. Sie haben dem amerikanischen Präsidenten nicht die Wahrheit gesagt und Ihren engsten Beratern verraten Sie nicht, dass Sie eigene Ermittlungen anstellen. Meinen Sie, das geht gut?"

Gerling verzog das Gesicht. Ihm gefiel diese Situation genau so wenig wie dem Grafen. Aber er hatte keine andere Wahl. Niemand würde den Äußerungen des meistgesuchten Terroristen Glauben schenken. Da er es jedoch für möglich hielt, dass Mohamed Al Farag die Wahrheit gesagt hatte, blieb ihm nichts anderes übrig, als eigene Nachforschungen anzustellen.

„Sehen Sie eine andere Möglichkeit? Wenn ja, ich wäre dankbar für jede andere Option. Ich sehe jedoch keine", fragte der Kanzler und zündete sich eine Zigarette an.

Der Graf nahm eine seiner Zigarillos. „Leider sehe ich auch keine andere Möglichkeit", gab er zu und nahm einen tiefen Zug. „Dennoch bewegen wir uns auf dünnem Eis. Aber das ist für uns ja nichts Neues." Er spielte auf die Ereignisse des letzten Jahres an. Der Graf und seine Organisation waren an der Aufklärung der Verschwörung maßgeblich beteiligt gewesen.

„Wo ist Bauer?", fragte Gerling.

„In Frankfurt. Er erledigt dort etwas für mich und wartet auf neue Instruktionen. Die werden wohl lauten, nach Istanbul zu fliegen."

Der Kanzler nickte bestätigend. Dann machte er ein nachdenkliches Gesicht. „Er ist in Afghanistan entdeckt worden. Als Al Farag erfuhr, dass Bauer nur zu meinem Schutz mitgekommen war, versprach er mir, ihm nichts zu tun."

Erstaunt stellte Gerling fest, dass der Graf alle Farbe im Gesicht verlor. „Was ist?", fragte er besorgt.

„Was genau hat Al Farag zu Ihnen gesagt?", wollte der Graf wissen.

„Wir saßen draußen vor der Höhle auf einem Stein. Al Farag deutete ins Tal und sagte, dass irgendwo dort unten jemand sei, der uns beobachtet. Und dann meinte er, dass seine Leute diese Person beobachten würden. Dann fragte er mich, ob dieser Mann nur zu meinem Schutz da sei, was ich bestätigte. Daraufhin sagte Al Farag, seine Leute hätten ihm gesagt, dass der Mann sehr gut sei, und er versprach mir, ihm nichts zu tun. Aber warum wollen Sie das so genau wissen?"

„Weil Jörg Bauer Ihnen nicht bis nach Afghanistan gefolgt ist. Wer immer dort im Tal war – Bauer war es nicht!"

WASHINGTON, DC, 25. JUNI, 08.45 UHR

Der Verteidigungsminister der Vereinigten Staaten von Amerika hörte seinem Gesprächspartner aufmerksam zu. Was dieser zu erzählen hatte, war in höchstem Maße beunruhigend. Einer Sondereinheit war es gelungen, den Aufenthaltsort von Mohamed Al Farag aufzuspüren. Wäre diese Spezialeinheit unter normalen Umständen mit einem üblichen Auftrag unterwegs gewesen, dann wäre der nächste logische Schritt die Liquidierung der Zielperson. Diese Einheit jedoch operierte nicht unter normalen Umständen. Es war nicht einmal eine reguläre Einheit der US Army. Und so bestand der nächste logische Schritt dieser Einheit darin, dass sie die Zielperson, Mohamed Al Farag, beobachtete.

Was Mitglieder dieser Einheit im Zuge dieser Observierung allerdings zu sehen bekamen, hatte niemand erwartet. Sie konnten beobachten, wie der Top-Terrorist Al Farag in trauter Zweisamkeit mit dem deutschen Bundeskanzler vor einer Höhle saß und sich unterhielt. Verteidigungsminister David Russman schüttelte benommen den Kopf. Er konnte nicht glauben, was er da hörte.

„Was zum Teufel hat das zu bedeuten?"

Sein Gesprächspartner, Paul Carpenter, schüttelte ebenfalls den Kopf. „Keine Ahnung, David", sagte er und man merkte ihm an, wie unglücklich ihn dieses Geständnis machte. Immerhin war es Carpenter gewohnt, alles zu wissen. Er war der Direktor der NSA, des mächtigsten Geheimdienstes der USA.

WASHINGTON, DC, 25. JUNI, 09.05 UHR

Präsident Clifford war zornig. Mit jedem Tag, der verstrich, wurden seine Probleme im Irak und in Afghanistan großer. Und seine Berater versäumten es nicht, ihn regelmäßig darauf aufmerksam zu machen, dass wegen des mittlerweile unpopulären Krieges seine Umfrageergebnisse im beträchtlichen Ausmaße litten. Ein Hohn, wenn man bedachte, dass er im Senat gegen diesen Krieg gestimmt hatte und ihn nun als Erbe verantworten musste. Als Clifford noch Senator gewesen war und seine Kandidatur für die Präsidentschaft noch in der Schwebe gestanden hatte, war er einer derjenigen gewesen, die mit aller Macht für ein nichtmilitärisches

Vorgehen im Irak plädierten. Der damalige Präsident hatte sich durchgesetzt – unter anderem auch mit Hilfe fingierter „Beweise“, welche deutlich machen sollten, dass der Irak über genügend Massenvernichtungswaffen verfügte, um den gesamten Planeten gleich mehrmals zu zerstören. Darüber hinaus hatte das Weiße Haus keine Gelegenheit ungenutzt gelassen, der Menschheit zu erklären, dass der Irak unmittelbar an den Anschlägen des elften September beteiligt gewesen sei. Beide Vorwürfe hatten sich als haltlos erwiesen – der Krieg wurde dennoch geführt.

Die Amerikanischen Streitkräfte stießen bei ihrem Vormarsch auf Bagdad auf erstaunlich wenig Gegenwehr und die Verluste hielten sich in Grenzen. Das Vortäuschen falscher Tatsachen und die Manipulation von Beweisen waren offenkundig, jedoch wollte niemand das wahrhaben. Cliffords Vorgänger wurde wiedergewählt und alles wurde noch schlimmer. Nach und nach wurden in der amerikanischen Bevölkerung Stimmen laut, die ein Ende des Krieges forderten. Niemanden im Weißen Haus interessierte das. Im Gegenteil, durch geschickte Manipulation der Nachrichten entstand der Eindruck, die USA hätten im Irak alles im Griff. Der damalige US-Präsident setzte dort einen Stadthalter ein, Paul Bremer. Eine seiner ersten Amtshandlungen war die Auflösung der irakischen Armee. Auf einen Schlag wurden mehr als dreihundertfünfzigtausend irakische Soldaten arbeitslos. Ein irakischer Soldat verdiente damals rund fünfzig Dollar pro Monat. Von einem Tag auf den nächsten waren diese gut ausgebildeten Männer nicht mehr in der Lage, ihre Familien zu ernähren. Die Konsequenz dieser Entscheidung Bremers war, dass dreihundertfünfzigtausend Soldaten, die über mehr als eine Million Tonnen Waffen und Munition aller Art verfügten, die in größtenteils unbewachten Depots lagerten, auf der Straße standen und ein Reservoir an potenziellen Rekruten für den Widerstand bildeten.

Clifford wurde gewählt und das Sterben im Irak begann. Nicht, dass es seine Schuld gewesen wäre. Aber die Amerikaner verloren nach Beendigung des Krieges mehr Soldaten als während des Krieges. Clifford sah sich gleich mehreren großen Problemen gegenüber. Einerseits war die Befriedung Afghanistans, der Versuch einer Implementierung einer Demokratie made in USA, fehlgeschlagen. Die politische Macht der Taliban war zwar vorüber, aber an ihrer Stelle trat nun der Terror, geduldet von den mächtigen

Warlords. Außerdem drohte der Irak ein zweites Vietnam zu werden. Mit dem größten Vergnügen hätte Clifford sofort mit dem Abzug der amerikanischen Streitkräfte begonnen und den Irak seinem eigenen Schicksal überlassen. Natürlich ging das nicht. Auf der einen Seite würde ein solches Vorgehen dem Eingeständnis einer Niederlage gleichkommen und dem Ruf der Vereinigten Staaten irreparabel schaden, auf der anderen Seite standen zu viele Interessen anderer Stellen auf dem Spiel, zum Beispiel die beachtlichen Ölreserven im Irak. Und jetzt behauptete der Staatsfeind Nummer eins auch noch, dass er mit den Anschlägen des vierzehnten Juni nichts zu tun habe, eine Behauptung, die, wenn sie zutraf, ein weiteres Problem darstellte. Clifford runzelte die Stirn, als er an das letzte Gespräch mit dem deutschen Bundeskanzler zurück dachte. Er hatte das Gefühl, dass sein Freund ihm nicht alles erzählt hatte. Er war davon überzeugt, dass es etwas gab, was Gerling ihm verschwieg. Sein drittes und weitaus größtes Problem war die Tatsache, dass sich die Verdachtsmomente häuften, dass es innerhalb seines Kabinetts Gegner gab, die gegen ihn arbeiteten.

Präsident Clifford seufzte tief. Er wusste, warum so viele Muslime einen abgrundtiefen Hass gegen die Amerikaner hegten. Angefangen hatte es 1979. Als sich die Vereinigten Staaten von Amerika und die damalige Sowjetunion mitten im kalten Krieg befanden, geschahen zwei Dinge. Zum einen verlor Amerika seinen treuesten Verbündeten im persischen Golf, den Schah von Persien, der von einem radikalen Ajatollah gestürzt wurde. Der Schah von Persien hatte den Amerikanern die so wichtige Lieferung von Öl unabhängig vom Lieferboykott anderer arabischer Länder garantiert. Zudem hatte er angeboten, den neu erworbenen Reichtum des Landes zur Schaffung eines modernen Militärs zu nutzen, das an der südlichen Flanke der Sowjetunion so stark wie Deutschland sein sollte. Zum anderen setzten sich sowjetische Truppen am 25. Dezember Richtung Persischer Golf in Bewegung und marschierten in Afghanistan ein. Die USA, durch den Verlust ihres Verbündeten, den Schah von Persien, in dieser Region extrem geschwächt, mussten um jeden Preis verhindern, dass die Sowjetunion nun an Stelle der USA im Persischen Golf eine Macht wurde. Die Amerikaner reagierten sofort: Sie fragten Staaten wie Ägypten, Bahrain, Kuwait, die Vereinigten Arabischen Emirate,

Katar und Saudi-Arabien um sogenannte Zugangsgenehmigungen und das Recht, bestehende Einrichtungen auszubauen. Keines der Länder wollte sich offen gegen die Sowjetunion stellen. Dennoch erhielten die Vereinigten Staaten von den meisten Ländern die Genehmigung, bestehende Luftwaffenstützpunkte heimlich auszubauen. Einzig Saudi-Arabien machte eine Ausnahme: Sie wollten selber neue Stützpunkte bauen. Allerdings viel größer, als es für die eigenen Streitkräfte nötig war. Tausende zivile amerikanische Bauunternehmer kamen nach Saudi-Arabien und erregten damit den Unwillen einiger Muslime, die den Koran so interpretierten, dass die Anwesenheit von Ungläubigen in einem Land, in dem die beiden heiligsten Stätten des Islam standen, verboten war. Als weiteren Schritt zur Verhinderung einer möglichen sowjetischen Intervention im Nahen Osten näherte sich Washington Israel an. Dem Todfeind aller islamischen Staaten.

Ein Jahr nach dem Umsturz im Iran und dem sowjetischen Einmarsch in Afghanistan trat ein weiteres Ereignis ein, das die USA noch stärker in die Politik der Region verstricken sollte: Ein neuer Präsident im Irak, Saddam Hussein, griff den Iran an, in der Hoffnung, dessen Ölfelder für sich gewinnen zu können. Die USA befanden sich in einer Zwickmühle: Das Verhältnis zum Irak war nicht gut, da dieses Land der Sowjetunion nah stand. Das Verhältnis zum Iran war aus naheliegenden Gründen ebenfalls nicht gut und verschlechterte sich rapide.

Im November 1979 hatten islamische Studenten die amerikanische Botschaft in Teheran besetzt und die Mitarbeiter als Geiseln genommen. Also entschied die damalige Regierung unter Präsident Reagan, den Irak zu unterstützen. 1982 strichen sie den Irak von der Liste der Länder, die den Terrorismus unterstützten. Damit konnte der Irak um bestimmte, von der Regierung gestützte Kredite bitten. 1984 nahmen die USA uneingeschränkte diplomatische Beziehungen zum Irak auf. Die Vereinigten Staaten verkauften zwar nie Waffen an den Irak, die Saudis und Ägypter allerdings schon – auch amerikanische.

Mitte der achtziger Jahre begannen die USA, afghanische Freiheitskämpfer, die Mudschaheddin, an amerikanischen Waffen, vor allem an Stinger-Raketen auszubilden. Diese waren von entscheidender Bedeutung, denn das sowjetische Militär hatte begonnen, Kampfhubschrauber einzusetzen, da in der schwer zugänglichen

Gebirgslandschaft die Afghanen durch Bodentruppen schwer zu bekämpfen waren. Ausgebildet wurden die Mudschaheddin in Pakistan durch den dortigen Geheimdienst. Die USA tauchten offiziell nie auf, aber die Ausgaben für die geheimen Aktionen in Afghanistan stiegen von dreißig Millionen Dollar im Jahr 1982 bis auf sechshundert Millionen Dollar im Jahr 1987. Mit der finanziellen Unterstützung der USA und der saudischen Regierung hatte der militärische Abwehrdienst Pakistans aus versprengten afghanischen Stämmen und mehreren tausend arabischer Freiwilliger eine Truppe geformt, die die mächtige Rote Armee in die Knie zwang.

Die USA machten mehrere Fehler. Ihr größter Fehler jedoch war, dass sie zuließen, dass Pakistan eine Armee von Arabern nach Afghanistan sendete, ohne zu bedenken, wer diese Kämpfer waren oder was nach dem Abzug der Sowjets mit ihnen geschehen würde. Die Saudis übernahmen bei der Aufstellung der freiwilligen arabischen Kämpfer die Führung. Der Chef des saudischen Geheimdienstes vertraute einem Mann aus einer reichen Bauunternehmerfamilie, die dem saudischen Königshaus nahe stand. Er beauftrage einen Sohn der Familie, einen gewissen Osama Bin Laden, die arabischen Freiwilligen zu rekrutieren, auszubilden und zu indoktrinieren. Aus vielen dieser Freiwilligen entstand später das Al-Qaida-Netzwerk. Nach der Niederlage und, wie es sich für die Araber darstellte, eben wegen der Niederlage in Afghanistan begann sich die Sowjetunion aufzulösen.

Viele radikale Islamisten dachten nun darüber nach, was man mit Geld, dem Koran und guten Waffen erreichen konnte. Man konnte eine Regierung der Ungläubigen stürzen. Aber noch viel wichtiger: Man konnte eine Supermacht vernichten.

Das hatten sie gerade getan. Es war 1990.

BERLIN, 25. JUNI, 18.45 UHR

Der ehemalige Fraktionsvorsitzende der CPD, Hans Weber hasste Bundeskanzler Gerling abgrundtief. Gerling war verantwortlich dafür, dass er seine politischen Ämter hatte aufgeben müssen. Weber betrachtete seine beiden Gesprächspartner. Die beiden ehemaligen Ministerpräsidenten hatten genau wie er alles verloren, was sie sich in den letzten Jahren aufgebaut hatten. Und schuld daran war Bundeskanzler Jan Philip Gerling. Er hatte sie aus ihren Ämtern geworfen, weil sie sich angeblich erpressbar gemacht hatten. Welcher Politiker schuldete gewissen Interessensgruppen nicht irgendeinen Gefallen? Im Laufe der Jahre geschieht so etwas in der Politik nun mal. Aber erpressbar gemacht? Gerling beherrschte einfach die Spielregeln der Politik nicht. Das zeigte sich nicht nur an den Personen, die er in sein Kabinett geholt hatte – wie konnte man nur einen homosexuellen als Außenminister einsetzen? Alarmierender war die Art und Weise, wie Gerling mit der aktuellen Krise umging. Ganz offensichtlich ging nichts voran. Anstatt im Kanzleramt zu versuchen, die Krise zu bewältigen, so, wie es sich gehörte, geht dieser Wahnsinnige auf eine Demonstration und riskiert mit diesem verantwortungslosen Verhalten eine Eskalation, die Berlin in Schutt und Asche hätte legen können. Unglaublich! Weber grauste es bei dem Gedanken, was diese unreife Rasselbande im Kanzleramt noch für Schaden anrichten konnte. Dem musste Einhalt geboten werden. Und das konnte nur einer – nämlich er. Die Informationen, die er besaß, waren reines Dynamit und konnten, nein, würden den Kanzler stürzen. Und genau das war sein Ziel.

BERLIN, 25. JUNI, 19.50 UHR

Gerling freute sich auf den ersten gemeinsamen Abend mit Katja seit langem. Sein Chauffeur fuhr ihn in das erst vor kurzem erworbene Stadthaus. Offiziell wohnten der Kanzler und seine Verlobte immer noch in der Wohnung von Katja. Der Kauf des gemeinsamen Hauses wurde geheimgehalten. Sollten die Vertreter der Medien ruhig glauben, er wohne immer noch unter der bekannten Adresse.

Das Haus war ideal für die beiden und sie hatten sich sofort in das Anwesen verliebt. Eigentlich war das Haus zu groß für zwei Personen, aber sie hatten nicht vor, für immer zu zweit zu bleiben. Der Verkäufer, ein älterer Herr mit ausgezeichneten Kontakten, den der Kanzler nur unter dem Namen „der Graf“ kannte, wohnte in unmittelbarer Nähe, was zusätzliche Vorteile mit sich brachte.

Der Wagen hielt vor dem Haus und der Kanzler stieg aus.

Das Sicherheitspersonal bewohnte das kleine Gästehaus, welches etwas abseits und von hohen Bäumen verdeckt lag.

Gerling stieg die zwei Stufen hoch, schloss die Tür auf und betrat das Haus. Er ging durch den langen Flur direkt in das große Wohnzimmer und sah durch die Glasfront in den Garten.

Dort hantierte Katja an einem Grill herum.

Lächelnd ging Jan durch die Schiebetür auf die Terrasse.

„Wir grillen?“, fragte er. Katja wirbelte herum, kam auf ihn zugelaufen und umarmte ihn stürmisch.

„Endlich!“, rief sie und küsste den Mann, den sie über alles liebte. Zärtlich sah sie ihn an. „Du hast mir schrecklich gefehlt“, sagte sie und drückte sich an ihn. Wie immer in solchen Momenten mit Katja bekam Jan einen Kloß im Hals. Er küsste sie zärtlich auf die Stirn, auf die Augen und dann auf den Mund.

„Du hast mir auch gefehlt“, sagte er leise. Katja befreite sich von ihm und sah ihn dann plötzlich zornig an. Oha, dachte er, jetzt geht's los. Katja boxte ihm an die Schulter.

„Was hast du dir dabei gedacht? Gehst einfach mitten in so eine Demo rein! Hast du Todessehnsucht? Du bist der Bundeskanzler und nicht Superman! Für so etwas hast du doch deine Leute. Ich wäre fast gestorben vor Angst, als ich dich im Fernsehen inmitten dieser Demonstration sah!“ Sie tippte ihm mit dem Zeigefinger auf seine linke Brustseite. Genau auf die Stelle, wo ihn damals die Kugel getroffen hatte.

„Ich hätte dich schon einmal fast verloren. Ich möchte so etwas niemals wieder erleben“, sagte sie leise.

Er nahm sie in seine Arme und drückte sie. Dann sah er ihr fest in die Augen. „Du hast es selbst gesagt. Ich bin der Bundeskanzler. Manchmal ist es einfach unumgänglich, Zeichen zu setzen. Aber diese Zeichen müssen von mir kommen und nicht von einem Mitarbeiter meines Stabes. Ansonsten kann ich mein Amt gleich an den Nagel hängen! Ich verspreche dir aber, dass ich mich niemals bewusst in Gefahr begebe, ok?“

Katja seufzte. „Okay. Und nun lass uns mal sehen, ob die First Lady in der Lage war, den Grill anzuzünden“, sagte sie und beäugte ihr Werk zweifelnd. Jan lachte und nahm sich aus der Kühlbox ein Bier. Katja drehte sich um und sah ihn stirnrunzelnd an.

„Ich hab übrigens gestern versucht, dich über dein Handy zu erreichen. Irgendetwas stimmte da nicht. Die Ansage, die ich zu hören bekam, war auf Arabisch. Merkwürdig, oder?“

Jan, der gerade einen Schluck aus der Flasche nahm, verschluckte sich. „Wirklich merkwürdig“, krächzte er.

6

ISTANBUL, 29. JUNI, 11.50 UHR

Jörg Bauer war seit vier Tagen in Istanbul und hatte schon genug von dieser pulsierenden Metropole. Bauers ganzes Leben bestand aus Bewegung und Geschwindigkeit. Beides war in Istanbul nicht möglich, da sich jeden Tag Millionen von Fahrzeugen durch die Straßen der Stadt quälten und einen fließenden Verkehr nahezu unmöglich machten. Beinahe jeden Tag lag über Istanbul ein fast unwirklich wirkender Smogschleier, der die Sonnenstrahlen einfach verschluckte und die Stadt in ein diffuses Licht tauchte. Das Atmen fiel schwer und man hatte das Gefühl, einen höchst unangenehmen Belag auf der Zunge zu haben.

Bauer hasste Istanbul. Nicht einmal die ausgezeichnete Küche konnte ihn beschwichtigen. Und die hatten Bauer und seine Begleitung in den letzten Tagen zur Genüge genießen können, da die Zielperson seine Geschäfte überwiegend in Restaurants abwickelte. Özgür Karabey war in Istanbul eine bekannte Größe, jedoch wusste kaum einer, womit er wirklich sein Geld verdiente. Es hätte so manchen Geschäftspartner, Nachbarn oder türkischen Politiker gewundert, wenn sie gewusst hätten, dass die Trecker und Mähdrescher, die Karabey nach China verkaufte, auffallende Ähnlichkeit mit Panzern und Flugabwehrraketen deutscher und französischer Herkunft hatten. Wegen des westlichen Waffenembargos gegen China war das Reich der Mitte einer seiner lukrativsten Kunden geworden.

Bauer hatte zunächst nur den Auftrag, Karabey zu überwachen, um so etwas über seine Geschäftspartner herauszufinden. Dafür hatten sie eine Woche eingeplant. Sollte sich in dieser Zeit nichts ergeben, würden sie die weitere Vorgehensweise festlegen. Es war nicht schwer, den Türken zu überwachen. Er hatte zwar ständig zwei Leibwächter um sich, bewegte sich aber mit der Selbstverständlichkeit einer unantastbaren Persönlichkeit durch Istanbul. Überall begegnete man ihm mit Respekt. Wobei auch eine gehörige Portion Angst mit im Spiel war. Gerade wuchtete Karabey seinen massigen Körper aus dem Wagen und verschwand in einem kleinen Restaurant, um ein erstes Mittagessen einzunehmen. Da das Lokal zu dieser frühen Stunde nicht sehr voll war, fanden wenig später Bauer und seine Begleitung einen freien Tisch in Sichtweite. Nadine Walter trat als Bauers Freundin auf. Sie als attraktiv zu bezeichnen, wäre übertrieben gewesen, aber sie sollte ja auch nicht sofort das Interesse anderer Männer wecken. Vielmehr lagen ihre Qualitäten in ihrer Fähigkeit, im Nahkampf fast jeden etliche Kilo schwereren Mann zu besiegen. Darüber hinaus war sie eine ausgezeichnete Schützin mit der Pistole und dem Gewehr. Und sie sprach fließend türkisch, für den Fall, dass diese Fähigkeit benötigt werden sollte.

Karabey benötigte etwa drei Minuten, um seine Bestellung aufzugeben. Als er damit fertig war, verschwand der Kellner in die Küche, um dann wenig später zu Bauer und Walter zu kommen.

Die beiden bestellten sich etwas zu trinken. Mit dem Essen wollten sie noch etwas warten, da erfahrungsgemäß der Türke sehr lange brauchte, bis er sein üppiges Mahl beendet hatte.

Kurz darauf stellten zwei Kellner diverse kleine Teller und Schüsseln auf Karabeys Tisch. Der betrachtete das aufgebahrte Essen mit gierigen Augen und fing an, seinen leeren Teller zu füllen.

Etwa eine halbe Stunden später, Karabey war immer noch mit der Vorspeise beschäftigt, betrat ein Mann das Lokal. Er sah sich um, entdeckte den Türken und ging auf dessen Tisch zu. Karabey blickte kurz auf und da er den Mund voll hatte, nickte er in Richtung eines leeren Stuhls und grunzte. Der Mann deutete dies als Einladung, sich zu setzen. Die nächsten fünf Minuten ignorierte Karabey seinen neuen Gast vollständig und widmete sich ausschließlich dem Essen. Seinem Gast bot er nichts an. Ein Kellner kam und der Mann bestellte sich ein Wasser. Der Türke beendete seine Vorspeise, rülpste laut und stöhnte dann zufrieden. Dann sah er seinen Gast aus zusammengekniffenen Augen an.

„Ich arbeite nicht gerne mit Amateuren“, sagte er auf Englisch und ließ den Mann nicht aus den Augen. „Das ist sehr gefährlich, wissen Sie?“, ergänzte er dann unnötigerweise.

Der Mann nickte. „Geht mir genauso“, bestätigte er.

„Das in Rom hätte nie passieren dürfen“, sagte Karabey mit Nachdruck. Wieder stimmte der Mann ihm zu.

„Zu blöd, um eine Bombe zu bauen“, murmelte der Türke und schüttelte verständnislos den Kopf.

„Ich kann Ihren Ärger verstehen“, sagte der Mann. „Wir haben uns um das Problem gekümmert. Diese Leute sind von der Bildfläche verschwunden.“ Karabey grunzte zufrieden und warf einen ungeduldigen Blick in Richtung Küche. Dann widmete er sich wieder seinem Gesprächspartner.

„Wer hat die Leute für Rom ausgesucht?“, wollte er von dem Mann wissen.

„Kaschlenko“, schnaubte der Mann abfällig.

Karabey hob die buschigen Augenbrauen und musterte den Mann amüsiert. „Sie mögen den Russen nicht?“, fragte er.

Der Mann erwiderte den Blick. „Meine persönlichen Gefühle haben damit nichts zu tun“, entgegnete er knapp.

„Aber Sie mögen ihn nicht, oder?“, hakte Karabey nach.

„Sie haben Recht. Ich mochte den Russen nicht.“

„Mochte?“, fragte der Türke irritiert.

„Kaschlenko ist Geschichte“, antwortete der Mann gleichgültig. Karabey zuckte mit den Achseln und warf einen erneuten Blick in Richtung Küche. Dann sah er den Mann listig grinsend an.

„Kaschlenko ist Geschichte und Sie haben in der Hierarchie einen gewaltigen Schritt nach oben gemacht, nicht wahr?“

Der Mann erwiderte den Blick des Türken gleichmütig.

„Karriere spielt hier keine Rolle. Es geht uns ausschließlich ums Geschäft. Womit wir beim Thema wären. Haben Sie die Ware?“

„Natürlich habe ich die Ware“, sagte Karabey und strahlte, da aus der Küche eine Armee von Kellnern Teller in seine Richtung schleppten. Er sah den Mann an und das Lächeln verschwand.

„Haben Sie das Geld?“

„Ihre Bank in Lichtenstein wird Sie in Kürze über den Eingang informieren.“

„Darf ich Sie fragen, wofür Sie eine solche Menge Sprengstoff brauchen?“

„Natürlich dürfen Sie fragen“, sagte der Mann, stand auf und ging. Beim Verlassen des Lokals warf er einen Blick auf den Tisch nebenan, an dem ein junges Pärchen saß. Sie schienen sich ausschließlich für sich selbst zu interessieren. Dass Bauer, unmittelbar nachdem der Mann sich zu Karabey gesetzt hatte, die Kamera in seinem Rucksack angeschaltet und die beiden gefilmt hatte, konnte er nicht wissen.

Bauer hoffte, dass auch die Audioaufnahme zu gebrauchen war.

ISTANBUL, 29. JUNI, 15.15 UHR

„Ich bin online. Die Übertragung der Video- und Audioaufnahmen beginnt jetzt", teilte Bauer seinem Gesprächspartner in Berlin mit und sendete die Daten an dessen Rechner. Dort würden sich die Mitarbeiter sofort an die Auswertung machen.

BERLIN, 29. JUNI, 14.20 UHR

Die Einsatzzentrale des Grafen war in einem Seitenflügel seines Anwesens untergebracht. Insgesamt zwölf Mitarbeiter arbeiteten in Schichten rund um die Uhr und werteten Daten aus, die aus den unterschiedlichsten Regionen des Erdballs hier eintrafen. Der Graf beschäftigte drei Außenteams, die für die Beschaffung der Daten zuständig waren. Bauer war ihr Leiter, alle Teammitglieder waren ehemalige Polizisten oder, wie Bauer, ehemalige GSG 9-Mitglieder.

„Wen haben wir denn da?", sagte der Mann, der das Material von Bauer sichtete. Er hatte ein Standbild auf seinem Bildschirm und zu sehen war der Gesprächspartner von Karabey.

„Sieh mal einer an", murmelte der Mann und griff zum Telefon.

ISTANBUL, 29. JUNI, 15.55 UHR

„Schon mal was vom Eismann gehört?", fragte der Mitarbeiter des Grafen.

Bauer dachte kurz nach. „CIA, richtig?"

„Genau. War lange Zeit der Spezialist für den Nahen Osten. Später dann einer der maßgeblichen Strategen, die für die Jagd auf Bin Laden und Al Farag verantwortlich waren. Seit zwei Jahren von der Bildfläche verschwunden. Angeblich wurde er von Dark Water angeheuert. Du weißt schon, diese Firma, die Söldner vermietet."

„Und?", wollte Bauer wissen.

„Und heute war er Gast von Karabey. Du hast ihn gefilmt."

BERLIN, 29. JUNI, 16.40 UHR

„Wir sind uns nicht sicher, ob das Material wirklich dem Kanzler schadet oder nur seinen Mitarbeitern." Weber sah seinen Informanten durchdringend an.

Der hob in einer verzweifelten Geste die Arme.

„Sie haben das Video doch gesehen", rief er und beugte sich vor. „Dieser Mann handelte auf direkten Befehl des Kanzlers. Das genügt doch wohl. So etwas hat es in der Geschichte dieses Landes noch nie gegeben. Ich bitte Sie – das kostet dem Kanzler das Amt. Von den strafrechtlichen Konsequenzen will ich gar nicht reden. Sie haben den Kanzler am Arsch!"

„Ich weiß nicht...", sagte Weber unsicher.

Der Mann dachte fieberhaft nach. Eigentlich wollte er sich seinen letzten Trumpf bis zum Schluss aufheben. Aber wenn Weber jetzt noch immer nicht überzeugt war, dann konnte er nicht länger warten.

„Da wäre noch etwas...", begann er zögerlich.

Aha, dachte Weber, wusste ich's doch. Du hast noch mehr Informationen.

„Ach ja? Was denn?", fragte er scheinbar gelangweilt.

„Der Verteidigungsminister... der Kanzler glaubt, dass er den Plan, Ehlers aus Argentinien rauszuholen, verraten hat."

„Und der Kanzler belässt ihn im Amt?", rief Weber wirklich erstaunt.

„Ja, wir befinden uns quasi im Krieg", antwortete er, „und der Kanzler glaubt, dass der Verteidigungsminister ein Verräter ist."

Weber nickte zufrieden. Das müsste genügen.

„Danke, Herr Witt. Sie hören von uns."

Der ehemalige Sicherheitsberater des Kanzlers nickte und verließ Webers Büro. Erneut sah sich Weber das Video an. Es zeigte, wie Martin von Sengen eine fingierte Hinrichtung vollzog. Zufrieden lächelnd lehnte sich Weber in seinem Sessel zurück. Das war's für dich, Herr Bundeskanzler, dachte er, kannst schon mal deine Sachen packen. Aber vergiss die Zahnbürste nicht. Im Gefängnis braucht man sowas. Er lachte laut und griff zum Telefon.

BERLIN, 29. JUNI, 18.35 UHR

„Wir haben erste Indizien, die Ihre Theorie... sagen wir mal, unterstützen", erklärte der Graf. Gerling forderte ihn durch ein Nicken auf, fortzufahren.

„Jörg Bauer ist seit ein paar Tagen in Istanbul und überwacht Karabey. Heute hat sich der Türke mit einem ehemaligen CIA-Agenten getroffen. Wir wissen mittlerweile definitiv, dass Karabey den Sprengstoff besorgt hat. In Kroatien. Er ist also an den Anschlägen des vierzehnten Juni beteiligt. Die Audioaufnahmen des heutigen Treffens beweisen, dass der ehemalige CIA-Agent die

Attentäter des missglückten Anschlages in Rom liquidieren ließ. Anders sind die aufgenommenen Aussagen nicht zu interpretieren. Wir haben also Indizien, die auf eine Verwicklung des ehemaligen Agenten zu den Anschlägen hindeuten. Was das konkret bedeutet, kann ich noch nicht sagen. Interessant sind aber drei Dinge: Erstens haben der Agent und Karabey ein Geschäft abgeschlossen. Offensichtlich hat der Agent eine große Menge Sprengstoff geordert. Wir prüfen das gerade." Der Graf studierte eine Liste. „Zweitens: Eine Routineüberprüfung aller deutschen Fluggäste mit Ziel Istanbul hat ergeben, dass Heinrich Müller am zwölften Mai nach Istanbul geflogen ist."

Gerling dachte angestrengt nach. „Heinrich Müller...", murmelte er und versuchte, den Namen einzuordnen. Dann erinnerte er sich. „Natürlich!", rief er. „Heinrich Müller, großes Unternehmen mit mehreren internationalen Standorten. Produktion von gepanzerten Fahrzeugen. Beliefert unter anderem die Bundeswehr. Ich glaube, er stellt für uns einen Spürpanzer her. Kam ins Gerede, als es um die Lieferung von Panzern nach Saudi-Arabien ging. War aber alles sauber – jedenfalls bei ihm."

„Genau der. Wir wissen natürlich nicht, ob er sich mit Karabey getroffen hat oder ob der Besuch in Istanbul harmlos war. Aber ich denke, wir werden es herausfinden." Der Ton, in dem der Graf das sagte, veranlasste den Kanzler dazu, besser nicht zu hinterfragen, wie das gemeint war.

„Sie sprachen von drei Dingen", erinnerte er ihn stattdessen.

„Ja. Bei der dritten Sache wird's nun besonders interessant. Dieser ehemalige CIA-Agent mit dem Decknamen „Iceman" war, bevor er zur CIA kam, bei den Special Forces. Dann rekrutierte ihn die CIA. Danach nahm ihn die Firma Dark Water unter Vertrag. Sagt Ihnen dieser Name etwas?

Der Kanzler schüttelte den Kopf. „Dark Water? Nie gehört."

„Dark Water ist eine amerikanische Firma, die über eine sehr große Privatarmee verfügt und diese gegen ein entsprechendes Honorar vermietet. Sie wollen in Südamerika eine Regierung stürzen? Dark Water liefert ihnen die erforderlichen Waffen und Soldaten. Der Vorgänger von Präsident Clifford hat übrigens auch Söldner von Dark Water im Irak und in Afghanistan eingesetzt."

Der Kanzler zuckte mit den Schultern.

„Und?", wollte er wissen.

„Nehmen wir mal an, diese Söldner sind immer noch im Einsatz. Nehmen wir weiter an, der Plan der Verschwörer würde aufgehen und ein Krieg im Nahen Osten würde tatsächlich stattfinden – Dark Water wäre sicher eine der Firmen, die davon im hohen Maße profitieren würde", erklärte der Graf. Der Kanzler runzelte nachdenklich die Stirn. Dann verstand er.

„Großer Gott, das würde ja bedeuten, dass die Verschwörer..."

„Über ihre eigene paramilitärische Armee verfügen", beendete der Graf den Satz.

FRANKFURT, 29. JUNI, 18.50 UHR

Heinrich Müller hatte Todesangst. Er wusste, dass der Russe liquidiert worden war. Was er nicht wusste, war, ob er auch auf der Abschussliste stand. Offensichtliche Gründe dafür gab es nicht – aber das war nur seine Meinung. Und da er die Meinung der anderen nicht kannte, hatte er Todesangst. Er traute sich nicht einmal, sein Büro zu verlassen. Irgendwie hatte er die Illusion, hier sicherer zu sein als zu Hause. Er sah aus dem Fenster im zwölften Stock des Gebäudes. Der Himmel war blau und die Luft war klar, sodass er sehen konnte, wie in den gegenüber liegenden Bürohäusern Gestalten auf und ab gingen. Plötzlich durchzuckte ein Gedanke seinen Kopf: Wenn ich die sehen kann, dann kann irgendein Scharfschütze auch mich sehen! Mit einem leisen Schrei sprang Müller auf, stürzte zur Fensterfront und schloss die Jalousien. Erleichtert atmete er aus und setzte sich wieder an seinen Schreibtisch. Er vergrub das Gesicht in den Händen. So kann das nicht weitergehen, dachte er und schluchzte.

FRANKFURT, 29. JUNI, 18.55 UHR

Es ist wissenschaftlich erwiesen, dass einige Tiere Angst riechen können. Manche Menschen behaupten ebenfalls von sich, Angst riechen zu können. Niemand weiß genau, ob das stimmt oder nicht. Auf jeden Fall kann ein guter Beobachter Angst sehen. Und der Mann, der gerade das Gebäude verließ, hatte Angst. Die Art, wie er sich umblickte, der gehetzte Ausdruck im Gesicht, die unsicheren Bewegungen. Oh ja. Heinrich Müller hatte Angst.

Der Mann, der vom Grafen den Auftrag hatte, Müller zu beobachten, grunzte zufrieden. Dass Müller Angst hatte, war eine wichtige und gute Nachricht. Und da der Graf darauf bestand, wichtige

Nachrichten sofort zu erhalten, stieg der Mann in sein Auto und wählte dessen Nummer.

BERLIN, 29. JUNI, 19.20 UHR

Gerling packte gerade seine Aktentasche und wollte das Kanzleramt verlassen, als sein Kanzleramtschef ins Büro gestürzt kam. Erstaunt sah Gerling auf. Huber ging durchs Büro, schaltete den Fernseher ein und suchte den Nachrichtenkanal. Als er ihn fand, sah der Kanzler sofort, dass Ärger zu erwarten war. Kein anderer als der ehemalige Fraktionsvorsitzende seiner Partei, Hans Weber, wurde gerade interviewt.

„Herr Weber, was veranlasst Sie, eine eigene Partei zu gründen?", wollte der Journalist wissen.

„Die Tatsache, dass die momentane Regierung, insbesondere der Bundeskanzler, mit der Wahrnehmung ihrer Aufgaben schlicht überfordert ist." Weber machte eine Pause und sah direkt in die Kamera. „Schauen Sie. Der Bundeskanzler hat immer behauptet, mit den sogenannten Seilschaften aufzuhören. Und was sind seine ersten Amtshandlungen? Sein Freund und ehemaliger Professor wird Innenminister und seinen alten Freund und Chef, den ehemaligen Bürgermeister der Stadt Hamburg, macht er zum Außenminister." Weber warf mit einer dramatischen Geste die Hände in die Luft. „Er fängt mit genau den Seilschaften an, die er anfangs verurteilte und unterbinden wollte." Weber schüttelte traurig den Kopf. „Aber was viel schlimmer ist: Anstatt sich um die marode Finanzsituation zu kümmern, spielt sich der Bundeskanzler als Superheld auf und bringt sich und andere in direkte Gefahr. Und dann bedroht er auch noch harmlose Journalisten, die einfach nur ihren Job machen. Für mich sind das ganz klare Indikatoren für das Chaos, das im Kanzleramt herrscht. Bundeskanzler Gerling setzt eindeutig die Prioritäten falsch. Das ist eine Tatsache."

Erneut machte Weber eine Pause und trank einen Schluck Wasser. Dann sah er ernst in die Kamera. „Darüber hinaus liegt mir Beweismaterial vor, das, da bin ich mir ganz sicher, strafrechtliche Konsequenzen für den Kanzler haben wird."

Der Journalist beugte sich vor.

„Um was für Material handelt es sich hierbei?", fragte er mit unschuldiger Miene.

Natürlich wusste er genau, was für brisantes Material sich im Besitz des ehemaligen Fraktionsvorsitzenden befand.

„Mir ist eine Videoaufzeichnung zugespielt worden, die beweist, dass im Auftrag des Bundeskanzlers Folterungen und Scheinhinrichtungen durchgeführt wurden."

Bestürzt schüttelte der Journalist den Kopf.

„Das sind schwere Anschuldigungen, die Sie da erheben", meinte er überflüssigerweise.

Weber nickte ernst.

„Sagen Sie das dem Kanzler, nicht mir."

BERLIN, 29. JUNI, 19.28 UHR

„Großer Gott!", hauchte Gerling, als er hörte, was Weber da von sich gab.

Huber wirkte verstört. „Was redet der denn da?", wollte er wissen. Der Kanzler wollte gerade antworten, als die Bürotür aufging und Rosenthal das Kanzlerbüro betrat.

„Wie konnte das passieren? Wie ist dieser Intrigant an die Aufzeichnung gekommen?", fragte er außer Atem.

„Ich hab keine Ahnung", gab Gerling zu. Er stand auf und ging zur Fensterfront.

„Kann mir mal jemand sagen, worum es hier geht? Folterungen? Scheinhinrichtungen? Steht Weber unter Drogen, oder was?", fragte Huber aufgebracht. Mit wenigen Worten erklärte Gerling seinem Kanzleramtschef, worum es ging.

„Was machen wir jetzt?", fragte er dann leise. Das darauf folgende Schweigen wurde durch das Klingeln des Telefons unterbrochen. Huber nahm den Hörer ab und lauschte. Dann legte er auf.

„Das war Martin. Er wird in fünf Minuten hier sein", sagte er und der Kanzler nickte.

„Er wird sagen, dass er die volle Verantwortung übernehmen wird. Er wird sagen, dass ich von der ganzen Sache nichts wusste", sagte Gerling leise.

„Er wird seinen Kopf hinhalten, um deinen aus der Schusslinie zu bringen", bestätigte Rosenthal. Dann sah er dem Kanzler in die Augen. Was er sah, hatte er befürchtet.

„Und du wirst es nicht zulassen", sagte er.

„Richtig. Das kann und werde ich nicht zulassen."

7

BERLIN, 01. JULI, 09.01 UHR

Der Kanzler und seine Berater hatten lange über den richtigen Weg, über die richtige Reaktion debattiert. Schließlich hatten sie sich geeinigt. Gerling würde eine öffentliche Debatte im Bundestag nutzen, um zu den Parteien und zu seinen Wählern zu sprechen.

Mit ernster Miene stand der Kanzler auf und verließ die Regierungsbank in Richtung Rednerpult. Wie immer hatte er keinen vorformulierten Text dabei. Den roten Faden hatte er im Kopf. Der Rest würde sich ergeben. Er trat an das Mikrofon und sah lange in die Gesichter der Anwesenden, bevor er begann.

„Wie alle meine Vorgänger, so habe auch ich einen Eid geschworen. Einen Eid, die Verfassung und die Bürger der Bundesrepublik Deutschland zu schützen. Vor nicht einmal fünfzehn Monaten waren beide, die Verfassung und die Bürger dieses Landes, in großer Gefahr." Er machte eine Pause und sah in die Runde. Dann fuhr er mit leiser Stimme fort.

„Als Kanzler der Bundesrepublik Deutschland muss man willens und fähig sein, Entscheidungen zu treffen. Dies gilt insbesondere in Krisensituationen. Wir waren in einer solchen Krisensituation und ich musste Entscheidungen treffen. Entscheidungen, die, wenn sie falsch gewesen wären, schwerste Konsequenzen für unser Land bedeutet hätten. Einige sind mir schwer gefallen."

Wieder machte er eine kurze Pause. Dann erhob Gerling die Stimme. „Die Entscheidung jedoch, Kinder aus den Händen von Verbrechern befreien zu lassen, diese Entscheidung fiel mir nicht schwer!" Tosender Beifall setzte ein. Gerling bemerkte, dass sogar vereinzelte Mitglieder der Opposition applaudierten. „Viele von Ihnen glauben vielleicht, dass es mir gefällt, Kanzler zu sein. Sie irren sich. Kanzler zu sein kann nur jemandem gefallen, der machtbesessen ist. Was ist schön daran, kein Privatleben mehr zu haben? Was ist schön daran, ständig von Leibwächtern umgeben sein zu müssen? Der einzige Grund, warum ich Kanzler bin, ist der, dass ich dieses Land liebe und davon überzeugt bin, dass es schlechter dasteht, als es müsste. Dies will ich ändern. Deswegen fiel es mir auch nicht schwer, Entscheidungen zu treffen, die meine Kanzlerschaft beenden könnten. Das war mir egal, weil es wichtiger war, die richtigen Entscheidungen zu treffen, als zu überlegen, ob diese mir vielleicht schaden würden. Jetzt wollen mich einige aus dem Amt entfernen, weil ich Methoden zugelassen habe, die mit dem Gesetz nicht vereinbar sind. Ich frage Sie: Was ist das für ein Gesetz, das es uns verbietet, alles zu tun, um das Leben von unschuldigen Kindern zu retten?"

Erneut setzte tosender Beifall ein. Diesmal applaudierten deutlich mehr. Gerling nahm einen Schluck Wasser und sah in die Runde. Es lag eine eigenartige Spannung in der Luft. „Martin von Sengen ist einer meiner besten Freunde und ich vertraue ihm blind. Er hatte von mir die eindeutige Anweisung, alles zu tun, um den Aufenthaltsort der Kinder in Erfahrung zu bringen. Alles, was Herr von Sengen tat, fand und findet meine uneingeschränkte Zustimmung. Oberste Priorität hatte die Sicherheit der Kinder." Wieder erhob der Kanzler die Stimme. „Die persönlichen Grundrechte der Entführer waren in dem Moment verwirkt, als sie die Kinder für ihre schändlichen Motive missbrauchten! Dazu stehe ich noch heute!" Der nun folgende Applaus dauerte drei Minuten.

„Ich übernehme die volle politische und persönliche Verantwortung für das, was geschehen ist. Und ich sage Ihnen allen: Würde ich heute vor der gleichen Entscheidung stehen, ich würde genau so handeln wie damals." Gerling hob eine Hand und streckte zwei Finger in die Höhe. „Zwei Dinge darf man in Deutschland auf keinen Fall tun. Wenn man sie tut, trifft einen die ganze Härte des Gesetzes. Man darf nicht gegen die Straßenverkehrsordnung verstoßen und man darf keine Steuern hinterziehen. Für alle anderen Delikte gilt: Fester Wohnsitz und nicht vorbestraft und alles ist halb so schlimm. Im Übrigen gilt: Nicht gegen die Grundrechte der Verbrecher verstoßen, unabhängig davon, wie schlimm das Verbrechen war. Das kann nicht sein. Wir mussten zu anderen Mitteln greifen, um die Kinder zu retten und vor weiterem Missbrauch zu schützen. Sollte ich deswegen mein Amt verlieren, sage ich Ihnen: Das war es wert!"

BERLIN, 01. JULI, 10.15 UHR

Werner Rosenthal schüttelte den Kopf und sah Gerling mit ernster Miene an. Kirchner, Huber, und de Fries wirkten bestürzt.

„Du bist nicht gerne Kanzler und gibst es auch noch in aller Öffentlichkeit zu? Du stellst öffentlich unsere Rechtssprechung in Frage? Für viele wird es so wirken, als wärst du ein lustloser Regierungschef und ein Verfechter des Polizeistaates!" rief Rosenthal.

Gerling winkte ab. „Das hab ich doch gar nicht gesagt."

„Aber das ist es, was einige daraus machen werden, ist dir das nicht klar? Du hast uns gerade einen Bärendienst erwiesen, Herr Bundeskanzler!", brüllte ein aufgebrachter Rosenthal. Erschrocken zuckte Gerling zusammen. So hatte er seinen alten Freund noch nie erlebt. Außenminister de Fries hob beschwichtigend eine Hand.

„Werner hat Recht. Trotzdem sollten wir uns erst einmal beruhigen. Hat ja keinen Zweck, wenn wir jetzt schon in den eigenen Reihen aufeinander losgehen."

Innenminister Rosenthal nickte. „Tut mir leid, dass ich laut geworden bin. Aber manchmal tust du einfach unüberlegte Sachen. Das sind die Momente, in denen deine größte Stärke zu deiner größten Schwäche wird", sagte er leise und setzte sich seufzend hin. Huber sah den Kanzler nachdenklich an.

„Vor ein paar Tagen bat ich Sie darum, endlich damit anzufangen, ab und zu wie ein Politiker zu denken und zu handeln. Das eben war das genaue Gegenteil. Es tut mir leid, das sagen zu müssen, aber Sie haben sich selbst und ihrem Amt gerade großen Schaden zugefügt."

Gerling wirkte betroffen und zum ersten Mal fragte er sich, ob seine Kritiker vielleicht Recht hatten mit der Behauptung, er wäre dem Amt nicht gewachsen.

BERLIN, 01. JULI, 14.30 UHR

Aufmerksam lauschte der Graf den Ausführungen von Jörg Bauer. Der Plan war riskant, aber durchführbar. Wenn er gelang, würde er einen echten Durchbruch bedeuten. Wenn nicht, würden sie einen wichtigen Zeugen verlieren. Wie so oft in seinem Leben wog der Graf Risiken und Chancen gegeneinander ab und spielte in seinem Kopf die Szenarien durch.

Wie bei einem Schachspiel dachte er mehrere Züge voraus und kalkulierte dabei ungewöhnliche Reaktionen seines Gegners mit ein. Bauer, der diese Art des Grafen kannte, schwieg und wartete ab. Nach einiger Zeit beugte sich der Graf vor und sah ihn an.

„Mach es!", sagte er einfach. Bauer nickte, stand auf und verließ das Zimmer.

FRANKFURT, 01. JULI, 16.45 UHR

Heinrich Müller legte das abhörsichere Handy auf den Tisch und wischte sich die schweißnassen Hände an den Hosenbeinen ab. Eben hatte er den Anruf bekommen, von dem er gehofft hatte, dass er nicht käme, von dem er aber gewusst hatte, dass er kommen würde. Lediglich der Inhalt des Gespräches war weniger schlimm als befürchtet. Sie hatten ihn eingeladen, an der nächsten Strategiebesprechung teilzunehmen. Er wusste, dass wenn sie ihn liquidieren wollten, das in Deutschland geschehen würde und nicht in den Vereinigten Staaten. Sicher allerdings war er sich da nicht.

ROM, VATIKANSTADT, 01. JULI, 17.30 UHR

Die Vatikanstadt ist heute mit neunhundertzweiunddreißig Einwohnern der kleinste anerkannte Staat der Welt. Staatsoberhaupt ist der Papst. Im Grunde genommen ist die Vatikanstadt somit die letzte absolute Monarchie Europas. Als der alte Papst starb, dachte wohl keiner der weltweit 2 Milliarden Katholiken an ihn als Nachfolger. Zu unnahbar und geheimnisvoll schien er. Und das Amt, das er noch als Kardinal bekleidete, erzeugte mehr Angst und Misstrauen unter den Gläubigen als alles andere – er war der Hüter aller Geheimnisse des Vatikans. Er stand der Organisation vor, die wie keine andere die Geschichte der Katholischen Kirche geprägt hatte – früher nannte man sie die heilige Inquisition.

Als er dann als neuer Papst das Konklave verließ und sein Name der Welt offenbart wurde, war die Reaktion eine Mischung aus Erstaunen und Unverständnis. Dann hielt er seine erste Rede und eroberte die Herzen der Menschen. Soviel Demut und Wärme hatte niemand von ihm erwartet.

Der Papst saß in seinem privaten Büro und trank heiße Milch mit Honig – sein Lieblingsgetränk neben Rotwein, den er sich aber nur noch selten gönnte. Er dachte nach. Sein persönlicher Assistent wartete und schwieg. Er kannte diese Art von versunkener Nachdenklichkeit. Sie konnte sehr lange andauern – heute jedoch nicht. Der Papst hob den Kopf und sah ihn an.

„Es war ein Fehler, den Behörden Deutschlands, Frankreichs, Englands und Spaniens nicht sofort zu berichten, was wir entdeckt haben", sagte er mit leiser, heiserer Stimme. Sein Assistent schwieg und der Papst fuhr nach einem tiefen Seufzen fort. „Das ist unser Problem, wissen Sie? Wir hüllen über alles den Mantel des Schweigens und schüren so das Misstrauen in aller Welt." Der Papst nickte langsam. „Ein Fehler", wiederholte er. Sein Assistent räusperte sich und der Papst blickte auf.

„Eure Heiligkeit, in Anbetracht der jüngsten Entwicklungen sehen Sie doch von einer Reise nach Deutschland ab, nicht wahr?" Der Papst hob erstaunt die Augenbrauen.

„Warum sollten mich die jüngsten Entwicklungen von meiner Reise nach Deutschland abhalten? Welchen Zusammenhang siehst du, der sich mir nicht erschließt?", fragte der Papst und ein feines Lächeln erhellte sein Gesicht. Sein Assistent wurde rot.

„Nun... ich dachte... ich meine...", begann er, und als das Lächeln des Papstes breiter wurde, schwieg er. Der Papst stand auf und ging zu einem der Fenster. Er blickte auf den Markusplatz.

„Giovanni, du machst dir viel zu viele Gedanken. Glaube mir, wenn ich dir sage, dass es weitaus gefährlicher wäre, nicht nach Deutschland zu reisen. Diese Reise ist für die ganze Katholische Kirche so unermesslich wichtig. Nicht zu reisen wäre eine Katastrophe für uns alle", sagte der Papst leise und damit traf er die Entscheidung.

BERLIN, 02. JULI, 10.29 UHR

„Die entscheidende Frage, Herr Bundeskanzler, ist: Hat Herr von Sengen auf Ihren direkten Befehl hin diese Tat vollzogen?" Der Rechtsberater des Kanzlers schloss die Akte und blickte Gerling an. Der fuhr sich mit den Händen durchs Haar und beugte sich dann vor.

„Ich ließ Herrn von Sengen vollkommen freie Hand."

„Bei allem Respekt, Herr Bundeskanzler, Sie beantworten meine Frage nicht. Hat Herr von Sengen Sie vorher über alle Schritte informiert oder nicht?", hakte der Rechtsberater nach.

Werner Rosenthal räusperte sich.

„Herr von Sengen hat uns nicht vorher informiert", sagte er leise. „Er zeigte uns irgendwann später die Videoaufzeichnung. Bevor wir die sahen, wussten wir nicht, was er getan hatte."

Der Rechtsberater atmete erleichtert auf. „Damit ist der Kanzler aus der Schusslinie. Die Anschuldigungen von Herrn Weber betreffen nicht Sie. Sie haben sich keines Fehlverhaltens schuldig gemacht", erklärte der Rechtsberater und erhob sich.

„Was geschieht mit von Sengen?", fragte Gerling mit leiser Stimme.

Der Anwalt dachte kurz nach. „Das BKA wird ihn definitiv suspendieren. Seine Karriere im Staatsdienst ist beendet", erklärte er knapp und verabschiedete sich. Als die Tür sich hinter ihm schloss, brachen die Emotionen aus Gerling heraus. Er hämmerte mit der Faust auf den Schreibtisch.

„Verdammt noch mal!", schrie er, „Martin hat das einzig Richtige getan und dafür wird er jetzt öffentlich hingerichtet. Das ist nicht fair. Ohne ihn hätten wir das alles nie geschafft."

Werner Rosenthal nickte verständnisvoll.

„Du hast vollkommen Recht, Jan. Aber richtig ist auch, dass Martin von Anfang an wusste, welches Risiko er eingeht – und glaube mir, er hat es gerne getan."

Gerling hob den Kopf und sah seinem Freund direkt in die Augen. Werner Rosenthal erschrak, als er seinen Blick sah.

„Eins schwöre ich dir: Ich mache Weber fertig! Irgendwann kriege ich ihn."

Rosenthal sparte sich einen Kommentar. Er wusste, dass es zwecklos war, beschwichtigend auf den Kanzler einzuwirken.

FRANKFURT, 03. JULI, 19.30 UHR

Jörg Bauer beobachtete das Anwesen von Müller. Es war ein stattliches Haus aus roten Klinkern, umgeben von einer hohen Mauer, die rings um das große Grundstück verlief. Müller selbst war noch nicht zu Hause, allerdings erwarteten sie ihn in den nächsten Minuten. Sobald er ankommen würde, sollte hier die Hölle losbrechen.

BERLIN, 03. JULI, 19.45 UHR

Es war einer der seltenen Abende, die Jan und Katja gemeinsam verbringen konnten. Katja, die wusste, dass Jan unter enormen Druck stand, hatte sein Leibgericht gekocht – zumindest hatte sie es versucht. Eine besonders gute Köchin war sie nicht. Katjas erster Versuch, einen Schweinebraten zuzubereiten, endete damit, dass beide lachend ein Restaurant betraten, um dort zu essen. Der Schweinebraten, beziehungsweise das, was von ihm übrig geblieben war, wurde fachgerecht entsorgt.

Ihr heutiges Werk war eindeutig besser – dafür war die Stimmung umso schlechter. Seit den Terroranschlägen war Jan nicht mehr derselbe. Seit Wochen war Jan nicht richtig anwesend und er war, was bei ihm sehr selten vorkam, gereizt. Katja machte sich wirklich Sorgen. Anfangs dachte sie, es läge daran, dass der Gesundheitsminister ums Leben gekommen war. Dann erfuhr sie, dass das Verhältnis zwischen Jan und ihm nicht so eng gewesen war, um dieses lange Stimmungstief zu begründen.

Sie beobachtete, wie er lustlos im Essen herumstocherte.

„Jan?"

Erschrocken und mit abwesendem Blick fuhr er hoch.

„Ich liebe dich", sagte Katja und sah ihn voller Zärtlichkeit an. Für einen kurzen Augenblick durchbrach sie mit diesem Satz seinen Panzer und was sie sah, erschreckte sie mehr als alles andere. Sie spürte in diesem Augenblick die große Verzweiflung und die Unsicherheit, die ihn plagte. Dann, nach wenigen Sekunden, verschleierte sich sein Blick wieder.

„Ich liebe dich auch", murmelte er und stocherte weiter in seinem Essen herum.

FRANKFURT, 03. JULI, 19.55 UHR

„Zielobjekt nähert sich dem Haus!", kam es aus Bauers Headset.

„Statusbericht!", befahl Bauer und sofort erhielt er von allen Mitgliedern des Einsatzteams das Okay. Alle waren auf ihrem Posten und bereit.

Jetzt konnte Bauer den Wagen von Müller auch schon sehen. Ungefähr fünfzig Meter vor dem geschlossenen schmiedeeisernen Tor wurde er langsamer. Bauer wusste, dass Müller jetzt versuchte, das Tor mit seiner Fernbedienung zu öffnen. Allerdings hatten sie es manipuliert, sodass es sich nicht mehr öffnen ließ.

Unmittelbar vor dem Tor kam der Wagen zum Stehen und Müller stieg aus. In diesem Moment fiel der erste Schuss und die Scheibe der Fahrertür zersplitterte. Erschrocken fuhr Müller zusammen und sah sich gehetzt um. Anstatt so zu reagieren wie jeder normale Mensch, nämlich wegzulaufen, blieb Müller wie gelähmt stehen. Plötzlich wurde er von zwei kräftigen Armen gepackt und aus der Gefahrenzone gezerrt. Bauer drückte den völlig willenlosen Müller, der unter Schock stand, hinter dessen Fahrzeug.

„Mein Name ist Bauer, Nationaler Sicherheitsdienst. Wir bringen Sie hier raus", raunte er Müller ins Ohr. Der reagierte mit einem Grunzen und starrte Bauer aus glasigen Augen an. Herrgott, dachte Bauer, der arme Kerl ist ja völlig am Ende.

Ein dunkler Van kam mit quietschenden Reifen zum Stehen und die Seitentür wurde geöffnet. Bauer packte Müller und warf ihn förmlich in den Wagen. Dann schloss sich die Tür und der Wagen brauste davon. Sie hatten die Zielperson erfolgreich in Gewahrsam genommen.

BERLIN, 04. JULI, 09.00 UHR

Es ist nicht schwer, in Deutschland eine Partei zu gründen. Vor allem dann nicht, wenn man über einflussreiche und großzügige Spender und Freunde verfügt, wie es bei Weber und Lohmann der Fall war.

Sie nannten ihre Partei UAP, Unabhängige Arbeiter Partei. Lohmann hatte sie ursprünglich Soziale Arbeiter Partei nennen wollen, aber einige clevere Leute hatten ihn darauf hingewiesen, dass man so die Partei leicht mit der bekannten Software Firma verwechseln könnte. Schon bei den kommenden Landtagswahlen in Hessen wollten sie antreten. Ihr Spitzenkandidat war natürlich Hans Weber.

BERLIN, 04. JULI, 10.45 UHR

Jörg Bauer war enttäuscht. Zwar hatte er recht interessante Informationen von Müller erhalten, nachdem sie ihm Glauben gemacht hatten, dass seine Partner versucht hätten, ihn umzubringen. Allerdings musste er feststellen, dass Müller wohl nicht über die umfassenden Informationen verfügte, von denen sie dachten, dass er sie liefern konnte. Die Aktion musste als Fehlschlag betrachtet werden.

BERLIN, 04. JULI, 11.55 UHR

Martin von Sengen war seit einer Stunde damit beschäftigt, sein Büro zu räumen. Von den wichtigsten Mitarbeitern hatte er sich schon verabschiedet und es waren einige Tränen geflossen. Wie es mit ihm weitergehen sollte, wusste er noch nicht.

BERLIN, 04. JULI, 12.45 UHR

Zufrieden betrat Holger Fachner sein Büro. Er hatte gerade über seinen Anwalt die Zivilklage gegen Dr. Jan Philip Gerling, Kanzler der Bundesrepublik Deutschland, eingereicht.

BERLIN, 04. JULI, 18.40 UHR

Gedankenverloren blickte der Graf aus dem Fenster in seinen Garten. Dann kehrten seine Gedanken zurück zu dem Inhalt der Akte, die er gerade gelesen hatte. Er fragte sich, ob der Mann, den er für befähigt hielt, die Welt zu ändern, genügend Mumm hatte, diese Informationen als Waffe zu benutzen.

BERLIN, 04. JULI, 22.35 UHR

Der Kanzler konnte nicht einschlafen. Wie all die Nächte zuvor. Leise war er aufgestanden, hatte sich aus dem Schlafzimmer geschlichen und war in das Dachgeschoss gegangen. Hier hatte er sein Arbeitszimmer. Er starrte aus dem Fenster und stellte sich immer wieder die gleiche Frage: Bin ich der Richtige für dieses Amt?

ZWEITES BUCH

„Was wir am nötigsten brauchen,
ist ein Mensch, der uns zwingt, das zu tun, das wir können."
Ralph Waldo Emerson, amerikanischer Philosoph (1803–1882)

8

BERLIN, 10. AUGUST, 10.15 UHR

Die letzten Wochen waren die reinste Hölle für den Kanzler. Die Umfrageergebnisse waren niederschmetternd. Seine Beliebtheit nahm immer mehr ab und die Partei verlor Prozentpunkt für Prozentpunkt. Hans Weber hingegen schwebte auf einer Wolke des Erfolges durchs Land und prophezeite das vorzeitige Aus der Regierung. Das Problem war, dass immer mehr Leute ihm zuhörten und glaubten. Darüber hinaus ließ er keine Gelegenheit ungenutzt, um darauf hinzuweisen, dass gegen Gerling ein Ermittlungsverfahren eingeleitet worden war. Zu allem Überfluss kamen sie mit den Untersuchungen der Anschläge einfach nicht weiter. Die Regierung konnte keine Punkte auf der Habenseite verbuchen und wurde jeden Tag angreifbarer. Der Kanzler trat so gut wie gar nicht mehr in der Öffentlichkeit auf, was den Eindruck einer erfolglosen Regierung noch verstärkte. Übellaunig und unwirsch wehrte sich Gerling gegen jeden gut gemeinten Rat. Nicht einmal Werner Rosenthal, sein alter Freund, kam an ihn heran. Im Kanzleramt kursierte das Gerücht, es sei nur noch eine Frage der Zeit, bis Gerling alles hinschmisse.

BERLIN, 12. AUGUST, 20.30 UHR

Hans Weber sah wirklich staatsmännisch aus in dem dunkelgrauen Dreireiher, dem blütenweißen Hemd und der roten Krawatte. Er war wieder einmal zu Gast in einer Talkshow. Heute wollte er zur Großoffensive blasen. Gerade hatte der Journalist ihm die Frage gestellt, warum der Kanzler scheinbar wie vom Erdboden verschluckt sei.

„Sehen Sie“, begann Weber schulmeisterlich, „Genau das ist das Problem. Der Kanzler verkriecht sich. Nach so kurzer Zeit tritt das ein, was ich immer vorhergesagt habe. Der Mann ist schlicht und ergreifend überfordert.“

Weber blickte nun direkt in die Kamera.

„Herr Bundeskanzler. Ich fordere Sie hiermit auf: Machen Sie dem Elend ein Ende. Treten Sie zurück und machen Sie so den Weg frei für Neuwahlen!“

BERLIN, 12. AUGUST, 20.40 UHR

Wütend schaltete der Graf den Fernseher aus. Jetzt reicht´s, dachte er und verließ sein Wohnzimmer. Er hatte einige Anrufe zu erledigen.

FRANKFURT, 15. AUGUST, 20.00 UHR

Sie trafen sich in einem Hotel in der Innenstadt. Es waren dreißig Personen, jeweils zur Hälfte Männer und Frauen, was nicht weiter verwunderlich war, da es sich ausschließlich um Ehepaare handelte. Es waren nicht alle gekommen, da für einige die Anreise aus dem Ausland kurzfristig nicht möglich war. Etwa die Hälfte kam aus Deutschland. Es war das erste Mal, dass sie sich alle zusammen trafen. Als sie sich einander vorstellten, flossen die ersten Tränen. Dann schritten sie zur Tat. Sie hatten noch einiges vor und nicht mehr allzu viel Zeit.

BERLIN, 18. AUGUST, 17.00 UHR

Gerling hatte seine engsten Freunde, Innenminister Rosenthal und Außenminister de Fries, zu einer vertraulichen Besprechung gebeten. Die zwei betraten das Büro des Kanzlers und setzten sich. Betretenes Schweigen machte sich breit. Dann endlich räusperte sich Gerling und brach das Schweigen.

„Ich weiß nicht, ob ich weitermachen soll", sagte er mit leiser Stimme. Rosenthal und de Fries wechselten einen kurzen Blick, sagten aber nichts. Der Kanzler fuhr fort.

„Ich kann nicht mehr. Ich habe einfach keine Kraft mehr. Das alles wächst mir über den Kopf. Es ist alles so... so..." Gerling brach ab und sah seine Freunde hilfesuchend an. Außenminister de Fries musterte seinen Freund. Der hatte abgenommen und unter den Augen konnte er dunkle Ringe ausmachen. Er tat ihm leid. Aber er konnte nicht zulassen, dass Jan jetzt aufgab. Rosenthal sah das genau so. Nur hatten sie keine Ahnung, wie sie ihren Freund aus diesem dunklen Loch herausholen sollten. Also schwiegen sie.

„Ich denke, es wird das Beste sein, wenn ich zurücktrete", sagte der Kanzler.

„Wenn du das tust, war alles umsonst. Alles!", erwiderte Rosenthal.

„Wenn ich weitermache, wird alles nur noch schlimmer!", versetzte Gerling.

Rosenthal wollte gerade zu einer Antwort ausholen, als die Tür des Büros aufging und Huber hereinkam. Der Kanzleramtschef ging schnell zu dem Fernseher und schaltete ihn ein.

„Das müsst ihr euch anschauen. Dieser Spot läuft seit ungefähr einer Stunde auf fast allen Kanälen!"

Zu sehen war ein Kinderspielplatz. Die Sonne schien und viele Kinder tollten herum. Einige kletterten die Rutsche hoch, um dann laut kreischend herunterzurutschen, andere gruben im Sand oder saßen auf einer der vielen Wippen. Plötzlich verdunkelte sich der Himmel und die Kinder verschwanden. Auf einmal erschien das Gesicht einer Frau. Sie blickte mit ausdrucksstarken Augen in die Kamera.

„Mein Name ist Annegret Richter. Ich habe eine sechsjährige Tochter. Wenn Bundeskanzler Gerling nicht das getan hätte, wofür die Menschen ihn heute bestrafen wollen, dann wäre meine kleine Julia noch immer in den Händen der Entführer."

Dann tauchte das nächste Gesicht auf und dann noch eines und noch eines. Mit jedem Gesicht wurde der Himmel klarer und die Kinder erschienen wieder auf dem Spielplatz.

Mit versteinerter Miene sah sich der Kanzler den kleinen Film an. Als er zu Ende war, bat er mit zitternder Stimme, man möge ihn alleine lassen. Noch bevor die Tür vollständig geschlossen war, stiegen Jan Tränen in die Augen. Als er dann ganz sicher war, dass niemand ihn jetzt stören würde, begann Bundeskanzler Jan Philip Gerling, das erste Mal seit langer Zeit zu weinen. Er versuchte gar nicht erst, die Tränen zu unterdrücken – er ließ es einfach zu, ließ alles raus, die ganzen Emotionen der letzten Wochen. Es war eine Art Selbstreinigung und an ihrem Ende, als der Kanzler sich wieder gefangen hatte, griff er zum Telefon – er hatte jetzt eine Menge zu erledigen.

BERLIN, 18. AUGUST, 20.00 UHR

Katja war sehr erstaunt gewesen, als sie Jans Anruf erhalten hatte. Er hatte sie darum gebeten, gegen acht Uhr abends in seine Wohnung im Kanzleramt zu kommen. Sie hatte zugesagt und nun ging sie mit weichen Knien die Treppe hoch. Anstatt einfach aufzuschließen, wollte Katja klopfen, stellte dann aber fest, dass die Tür nur angelehnt war. Unsicher machte sie einen Schritt in den Flur. Wie angewurzelt blieb sie stehen.

Überall waren Rosenblüten verstreut und an den Seiten des Flures brannten Kerzen. Katja folgte den Rosenblüten bis in das Wohnzimmer. Auch hier brannten überall Kerzen und auf dem Esstisch stand ein Sektkühler mit einer Flasche darin. Katja stand mit bebenden Lippen da und blickte sich um – von Jan keine Spur. Dann öffnete sich die Küchentür und Jan kam auf sie zu, in der Hand eine einzelne Rose. Dicht vor Katja blieb er stehen.

„Verzeih mir, mein Engel", sagte er mit leiser Stimme. „In den letzten Wochen war ich nicht ich selbst." Er reichte ihr die Rose, und ohne ihn aus den Augen zu lassen, nahm Katja sie entgegen.

„Und jetzt?", fragte sie mit leiser Stimme.

„Jetzt bin ich wieder da!", sagte Jan.

„Das ist schön", flüsterte Katja und Tränen liefen ihr über das Gesicht.

„Ich liebe dich, Katja", sagte Jan und laut schluchzend fiel sie ihm um den Hals.

BERLIN, 19. AUGUST, 09.00 UHR

Schon am Vortag hatte der Kanzler diesen Termin vereinbart. Nun fuhr er vor den Dienstsitz des Bundespräsidenten, verschwand im Schloss und wurde umgehend in das Amtszimmer gebracht. Präsident Menzel führte Gerling zu der Sitzecke und beide nahmen Platz.

„Es scheint sich um eine ernste Situation zu handeln. Was kann ich für Sie tun, Herr Bundeskanzler?", fragte der Präsident. Verdutzt sahen sich beide an. Genau so hatte vor fast fünf Monaten ihre erste ernste Besprechung angefangen und beide hatten sich im selben Moment daran erinnert. Ob das ein gutes Omen ist? fragte sich Gerling und zündete sich eine Zigarette an. Menzel tat es ihm gleich.

„Ich werde die Vertrauensfrage stellen!", erklärte Gerling.

„Ich verstehe", sagte Menzel und nickte.

Natürlich hatte sich Bundespräsident Menzel Gedanken gemacht, nachdem der Kanzler ihn um diesen kurzfristigen Termin gebeten hatte. Menzel war hochintelligent und ihm war schnell klar, dass es nur zwei Gründe gab, weswegen Gerling ihn sprechen wollte: Rücktritt oder Vertrauensfrage. In beiden Fällen war der Bundespräsident die erste Instanz, die benachrichtigt werden musste. Menzel war erleichtert. Er hatte damit gerechnet, dass der

Kanzler ihn darüber in Kenntnis setzen würde, von seinem Amt zurückzutreten. „Lassen Sie uns darüber reden."

BERLIN, 19. AUGUST, 11.30 UHR

Bundeskanzler Gerling hatte alle Minister zu einer dringenden, außerordentlichen Kabinettssitzung in sein Büro bestellt. Es herrschte eine allgemeine Unruhe, da jeder mit der Mitteilung rechnete, dass der Kanzler seinen Rücktritt einreichen würde. Nach und nach trafen die Minister ein und nahmen Platz. Gerling selbst war noch nicht da. Die Minister tauschten verstohlene Blicke aus und einige flüsterten sich die neusten Gerüchte zu. Dann ging die Bürotür auf und Bundeskanzler Gerling kam mit dynamischen Schritten in sein Büro.

„Schönen guten Morgen, meine Damen und Herren!", rief er ihnen zu und ging zu seinem Schreibtisch. Dort verstaute er schnell einige Unterlagen, dann ging er zu seinem Platz am Konferenztisch. Er blieb kurz stehen und musterte jeden einzelnen Minister eindringlich. Dann setzte er sich.

„Lassen Sie mich kurz, bevor wir anfangen, eines kurz klarstellen: Ich werde nicht zurücktreten!", erklärte der Kanzler mit klarer und fester Stimme. Diese Einleitung löste spontanen Applaus aus. Gerling bat mit einer Geste um Ruhe.

„Nichtsdestotrotz werde ich die Vertrauensfrage stellen!", fügte er dann hinzu und löste damit einen kleinen Tumult aus.

Nur Werner Rosenthal blieb stumm. Genau wie Menzel war ihm klar, dass es nur zwei Möglichkeiten für Jan gab. Und genau wie der Bundespräsident hatte Rosenthal gehofft, dass sich er für die Vertrauensfrage entscheiden würde. Jetzt galt es, erst die Minister zu überzeugen und dann die Partei. „Der Kanzler tut das einzig Richtige", sagte Rosenthal mit fester Stimme. „Unsere Umfrageergebnisse sehen uns auf einem neuen Tiefstand. Die jüngsten Ereignisse haben den Menschen in unserem Land Glauben gemacht, wir hätten den Laden nicht mehr im Griff. Wir müssen ein Zeichen setzen. Wir müssen kämpfen und wir brauchen Ergebnisse. Aber vor allem brauchen wir das Vertrauen der Wähler und der Partei. Um zurückzubekommen, brauchen wir einen starken Kanzler, und ich denke, den haben wir jetzt wieder!" Rosenthal sah in die Runde. „Also, lasst uns nicht rumjammern, sondern lasst uns anfangen!"

9

BERLIN, 24. AUGUST, 09.00 UHR

„Ich habe vor, den amerikanischen Präsidenten zu informieren", sagte der Kanzler und nahm einen Schluck Tee. Das war inzwischen eine Art Ritual zwischen ihm und dem Grafen geworden – jedes Mal, wenn sie sich trafen, probierten sie eine neue Sorte aus. Der Graf hatte einmal gemeint, sie beide müssten noch einhundertfünfzig Jahre leben, dann hätten sie alle bekannten Teesorten einmal versucht.

„Ich denke, das ist die einzige Möglichkeit, die wir haben. Ich muss zugeben, dass wir so nicht weiterkommen", gab der Graf zu. Er dachte kurz nach, dann sagte er:

„Ich an Ihrer Stelle würde auch gleich die Engländer, Franzosen, Italiener und Spanier mit einbeziehen. Lassen Sie uns versuchen, ein längst überfälliges Netzwerk aufzubauen. Ich glaube, nur so kommen wir weiter."

Der Kanzler nickte nachdenklich. Dann sprachen sie über die Details.

BERLIN, 24. AUGUST, 12.30 UHR

Der Terminwunsch kam für Gerling überraschend, dennoch nahm er sich die Zeit. Verteidigungsminister Tjaden betrat das Büro des Kanzlers und setzte sich. Dann öffnete er seine Aktentasche und entnahm ihr einen Umschlag. Stumm legte er ihn auf den Schreibtisch. Gerling sah kurz auf den Umschlag, dann blickte er den Minister an.

„Was ist das?", fragte er.

„Mein Rücktrittsgesuch", antwortete der Verteidigungsminister.

„Warum wollen Sie zurücktreten?", wollte Gerling wissen.

„Sie vertrauen mir nicht", antwortete Tjaden knapp.

Der Kanzler erhob sich und ging langsam an die Fensterfront seines Büros. Er dachte nach. Dann, nach wenigen Minuten, hatte er eine Entscheidung getroffen.

„Haben Sie, als Sie von meinem ehemaligen Sicherheitsberater erfuhren, dass wir Ehlers aus Südamerika rausholen wollen, diese Information an irgendjemanden weitergegeben?", fragte er den

Minister mit leiser Stimme. Tjaden erhob sich ebenfalls und ging zu Gerling an die Fensterfront. Beide blickten hinaus.

„Herr Bundeskanzler. Ich bin jetzt achtundsechzig Jahre alt. Seit meinem sechzehnten Lebensjahr diene ich diesem Land. Ich liebe meine Heimat und ich würde mein Leben dafür hergeben, ohne zu zögern. Um Ihre Frage zu beantworten: Nein, ich habe keine Informationen bezüglich Ehlers oder irgendeinem anderen Sachverhalt jemals an Dritte weitergegeben."

Der Kanzler nickte stumm. Er glaubte ihm.

„Herr Minister, Sie haben Recht. Ich habe Ihnen nicht mehr vertraut. Alle mir zur Verfügung stehenden Indizien haben in Ihre Richtung gedeutet. Ich habe einen schweren Fehler begangen."

„Warum haben Sie nicht das Gespräch mit mir gesucht?", wollte Tjaden wissen.

„Weil ich gehofft hatte, über Sie an die Drahtzieher heranzukommen", gab der Kanzler zu. Ein kleines Lächeln huschte über das Gesicht des Soldaten. Er verstand. Der Kanzler blickte seinen Verteidigungsminister an.

„Mit Ihrem Einverständnis zerreiße ich das Rücktrittsgesuch und ein Gespräch zu diesem Thema hat niemals stattgefunden, einverstanden?", fragte er und reichte Tjaden die Hand. Der schlug ein.

„Einverstanden, Herr Bundeskanzler."

Als Tjaden das Büro verlassen hatte, griff Gerling zum Telefon, um den Grafen anzurufen. Zeit, um Hartmut Witt, meinem ehemaligen Sicherheitsberater, einen Besuch abzustatten, dachte er.

BERLIN, 24. AUGUST, 15.45 UHR

Zufrieden grinsend legte Innenminister Rosenthal den Telefonhörer auf. Gerade hatte er das getan, was in früheren Zeiten als Rechtsberater des verstorbenen Altkanzlers Albrecht sein tägliches Geschäft gewesen war, was er gehasst und gleichzeitig geliebt hatte – eine Intrige gesponnen. Er erinnerte sich an die Worte Albrechts, der kurz vor seinem Tod den mahnenden Satz sprach: Die kritische Masse ist erreicht, wenn du den anderen mehr schuldest, als sie dir schulden. Nun, in dieser Beziehung brauchte sich Werner Rosenthal keine Gedanken zu machen – die anderen hatten noch genügend offene Rechnungen bei ihm und er gedachte, diese jetzt nach und nach einzufordern.

BERLIN, 24. AUGUST, 16.30 UHR

Weber lehnte sich lächelnd zurück und verschränkte die Arme hinter dem Kopf. So ist das, wenn man auf der Überholspur ist, dachte er. Auf einmal bekommt man Einladungen zu Gesprächsrunden von Leuten, die einen, nachdem man gefallen war, plötzlich nicht mehr kennen wollten. Nun kommen sie wieder angekrochen. Der Anruf eben gefiel ihm ganz besonders, kam er doch von einem Journalisten, dessen Reputation außer Frage stand und von dem er bislang glaubte, dass seine Sympathien dem amtierenden Kanzler galten.

BERLIN, 25. AUGUST, 09.30 UHR

Im Kanzleramt liefen die Vorbereitungen auf Hochtouren. Eine Reise Gerlings in die USA stand kurz bevor und eine Pressekonferenz befand sich in Vorbereitung. In dieser würde man verkünden, dass der Kanzler die Vertrauensfrage stellen werde.

Die Vertrauensfrage ist ein politisches Instrument in vielen Demokratien. Die Regierung kann dem Parlament die Vertrauensfrage stellen, um festzustellen, ob es mit ihrer Haltung grundsätzlich noch übereinstimmt, und gravierende Konflikte abklären. Ein negatives Ergebnis führt häufig zum Rücktritt der Regierung oder zu Neuwahlen. Die Vertrauensfrage kann aber nicht nach Belieben zur Auflösung des Bundestages genutzt werden, vielmehr muss eine „echte“ Regierungskrise vorliegen. Das Bundesverfassungsgericht hat anlässlich einer Organklage 1983 dem Bundeskanzler und dem Bundespräsidenten in dieser Frage allerdings einen großen Beurteilungsspielraum zugebilligt.

Mit einer positiven Antwort auf die Vertrauensfrage signalisiert der Bundestag, dass er weiterhin Vertrauen in den Bundeskanzler hat. In diesem Fall treten keine Rechtsfolgen ein. Auf diesen Fall hofften nun alle.

AMERIKANISCHER LUFTRAUM, 29. AUGUST, 08.55 UHR

„Herr Bundeskanzler!“ Ein Sicherheitsbeamter rüttelte Jan leicht an der Schulter und weckte ihn so auf.

Gerling öffnete die Augen und blinzelte. „Meine Verlobte ist hübscher“, murmelte er und der Beamte musste grinsen.

„Wir haben bereits den Landeanflug auf Washington begonnen“, erklärte der Beamte.

„Alles klar, danke."

Der Beamte verschwand. Gerling stand auf und reckte sich. Mittlerweile gelang es ihm, im Flugzeug zu schlafen. Er benutzte die kleine Dusche und wenig später servierte eine Flugbegleiterin ihm und dem Außenminister de Fries ein Frühstück. De Fries wirkte nicht ganz so erfrischt wie der Kanzler.

„Nicht gut geschlafen?", fragte der Kanzler und biss in ein Brötchen.

De Fries verzog sein Gesicht. „Fast überhaupt nicht. Hast du von den Turbulenzen nichts gemerkt?", fragte er.

„Nein. Gab`s Turbulenzen?"

„Ohne Ende!", sagte De Fries mürrisch. „Komisch, dass du es nicht gemerkt hast." Er nahm einen Schluck Kaffee und sah den Kanzler an. „Wer wird noch an dem Gespräch teilnehmen?", wollte er wissen.

„Erst einmal nur Präsident Clifford, sein Stabschef und der Nationale Sicherheitsberater. Darum habe ich ihn gebeten. Wenn wir ihn informiert haben, soll er entscheiden, wen er noch dazu holen möchte", antwortete Gerling kauend.

„Was meinst du, wie wird er reagieren?", fragte de Fries.

Der Kanzler dachte kurz nach. „Ich weiß es nicht. Wahrscheinlich wird er verärgert sein, weil ich ihm nicht sofort alles gesagt habe. Die Gelegenheit dazu hatte ich." Gerling überlegte erneut. „Er wird mir glauben", sagte er dann. „Er muss mir einfach glauben. Wenn wir Clifford nicht überzeugen können, wie sollen wir das dann bei den anderen schaffen?"

WASHINGTON, DC, 29. AUGUST, 10.00 UHR

Der Präsident der Vereinigten Staaten hatte Mühe, das eben Gehörte zu verdauen. Der Bundeskanzler hatte die letzten zehn Minuten dazu verwendet, ihm alle Fakten offen auf den Tisch zu legen. Fast alle Fakten jedenfalls. Die jüngste Information, die ihn im Flugzeug erreichte, hatte er als letzten Trumpf noch für sich behalten.

Präsident Clifford wechselte einen Blick mit seinem Stabschef.

„Das, was du da eben erzählt hast... wie sicher bist du, dass es der Wahrheit entspricht?", wollte er, sichtlich getroffen, wissen.

„Ich bin mir sehr sicher, sonst wäre ich nicht hier." Gerling dachte einen Augenblick nach.

„Ich glaube Mohamed Al Farag. Egal, was wir von ihm halten. Ich bin mir sicher, dass er die Wahrheit gesagt hat", sagte er mit Nachdruck.

„Okay", erwiderte Clifford, „nehmen wir mal für einen Moment an, er sagt die Wahrheit. Was bedeutet das? Es würde bedeuten, dass wir es mit einer Verschwörung aus Kreisen meiner eigenen Regierung unter Mitwirkung der Israelis zu tun hätten, mit dem Ziel, die Region um den Golf herum noch weiter zu destabilisieren, sodass uns keine andere Wahl bliebe, als militärisch einzugreifen, um die Lage zu beruhigen." Der Präsident schwieg und dachte darüber nach. „Ein Krieg wäre wahrscheinlich", flüsterte er. „Ein Krieg, der die gesamte Golfregion erfassen könnte. Wir würden diesen Krieg im guten Glauben führen, ohne zu wissen, dass wir ferngelenkt sind." Er schüttelte den Kopf. „Das ist doch Wahnsinn."

„Ich habe auf dem Weg hierher noch eine Information erhalten, die ich bislang noch nicht verraten habe", gab Gerling zu. Mit einer Handbewegung forderte Präsident Clifford ihn auf weiterzureden. „Wir wissen ja bereits, dass der Anschlag in Rom fehlgeschlagen ist. Da der Lieferwagen, der als Bombe benutzt werden sollte, unbeschädigt war, konnten meine Mitarbeiter eine Vielzahl an Spuren sicherstellen, die unter anderem beweisen, dass der Sprengstoff aus Kroatien stammt. Ich weiß auch, wer den Sprengstoff an die Terroristen verkauft hat. Ein Türke namens Özgür Karabey. Ich habe dir gesagt, dass Al Farag mir eine Liste von Namen gegeben hatte. Namen von verschwunden Terroristen aus seinem Lager. Was wir bislang nicht wussten, war, dass der italienische Geheimdienst die Leiche des Fahrers, die aus dem defekten Transporter in Rom geborgen wurde, sichergestellt hatte.

„Warum war der Fahrer tot? Wer hat ihn getötet?", wollte der Sicherheitsberater des Präsidenten wissen.

„Das ist die alles entscheidende Frage", bestätigte der Kanzler. „Der Fahrer war nämlich schon tot, als er in den Wagen gesetzt wurde. Es war einer der Männer, die auf der Liste der verschwundenen Kämpfer Al Farags standen. Interessant ist auch, dass die Gerichtsmediziner festgestellt haben, dass der Körper des Toten tiefgefroren war."

„Was hat das denn nun zu bedeuten?", fragte Clifford irritiert. Es war sein Sicherheitsberater, der die Frage beantwortete.

„Das bedeutet, dass der Terrorist entführt, getötet und eingefroren wurde. Dann, als der Zeitpunkt gekommen war, wurde er aufgetaut, irgendwie im ferngesteuerten Auto befestigt und zum Zielort gebracht. Dort sollte dann die Bombe gezündet werden. Die DNS-Spuren, die gefunden würden, sollten dann auf den bekannten Terroristen der Al-Qaida hindeuten."

„Oh mein Gott", hauchte der Präsident. Wieder wechselte er einen schnellen Blick mit seinem Stabschef. Jan entging das keineswegs. „Irgendetwas verschweigst du mir", stellte er fest.

Clifford hob den Blick und starrte den Kanzler lange an. Dann gab er sich einen Ruck. „Seit geraumer Zeit habe ich das Gefühl, dass sich innerhalb meines Regierungsapparates eine Front gegen mich bildet. Einige Leute sind nicht einverstanden mit meiner Nahost-Politik. Vor allem was unsere Militärpräsenz in Afghanistan und im Irak betrifft. Als ich noch im Senat war, habe ich keine Gelegenheit ausgelassen, den Krieg im Irak zu verurteilen. Als ich Präsident wurde, hofften meine Gegner, dass sich meine Einstellung bezüglich unseres Einsatzes im Irak und in Afghanistan ändern würde. Dies ist aber nicht der Fall. Ich kenne die wahren Motive. Ich weiß, warum wir in den Irak einmarschiert sind. Und ich verurteile das." Clifford machte eine Pause und trank einen Schluck Wasser. Er schüttelte den Kopf. „Ich weiß nicht mehr, wem ich noch trauen kann", gab er zu. Er nickte in Richtung seines Nationalen Sicherheitsberaters. „Ryan ist einer der wenigen, denen ich mein volles Vertrauen schenke. Dazu kommen noch mein Außenminister und mein Stabschef. Bei allen anderen bin ich sehr vorsichtig", gab der mächtigste Mann der Welt zu.

„Und wer, glauben Sie, sind Ihre größten Widersacher?", wollte de Fries wissen. Präsident Clifford quittierte diese Frage mit einem anerkennenden Lächeln.

„Der Verteidigungsminister und sein Stellvertreter, die Chefs von CIA und NSA und mein Vizepräsident", gab Clifford bereitwillig Auskunft.

„Was ist mit dem FBI?", fragte de Fries.

„Auf meiner Seite."

„Und das Militär?"

„Das Militär schert sich einen Dreck um Öl. Die wollen nur überleben, befolgen aber ihre Befehle. Bei den Stabschefs bin ich mir, offen gestanden, nicht so sicher."

„Und wie sind deine Kontakte zu den Israelis?“, wollte Gerling wissen.

„Du willst wissen, ob ich da jemanden habe, dem ich trauen kann?“, fragte Clifford und warf seinem Sicherheitsberater einen Blick zu.

„Es gibt da vielleicht eine Möglichkeit, an Informationen ranzukommen“, meinte Ryan.

„Noch etwas. Al Farag hat mir die Identitäten von zehn vermissten Terroristen gegeben. Mit dem gescheiterten Anschlag in Rom haben wir jetzt fünf Attentate. Das heißt, es werden noch fünf folgen“, stellte der Kanzler fest.

„Oder ein sehr großer“, sagte Ryan.

Darauf wusste niemand eine kluge Antwort.

BERLIN, 29. AUGUST, 17.30 UHR

Die Fernsehspots mit den Eltern der von Kanzler Gerling und seinen Mitarbeitern geretteten Kinder liefen seit nunmehr elf Tagen und zeigten das erwünschte Ergebnis. Die Stimmen, die das Vorgehen des Kanzlers guthießen, wurden immer lauter und die Umfragewerte des Kanzlers erholten sich. Dies änderte natürlich nichts am Schicksal von Sengens, aber der Graf hatte schon erste Gespräche mit ihm geführt und es war nur noch eine Frage der Zeit, bis Martin von Sengen in dessen Dienste trat. Rosenthal hatte den Grafen über die Falle informiert, die er Weber gestellt hatte. Der Graf hatte anerkennend genickt. Im Gegenzug hatte der Graf Rosenthal darüber informiert, dass Bauer sich, sobald er aus Istanbul zurückkehren würde, um den ehemaligen Berater des Kanzlers, Witt, kümmern würde.

Jetzt würden sie aber zunächst einmal den heutigen Abend genießen. Dann nämlich würde das Interview zwischen Martin Wagner und Weber stattfinden.

BERLIN, 29. AUGUST, 21.30 UHR

Der erfahrene Journalist Martin Wagner ließ sich normalerweise nicht einspannen, um Dinge zu tun, die er heute machen würde. Dafür war er zu lange im Geschäft. Über die Hälfte seiner mittlerweile dreiunddreißig Jahre als Journalist, hatte Wagner im Ausland verbracht. Zuletzt hatte er das amerikanische Büro in Washington geleitet. Wagner war ein echter alter Hase, der im Laufe seiner

Karriere viele Politiker hatte kommen und gehen sehen, darunter auch viele Bundeskanzler. Kaum einer hatte markante, zukunftsweisende Spuren hinterlassen. Er musste in letzter Zeit oft an eine Talkshow denken, deren Gast er gewesen war. Unter den anderen Teilnehmern war auch ein damals vollkommen unbekannter Innensenator aus Hamburg gewesen – Jan Philip Gerling. Wagner schmunzelte bei dem Gedanken, wie Gerling den damaligen Innenminister Schulz vor laufender Kamera platt gemacht hatte. Grandios war das gewesen, einfach grandios. Damals hatte Wagner noch nichts von den Plänen Albrechts und Webers gewusst. Erst später, als Albrecht schon tot war, hatte er ein wenig mehr erfahren. Typisch Albrecht, dachte Wagner. Dann hatten sich damals die Ereignisse überschlagen, und je mehr er über Gerling erfuhr, desto größer wurde sein Respekt vor ihm.

Als dann herausgekommen war, dass eine Naziorganisation alle demokratischen Parteien Deutschlands infiltriert hatte, war Gerling über sich hinausgewachsen, indem er diese Information eben nicht dazu benutzt hatte, alle Gegner in der eigenen und den anderen Parteien zu vernichten, sondern er hatte für eine lückenlose, öffentliche Aufklärung gesorgt. Damals wurde Wagner klar, dass hier ein außergewöhnlicher Mann nach oben strebte. Ein Kanzler, wie ihn dieses Land dringend brauchte. Deshalb fand Rosenthal bei ihm ein offenes Ohr und deshalb ließ Wagner sich entgegen seiner eigenen Prinzipien einspannen.

„Herr Weber“, begann Wagner das Gespräch, das live und zur besten Sendezeit von einem Millionenpublikum gesehen wurde. „Sie waren lange Zeit in der Versenkung verschwunden, nachdem Bundeskanzler Gerling Sie Ihres Amtes als Parteivorsitzender enthoben hatte. Was genau ist der Grund für Ihr Comeback?“

Weber beugte sich etwas vor und blickte in die Kamera.

„Unser Land steckt nach wie vor in einer Krise. Als wäre das nicht schon schlimm genug, tauchen jetzt auch noch Beweise auf, die eindeutig belegen, dass Bundeskanzler Gerling direkt oder indirekt, das spielt bei dem Tatbestand nun wirklich keine Rolle, den Befehl gegeben hat, Foltermethoden einzusetzen.“

Er machte eine Pause, um die Worte wirken zu lassen.

„Schauen Sie, der Bundeskanzler ist noch jung und unerfahren. Er kann diesem Druck gar nicht standhalten. Und ich will ja gar nicht leugnen, dass er an der Rettung dieser Kinder am Rande beteiligt war. Aber heiligt der Zweck wirklich die Mittel? Sind wir in diesem Rechtsstaat wirklich schon so weit, dass Folter und Scheinhinrichtungen legitimiert werden?"

Unschuldig und gleichzeitig betroffen sah Weber in die Kamera. Eine mimische Großleistung, stellte Wagner fest.

„Der Bundeskanzler hat schwerwiegende Fehler gemacht. Er hat die im Grundgesetz verankerten Rechte eines Journalisten verletzt und er hat seinen Eid, dieses Land vor Schaden zu bewahren, gebrochen." Bedauernd schüttelte Weber den Kopf. Er machte den Eindruck, als fiele es ihm wirklich schwer, Gerling diese Vorwürfe machen zu müssen. „So leid es mir tut, aber ich muss es so deutlich sagen: Er ist nicht in der Lage, dieses Land zu regieren. Und bei seinen Verfehlungen ist er auch nicht mehr dazu berechtigt!"

BERLIN, 29. AUGUST, 21.50 UHR

Gemeinsam mit Kanzleramtsminister Huber und dem Sicherheitsberater Kirchner schaute sich Werner Rosenthal die Livesendung an. Er hatte die beiden nicht über das informiert, was noch folgen würde. Deshalb waren die beiden sehr irritiert, dass der Innenminister trotz der schweren Vorwürfe, die gegen den Kanzler erhoben wurden, eine heitere Miene aufgesetzt hatte.

Wenige Kilometer entfernt hatte auch der Graf den Fernseher eingeschaltet. Auch er hatte einen amüsierten Gesichtsausdruck.

BERLIN, 29. AUGUST, 21.59 UHR

Weber erklärte gerade in der ihm ureigensten Schulmeistermethode, was die von ihm neu gegründete Partei UAP für eine Bereicherung für Deutschland war, als Wagner sich entschied, den ersten Schuss abzufeuern.

„Herr Weber, mir liegen Informationen vor, nach denen Sie dem ehemaligen Sicherheitsberater des Kanzlers fünfzigtausend Euro dafür gezahlt haben, dass er Ihnen die hinreichend bekannte Videoaufzeichnung besorgt hat. Was sagen Sie dazu?", fragte Wagner im lockeren Plauderton. Webers Augen wurden riesengroß und er versuchte krampfhaft, seinen Schock zu verbergen. Er warf Wagner einen kurzen Blick zu, der Bände sprach.

„Also, äh... davon weiß ich nichts. Das... äh... höre ich heute zum ersten Mal", stotterte er wenig überzeugend.

„Kennen Sie den ehemaligen Sicherheitsberater, Hartmut

Witt?", fragte Wagner und zur Unterstützung Webers wurde ein wenig schmeichelhaftes Bild von Witt eingespielt.

Weber glotzte das Bild an. „Ich glaube schon... ich meine, ja, ich kenne Herrn Witt", stammelte er. Wagner nickte und vertiefte sich in seine Unterlagen. Weber warf einen misstrauischen Blick auf die Mappe, die vor Wagner lag. Der griff sich ein Blatt und hob es hoch. „Ich bin im Besitz einer eidesstattlichen Erklärung von besagtem Herrn. In der heißt es, ich zitiere wörtlich: Hiermit erkläre ich, Hartmut Witt, von Herrn Hans Weber fünfzigtausend Euro erhalten zu haben, als Gegenleistung für die ihm überlassenen Videoaufzeichnungen..." Wagner las nicht zu Ende. Er sah Weber an. „Behaupten Sie immer noch, nichts von den fünfzigtausend Euro zu wissen?"

„Ich habe Herrn Witt privat ein Darlehen gegeben. Das war nicht an eine Gegenleistung gekoppelt. Warum Herr Witt das jetzt behauptet, entzieht sich meiner Kenntnis", versuchte Weber klarzustellen. Sehr geschickt von dir, dachte Wagner. Aber dass es leicht wird, war auch nicht zu erwarten. Wagner holte ein zweites Schriftstück aus der Mappe. Unruhig rutschte Weber auf seinem Stuhl hin und her. Wagner warf einen Blick auf das Schriftstück, runzelte nachdenklich die Stirn und blickte auf.

„Herr Weber, ich will Ihnen und Ihren interessanten Ausführungen nicht vorgreifen, aber Sie haben mir gegenüber erwähnt, dass Bundeskanzler Gerling einen Minister in seinem Kabinett habe, der – obwohl der Bundeskanzler weiß, dass dieser Minister sein Land verraten hat – nach wie vor im Amt sei."

Weber nickte traurig. „Leider haben Sie Recht, ja. Wir alle erinnern uns nur zu gut an die Ereignisse vor etwa einem halben Jahr, als herauskam, dass der Geschäftsmann Jürgen Ehlers versucht hatte, die demokratischen Parteien in unserem Land durch rechtsradikale Subjekte zu unterwandern. Gott sei Dank konnte das Schlimmste vermieden werden und Ehlers flüchtete damals nach Argentinien. Daraufhin genehmigte der Bundeskanzler eine, sagen wir mal, fragwürdige Aktion mit dem Ziel, Ehlers nach Deutschland zurück zu holen. Diese Aktion war nur dem engsten Mitarbeiterstab des Kanzlers bekannt und – wurde verraten. Jemand gab dem flüchtigen Ehlers einen Tipp. Dieser Jemand war der Verteidigungsminister! Und der Kanzler weiß das."

Betrübt schüttelte Weber den Kopf.

„Ich weiß nicht, warum der Kanzler ihn im Amt belassen hat, aber es ist im höchsten Maße alarmierend, dass er es tat."

Wagner nickte verständnisvoll. „Nun", sagte er, „Ich habe hier eine zweite eidesstattliche Versicherung vom ehemaligen Sicherheitsberater Hartmut Witt." Wagner hielt ein Schriftstück in die Höhe. „Darin erklärt Witt, dass er es war, der Ehlers den Tipp gab. Er habe dann versucht, den Verdacht auf Verteidigungsminister Tjaden zu lenken."

Wagner warf Weber einen nachdenklichen Blick zu.

„Wie erklären Sie sich das, Herr Weber?"

Weber rang sichtlich um Fassung. Sein Blick zuckte zwischen Kamera und Wagner hin und her. „Das ist eine Lüge!", presste er hervor. „Witt muss massiv unter Druck gesetzt worden sein, um diese Erklärungen zu unterschreiben."

Wagner schüttelte den Kopf. „Ich habe vor dieser Sendung selbst mit Herrn Witt gesprochen. Er wirkte auf mich keinesfalls wie jemand, der unter Druck gesetzt wurde. Darüber hinaus sind die rechtlichen Konsequenzen für Herrn Witt so gravierend, dass ich mir wirklich keinen Grund denken kann, warum jemand diese, selbst unter Druck, in Kauf nehmen sollte", erklärte Wagner. Er legte die Erklärung zurück in die Mappe, schloss sie und blickte in Webers Richtung.

„Herr Weber, für mich sieht die ganze Sache vollkommen anders aus. Mir scheint, als hätten Sie versucht, durch falsche Anschuldigungen und bezahlte Falschaussagen den Ruf unseres Kanzlers zu zerstören. Es kann kein Zufall sein, dass die Anschuldigungen, die durch Sie gemacht wurden, unmittelbar nach Gründung Ihrer neuen Partei erfolgten. Sie haben versucht, aus einer an den Haaren herbeigezogenen Lügengeschichte politisches Kapital zu schlagen. Das ist nicht nur niederträchtig, es ist auch eine Ohrfeige an das deutsche Volk. Das erste Mal seit langer Zeit haben wir in unserem Land eine Regierung, die uneigennützig und mutig versucht, dem Land zu dienen. Und Sie versuchen mit allen Mitteln, uns diese Chance zu rauben." Wagner sah in die Kamera. „Ich kann nur hoffen, dass dieses Vorgehen nicht ungestraft bleibt. Verteidigungsminister Tjaden ist ein Mann von Ehre, ohne Fehl und Tadel. Das gleiche gilt für den Bundeskanzler und den Rest der Regierung. Sie verdienen unser Vertrauen."

10

WASHINGTON, DC, 30. AUGUST, 07.00

Das Büro des Nationalen Sicherheitsberaters Ryan befand sich im Westflügel des Weißen Hauses, nur unweit des Oval Office. Der Sicherheitsberater genoss viele Privilegien, unter anderem das Privileg, jederzeit Zugang zum Präsidenten zu haben. Ryan war nun seit Beginn der Amtszeit Cliffords dessen Berater für Nationale Sicherheit. Zuvor war er bei der CIA gewesen. Er hatte dort als Analyst angefangen, das heißt, er hatte einen bestimmten Teil der Erde als Aufgabengebiet, in seinem Fall war dies der Ostblock im Allgemeinen und die ehemalige Sowjetunion im Speziellen. Alle ankommenden Informationen wurden von dem Analystenteam, dem er angehört hatte, ausgewertet. Ryan hatte diesen Job sehr lange gemacht und sehr gut. Es folgten Beförderungen und dann der Posten des stellvertretenden Direktors Nachrichtenbeschaffung der CIA.

Und nun, am vermeintlichen Höhepunkt seiner Karriere, sah sich Ryan einer Gefahr gegenüber, die alles, was er bislang erlebt hatte, in den Schatten stellte. Nicht nur, dass hohe Mitarbeiter des Stabes von Clifford gegen ihren Präsidenten arbeiteten, sie versuchten auch noch, einen Krieg zu provozieren, der die gesamte Golfregion mitreißen sollte. Es war unglaublich. War ihnen denn nicht klar, dass dieser mögliche Konflikt einen globalen Krieg bedeuten würde? Ryan schüttelte den Kopf. Er hatte von den Gerüchten gehört, damals, als die Vereinigten Staaten einen militärischen Schlag gegen den Irak als Option betrachtet und entsprechende Pläne geschmiedet hatten. Ein ehemaliger Berater des damaligen Präsidenten hatte einen Einsatzraum im Pentagon betreten und was er da gesehen hatte, erschütterte ihn bis ins Mark: Eine Karte des Irak war auf einem großen Tisch ausgebreitet und alle bekannten Ölquellen waren mit kleinen Fähnchen versehen. Fähnchen mit den Logos von Exxon, Shell und anderen großen Konzernen. In diesem Moment hatte der Berater des Präsidenten gewusst, dass der Einmarsch in den Irak längst beschlossene Sache war und das Motiv für den Einmarsch waren ganz sicher nicht die angeblichen Massenvernichtungswaffen.

Der damalige Präsident hatte einmal mehr die gesamte Nation belogen. Und heute?

Clifford war ein ehrlicher und aufrichtiger Mann. Nun drohte er an einer von ihm nicht verschuldeten Hypothek zu scheitern. Das konnte und wollte Ryan nicht zulassen. Clifford war ein guter, ein sehr guter Präsident. Ganz anders sein Vorgänger. Sicher, die Anschläge des elften September waren schrecklich und unverzeihlich gewesen. Die Reaktion der Vereinigten Staaten und ihrer Alliierten jedoch war verheerend. Die Bombardierung Afghanistans und der anschließende Bodenkrieg waren vielleicht noch vertretbar gewesen. Der Irakkrieg jedoch hatte das wahre Gesicht der damaligen Regierung offenbart. Amerika hatte an sich selbst den Anspruch der letzten verbliebenen Supermacht. Diesem Anspruch wollten die ehemaligen Machthaber gerecht werden – im wahrsten Sinne des Wortes um jeden Preis.

Diesen Preis jedoch mussten nicht die Mitglieder der Regierung zahlen. Sondern die Zivilbevölkerung Afghanistans und des Iraks – nicht zuletzt mit ihrem Leben. Genauso wie die vielen Soldaten. Das nebenbei die Vereinten Nationen bewusst belogen worden waren, um ein Mandat für den Krieg zu erhalten, geriet dabei fast in Vergessenheit. Ryan dachte daran, dass der ehemalige Präsident der Vereinigten Staaten bis zuletzt behauptet hatte, dass die Welt seit dem elften September durch die Aktionen der Amerikaner sicherer geworden war. Die Wahrheit war, dass genau das Gegenteil zutraf. Niemals war die Welt unsicherer als heute. Ryan warf einen Blick auf seine Uhr. In zehn Minuten würde er ins Oval Office gehen und sich gemeinsam mit dem Präsidenten auf das Gespräch vorbereiten, welches in einer halben Stunde beginnen sollte. Teilnehmer der Besprechung waren der Stabschef und der Rechtsberater des Präsidenten, der Außenminister sowie der Direktor des FBI und des Secret Service. Thema war die aktuelle Bedrohung einer Verschwörung gegen die amtierende Regierung der Vereinigten Staaten von Amerika. Beteiligt an dieser Verschwörung waren unter anderem der Vizepräsident, der Verteidigungsminister, der Direktor der NSA sowie der Direktor der CIA. Ryan lief es eiskalt den Rücken hinunter, als er an die folgenden Tage und Wochen dachte. Nicht nur die Zukunft der USA stand auf dem Spiel. Die Zukunft der ganzen Welt war in Gefahr.

WASHINGTON, DC, 30. AUGUST, 07.45 UHR

Präsident Clifford lief unruhig in seinem Büro auf und ab. Dann warf er in einer verzweifelten Geste die Hände in die Luft.

„Was zum Teufel wollen die damit erreichen?", machte er seinem Zorn Luft.

„Das liegt, denke ich, auf der Hand", antwortete der Außenminister für die anderen. „Sie wollen dich aus dem Amt werfen, um ihre perversen Pläne endlich umsetzen zu können. Das können sie nämlich mit dir als Präsidenten nicht."

Clifford blieb stehen und sah die Anwesenden der Reihe nach an. Dann blieb sein Blick auf Scott Wilson, seinem Rechtsberater, haften. „Scott. Können die mich so einfach aus dem Weißen Haus werfen?"

„Nun, Mister President, ein Amtsenthebungsverfahren ist eine schwierige Sache. Erst dreimal gab es in der Geschichte unseres Landes ein solches Verfahren." Wilson machte eine Pause und dachte nach. „Drei Gründe gibt es, die ein Amtsenthebungsverfahren rechtfertigen würden: Landesverrat, Bestechung oder ein Verbrechen, wobei eine Beteiligung oder das Vertuschen eines Verbrechens auch ausreichen kann." Er sah in die Runde. „Soweit ich das beurteilen kann, hat sich der Präsident keines dieser möglichen Vorwürfe schuldig gemacht. Von daher glaube ich nicht, dass uns aus dieser Ecke Gefahr droht."

Präsident Clifford nahm gegenüber Laymann Platz und sah seinen Freund an. „Was meinst du, Josh? Was haben die vor?", fragte er ihn.

Der wechselte einen schnellen Blick mit Wilson. Dann sah er den Präsidenten wieder an. „Ich denke, sie werden versuchen, die fünfundzwanzigste Verfassungsergänzung anzuwenden", antwortete Laymann mit besorgter Miene.

Der Präsident runzelte die Stirn.

„Kann mir mal einer auf die Sprünge helfen?"

„Um es kurz zu machen, Mister President", schaltete sich der Rechtsberater wieder ein „In § 5 der fünfundzwanzigsten Verfassungsergänzung heißt es wörtlich: Wenn der Vizepräsident und eine Mehrheit des Kabinetts befinden, dass der Präsident nicht in der Lage ist, Rechte und Pflichten seines Amtes wahrzunehmen, hat der Vizepräsident sofort die Amtsgeschäfte zu übernehmen."

Die Stille, die nun eintrat, war fast mit Händen zu greifen.

„Moment mal. Das gilt doch nur für den Fall, dass der Präsident erkrankt oder anderweitig verhindert ist", protestierte Ryan.

Wilson schüttelte betrübt den Kopf.

„Der Wortlaut ist: ‚nicht in der Lage, Rechte und Pflichten seines Amtes wahrzunehmen'. Die Gründe sind nicht klar definiert."

„Uns was heißt das nun?", wollte Laymann wissen.

„Das heißt, dass unser Problem größer ist, als wir dachten", schloss der Präsident.

BERLIN, 30. AUGUST, 19.35 UHR

Jan konnte zu einer halbwegs normalen Zeit das Kanzleramt verlassen und Katja hatte ein leichtes Abendessen zubereitet. Jetzt saßen sie in ihrem großen, hellen Wohnzimmer, und obwohl es nicht kalt war, hatte Jan ein kleines Feuer im Kamin entzündet. Katja kuschelte sich an ihn und zerwuselte ihm das Haar.

„Viel los bei euch, oder?", fragte sie und versuchte, Jans Frisur wieder in Ordnung zu bringen. Aufmerksam blickte sie ihren Verlobten an. Sein Haar war grauer geworden und in seinem Gesicht waren mehr Falten erkennbar. Man sah ihm an, dass das Amt eines Bundeskanzlers kein einfaches Amt war. Aber seine Augen, stellte sie fest, blickten noch genau so klar wie an dem Tag, als sie ihn das erste Mal gesehen hatte. Es waren seine grün-grauen Augen gewesen, dachte sie, die sie anfänglich am meisten in ihren Bann gezogen hatten. Sie hatten eine Klarheit und Tiefe, in der sie versinken konnte und schon so oft versunken war. Jetzt knuffte sie ihm leicht in die Seite.

„Hey, Bundeskanzler. Ich hab dich was gefragt", beschwerte sie sich und grinste. Als sie sein ernstes Gesicht sah, wurde ihr Ausdruck wieder ernst.

„Was ist los?", fragte sie vorsichtig.

Jan fuhr sich mit den Händen durchs Haar und blickte in das Kaminfeuer. „Ich hab das Gefühl, die Welt ist vollkommen verrückt geworden", sagte er leise. Katja nahm seine Hand und drückte sie leicht. Jan blickte in ihre Augen. „Was richtig ist, wird bestraft, und was falsch ist, wird toleriert", stellte er fest und schüttelte den Kopf.

„Du meinst Martin von Sengen, stimmt's?", fragte sie nach.

Jan nickte. „Auch. Martin hat das getan, was richtig war. Er war es, der die Kinder gerettet hat, nicht ich. Und jetzt wird er dafür bestraft. Dann versucht Weber, mich mit Lügen aus dem Amt zu drängen, und kommt mit einem blauen Auge davon.“

Jan beugte sich vor. „Dann die Bombenanschläge. Irgendjemand will, dass wir glauben, es wäre die Al-Qaida gewesen. Aber die waren es nicht. Hier läuft etwas, was ich noch nicht annähernd begriffen habe. Aber es ist etwas Großes. Etwas sehr Gefährliches.“

„Was meinst du? Warum glaubst du, dass die Anschläge nicht von Al-Qaida begangen wurden?“, wollte Katja wissen. Nachdenklich sah Jan Katja an.

„Erinnerst du dich, als ich in den Staaten war und du mich anrufen wolltest? Du sagtest, du hättest da eine merkwürdige Ansage gehört“, sagte Jan mit leiser Stimme.

„Ja, ich erinnere mich. Ich dachte schon, ich hätte mich verwählt, weil die Sprache so arabisch klang“, antwortete Katja.

Jan nickte. „Arabisch, ja“, flüsterte er.

„Du warst gar nicht in Amerika, oder?“, fragte Katja ruhig.

„Doch, doch. Zuerst schon“, meinte Jan immer noch mit leiser Stimme. Katja überlief ein Schauder und sie bekam eine Gänsehaut.

„Und wo warst du noch?“

„In Afghanistan“, gab Jan zu.

Katja sagte nichts. Sie spürte, dass er noch nicht fertig war.

„Es war nach der Demo in Kreuzberg. Ich erhielt einen Anruf. Und eine Art Einladung. Ich sah darin eine Chance, die Wahrheit zu erfahren, also nahm ich die Einladung an.“

„Und wer hat dich eingeladen?“

„Mohamed Al Farag.”

Katja schnappte nach Luft und riss entsetzt die Augen auf.

„Du machst Witze!“, rief sie.

Jan schüttelte den Kopf.

„Nein, Liebling. Glaub mir. Ich mache keine Witze.“

„Du hast dich mit einem der meistgesuchten Terroristen der Welt getroffen? Mit dem Mann, der die Anschläge vom 11. September geplant hat?“ Erregt sprang Katja auf. „Was tust du?“, rief sie. Dann hockte sie sich vor Jan hin und nahm sein Gesicht in die Hände. „Warum tust du so etwas?“, fragte sie eindringlich. „Warum bringst du dich immer wieder in Gefahr? Niemand erwartet das von dir. Niemand verlangt das von dir!“

Jan ergriff Katjas Hände und drückte sie sanft.

„Ich tue das, weil ich der festen Überzeugung bin, dass es das einzig richtige ist. Ich habe keine Todessehnsucht und ich verspüre nicht das Verlangen, als Held in die Geschichte einzugehen. Ich tue das, weil ich glaube, dass ich damit noch größeres Unheil verhindern kann. Ich tue das, weil ich es tun muss."

Jetzt nahm Jan Katjas Gesicht in seine Hände.

„Ich liebe und ich brauche dich, Katja. Ich kann und ich will keine Geheimnisse mehr vor dir haben. Seit ich aus den USA zurück bin, hat es mich belastet, dass ich es dir nicht gesagt habe."

Katjas Augen füllten sich mit Tränen.

„Du bist noch nicht fertig, oder?", fragte sie mit erstickter Stimme. „Da ist noch mehr, hab ich recht?" Zärtlich wischte Jan die Tränen aus Katjas Gesicht. Dann nickte er.

„Ja, da ist noch mehr." Dann erzählte er ihr alles, was er wusste. Und alles, was er vorhatte. Als er geendet hatte, schwiegen sie für einen kurzen Moment.

„Das kannst du nicht tun", hauchte Katja.

„Ich muss."

„Sie werden dich töten. So, wie sie es schon einmal versucht haben."

Jan nahm ihre Hände und drückte sie sanft. „So dramatisch wird es schon nicht werden", meinte er ohne große Überzeugung.

„Jan, lass das bitte. Ich bin nicht dumm und ich war sehr lange Journalistin – auch im Ausland. Ich weiß, wie das läuft. Also versuch bitte nicht, mich mit Floskeln zu beruhigen. Du hast dich entschieden, offen zu mir zu sein. Hör jetzt bitte nicht auf damit, ok?"

Jan schaute sie lange an, ohne etwas zu sagen.

„Weißt du eigentlich, wie sehr ich dich liebe?", fragte er dann. Katja begann zu weinen und schüttelte schluchzend den Kopf.

„So sehr, dass es weh tut", flüsterte Jan und nahm sie in die Arme.

BERLIN, 01. SEPTEMBER, 10.00 UHR

„Lassen Sie mich versuchen, das eben Gehörte zusammenzufassen: Sie sind davon überzeugt, dass die Anschläge nicht von Al-Qaida verübt worden sind. Vielmehr glauben Sie, dass die Anschläge von einer... sagen wir mal Interessensgemeinschaft, bestehend aus Mitgliedern der amerikanischen Regierung und den Israelis, verübt oder in Auftrag gegeben wurden. Erste Hinweise darauf haben Sie vom Chefstrategen der Al-Qaida erhalten. Dann haben Sie vom amerikanischen Präsidenten erfahren, dass es Indizien gibt, die darauf schließen lassen, dass es eine Art Verschwörung gegen ihn gibt, mit dem Ziel, ihn aus dem Amt zu entfernen." Kanzleramtsminister Huber blickte kurz auf und sah Gerling fragend an. Als dieser fast unmerklich nickte, runzelte Huber kurz die Stirn und fuhr fort. „Zu den Verschwörern, die Clifford aus dem Amt entfernen wollen, gehören unter anderem der Vizepräsident, der Verteidigungsminister sowie die Direktoren der NSA und der CIA. Das Ziel, das die Verschwörer verfolgen, ist, die Region um den persischen Golf so zu destabilisieren, dass eine militärische Intervention der Amerikaner und ihrer Alliierten unvermeidlich sind."

Wieder schaute Huber kurz zum Kanzler. „Das Motiv, oder vielmehr die Motive, sind zum einen die unvorstellbar großen Ölvorräte in dieser Region und zum anderen das Eliminieren aller bekannten Feinde der Israelis. Beides, das Öl und das Eliminieren der Feinde, wird dadurch erreicht, dass das militärische Vorgehen damit endet, dass die Alliierten in allen islamischen Staaten mit antiamerikanischer Gesinnung demokratische Regierungen einsetzen. Natürlich unter der Aufsicht der Amerikaner. Es handelt sich hierbei in erster Linie um Syrien, den Libanon, Jordanien, Ägypten, Saudi-Arabien und den Iran." Huber schwieg für einen Moment und schloss die Augen.

Der Graf, Außenminister de Fries, Verteidigungsminister Tjaden, Sicherheitsberater Kirchner und Jörg Bauer schwiegen ebenfalls. Huber öffnete die Augen wieder und blickte jeden einzelnen der Anwesenden kurz an. Sein Blick blieb schließlich auf Gerling haften. „Zu guter Letzt gibt es Hinweise, die darauf hindeuten, dass es noch weitere Anschläge geben wird. Allerdings wissen wir nicht, wann oder wo." Kanzleramtschef Huber atmete hörbar aus. „Ich würde das alles in einem Satz zusammenfassen wollen: Entweder Sie haben komplett den Verstand verloren oder aber die Kacke ist reichlich am Dampfen."

„Wenn das alles zutrifft, ich meine, wenn du dich nicht irrst...", begann Außenminister de Fries. „Ich meine, ist denen nicht klar, dass das eskalieren kann, dass es eskalieren muss?"

„Im Alleingang können die Amerikaner das ganz sicher nicht durchziehen", behauptete Tjaden. „Die Amerikaner sind schon mit der Situation in Afghanistan und im Irak überfordert. Die benötigen ein Mandat der UN. Ein robustes Mandat!"

„Die meisten Mitglieder der UN sind in irgendeiner Art und Weise von den Amerikanern abhängig. Und wenn das Horrorszenario, das die Amis aufbauen, groß genug ist, kippen die sowieso um", gab de Fries zu bedenken.

Der Bundeskanzler verfolgte die hitzige Diskussion wortlos. Hin und wieder wechselten er und der Graf einen Blick. Gerade machte der Außenminister die anderen darauf aufmerksam, dass es für Deutschland äußerst brisant sein dürfte, Israel einer Verschwörung zu beschuldigen. Gerling hob die Hand und die anderen verstummten.

„Ich denke, es gibt einen Weg, der es möglich machen könnte, das Ganze zu beenden, bevor es zu einer Eskalation kommt. Das setzt zwei Dinge voraus. Erstens: Ich muss den Vizepräsidenten der Vereinigten Staaten unter vier Augen sprechen. Zweitens: Ich muss erneut nach Afghanistan fliegen."

In den nächsten Minuten erläuterte der Kanzler seinem engsten Beraterstab seinen Plan. Als er geendet hatte, trat zunächst Schweigen ein.

„Das ist ein verdammt gefährliches Spiel, Herr Bundeskanzler", meinte Kirchner. „Eine so offene Provokation des Vizepräsidenten kann unabsehbare Konsequenzen haben. Auch was Ihre persönliche Sicherheit betrifft. Von der Reise nach Afghanistan ganz zu schweigen."

„Er hat Recht, Jan", sagte de Fries. „Wenn es diese Verschwörung tatsächlich gibt – und ich zweifle nicht daran – dann steht für diese Leute so viel auf dem Spiel. Was schert die da ein Bundeskanzler."

„Können wir bitte meine persönliche Sicherheit für einen Augenblick außen vor lassen und den wesentlichen Teil meines Plans betrachten: Glaubt einer von euch, dass es nicht funktionieren kann? Und wenn nicht, warum nicht?", fragte Gerling im ruhigen Ton.

„Es kann funktionieren. Der weitaus schwierigste Teil dieser Mission wird der in der Golfregion sein. Der Vizepräsident ist von seiner Persönlichkeitsstruktur her ein Leichtgewicht. Ihn zu verunsichern wird leicht. Aber der Rest wird schwierig. Und, da muss ich Herrn Kirchner und dem Außenminister Recht geben: Es ist nicht ungefährlich", sagte der Graf.

„Ich weiß. Aber wenn wir alle der Meinung sind, dass es funktionieren kann, dann sollten wir es so tun", erwiderte Gerling.

„Du weißt wahrscheinlich, dass der Vizepräsident nächste Woche in Europa ist, oder?", fragte de Fries.

„So ein Zufall", erwiderte der Kanzler und grinste freudlos.

„Hast du vor, den amerikanischen Präsidenten über deine Schritte zu informieren?", wollte de Fries wissen.

„Ich bin mir nicht sicher. Aber wahrscheinlich wird es das Beste sein. Was meint ihr?"

„Ich denke, es ist unumgänglich, ihn zu informieren. Wenn das, was Sie vorhaben, erfolgreich ist, wird es ein politisches Erdbeben in den Staaten geben. Darauf muss er vorbereitet sein. Auch, wenn Sie keinen Erfolg haben sollten", schaltete sich der Graf ein.

Die anderen nickten zustimmend.

„Gut. Ich rufe Clifford heute noch an", erklärte Gerling.

BERLIN, 01. SEPTEMBER, 14.45 UHR

Gerling legte den Hörer auf und blickte gedankenverloren aus dem Fenster. Gerade hatte er den amerikanischen Präsidenten über seine nächsten Schritte informiert. Clifford war wenig begeistert gewesen und hatte Jan immer wieder darauf hingewiesen, dass dies ein internes amerikanisches Problem sei. Jan war allerdings anderer Meinung und hatte dies auch kundgetan. Schließlich waren die Anschläge in Europa verübt worden und nicht in den Staaten.

„Da hast du natürlich Recht", musste Clifford zugeben.

„Was glaubst du, wie reagiert Vizepräsident Patterson, wenn ich ihn direkt mit den Vorwürfen konfrontiere?", wollte Jan vom Präsidenten wissen.

„Patterson ist schwach. Er steht absolut unter dem Kommando von Verteidigungsminister Russman." Clifford seufzte. „Das ist mir viel zu spät klar geworden", erklärte er. „Wenn du ihn unter Druck setzt, wird er zusammenbrechen. Er kann repräsentieren und schöne Reden halten. Aber in einem Sturm knickt er ein wie ein frisch gepflanzter Baum."

„Und was werden seine nächsten Schritte sein?", fragte Jan.

„Er wird nach Hause rennen, zu Daddy", antwortete Clifford mit Verachtung. „Er wird sofort zu Russman gehen und ihn informieren. Dann wird's haarig. Russman ist wirklich gefährlich und er hat im Senat mächtige Freunde. Es ist kein Geheimnis, dass er irgendwann im Oval Office sitzen möchte. Russman wird sich umgehend mit seinen Freunden, das heißt mit der NSA und der CIA, zusammensetzen und zum Gegenschlag ausholen. Und dieser Gegenschlag gilt dann dir!"

„Und wie könnte der aussehen?", wollte Jan wissen.

Clifford schwieg einen kurzen Moment.

„Du warst doch Anwalt. Was hast du getan, wenn du wusstest, dass die Gegenseite einen sehr gefährlichen Zeugen aufbieten kann?", fragte er zurück.

Jan verstand, auf was er hinaus wollte.

„Ich habe versucht, mehr über den Zeugen herauszufinden. Seine Schwachpunkte. Und dann habe ich versucht, ihn unglaubwürdig aussehen zu lassen."

„Genau das wird Russman auch mit dir tun", hatte Clifford leise geantwortet. Jan schüttelte den Kopf. Sie hatten einfach noch zuwenig Beweise, um einen möglichen Gegenschlag parieren zu können. Auf der anderen Seite konnten sie auch nicht länger warten, da es nur eine Frage der Zeit war, bis die nächsten Anschläge verübt wurden.

11

BERLIN, 05. SEPTEMBER, 19.00 UHR

Da es sich bei dem Treffen zwischen Bundeskanzler Gerling und dem Vizepräsidenten der USA um eine inoffizielle Zusammenkunft handelte, fand die Begegnung nicht im Kanzleramt statt, sondern im Schloss Bellevue. Der Kanzler hatte Bundespräsident Menzel vorab darüber informiert, warum er dieses Treffen wollte. Menzel hatte geschockt reagiert, aber in die Pläne Gerlings eingewilligt. Als Besprechungsraum für den Kanzler und den Vizepräsidenten war der Salon IV im Obergeschoss ausgewählt worden. Da der Gesprächspartner Pattersons ein anderes Staatsoberhaupt war, warteten seine Personenschützer in einem der drei Gartenräume im Erdgeschoss auf das Ende der Besprechung. So war sichergestellt, dass sie nicht sofort in das Besprechungszimmer stürmten, sollte es dort lauter zugehen. Und das würde es, da war sich Jan ziemlich sicher. Er hatte dem Vizepräsidenten noch nie persönlich getroffen. Sein Außenminister dagegen hatte schon einmal das zweifelhafte Vergnügen einer Begegnung gehabt. Jan erinnerte sich genau an das, was ihm Jörn nach dem Treffen berichtet hatte.

„Er ist arrogant. Sehr arrogant. Er hält sich für sehr klug und eloquent, dabei ist er nichts weiter als ein Bauer. Er ist ein Hardliner, der von Europa nicht allzu viel hält. Für ihn gibt es eigentlich nur Amerika. Er hört sehr auf den Verteidigungsminister, der ein noch üblerer Geselle ist."

Von Präsident Clifford wusste Jan, dass Vizepräsident George Patterson nicht die Wahl des Präsidenten gewesen war. Er war ein Kompromiss gewesen, um die Stimmen aus dem Süden zu erhalten.

Kurz nach neunzehn Uhr öffnete sich die Tür und Bundespräsident Menzel betrat gemeinsam mit Vizepräsident Patterson den Raum. Die Etikette wollte es, dass der Präsident den Kanzler vorstellte. Nach dem Austausch einiger belangloser Floskeln entschuldigte sich Menzel und ließ die beiden alleine. Während der Plauderei hatte Gerling Gelegenheit, Patterson zu mustern. Er war groß und kräftig gebaut, hatte volles graues Haar und buschige Augenbrauen. Sein Gesicht ähnelte dem einer Bulldogge und seine Augen lagen tief in den Höhlen. Der Kanzler forderte Patterson auf, Platz zu nehmen. Der Vizepräsident setzte sich auf das Ledersofa und Gerling nahm ihm gegenüber auf dem zum Sofa passenden Stuhl Platz. Patterson sah sich in dem Raum um.

„Nettes Zimmer", brummte er. „Nettes Schloss." Dann blickte er den Kanzler direkt an. „Ich vermute, Sie haben einen guten Grund für dieses... sagen wir mal, ungewöhnliche Treffen?", fragte er mit hochgezogenen Augenbrauen.

„Allerdings", antwortete Gerling, der äußerlich vollkommen ruhig wirkte. Aber sein Herz schlug so heftig, dass er meinte, Patterson müsste es hören. „Ich weiß, was Sie und Ihre Freunde in der Golfregion planen, und ich weiß, dass die Anschläge in Berlin, Paris, Madrid und London zu Ihrem Plan gehörten."

„Was, zum Teufel...", brauste Patterson auf.

„Halten Sie die Klappe und hören Sie mir ganz genau zu!", fuhr der Kanzler den Vizepräsidenten an. Pattersons Kinnlade fiel nach unten und er starrte Gerling fassungslos an.

„Der Sprengstoff für die Anschläge kam aus Kroatien und wurde über einen Mittelsmann namens Özgür Karabey, einem bekannten türkischen Waffenhändler, an die Drahtzieher verkauft. Die DNS der angeblichen Terroristen, die an den Anschlagsorten sichergestellt wurde, deutete auf eine Verbindung zum Terrornetzwerk der Al-Qaida hin. Das war ja auch so geplant. Dass die DNS von bereits toten Terroristen stammte, die tiefgekühlt auf ihren Einsatz warteten, sollte natürlich nie herauskommen." Gerling, der den Vizepräsidenten keinen Moment aus den Augen ließ, sah, wie diesem alle Farbe aus dem Gesicht wich. „Die Motive für die Anschläge sind uns ebenfalls bekannt. Erstens: Wie immer das Öl. Zweitens: Eine Rechtfertigung, um die Golfregion endgültig zu unterjochen und somit alle Feinde Israels auszuschalten. Des Weiteren wissen wir, dass noch mehr Anschläge geplant sind." Er machte eine kurze Pause, um dem Vizepräsidenten Gelegenheit zu geben, das Gehörte zu verdauen. „Wir wissen, dass Sie gemeinsam mit dem Verteidigungsminister und den Direktoren der CIA und der NSA eine Verschwörung gegen Präsident Clifford planen."

Der Kanzler beugte sich vor und starrte den Patterson an. „Stoppen Sie alle Aktivitäten, oder ich nagel Sie in aller Öffentlichkeit ans Kreuz. Ich vernichte Sie und Ihre Freunde. Glauben Sie mir, diese Macht habe ich!"

Der Vizepräsident schwitzte und sein unruhiger Blick sprach Bände. Gerling hatte ihn überrumpelt und die Erkenntnis, dass Einzelheiten des Planes aufgedeckt worden waren, war offensichtlich ein schwerer Schlag für Patterson. Das sah man ihm an. Er war nicht in der Lage, etwas zu erwidern. Gerling erhob sich und wandte sich zur Tür. Bevor er den Raum verließ, drehte er sich noch einmal zu Patterson um.

„Soweit ich informiert bin, fliegen Sie noch heute Nacht zurück in die Staaten. Sie haben drei Tage Zeit. In diesen drei Tagen erwarten wir Ihren Rücktritt, den des Verteidigungsministers und seines Stellvertreters sowie die Rücktritte der Direktoren der CIA und der NSA. Sollte dies nicht geschehen, erhalten alle Nachrichtenagenturen rund um den Globus die uns vorliegenden Beweise. Und was dann geschieht, können Sie sich ja vielleicht denken."

„Sie verstehen nicht...", flüsterte Patterson. „die Entwicklungen sind nicht mehr zu stoppen."

„Hoffentlich irren Sie sich", antwortete der Kanzler und verließ den Raum.

BERLIN, 05. SEPTEMBER, 21.07 UHR

Noch im Auto, auf dem Weg zum Flughafen, griff Patterson zu seinem Handy und wählte die Nummer von Verteidigungsminister David Russman. Patterson bemerkte, dass seine Hände zitterten.

„David, George hier. Der deutsche Bundeskanzler weiß alles", brach es aus ihm heraus. „Er weiß, dass der Sprengstoff von Karabey kam, er weiß von den tiefgefrorenen Leichen der Al-Qaida-Kämpfer... er weiß einfach alles!" Pattersons Stimme überschlug sich fast und seine Fingerkuppen wurden weiß, so fest umklammerte er sein Telefon.

„Herrgott, George, beruhige dich. Was genau ist denn passiert?", wollte Russman wissen. In den nächsten Minuten schilderte Patterson, was genau sich im Schloss ereignet hatte. Als er endete, schwieg Russman für eine Weile. „Der Kanzler blufft", sagte er dann. „Er hat nichts in der Hand. Lediglich Vermutungen."

„Aber das reicht doch schon!", schrie Patterson. „Ich meine, selbst wenn er im Augenblick nichts beweisen kann, er hat einen Verdacht. Und das bedeutet, wir können nicht mehr im Verdeckten operieren. Wir sind aufgeflogen, David", stammelte er.

„Bleib ganz ruhig. Komm zurück. Ich werde die anderen zusammenrufen und dann entscheiden wir gemeinsam, was wir als nächstes tun werden", versuchte Russman ihn zu beruhigen.

„David, ich bin der Vizepräsident der Vereinigten Staaten. Ich bin der zweitmächtigste Mann der Welt. So, wie der Kanzler mit mir geredet hat, weiß der etwas und kann es auch beweisen. Da bin ich mir sicher!", rief Patterson.

„Wir reden über alles, wenn du hier bist. Bis dahin versuche bitte, etwas ruhiger zu werden, okay?" Sie unterbrachen das Gespräch und Patterson verstaute sein Handy wieder in der Jackentasche. Dann sank er tief in den Ledersitz. Dass er den Verteidigungsminister über eine ungesicherte Verbindung angerufen hatte, war ihm nicht aufgefallen.

BAD AIBLING, 05. SEPTEMBER, 21.15 UHR

Bad Aibling ist eine Kleinstadt ungefähr fünfzig Kilometer südlich von München. Sie erlangte zweifelhaften Ruhm, als bekannt wurde, dass die NSA 1990 hier eine der modernsten Abhöranlagen errichtet hatte, die es gab. „Echolon" war nur ein Baustein von mehreren Abhöranlagen weltweit.

Dabei ist es aufgrund der Vielseitigkeit der Echolon-Anlagen erst einmal nebensächlich, auf welchem Wege der Kommunikationsaustausch stattfindet, denn über Echolon werden alle Anlagen zu einem großen integrierten System verknüpft. Mit Hilfe des Analyseprogramms MEMEX werden die Quellen nach relevanten Schlüsselwörtern durchsucht, um potentielle Gefahrenherde oder einfach nur verdächtige Gespräche oder Emails herauszufiltern. MEMEX zieht zur Analyse nationale Wörterbücher und Suchlisten für Schlüsselwörter des Geheimdienstes zu rate. Die Daten werden dann mit einer Computeranlage der Echolonstationen ausgewertet. Fallen im Laufe eines Telefongespräches sogenannte Keywords, wird das Gespräch automatisch gespeichert und, je nach Brisanz des Gesprächsinhaltes, automatisch mit einer Prioritäteneinstufung an einen Mitarbeiter der NSA geschickt. Zu den Keywords gehören Wörter wie „Präsident", „Anschlag" oder „Atombombe". Ohne darüber nachzudenken, hatte Vizepräsident Patterson gleich mehrere Keywords in dem Gespräch mit Russman benutzt.

FORT MEADE, MARYLAND, 05. SEPTEMBER, 15.22 UHR

Das Hauptquartier der National Security Agency ist Fort Meade, circa dreißig Kilometer nordöstlich von Washington DC. Die NSA hat eine eigene Ausfahrt auf der Autobahn. Die Fenster des Hauptquartiers und Operationszentrums von Crypto City, wie Fort Meade auch genannt wird, bestehen unter der schwarzen Glasfassade aus einer Schutzschirmtechnik mit Kupfer, damit keine elektromagnetischen Signale nach außen dringen. Crypto City gehört zu den größten Gemeinden im Bundesstaat Maryland, ist jedoch auf keiner Karte zu finden. Auf den Straßen patrouilliert eine eigene Polizei, in der es verschiedene Kommandos gibt – beispielsweise jenes, deren Mitglieder aufgrund ihrer paramilitärischen schwarzen Uniformen „Men in Black“ genannt werden. Ein anderes Kommando, die Executive Protection Unit, stellt die Fahrer und Leibwächter für die Leitung der NSA und führt im Voraus Sicherheitsuntersuchungen an Orten durch, an denen der Direktor oder sein Stellvertreter auftreten werden. Die NSA beschäftigt auf über zweihunderttausend Quadratmetern Bürofläche mehr als vierzigtausend Mitarbeiter. Sie ist wahrscheinlich der größte und finanziell am besten ausgestattete Nachrichtendienst der Welt. Die NSA ist für die weltweite Überwachung und Entschlüsselung elektronischer Kommunikation zuständig und in dieser Funktion ein Teil der Intelligence Community, in der sämtliche Nachrichtendienste der USA zusammengefasst sind. Sie ist eine Behörde im Geschäftsbereich des US-Verteidigungsministeriums. Operativ ist die NSA aber direkt dem Nationalen Sicherheitsberater der Vereinigten Staaten, zurzeit John Patrick Ryan, unterstellt, den die Behörde bei seiner Entscheidungsfindung mit nachrichtendienstlichen Erkenntnissen unterstützt. Bei einem der Mitarbeiter, die für die Auswertung von Telefongesprächen aus Europa zuständig war, leuchtete ein kleines, rotes Lämpchen auf dem Bildschirm. Gelassen - er war es gewohnt, dass dieses Lämpchen regelmäßig aufleuchtete, meist handelte es sich dabei um einen Fehlalarm - öffnete der Mitarbeiter die Audiodatei und lauschte durch seinen Kopfhörer dem Gespräch. Nach einer Weile nahm er nachdenklich den Kopfhörer ab und wählte die Nummer seines direkten Vorgesetzten.

„Michael, Marten hier. Ich habe hier etwas sehr ungewöhnliches aus Deutschland. Klingt wie ein Gespräch zwischen Vizepräsident

Patterson und Minister Russman. Ist ein... äh... recht sonderbares Gespräch."

„Okay, verstehe. Schick mir eine Kopie auf meinen Rechner und lösch das Original", befahl Michael Sparks, Abteilungsleiter Nachrichtenauswertung für die Sektion Europa. Marten runzelte erstaunt die Stirn. Das war nicht die normale Vorgehensweise. Normalerweise wurde das Original auf dem Zentralserver gesichert und dort für eine sehr lange Zeit aufbewahrt.

„Ich soll das Original löschen?", vergewisserte sich Marten vorsichtig.

„Genau!", bestätigte Sparks. „Und schick mir die Kopie sofort." Dann beendete er das Gespräch und wählte unverzüglich die Nummer von Verteidigungsminister Russman.

BERLIN, 05. SEPTEMBER, 21.25 UHR

Der Graf blickte nachdenklich aus dem großen Fenster seines Arbeitszimmers. Ihm gegenüber saß der Kanzler. Jörg Bauer und Martin von Sengen waren ebenfalls anwesend. Die Atmosphäre im Raum war angespannt. Martin war strikt gegen den Plan Gerlings, erneut nach Afghanistan zu reisen. Der Graf, der sich schon während der Diskussion vor einigen Stunden im Kanzleramt zurückgehalten hatte, ließ die anderen nach wie vor im Unklaren darüber, ob er die Absichten des Kanzlers guthieß oder ablehnte. Ihn beschäftigte etwas anderes. Stumm schüttelte er den Kopf.

„Das ergibt so noch keinen Sinn", murmelte er.

„Was meinen Sie damit?", wollte Martin wissen.

„Wenn wir davon ausgehen, dass das, was der Kanzler herausgefunden hat, stimmt, dann planen die Verschwörer im Weißen Haus einen Militärschlag gegen verschiedene Länder in der Golfregion. Lassen wir einmal die Machbarkeit einer solchen Aktion außen vor. Die Stimmung der amerikanischen Bevölkerung hat sich in den letzten Monaten dramatisch verändert. Die meisten Amerikaner und eine Mehrheit im Senat halten inzwischen den Irakkrieg für einen Fehler und die Stimmen, die einen Abzug der Truppen fordern, werden immer lauter. Mit einem Präsidenten wie Clifford wird es diese Militäraktion nicht geben. Sollte Clifford aus dem Amt entfernt werden und der neue Präsident als erste Amtshandlung diesen Militärschlag anordnen wollen..."

Der Graf beugte sich vor und sah den Kanzler an.

„Der Kongress müsste dieser Aktion zustimmen. Nach heutigem Stand der Dinge würde er dies nie tun." Der Graf sprach jetzt schneller. „Es sei denn..."

„Es sei denn, irgendetwas würde geschehen, dass es dem Kon gress unmöglich machen würde, diesen Militärschlag abzulehnen", beendete Gerling den Satz.

„Oh mein Gott...", hauchte der Graf. „Wir lagen total daneben. Bislang gingen wir davon aus, dass die nächsten Anschläge wiederum in Europa verübt werden..."

„Sie werden in den Staaten verübt", flüsterte der Kanzler.

„Ja, genau", bestätigte der Graf.

„Ich denke, es wird kein Anschlag auf irgendeine Einrichtung sein", sagte da Bauer. Gerling und der Graf sahen Bauer fragend an. Der erklärte: „Wenn wir bedenken, was wir bislang wissen, ist eines klar: Jeder weiteren massiven Reaktion der Verschwörer steht eine Person im Weg: Der Präsident der Vereinigten Staaten. Was müsste passieren, damit die amerikanische Bevölkerung und der Kongress ohne Zögern alle Sanktionen oder Militäraktionen uneingeschränkt unterstützen?"

„Mein Gott!", entfuhr es dem Kanzler. „Die wollen den Präsidenten töten!"

Bauer nickte. „Das denke ich auch."

WASHINGTON, DC, 05. SEPTEMBER, 15.45 UHR

Der Sicherheitsberater des Präsidenten rannte fast von seinem Büro im Westflügel des Weißen Hauses in Richtung Oval Office. Unter seinem Arm klemmte ein Notebook. Da er sein Erscheinen beim Präsidenten schon telefonisch angekündigt hatte, klopfte er nur kurz an und betrat dann das Büro von Clifford.

„Es gibt Neuigkeiten von der NSA", berichtete Ryan und setzte sich unaufgefordert auf eines der Sofas. Clifford nahm ihm gegenüber Platz.

„Erzähl", befahl er knapp.

„Wie Sie wissen, habe ich absolut loyale Mitarbeiter in fast allen Abteilungen der NSA. Marten O`Neil ist einer von ihnen. Er arbeitet in der Abteilung Europa und überwacht die von Echolon aufgefangenen Telefongespräche. Vor etwas mehr als zwei Stunden erhielt er eine Warnmeldung und öffnete die entsprechende Audiodatei. Sie enthielt den Mitschnitt eines Gespräches zwischen Vizepräsident Patterson und dem Verteidigungsminister." Ryan öffnete sein Notebook und spielte dem Präsidenten die Audioaufzeichnung vor.

„Da geht aber einem der Arsch auf Grundeis", bemerkte Clifford trocken.

„Das denke ich auch", fuhr Ryan fort. „Nachdem O`Neil den Anruf abgehört hatte, verständigte er sofort seinen Sektionschef. Der befahl ihm, sofort eine Kopie der Aufzeichnung zu senden und dann das Original zu vernichten." Ryan machte eine bedeutungsschwere Pause und sah Clifford an.

Der runzelte die Stirn. „Das ist bestimmt nicht die normale Vorgehensweise", bemerkte er.

„Natürlich nicht", bestätigte Ryan. „Unmittelbar nachdem Sparks, so heißt der Sektionschef, den Mitschnitt erhielt, rief er den Verteidigungsminister an. Natürlich benutzte er dabei sein abhörsicheres Telefon, von dem er annimmt, es sei immer noch abhörsicher." Ryan grinste listig. „Er informierte Russman über das abgehörte Gespräch und die beiden vereinbarten sofort eine Dringlichkeitssitzung mit Patterson." Ryan sah den Präsidenten ernst an. „Was wissen Sie über das Projekt Gladio?"

Clifford zuckte zusammen.

„Warum fragen Sie das?", wollte er wissen.

„Ich frage Sie, weil ich glaube, dass allen Versicherungen zum Trotz diese Organisation immer noch aktiv ist", antwortete Ryan.

„Mein Gott. Wenn das wahr ist...", flüsterte der Präsident.

Clifford wusste eine ganze Menge über das Projekt. Gladio war der Name einer Geheimorganisation von NATO, CIA und des britischen MI6 während des Kalten Krieges. Besonders in Italien, aber auch in fast allen anderen westeuropäischen Ländern, wurden Agenten ausgebildet, die im Falle einer Besetzung des jeweiligen Landes durch Truppen des Warschauer Paktes Guerillaoperationen und Sabotage durchführen sollten.

Zu diesem Zweck wurden europaweit geheime, illegale Waffendepots angelegt. Die Mitglieder von Gladio wurden unter anderem aus militärischen Spezialeinheiten, Geheimdienstkreisen und Rechtsextremisten rekrutiert, letztere teilweise mit bekanntem kriminellem, in der BRD auch nationalsozialistischem Hintergrund. Die Existenz der Untergrund-Armeen wurde vor der Bevölkerung und den Parlamenten geheimgehalten und war jeweils nur einem kleinen Kreis von Regierungsmitgliedern bekannt. In den einzelnen Ländern wurden die Anwerbung und Führung der Agenten meist von Unterabteilungen der jeweiligen nationalen Geheimdienste übernommen, in der BRD von einer eigenen Dienststelle des Bundesnachrichtendienstes. Die militärische Befehlsgewalt hatte die geheime Kommandostelle Allied Clandestine Committee der NATO in Brüssel. Der Aufbau von Gladio begann in den 50er Jahren, die Einheiten wurden vermutlich nach Bekanntwerden der Operation und dem Zerfall der Sowjetunion 1990 aufgelöst, mangels präziser offizieller Stellungnahmen gilt dies aber nicht als gesichert. Eine Verstrickung von Gladio-Mitgliedern in den Bombenanschlag auf das Münchener Oktoberfest 1980 war nicht bewiesen, wurde aber nach neueren Ergebnissen durch die damaligen Ermittlungen der Staatsanwaltschaft nahegelegt. Heinz Lembke, der Hauptzeuge, der während der Ermittlungen verstarb, war Eigentümer von 33 illegalen Waffen- und Sprengstoffdepots, deren Entdeckung 1980 ein breites Medienecho fand. Sie enthielten unter anderem automatische Waffen, 14.000 Schuss Munition, 50 Panzerfäuste, 156 kg Sprengstoff und 258 Handgranaten. Mitglieder der tatverdächtigen rechtsextremen Wehrsportgruppe Hoffmann hatten ausgesagt, dass Lembke sie mit Waffen und Sprengstoff versorgt habe. Lembke wurde am 1. November 1981, einen Tag vor seiner geplanten Vernehmung durch einen Staatsanwalt zum Oktoberfest-Attentat, erhängt in seiner Einzel-Gefängniszelle aufgefunden. Er hatte zuvor angekündigt, umfangreiche Erklärungen über seine Hintermänner abzugeben. Die Ermittlungen in dieser Richtung verliefen nach seinem Tod im Sand. Bis heute gilt somit offiziell die These von der Einzeltäterschaft eines Mannes namens Gundolf Köhler, der bei der Explosion der Bombe getötet worden war.

BERLIN, 05. SEPTEMBER, 22.15 UHR

Bundeskanzler Gerling griff in die Innentasche seines Sakkos, holte sein Handy heraus und wollte gerade die Geheimnummer des amerikanischen Präsidenten wählen, als die Stimme seiner persönlichen Sekretärin aus dem Lautsprecher ertönte.

„Herr Bundeskanzler, das Weiße Haus für Sie auf Leitung drei." Jan blickte erstaunt sein Handy an, legte es beiseite und griff dann zum Telefon.

„Gerling", meldete er sich.
„Jan, Bill hier. Kannst du reden?", fragte Präsident Clifford.
„Ich bin alleine."
„Tu mir bitte einen Gefallen und bring deine Freundin in Sicherheit", sagte Clifford mit dringender Stimme.
„Was zum Teufel...", holte Gerling aus, aber Clifford unterbrach ihn. „Jan. Hör mir zu. Du und deine Freundin, ihr seid beide in größter Gefahr. Sorge zuerst dafür, dass sie in Sicherheit gebracht wird und lass uns später in Ruhe telefonieren, ok?"
„Alles klar. Aber bevor wir auflegen, muss ich dir auch etwas sagen. Meine Berater und ich sind davon überzeugt, dass man versuchen wird, dich umzubringen."
Mit wenigen Worten erklärte der Kanzler dem Präsidenten, warum sie zu diesem Schluss gekommen waren. Clifford hörte stumm zu und hörbar betroffen dankte er ihm für diese Informationen. Sie verabredeten sich für ein späteres Telefongespräch. Sofort wählte Gerling die Nummer des Leiters seiner Personenschutzgruppe, Gregor Böhme.
„Ja, Herr Bundeskanzler", kam es knapp aus dem Hörer.
„Wo ist Frau Bachmann?", fragte Gerling.
„Einen Moment, bitte." Gerling hörte, wie Böhme etwas sagte. Vermutlich sprach er in ein Funksprechgerät oder ähnliches.
„Herr Bundeskanzler, Frau Bachmann ist nach wie vor in der Wohnung von Sylvia Krüger." Sylvia war eine alte Freundin von ihr. Gerling erinnerte sich, dass Katja ihm erzählt hatte, sie wolle sie heute besuchen. Er war darüber keineswegs beruhigt gewesen.
„Schicken Sie sofort jemanden in die Wohnung. Ich will wissen, ob alles in Ordnung ist", befahl er.
„Gibt es irgendetwas, das ich wissen müsste?"
„Es gibt ernstzunehmende Drohungen gegen Frau Bachmann und mich", antwortete der Kanzler.
„Alles klar. Ich melde mich umgehend bei Ihnen", sagte Böhme und unterbrach die Verbindung.
Wenige Augenblicke später klingelte eines der Telefone.
„Ja."
„Böhme hier. Herr Bundeskanzler, die Wohnung von Frau Krüger ist leer. Wir haben Alarm ausgelöst und suchen jetzt nach Frau Bachmann. Ich halte Sie auf dem Laufenden. Ihren Personenschutz habe ich ebenfalls alarmiert und auf jetzt zehn

Mann erhöht. Polizei und Personenschutz haben in diesem Augenblick das Kanzleramt abgeriegelt." Gerling wurde schlecht.

„Gregor?"

„Ja, Herr Bundeskanzler?"

„Finden Sie Katja."

„Ich verspreche es."

BERLIN, 05. SEPTEMBER, 22.35 UHR

Gerling war kurz davor durchzudrehen. Er verlor fast den Verstand, so sehr sorgte er sich um Katja. Unfähig, sich zu konzentrieren, lief er in seinem Büro auf und ab und starrte immer wieder zum Telefon, als könnte er es mit reiner Willenskraft zum Läuten bringen. Als es dann endlich klingelte, hatte er Angst, das Gespräch anzunehmen, da er befürchtete, zu erfahren, dass Katja etwas zugestoßen war. Er zwang sich dazu den Hörer abzunehmen.

„Ja?"

„Herr Bundeskanzler, Böhme hier. Wir haben Frau Bachmann gefunden. Sie und Frau Krüger waren in einer anderen Wohnung im sechsten Stock des Hauses. Da wohnt eine Freundin von Frau Krüger, die Kosmetikerin ist. Die Damen haben bei lauter Musik diverse Artikel ausprobiert. Deshalb hat Frau Bachmann wohl das Handyklingeln nicht gehört. Sie ist wohlauf, möchte aber wissen, warum wir das ganze Haus auf den Kopf gestellt haben. Sie ist, offen gestanden, etwas beunruhigt."

„Sagen Sie ihr, ich werde ihr heute Abend alles erklären", erwiderte Gerling, dem vor Erleichterung Tränen übers Gesicht liefen.

„Alles klar, Herr Bundeskanzler."

„Und Gregor?"

„Ja, Herr Bundeskanzler?"

„Danke."

BERLIN, 05. SEPTEMBER, 22.50 UHR

Nachdem Gerling sich vergewissert hatte, dass es Katja gut ging, sie sicher zu Hause angekommen war und der Personenschutz das Haus innen und außen bewachte, rief er den amerikanischen Präsidenten an. Er informierte ihn über den verstärkten Personenschutz und erklärte ihm ausführlicher, warum er und seine Berater der festen Überzeugung waren, dass der Präsident in Lebensgefahr schwebte.

Clifford wiederum bestätigte Gerlings Befürchtungen. In einer kurzfristig anberaumten Besprechung im Oval Office hatten Clifford und seine engsten Berater die jüngsten Erkenntnisse um die Informationen aus dem Kanzleramt ergänzt und kamen zu dem gleichen Schluss wie Gerling und sein Stab: Das Leben des amerikanischen Präsidenten war in akuter Gefahr.

„Was weißt du über das Projekt Gladio?“, wollte Clifford von Gerling wissen.

Der dachte kurz nach. „Gladio... kommt mir irgendwie bekannt vor. Ich kann es jetzt aber nicht einordnen. Warum fragst du?“

Die nächsten zehn Minuten erklärte Präsident Clifford dem Kanzler, was sich hinter dem Begriff verbarg. Die Informationen schockierten Jan.

„Gezielte Terrorakte im eigenen Land, verübt von Staatsdienern, um diese Anschläge dann bekannten Terrorgruppen anzulasten? Das ist doch Wahnsinn. Ich meine, wir reden hier nicht von irgendeiner Bananenrepublik. Wir reden von Deutschland, Italien, der Schweiz und England!“

„Jan, beruhige dich.“

„Scheiße, verdammt!“, schrie der Kanzler. „Was ist hier bloß los?“

„Kennst du einen Mann, der sich ‚der Graf‘ nennt?“, fragte Clifford.

Der Kanzler erstarrte.

„Was hast du gerade gesagt?“, flüsterte er ungläubig.

BERLIN, 05. SEPTEMBER, 23.20 UHR

Die Personenschützer des Kanzlers hatten Mühe, dem Tempo ihres Schutzbefohlenen zu folgen, als dieser aus seinem Büro stürmte und nach einem Wagen schrie. Sie schafften es gerade noch rechtzeitig, ein Auto vorzufahren, bevor Gerling ein Taxi rief oder selbst fuhr. Er nannte dem Chauffeur das Ziel und sie fuhren los. Wenig später hielt der Wagen vor dem Anwesen und der Kanzler stieg aus. Ein Mitarbeiter des Grafen erwartete sie bereits.

„Guten Abend, Herr Bundeskanzler. Der Graf war sehr erstaunt ob Ihres späten Besuches“, erklärte er.

„Das ist mir scheißegal“, raunzte Gerling und betrat das Gebäude. Günter brachte ihn in die Bibliothek, wo der Graf schon auf ihn wartete. Gerling trat ein und Günter verschwand.

Der Kanzler ging auf den Grafen zu, der am Kamin saß und ihn wortlos musterte. Instinktiv spürte der Graf, dass Gerling unter Hochdruck stand.

„Gladio“, sagte Gerling. „Erzählen Sie mir alles.”

Und der Graf begann zu berichten.

1960, mit vierundzwanzig Jahren, der Graf war Leutnant, wurde er Mitglied einer Organisation mit Namen Gladio. Diese Organisation wurde von 1950 von der Nato und der CIA gegründet. Gladio wurde nur zu einem einzigen Zweck ins Leben gerufen: Der drohenden Gefahr durch den Warschauer Pakt entgegen zu wirken. Durch Sabotage, Insubordination und Infiltration. Wie so oft bei solchen Organisationen bildeten sich rasch zwei Gruppen. Auf der einen Seite die Hardliner. Diese Gruppe vertrat die Auffassung, dass es durchaus legitim sei, präventiv zu agieren. Also zum Beispiel einen Terroristen zu töten, bevor dieser andere Menschen töten könne. Die andere Gruppe vertrat die Ansicht, dass man nicht unbedingt zum Mörder werden müsse, um Mörder zu jagen und zu stellen. Mit dem Fall der Mauer und der Auflösung der damaligen Sowjetunion verlor Gladio für die meisten Politiker ihre Existenzberechtigung. Zumal es jetzt galt, die Aktionen von Gladio nicht an die Öffentlichkeit geraten zu lassen. Zu brisant waren einige von ihnen. Aber wie so oft versuchten einige ehrgeizige Politiker, Kapital aus ihrem Wissen zu schlagen. So geschah es dann, dass Informationen an die Öffentlichkeit gelangten, die besagten, dass Gladio hinter dem Anschlag auf das Oktoberfest 1980 steckte. Die Öffentlichkeit war beunruhigt und schrie nach Aufklärung. Merkwürdigerweise starben alle Zeugen, die beweisen wollten, dass tatsächlich Gladio hinter dem Anschlag steckte. Der Fall wurde niemals vollständig aufgeklärt und irgendwann fragte keiner mehr nach dieser Organisation.

Der Graf schüttelte den Kopf. „Schwarz und Weiß, Herr Bundeskanzler. Ying und Yang, Gut und Böse. Die Natur sorgt immer für ein Gleichgewicht. Ende der achtziger, Anfang der neunziger Jahre wurde Gladio offiziell, also inoffiziell aufgelöst. In Wahrheit ist dies nie geschehen. Es gibt die Organisation nach wie vor. Übrigens sitzen Sie gerade im Hauptquartier von Gladio. Keine Sorge, wir sind die Guten. Leider gibt es die Bösen auch noch.“

Der Kanzler schwieg. Es war ihm klar gewesen, dass der Graf zu Gladio gehörte, noch bevor Clifford ihn gefragt hatte, ob ihm der

Graf bekannt sei. Jan wusste es bereits, als Präsident Clifford ihm erklärt hatte, was Gladio war. Also war er nicht überrascht, als der Graf ihm seine wahre Identität offenbarte.

„Was gedenken Sie nun zu tun?", wollte der Graf wissen.

„Die Bösen finden und vernichten", antwortete Gerling leise.

„Mit meiner Hilfe oder ohne?"

„Natürlich mit Ihrer Hilfe."

12

BERLIN, 06. SEPTEMBER, 13.20 UHR

Die Deutschlandzentrale der Gladio-Organisation bestand aus vier Innenteams mit jeweils zwei Mitarbeitern. Jedem Innenteam war ein Außenteam zugeordnet, in dem je vier Mitarbeiter die Außeneinsätze durchführten. Die Innenteams unterstützten sie mit Informationen, aktuellen Satellitenaufnahmen, Überwachung von Telefongesprächen und vielem mehr. Die rechte Hand des Grafen war seit Jahren Jörg Bauer. Mit den Anforderungen der letzten Monate, vor allem seit Gerling im Rampenlicht erschienen war, war der Wunsch Bauers nach einer weiteren Person gewachsen, die ihn und den Grafen entlasten würde. Nachdem der Graf und Bauer Martin von Sengen kennengelernt hatten und dieser wegen der Scheinhinrichtungen seinen Hut nehmen musste, hatte der Graf den Kanzler über sein Vorhaben informiert, von Sengen in seine Organisation zu holen. Gerling war von dieser Idee begeistert und der Graf hatte Kontakt zu von Sengen aufgenommen und ihm einen Posten angeboten. Die Aufgabenteilung war schnell geklärt. Der Graf würde weiterhin sein weltweites Netzwerk von Informanten pflegen und ausbauen sowie alle relevanten Informationen mit Bauer und von Sengen besprechen. Bauer übernahm die Leitung der Außenteams und von Sengen die Leitung der Innenteams. Beide würden bei Bedarf als Unterstützung der Außenteams fungieren.

Bundeskanzler Gerling hatte vorgeschlagen, Gladio einen offiziellen Status zu geben, um so zu ermöglichen, dass der Graf offiziell an den Ermittlungen der Anschläge beteiligt werden konnte. Der Graf hatte jedoch heftig widersprochen und Gerling klar gemacht, dass Gladio gerade durch das Agieren im Verborgenen so effizient war. Darüber hinaus hatte er dem Kanzler erklärt, dass viele Informanten ihre Arbeit für ihn einstellen würden, wenn Gladio den Status einer offiziellen Einrichtung der Bundesregierung erhielte. Gerling hatte eingesehen, dass es am besten war, an der bestehenden Vorgehensweise nichts zu ändern.

Oberste Priorität von Gladio war selbstverständlich die Aufklärung der Anschläge und das Verhindern möglicher neuer

Attentate. Äußerst vorsichtig hatte der Graf begonnen, seine Kontaktleute in den USA und in Israel zu aktivieren. Sie sollten sich behutsam umhören und alle Informationen an den Grafen weiterleiten, derer sie habhaft wurden. Zwar kamen die Informationen nur schleppend in Berlin an. Jedoch war das spärliche Eingehen von Informationen möglicherweise aussagekräftiger als alles andere.

„Irgendetwas Großes läuft da", sagte der Graf nachdenklich. „Meine Informanten in den USA und in Israel sagen alle das Gleiche: Türen, die normalerweise offen sind, sind nun verschlossen. Quellen, die normalerweise sprudeln, sind versiegt." Langsam und bedächtig zündete sich der Graf eine Zigarillo an.

„Ein untrügliches Zeichen dafür, dass etwas im Gange ist", bestätigte Bauer.

„Was könnten sie planen?", dachte der Graf laut nach. „Okay, noch einmal: Was wissen wir?" Der Graf erhob sich, ging zu einer Tafel und begann zu schreiben. „Wir wissen, dass es eine Verschwörung innerhalb der US-Regierung gibt. Wir wissen, dass der Vizepräsident, der Verteidigungsminister und die Direktoren der NSA und der CIA involviert sind. Was wissen wir noch?"

„Dass den Verschwörern bekannt ist, dass der Bundeskanzler weiß, dass sie die Anschläge in Europa geplant und durchgeführt haben. Das bedeutet, dass der Kanzler in Gefahr ist", meinte Martin von Sengen.

Der Graf hob mahnend eine Hand.

„Martin, zunächst keine Schlussfolgerungen, sondern nur das, was wir wissen", sagte er sanft.

Von Sengen nickte verstehend. Er musste sich erst noch an die Arbeitsweise des Grafen gewöhnen.

„Wir wissen, dass die angeblichen Attentäter die Anschläge nicht ausgeführt haben, da sie schon vorher getötet und tiefgefroren wurden. Wir wissen, dass es so aussehen sollte, als wären die Anschläge von Al-Qaida verübt worden. Wir wissen ferner, dass noch weitere fünf tiefgefrorene Leichen auf ihren Einsatz warten." Von Sengen beendete seine Ausführungen und dachte nach.

Bauer ergriff das Wort.

„Wir wissen auch, dass der Sprengstoff aus Kroatien kam und von dort in die Türkei ging und von Karabey verkauft wurde. Wir wissen, dass mindestens ein deutsches Unternehmen in die

Verschwörung verwickelt ist, auch wenn Müller bislang keine große Hilfe war. Entweder weil er Angst hat oder weil er wirklich nichts weiß."

Der Graf hörte auf zu schreiben und blickte seine zwei Mitarbeiter an. „Kommen wir nun zu dem, was wir vermuten."

Eine Stunde später hatten sie alle Informationen, über die sie verfügten niedergeschrieben, analysiert und bewertet.

Der Graf schüttelte nachdenklich den Kopf.

„Ich habe das Gefühl, wir übersehen etwas", sagte er mit leiser Stimme. „Irgendetwas übersehen wir. Lasst uns noch mal von vorn beginnen.

ARLINGTON, VIRGINIA, 06. SEPTEMBER, 8.15 UHR

Der Verteidigungsminister der Vereinigten Staaten musterte seine Besucher aufmerksam. Sie saßen in einem der vielen abhörsicheren Besprechungsräume im A-Ring des Pentagon, in dem sich unter anderem auch das geräumige Büro von Russman befand.

Paul Carpenter, der Direktor der NSA, war gelassen wie immer. Der großgewachsene schlanke Mittfünfziger strahlte eine Ruhe aus, die fast an Gleichgültigkeit grenzte. Mit seinen fast weißen Haaren, die er nach hinten kämmte, seinen hellblauen Augen und dem markanten Gesicht konnte man ihn durchaus als attraktiv bezeichnen.

Ganz anders sein Kollege von der CIA. Dr. James Fowler war hässlich. Ein Rückenleiden hatte zur Folge, dass er Menschen, die größer waren als er, nur mit geneigtem Haupt von unten beäugen konnte. Da er nur knapp einssiebzig maß, gab es davon sehr viele. Er hatte fast keine Haare mehr und die wenigen, die er noch besaß, versuchte er auf seinem ganzen Schädel zu verteilen. Da sie dort nicht lange blieben, kleisterte er sie mit Haargel fest. Er hatte ein schmales Gesicht und eine große, schiefe Nase. Sein Mund war sehr klein und immer zu einem Strich zusammengepresst. Er hatte die Angewohnheit, sehr herrisch zu reden und fast jeden Satz mit ruckartigen Armbewegungen zu unterstützen. Mitarbeiter, die ihn nicht mochten – und davon gab es viele – hatten ihm den Spitznamen Breakdancer gegeben. Einzig seine kalten blauen Augen ließen einen nicht mehr los. Wenn er mit einem sprach, fixierten sie den Gesprächspartner unentwegt und hinterließen immer ein unangenehmes Gefühl.

Die Schwachstelle in der Runde aber war eindeutig George Patterson. Der Vizepräsident der Vereinigten Staaten war von Anfang an als das schwächste Glied in der Kette bezeichnet worden. Nichts desto weniger brauchten sie ihn. Jetzt und vor allem in Phase vier.

„George. Hör auf, herumzurennen, setz dich und nimm einen Drink", schlug Russman vor. Patterson blieb stehen, sah den Verteidigungsminister für einen Moment verwirrt an, seufzte und setzte sich. Russman schlug die Beine übereinander.

„Schau. Wenn der deutsche Bundeskanzler hieb- und stichfeste Beweise hätte, säßen wir jetzt nicht hier. Dann hätte Clifford uns schon längst weggesperrt und den Schlüssel im Potomac River versenkt", behauptete er. Fowler und Carpenter nickten bestätigend.

„Der Kanzler weiß nichts", rief Fowler, „gar nichts!"

Carpenter schüttelte leicht den Kopf.

„Ich würde nicht behaupten, dass er nichts weiß. Im Gegenteil: er scheint eine Menge zu wissen. Nur beweisen kann er es wohl nicht. Wenn er es könnte, da gebe ich David Recht, säßen wir jetzt nicht hier." Carpenter blickte die Anwesenden einen nach dem anderen ruhig an. „Die erste Frage ist: Wie hat er davon erfahren? Die zweite Frage ist: Wie viel weiß unser hochgeschätzter Präsident? Die dritte Frage ist: Was machen wir mit dem Kanzler?" Carpenter zündete sich eine Zigarette an und stand auf. „Die Antwort auf die erste Frage kennen wir." Er nahm einen tiefen Zug und blickte zu Russman. „Uns liegt Bildmaterial vor, das beweist, dass Herr Gerling persönlichen Kontakt zu Al Farag hatte."

Patterson sprang von seinem Stuhl auf, als stünde dieser unter Strom. „Was?!", schrie er. „Bilder vom Kanzler und Al Farag?"

„Herrgott, George", versuchte Russman erneut, den Vizepräsidenten zu beruhigen.

„Hör auf, mich zu behandeln, als wäre ich nicht ganz richtig im Kopf!", rief Patterson und begann, wieder auf und ab zu laufen. „Wie lange habt ihr diese Bilder schon?", fragte er dann. Russman und Carpenter wechselten einen schnellen Blick.

„Seit ein paar Tagen", antwortete Russmann fast gelangweilt.

„Und ihr habt es nicht für nötig gehalten, mich darüber zu informieren?", fragte Patterson und schüttelte ungläubig den Kopf. „Stattdessen lasst ihr mich beim deutschen Kanzler ins offene Messer laufen."

„Wir wussten doch gar nicht, dass der Kanzler dich sprechen will", rechtfertigte sich Russman. „Du selbst hast doch von diesem Treffen erst unmittelbar davor etwas erfahren."

Das stimmte natürlich, aber dennoch fühlte Patterson sich im Recht. „Hätte ich von den Bildern gewusst, hätte ich dem Treffen niemals zugestimmt", behauptete er.

„Das hätte aber am Ergebnis nichts geändert", stellte Carpenter knapp fest. „Der Kanzler hat sich mit Al Farag getroffen. Dieser wird ihm gesagt haben, dass er mit den Anschlägen nichts zu tun hat. Des Weiteren wird er dem Kanzler erzählt haben, dass eine gewisse Zahl von seinen Kämpfern verschwunden sind. Einige davon werden für die Anschläge in Europa verantwortlich gemacht, da ihre DNS gefunden wurde. Da die Leiche in Rom unversehrt war, weil die Bombe nicht hochging, war es möglich, eine Autopsie vorzunehmen. Da wurde dann festgestellt, dass die Leiche tiefgefroren war. Trotz aller Vorsicht konnte der Sprengstoff bis nach Kroatien zurückverfolgt werden und von Kroatien bis in die Türkei zu unserem Freund." Carpenter schüttelte den Kopf. „Niemand konnte vorhersagen, dass der deutsche Kanzler so verrückt sein würde, sich mit Al Farag zu treffen. Das war der Auslöser, der dann zum nächsten führte." Er schenkte sich eine Tasse Kaffee ein und setzte sich wieder. „Trotzdem hat er keine handfesten Beweise. Indizien ja, aber keine Beweise. Wenn er damit an die Öffentlichkeit gehen würde, dann zerreißen sie ihn in der Luft." Er nahm einen Schluck Kaffee und zündete sich die nächste Zigarette an. „Kommen wir zur zweiten Frage: Wie viel weiß Clifford?"

Da sich niemand genötigt sah, die Frage zu beantworten, erledigte Carpenter dies selbst. „Da wir das nicht mit Bestimmtheit sagen können, sollten wir davon ausgehen, dass Clifford genau so viel weiß wie der Kanzler. Schließlich sind die beiden ja auch befreundet. Aber was für Gerling gilt, gilt natürlich auch für unseren Präsidenten. Indizien ja, Beweise nein. Hätte Clifford eindeutige Beweise, säßen wir, wie gesagt, jetzt nicht mehr hier. Kommen wir nun zur letzten Frage: Was unternehmen wir im Bezug auf den deutschen Bundeskanzler?"

„Wir müssen ihn unglaubwürdig machen, für den Fall, dass er mit seinen Verdächtigungen an die Öffentlichkeit geht", meinte Patterson. Dann erschien ein böses Grinsen in seinem Gesicht.

„Wir könnten zum Beispiel der Presse die Fotos von ihm und Al Farag zuspielen. Das wäre etwas, was sehr schwer zu erklären wäre.“

„Die Presse wird wissen wollen, woher diese Bilder stammen“, warf Fowler ein und unterstrich seine Worte mit ruckartigen Handbewegungen.

„Na und? Dann sagen wir der Presse eben, woher die Fotos stammen“, erwiderte Patterson. Carpenter und Fowler wechselten einen Blick und sahen dann Russman an.

„Und wie wollen wir der Presse erklären, dass wir den Mann, den wir seit Jahren versuchen zu töten, zwar gefunden haben, ihn dann aber nicht liquidiert, sondern nur fotografiert haben?“, fragte Russman. Patterson wusste darauf keine Antwort und schwieg.

„Wir könnten ihn unter Druck setzten“, schlug Fowler vor.

„Und wie?“, wollte Carpenter wissen.

„Er hat doch eine Freundin. Ich glaube, die sind sogar verlobt. Gutes Druckmittel.“

„Gute Idee!“, rief Patterson. „Wir drohen ihm damit, seine Freundin umzubringen, wenn er an die Öffentlichkeit geht!“

„Das werden wir ganz sicher nicht tun“, entschied Russman. „Wir werden gar nichts tun. Wir werden einfach unseren Plan weiterverfolgen und Phase drei einleiten.“

Dass er vorhatte, Phase drei und vier ein klein wenig zu modifizieren, erwähnte er in dieser Runde allerdings nicht. Dies würde er mit dem Inneren Kreis besprechen.

BERLIN, 06. SEPTEMBER, 16.08 UHR

Der Nahostspezialist aus dem Außenministerium lehnte sich zurück und begann damit, seine Brille zu putzen. Bundeskanzler Gerling hatte ihn zu einer Besprechung in das Kanzleramt gebeten und Manfred Ziegler hatte alles stehen und liegen lassen, um ins Kanzleramt zu eilen.

„Lassen Sie mich eines vorwegschicken: Der Islam ist eine friedfertige Religion. Es sind im Namen der katholischen Kirche weitaus mehr Gräueltaten verübt, weitaus mehr Menschen getötet worden als durch den Islam“, erklärte Ziegler.

Gerling hatte das vor einigen Wochen schon einmal gehört – von Al Farag. Ziegler fuhr fort: „Diejenigen, die behaupten, im Namen des Islam und im Einklang mit dem Koran Anschläge zu verüben, sind eine Minderheit. Weltweit gibt es ungefähr 1,2 Milliarden Moslems. Davon ist nicht einmal ein halbes Prozent radikal. Und mit radikal meine ich gewaltbereit, aber nicht zwingend gewalttätig."

Ziegler machte eine Pause und sah den Kanzler lange schweigend an. „Das Problem ist, dass ein radikaler Moslem, der sich einen Sprengstoffgürtel umschnallt und sich in einer Menschenmenge in die Luft sprengt, für weitaus mehr Aufmerksamkeit sorgt als zehntausend friedliche Muslime, die beten." Betroffen schüttelte Ziegler den Kopf. „Der Hass auf den Westen im Allgemeinen und die USA im Besonderen ist eine Eskalation des Hasses auf das eigene Volk. Es gab schon immer Phasen, in denen die arabische Welt in eine Art Modernisierungsrausch verfiel. Politiker wie Mustafa Kemal Atatürk und später Reza Schah Palewi von Persien haben versucht, durch eine Art Verwestlichung die Unterentwicklung ihres Landes zu überwinden. Sie versuchten, die Gesellschaft nicht über die Wiederherstellung der idealen muslimischen Gesellschaft zu reformieren, sondern über die zwangsweise Modernisierung." Ziegler setzte seine Brille wieder auf, stellte stirnrunzelnd fest, dass sie noch immer nicht sauber genug war, und begann erneut, sie zu putzen.

„Das erste Ziel dieser Modernisierung war, die Bedeutung der religiösen Autoritäten zu vermindern. Um das zu erreichen, wurden westliche Technologien genauso übernommen wie Bekleidungsmoden und Kunstrichtungen. In der Türkei wurde es verboten, Vollbärte und Turbane zu tragen. Das Problem war, dass diese Reformen nur einen kleinen Teil der muslimischen Bevölkerung, nämlich die sogenannten Eliten, erreichten. Diese nahmen die Veränderungen jedoch begeistert auf. Sie imitierten den Westen großteils distanz- und kritiklos. Und genau diese Eliten wurden dann das Hauptangriffsziel des Islamismus und insbesondere des islamistischen Terrors." Ziegler seufzte. „Dieses zwangsweise Scheitern der Reformen wurde nun der westlichen Welt angelastet und das führte dazu, dass der Reformislam zunehmend politische Züge annahm. Das Gefühl, dass die Verwestlichung, verbunden mit einem massiven Werteverfall, sowie die Kolonialherrschaft für die Misere der arabischen Welt verantwortlich seien, nahm zu und fand in der Gründung des Staates Israel eine endgültige Bestätigung."

Bundeskanzler Gerling leuchtete das ein. „Auf der einen Seite haben wir also die Erneuerer, die versuchten, durch Reformen die desolate Situation ihres Landes zu verbessern, und auf der anderen Seite die strenggläubigen Islamisten, die versuchten, durch den Glauben die eigene Identität zu bewahren."

„Richtig. Die fehlgeschlagenen politischen Reformen führten letztlich zu einem Erstarken der religiösen Autoritäten und auch des Islamismus als alleinige Antwort auf die drängenden gesellschaftlichen Fragen und dies ging einher mit der Ablehnung der westlichen Lebensformen. Es ging nun nicht mehr nur ausschließlich darum, durch die Rückkehr zu den moralischen Werten der Frühzeit die islamischen Gesellschaften zu reformieren, sondern auch darum, eine Art Gegenmodell als Ablehnung der westlichen Gesellschaft zu entwickeln." Ziegler setzte sich die Brille wieder auf. Diesmal schien er mit dem Ergebnis zufrieden zu sein.

„Vor diesem Hintergrund kam es zur Bildung der ersten islamistischen Massenorganisation, die letztendlich auch der islamistischen Terrorgruppen zuzurechnen ist. Zunächst richtete sich die Gewalt jedoch auf den sogenannten Feind im Inneren. Ich erinnere nur an den Mord des ägyptischen Staatspräsidenten. Sadad hatte leichtsinnigerweise mit Israel Friedensverhandlungen geführt. Interessant ist, dass diese Terrorgruppe, aber auch alle anderen, ihre Mitglieder aus der Mittelschicht rekrutieren. Vor allem Akademiker, die trotz ihrer guten Ausbildung kaum Chancen auf einen Arbeitsplatz haben, sind für eine Radikalisierung empfänglich. Sie sind das aktivste islamistische Milieu, das auch letztendlich entscheidend für die Herausbildung des internationalen islamistischen Terrorismus ist." Ziegler sah den Kanzler eindringlich an. „Die radikalen Fundamentalisten der neuen Generation sind in der Mehrheit zwanzig- bis dreißigjährige Studenten. Vor allem Studenten der Ingenieurswissenschaften. Aus soziologischer Sicht könnte man dies damit begründen, dass sie sich aus nicht erfüllten Aufstiegschancen gegen die eigene Oberschicht wenden. Die Verlagerung des nationalen, islamistischen Terrorismus auf die internationale Ebene fand in Afghanistan statt, als die UdSSR dort einmarschierte. Afghanistan wurde zu einem Sammelbecken für gewaltbereite Islamisten aus aller Welt."

Gerling dachte über das Gehörte nach. „Woher kommt eigentlich dieser Hass der arabischen Welt auf die Juden?", fragte er und verspürte das dringende Bedürfnis, eine Zigarette zu rauchen.

Ziegler seufzte tief. „Ich wünschte, auf diese Frage gäbe es eine einfache Antwort. Aber es genügt nicht, diesen Hass nur auf den Konflikt zwischen Israel und Palästina zu beschränken. Feindschaft gegenüber Juden gibt es seit der Entstehung des Islam. So zitiert die Hamas in ihrer Charta den Propheten Mohammed mit folgendem Ausspruch: *Der jüngste Tag wird nicht kommen, bis die Muslime gegen die Juden kämpfen und sie töten, so dass sich die Juden hinter Bäumen und Steinen verstecken. Und jeder Baum und Stein wird sagen: Oh Muslim, oh Diener Gottes, da ist ein Jude hinter mir. Komm und töte ihn.* Damit wird der Judenhass religiös begründet. Es heißt, als der Prophet Mohammed den Islam gründete, hatte er vor, die Gläubigen aller Religionen, also Christen und auch Juden, zu vereinigen. Die Juden lachten ihn aus und verhöhnten ihn."

Ziegler erzählte dem Kanzler weiterhin, dass es in der arabischen Region Fernsehsender gab, die eine Sendung für Kinder ausstrahlten, in der eine eigene Version von Micky Maus auftrat, die zum Judenmord animierte. So wurden die Kinder schon in jüngsten Jahren auf den Judenhass programmiert.

Daraufhin schwiegen beide einen Moment. Gerling ging zu seinem Schreibtisch und entnahm einer Schublade eine Packung Zigaretten. Er zündete sich eine an und dachte nach. Dann fragte er: „Was können wir tun, um dem Terror ein Ende zu bereiten?"

„Ich sage Ihnen zunächst, was wir auf keinen Fall tun sollten: Krieg führen. Mit jedem getöteten Muslim wächst der Hass – auf Tod folgt Tod folgt Tod. Das ist ein Teufelskreis. Wir können Terror nicht mit Terror bekämpfen. Diesen Krieg gewinnt niemand, was am Ende bedeutet, dass der Terror siegt. Vielmehr ist die einzige Chance, die ich sehe, eine Art Zweistufenplan. Zum einen der Dialog mit der islamischen Welt und auf der anderen Seite der Versuch, dem Terror seinen Nährboden zu entziehen. Dies erreichen wir dadurch, dass wir den Menschen mit islamischem Glauben beweisen, dass wir ihre Religion nicht verteufeln, sondern achten und respektieren. So erreichen wir langfristig, dass der Terror seinen Nachwuchs verliert."

Als das Telefon klingelte, reagierte Gerling zunächst nicht, da er konzentriert nachsann. Dann gab er sich einen Ruck und nahm den Hörer ab. Ziegler konnte beobachten, wie alle Farbe aus dem Gesicht des Kanzlers wich.

„Was?!", rief Gerling und stützte sich mit einer Hand an seinem Schreibtisch ab. „Wann ist das passiert und wie?" Der Kanzler hörte schweigend zu, dann beendete er das Gespräch. „Ich habe soeben erfahren, dass die gesamte iranische Führung tot ist." Gerling sah Ziegler nachdenklich an und schüttelte den Kopf. „Angeblich gab es eine Gasexplosion."

Ziegler machte einen Schritt auf Gerlings Schreibtisch zu.

„Herr Bundeskanzler, was genau wurde Ihnen gerade mitgeteilt?" Erstaunt sah der Kanzler Ziegler an.

„Was ich Ihnen gerade gesagt habe. Die gesamte iranische Führung ist ums Leben gekommen", wiederholte er.

„Das ergibt, wenn es ein Putschversuch war, keinen Sinn. Entschuldigen Sie die Frage, aber wissen Sie, wie sich die Iranische Führung zusammensetzt?", wollte Ziegler wissen, dem die Frage sichtlich unangenehm war.

Gerling überlegte kurz. „Es gibt den Revolutionsführer, den Wächterrat und den Präsidenten, wobei der Revolutionsführer das letzte Wort hat", begann er zu erklären.

„Das ist soweit richtig", unterbach ihn Ziegler. „Achtundneunzig Prozent der Bevölkerung bekennen sich zum Islam, davon sind neunzig Prozent Schiiten und acht Prozent Sunniten. Obwohl sich beide Gruppen zum Islam bekennen, gibt es Unterschiede, die dazu führten, dass vor allem im Irak beide Seiten erbittert gegeneinander kämpften. Vor allem die Frage, wer der wahre Nachfolger Mohammeds sei, bewirkte Spaltungen im Islam. Die jüngste Geschichte des Iran ist geprägt von dem Versuch, sich dem Westen anzunähern, dies besonders durch den Schah Reza Palewi, der 1921 unter dem Einfluss Großbritanniens eine politische Neuorientierung Persiens in Richtung Westen wagte. Anschließend folgte das krasse Gegenteil, die religiöse Abschottung. Anfang 1979 kam es zu einer islamischen Revolution, in deren Folge der Schah das Land endgültig verlassen musste. Der Schiitenführer Ruhollah Chomeini kehrte aus dem französischen Exil zurück, etablierte sich als oberste Autorität des Staates und transformierte das Kaiserreich Iran in eine „Islamische Republik". Seine Politik war geprägt durch eine fundamentalistische, stark antiwestliche Linie. Die Macht in der islamischen Republik Iran lag auch nach der Revolution nur in einer Hand: in der des Revolutionsführers. Zwar gibt es einen Regierungschef, der offiziell Präsident der Republik ist, jedoch ist die Macht von Präsident, Regierung und Parlament stark beschränkt, denn alle zu wählenden Kandidaten und sämtliche Gesetze müssen von einem Wächterrat bestätigt werden. Zudem hat der Revolutionsführer in allen Fragen das letzte Wort. Der Wächterrat besteht aus sechs Geistlichen und sechs weltlichen Rechtswissenschaftlern. Die Geistlichen werden vom Revolutionsführer ernannt. Ihre Aufgabe ist es, jedes Gesetz auf seine Konformität mit den islamischen Prinzipien hin zu überprüfen. Die Juristen werden vom Obersten Richter, dem Chef der Judikative, ernannt. Ihre Aufgabe ist es, die Verfassungskonformität legislativer Akte zu überprüfen. Der Oberste Richter seinerseits wird vom Revolutionsführer ernannt. Der Wächterrat ist befugt, jedes Gesetz abzulehnen oder im Nachhinein für ungültig zu erklären und Kandidaten die Teilnahme an der Wahl für das Parlament und das Präsidentenamt zu verweigern. Der Wächterrat entscheidet mit einfacher Mehrheit. Bei gleichen Stimmanteilen hat der Revolutionsführer das letzte Wort."

Nachdem Ziegler geendet hatte, griff der Kanzler zum Telefon und ließ sich von seinem Sicherheitsberater nochmals in aller Ausführlichkeit die Ereignisse im Iran schildern. Dann legte er den Hörer auf und warf Ziegler einen fragenden Blick zu.

„Würde es Sie wundern, wenn ich Ihnen sage, dass nicht der gesamte Wächterrat ums Leben gekommen ist?"

Ziegler schüttelte den Kopf. „Lassen Sie mich raten: Es sind nur die sechs Rechtswissenschaftler umgekommen, richtig?"

„Wie es aussieht, ja", bestätigte Gerling. „Und was heißt das?"

„Das bedeutet, dass im Iran eine Revolution begonnen hat."

BERLIN, 06. SEPTEMBER, 16.33 UHR

Nachdenklich legte der Graf den Telefonhörer auf. „Im Iran gibt es einen Putsch", berichtete er Bauer und von Sengen. „Der Präsident, der geistliche Führer und sechs Mitglieder des Wächterrates sind tot." Langsam setzte sich der Graf an seinen Schreibtisch. Dann fuhr er fort. „Wenn meine Informationen stimmen, dann ist der letzte noch lebende Sohn des Schah von Persien auf dem Weg in den Iran, um die Macht an sich zu reißen."

„Was genau bedeutet das?", wollte von Sengen wissen.

„Das bedeutet", sagte der Graf mit ernster Mine, „was immer auf uns zukommt, hat gerade begonnen."

DRITTES BUCH

„Dreifach sind die Tore zur Hölle:
Verlangen, Zorn und Habgier, die Zerstörer der Seele.“
Sri Aurobindo, indischer Gelehrter (1872–1950)

13

WASHINGTON, DC, 06. SEPTEMBER, 10.50 UHR

Der Präsident der Vereinigten Staaten hatte alle Termine des heutigen Tages abgesagt und eine Sondersitzung des Sicherheitsrates einberufen. Da an dieser Sitzung auch der Vizepräsident, die Chefs der CIA und NSA sowie der Verteidigungsminister teilnahmen, war eine seltsame Spannung im Raum zu spüren. Clifford musste diese Sondersitzung jedoch einberufen, da die aktuelle Situation im Iran nicht ohne Brisanz war. Hätte er darauf verzichtet, wäre das zu verdächtig gewesen. Mit anwesend war auch John Patrick Ryan. Er war der einzige im Raum, dem der Präsident vertraute. Die Sitzung begann damit, dass Ryan in seiner Funktion als Nationaler Sicherheitsberater allen Anwesenden einen aktuellen Überblick über die Lage im Iran lieferte.

„Wie sicher sind die Informationen, dass lediglich die Rechtswissenschaftler des Wächterrates umgekommen sind?", wollte Verteidigungsminister Russman wissen.

„Unser Mann vor Ort hat diese Information vor einer Stunde bestätigt", antwortete CIA-Direktor James Fowler.

„Und wie sicher ist die Information, dass der Sohn des Schahs auf dem Weg in den Iran ist, um seinen Anspruch auf den Thron geltend zu machen?", fragte Ryan. Clifford bemerkte, dass Russman und Carpenter schnell einen Blick wechselten.

„Diese Information ist noch nicht bestätigt", behauptete Fowler. Das war eine Lüge und der Präsident und sein Sicherheitsberater wussten das. Präsident Clifford lehnte sich zurück und schlug die Beine übereinander.

„Wie lautet Ihre vorläufige Analyse?", wollte er von Fowler wissen. Der warf einen kurzen Blick in seine Mappe, schloss diese dann und sah den Präsidenten an. „Mister President, wir beobachten schon seit längerem ein gewisses Aufbegehren der iranischen Bevölkerung. Wie Sie sicher wissen, sind siebzig Prozent von ihnen unter dreißig Jahren. Diese jungen Menschen haben die Nase gestrichen voll von den Entbehrungen, die ihnen von der religiösen Führung auferlegt werden. Es war abzusehen, dass das Pulverfass eines Tages in die Luft fliegt."

Clifford nickte, als würde er den Worten Fowlers Glauben schenken. Das war natürlich nicht der Fall. Dass die Mehrheit der Iraner unter dreißig und unzufrieden war, stimmte zwar. Es entbehrte aber jeder Grundlage, dass aus unzufriedenen Studenten plötzlich Attentäter wurden, die über die Mittel verfügten, die iranische Führung zu töten. Clifford hatte Mühe, seinen Zorn zu unterdrücken. Der Vizepräsident beugte sich vor.

„Wir sollten vielleicht auf DefCon drei gehen, solange wir nicht genau wissen, was da im Irak abläuft", meinte er und sah Verteidigungsminister Russman an. Der räusperte sich.

„Du meinst, solange wir nicht wissen, was im Iran abläuft", verbesserte er den Vizepräsidenten.

Der machte eine wegwerfende Handbewegung.

„Ja, ja, ich meine natürlich den Iran. Was ist nun mit DefCon drei?", erwiderte Patterson ungeduldig.

„Wir werden den Alarmzustand des gesamten Militärs nicht erhöhen", entschied der Präsident. „Das könnte missverstanden werden. Und wir wollen doch in der momentanen Situation keine Missverständnisse. Wir werden alles genau beobachten. Mehr können wir im Augenblick nicht tun."

„Wir könnten den Iranern Hilfe anbieten", schlug Patterson vor.

„Wem wollen Sie Hilfe anbieten und wie könnte die aussehen?", fragte Ryan.

„Was weiß denn ich. Was braucht man denn, wenn einem die Führung des Landes weggestorben ist?", schnaubte Patterson gereizt.

„Der Präsident hat Recht. Im Augenblick können wir nichts weiter tun, als abwarten und beobachten. Und genau das sollten wir tun. Alles andere führt nur zu Irritationen." Es war der Verteidigungsminister, der das sagte.

Die Sitzung lief noch eine halbe Stunde und man verabschiedete sich mit dem Ergebnis, dass es noch zu wenig verifizierte Daten gab, um Optionen festzulegen.

Als der Präsident wieder im Oval Office war, rief er sofort seinen Stabschef, Josh Laymann, und Sicherheitsberater Ryan zu sich. Clifford war außer sich vor Zorn.

„Das muss ein Ende haben. Man stelle sich vor, wir hätten es wirklich mit einer ernstzunehmenden Krise zu tun. Ich wäre de facto nicht handlungsfähig, da ich meinem eigenen Sicherheitsrat nicht trauen kann", rief Clifford. „Die sitzen da auf ihren Ärschen und lügen mich an!"

„Sie sind der Präsident der Vereinigten Staaten von Amerika, Sir. Also sind Sie auch handlungsfähig. Erst wenn Sie daran zweifeln, dass Sie es sind, wird es kritisch", erwiderte der Laymann.

„Josh hat Recht, Sir", stimmte Ryan dem Stabschef zu. „Sie sind der Präsident. Und deshalb können die machen, was sie wollen, sie kommen an Ihnen nicht vorbei."

„Was ich nicht verstehe, ist, wie die glauben, dass Patterson meinen Job übernehmen kann. Diesen Schwachkopf nimmt doch keiner ernst", stieß Clifford hervor.

„Bei allem Respekt, Sir: Sie haben diesen Schwachkopf als Vizepräsidenten ausgesucht", gab Laymann zu bedenken.

„Ja, das habe ich", musste Clifford zugeben. „Er hat mir die Staaten gebracht, die ich brauchte. Darüber hinaus war er es, der mit seiner Erfahrung die Stimmen zum Schweigen brachte, die mir Unerfahrenheit vorwarfen."

„Aber ich gebe Ihnen Recht, dass Patterson nicht gerade das Paradebeispiel für einen Präsidenten abgibt. Dafür ist er aber der ideale Kandidat, um sich von Russman und Carpenter manipulieren zu lassen", meinte Ryan.

„Was unternehmen wir jetzt in Sachen Iran?", kam der Präsident auf das eigentliche Thema zurück.

„Wir wissen mit Sicherheit, dass der Sohn des Schahs auf dem Weg nach Teheran ist. Wir vermuten, dass er hinter dem Anschlag auf die Regierung steckt. Wer ihm dabei geholfen hat, nun, da können wir nur spekulieren. Allerdings ist es interessant, dass er sich vor ein paar Monaten mit Patterson getroffen hat. Hier in den Vereinigten Staaten", sagte Ryan.

„Von dem Treffen wusste ich. Der Sohn des Schahs lebt seit einigen Jahren hier in Washington." Clifford sah den Sicherheitsberater fragend an. „Sie meinen, es gibt da einen Zusammenhang?"

„Ausschließen können und sollten wir das nicht, Sir."

WASHINGTON, DC, 06. SEPTEMBER, 12.30 UHR

Russman saß mit Carpenter in einem der abhörsicheren Räume des Pentagon. „Clifford hat Nerven. Das muss man ihm lassen", meinte Russman bewundernd.

Carpenter runzelte er nachdenklich die Stirn.

„Patterson macht mir Sorgen. Er scheint dem Ganzen nicht gewachsen zu sein. Ich glaube, es dauert nicht mehr lang und er verliert die Nerven."

„Er ist ein Idiot. Erst lässt er sich vom deutschen Bundeskanzler aus der Reserve locken und dann ruft er über eine ungesicherte Leitung bei mir an und heult sich aus." Russman machte eine Pause und starrte einen Punkt an der Wand an. „Wir sollten ihn auf irgendeine Reise schicken, damit er keinen Schaden mehr anrichten kann", überlegte er laut.

„Schicken wir ihn doch in den Iran. Wer weiß, vielleicht haben wir Glück und irgendein schwachsinniger Terrorist legt ihn um", schlug Carpenter vor. Russman schien ernsthaft über den Vorschlag nachzudenken. Dann schüttelte er den Kopf.

„Nicht in den Iran. Lass ihn uns nach Israel schicken. Da haben wir ihn auf jeden Fall unter Kontrolle", entgegnete der Verteidigungsminister. Carpenter nickte zustimmend.

„Das dürfte kein Problem sein. Ich werde das veranlassen."

„Ja, mach das. Wer weiß, ob wir bei seinem nächsten Anfall wieder soviel Glück haben wie mit der Aufnahme seines Anrufes bei mir. Wenn diese Aufnahme in die falschen Hände geraten wäre, dann hätten wir möglicherweise ein ernsthaftes Problem."

„Sei ganz unbesorgt. Das Original der Aufnahme wurde vernichtet und die einzige Kopie liegt in meinem Safe", erwiderte Carpenter im Brustton der Überzeugung.

Dass der Sicherheitsberater des Präsidenten auch im Besitz einer Kopie war, wusste er nicht.

BERLIN, 06. SEPTEMBER, 19.50 UHR

Der Graf hatte Jörg Bauer und Martin von Sengen nochmals zu einer Besprechung gebeten. Die jüngsten Entwicklungen, da war sich der Graf sicher, hatten etwas mit dem Problem zu tun, mit dem sie sich seit Tagen herumschlugen. Die einzige Spur, die sie hatten, der einzige Mann, der in die bisher unklaren Geschehnisse involviert war, war dieser Müller. Der Rüstungsunternehmer, den Bauer schon einmal verhört hatte. Seit dem inszenierten Attentat auf ihn war Müller in einer sicheren Wohnung untergebracht und war ihnen dafür auch noch dankbar. In seinem Unternehmen wurde die Nachricht verbreitet, er leide an einem Burn-Out und benötige dringend Ruhe. Entsprechende ärztliche Atteste gab es natürlich auch. Der Graf hatte sich inzwischen etwas intensiver mit dem familiären Hintergrund Müllers beschäftigt und eine Entscheidung getroffen. Bauer würde Müller erneut verhören. Diesmal allerdings auf andere Art und Weise.

BERLIN, 07. SEPTEMBER, 10.00 UHR

Bauer mochte Aufträge dieser Art nicht sonderlich. Dass er sie häufig erfolgreich durchführte, bedeutete nicht zwangsläufig, dass es ihm gefiel. Aber einer musste es tun und Bauer verstand, dass sie keine andere Wahl hatten. Ein Team war seit kurzem im Haus von Müllers Schwester, die im Süden Berlins lebte. Die Ausrüstung, die sie für die nächsten Schritte benötigten, so wurde ihm über Funk mitgeteilt, war aufgebaut. Sie waren bereit.

Bauer betrat die sichere Wohnung in einem alten Plattenbau ganz in der Nähe der Berliner Innenstadt. Kaum war er im selben Zimmer wie Müller, da griff Bauer diesen auch schon an. „Wir wissen, dass Sie uns nicht alles gesagt haben, und uns läuft die Zeit davon", schrie er.

Müller zuckte zusammen. „Ich weiß nicht, was Sie meinen...", stammelte er und starrte Bauer angstvoll an.

„Erzählen Sie mir keine Märchen!", brüllte Bauer und stieß Müller mit beiden Händen vor die Brust. „Sagen Sie endlich, was Sie wissen, sonst muss Ihre Schwester für Ihre Lügen büßen."

Müller riss die Augen auf.

„Was soll das bedeuten? Was hat meine Schwester damit zu tun?"

„Sie sorgen dafür, dass Ihre Schwester da mit reingezogen wird", antwortete Bauer mit leiser Stimme. „Ihre Schwester und Ihr Neffe."

Müller machte einen schnellen Schritt auf Bauer zu. Der reagierte sofort. Seine rechte Hand schoss vor und griff in Müllers Gesicht. Die linke Hand packte Müllers Schulter und in Bruchteilen von Sekunden lag er auf dem Boden.

„Tun Sie das nie wieder!", flüsterte Bauer bedrohlich. „Los, setzen Sie sich!" Müller gehorchte. Bauer nahm ihm gegenüber Platz.

„Die Anschläge in Berlin, Paris, London und Madrid wurden nicht von der Al-Qaida verübt. Das wissen wir. Wir wissen auch von den tiefgekühlten Leichen. Wir wissen, dass der amerikanische Verteidigungsminister, der Vizepräsident und die Direktoren der CIA und des NSA an der Verschwörung beteiligt sind." Bauer beugte sich vor und funkelte Müller an. „Und jetzt will ich von Ihnen hören, was Sie noch wissen. Sagen Sie mir, was genau geplant ist."

Müller schluckte. „Ich habe Ihnen doch schon gesagt, dass ich weiter nichts weiß", behauptete er mit weinerlicher Stimme.

„Sie lügen!", schrie Bauer. „Sie wissen noch viel mehr!" Er lehnte sich wieder zurück. „Und glauben Sie mir, Sie werden es uns sagen." Bauer stand auf und ging zu einem Tisch auf dem ein Laptop lag. Er klappte ihn auf und bearbeitete die Tastatur so lange, bis auf dem Bildschirm ein Wohnzimmer zu sehen war. Bauer griff sich sein Handy und wählte eine Nummer.

„Ich bin's. Es kann losgehen."

Müller beobachtete alles mit angsterfülltem Blick. Schweiß lief ihm über die Stirn. „Was tun Sie da?", wollte er von Bauer wissen.

Der reagierte nicht. Als der Bildschirm das zeigte, was Bauer sehen wollte, griff sich Bauer den Laptop und wandte sich an Müller.

„Ihre Schwester heißt Petra, richtig? Sehen Sie genau hin", forderte er Müller auf. „Das geschieht, wenn Sie uns nicht sagen, was wir wissen wollen."

Müller blickte auf den Bildschirm und erstarrte. Er sah seine Schwester. Sie saß auf einem Stuhl. Ihre Hände waren hinter ihrem Rücken gefesselt und im Mund hatte sie einen Knebel. Ihre Augen waren weit aufgerissen und sie starrte angsterfüllt in die Kamera.

„Wenn Sie mir nicht sofort sagen, was Sie noch wissen, stirbt Petra!", fauchte Bauer. Müller verlor fast den Verstand. Als die Kamera einen Mann erfasste, der mit einer Pistole in der Hand vor seiner Schwester stand, stöhnte er laut auf.

„Was tun Sie da?", flüsterte er und Tränen liefen ihm über das Gesicht. Bauer war erbarmungslos.

„Reden Sie endlich!", brüllte er und deutete auf den Bildschirm. „Wollen Sie, dass Petra stirbt? Wollen Sie das?" Bauer griff zu seinem Handy und wählte die Nummer. „Schieß ihr ins Bein", sagte er nur und klappte das Handy wieder zu. Müller fing an zu wimmern. Sie konnten sehen, wie der Mann die Waffe entsicherte und auf die Frau richtete.

„Tun Sie das nicht", flüsterte Müller.

„Dann reden Sie endlich", schrie Bauer. „Wir wissen, dass der amerikanische Präsident getötet werden soll, damit der

Vizepräsident die Macht übernehmen kann. Was noch?"

Müller wischte sich mit dem Handrücken übers Gesicht.

„Ich will einen Deal", flüsterte er.

„Sie sind nicht in der Situation, um Bedingungen zu stellen", versetzte Bauer. Müller sah ihn mit flehendem Blick an.

„Hören Sie. Wenn ich rede, dann nur, wenn ich eine vom Bundeskanzler unterschriebene rechtsgültige Bestätigung in Händen halte, die mich von allem freispricht, was ich getan habe. Darüber hinaus möchte ich für mich, für meine Schwester und für meinen Neffen neue Identitäten", forderte Müller.

Bauer schüttelte den Kopf. „Das können Sie vergessen."

„Verdammt nochmal", schrie Müller, „ohne mich haben Sie keine Chance, die Wahrheit herauszufinden. Ja, einiges wissen Sie schon, aber das ist nur ein Bruchteil dessen, was da abgeht." Er beruhigte sich wieder und sah auf den Bildschirm. „Im Grunde ist es doch völlig egal. Ich bin so oder so ein toter Mann. Geben Sie mir diese Bestätigung und ich habe zumindest eine kleine Chance zu überleben." Er hob den Blick und sah Bauer an. „Und Sie haben eine Chance, das Ganze noch aufzuhalten."

„Also gut", sagte Bauer leise und griff zum Telefon.

BERLIN, 07. SEPTEMBER, 10.58 UHR

Der Anruf des Grafen beim Kanzler dauerte nur wenige Minuten. Rasch erklärte er ihm, was Müller verlangte, Gerling beriet sich mit seinem Rechtsberater und dreißig Minuten später war die Vereinbarung aufgesetzt und in die sichere Wohnung gefaxt. Müller las sie durch und nickte dabei mehrmals.

„Ich kenne mich mit sowas nicht aus, aber es scheint mir ok zu sein", meinte er dann und lehnte sich etwas entspannter zurück. Er schloss kurz die Augen und atmete tief durch. Dann sah er Bauer an.

„Sie sagten vorhin, Sie wüssten, dass der Vizepräsident die Macht übernehmen will, sobald Clifford entfernt wurde. Aber Sie irren sich. Nicht der Vizepräsident soll die Macht übernehmen. Es ist Russman. Der Verteidigungsminister will Präsident werden."

14

BERLIN, 07. SEPTEMBER, 11.39 UHR

„Das klingt sinnvoll", murmelte der Kanzler. Gerade hatte der Graf berichtet, was Bauer bei der Vernehmung Müllers erfahren hatte. Die Methoden, die Bauer angewandt hatte, erwähnte er jedoch nicht. Anwesend waren auch Innenminister Rosenthal, Außenminister de Fries sowie der Sicherheitsberater Gerlings und Kanzleramtschef Huber.

„Wie war nochmal die Nachfolgeregelung, wenn der Präsident sein Amt nicht mehr ausüben kann?", fragte Huber.

„Wenn der Präsident ausfällt, übernimmt logischerweise zunächst der Vizepräsident das Kommando. Ist der Posten nicht besetzt oder aber der Vize fällt auch aus, dann ist automatisch der Sprecher des Repräsentantenhauses der Nachfolger. Dann folgt eine Liste von Ministern, die der amtierende Präsident kurz nach Amtsantritt festlegt", antwortete de Fries. „Und ich wette, dass Russman ganz vorn steht", ergänzte er.

„Und was heißt das jetzt?", rief Huber erregt. „Wollen die alle der Reihe nach umlegen, bis Russman an der Reihe ist, oder was?"

„Vermutlich schon", war Gerlings Antwort.

Darauf wusste keiner eine kluge Erwiderung.

WASHINGTON, DC, 07. SEPTEMBER, 07.50 UHR

Nachdenklich legte Clifford den Telefonhörer auf. Gerade hatte ihn der deutsche Bundeskanzler darüber in Kenntnis gesetzt, dass Verteidigungsminister Russman der eigentliche Drahtzieher war und das Amt des Präsidenten der Vereinigten Staaten anstrebte. Clifford nickte langsam. Das scheint logisch, dachte er. Er griff wieder zum Telefon und wenig später betraten sein Stabschef und der Berater für Nationale Sicherheit das Oval Office.

Mit wenigen Worten informierte der Präsident seine engsten Berater.

„Dieses Schwein", flüsterte Laymann, der Stabschef des Präsidenten, „dieses elende Schwein."

„Was zum Teufel haben die vor? Ich meine, wollen die wirklich den Vizepräsidenten und den Sprecher des Repräsentantenhauses umlegen, um so Russman ins Weiße Haus zu bringen?", fragte Sicherheitsberater Ryan. „Das ist doch Wahnsinn."

Etwas an dem, was Ryan gerade gesagt hatte, ließ den Präsidenten aufhorchen. Allerdings war er nicht in der Lage, einen klaren Gedanken zu fassen, deshalb entglitt ihm die Information wieder. Frustriert schlug Clifford mit der Faust auf den Schreibtisch.

„Wir müssen dem ein Ende bereiten!", rief er und stand auf. „Wir müssen diese Scheißkerle stoppen – und zwar jetzt!"

WASHINGTON, DC, 07. SEPTEMBER, 08.45 UHR

Laut prasselte der Regen auf das Dach der Limousine und erzeugte dabei ein Geräusch, als würde ein Maschinengewehr Dauersalven abfeuern. Der Direktor der NSA saß im hinteren Teil des großen Wagens und wartete auf seine Verabredung. Vieles war in den letzten Tagen geschehen. Einiges davon war geplant gewesen, anderes hingegen nicht. Und gerade die ungeplanten Ereignisse hatten dazu geführt, dass er nun hier saß und wartete. Die hintere Tür der Limousine wurde geöffnet und ein junger Mann nahm neben Carpenter Platz. Die beiden kannten sich seit mehr als fünf Jahren und der junge Mann hatte seine Karriere zum größten Teil den Beziehungen Carpenters zu verdanken.

Wortlos und ohne ein Wort der Begrüßung öffnete dieser seine Aktentasche und überreichte dem jungen Mann einen geschlossenen Umschlag. Der nahm ihn und sah Carpenter fragend an.

„Es gibt doch in Deutschland bestimmt eine renommierte Zeitung, die dem Kanzler, sagen wir mal, nicht unbedingt gewogen ist, oder?", fragte Carpenter leise.

Der andere nickte stumm.

„Gut", sagte Carpenter zufrieden. „Ich möchte, dass genau diese Zeitung die Bilder, die sich in diesem Umschlag befinden, erhält. Die Quelle, von der diese Bilder stammen, ist absolut zuverlässig. Sie sind nicht manipuliert worden. Haben Sie das verstanden?"

„Was ist darauf zu sehen?", fragte der Mann.

„Schauen Sie sich die Bilder an", forderte Carpenter ihn auf.

Der Mann öffnete den Umschlag und warf einen Blick auf die Fotos. Als er erkannte, wer da zu sehen war, erstarrte er.

„Das ist doch der deutsche Bundeskanzler", flüsterte er. „Und neben ihm sitzt... Großer Gott, das gibt's doch nicht... das ist ja..."

„Dieses Treffen hat nie stattgefunden. Die Bilder gingen Ihnen anonym zu. Verstanden?", raunzte Carpenter.

Der Mann schluckte und verließ fluchtartig den Wagen.

WASHINGTON, DC, 07. SEPTEMBER, 09.30 UHR

„Schnappen wir uns den Vizepräsidenten, wenn er in Israel ist. Der deutsche Bundeskanzler hat doch einen Zeugen, diesen Müller. Konfrontieren wir Patterson mit dessen Aussage. Ich wette, er hat keine Ahnung von den Plänen Russmans. Ich wette, wenn wir Patterson beweisen, dass er auch auf der Abschussliste steht, fängt er an auszupacken." Der Stabschef des Präsidenten sah in die Runde. „Setzen wir das Arschloch unter Druck!"

Präsident Clifford sah seinen Sicherheitsberater an. Der hatte eben gerade genau den Gedanken ausgesprochen, der dem Präsidenten durch den Kopf geschossen war, als er erfuhr, dass Russman Präsident werden wollte. Damals war es ihm nicht gelungen, diesen Gedanken festzuhalten. Er lächelte.

„Der Gedanke gefällt mir. Wen haben wir in Israel, dem wir vertrauen können? Wir dürfen nicht vergessen, dass der Bundeskanzler der Meinung ist, dass auch die Israelis in die Verschwörung involviert sind."

Ryan überlegte kurz.

„Ich glaube, ich habe da den Richtigen."

BERLIN, 07. SEPTEMBER, 16.10 UHR

„Es fällt allmählich auf, dass Sie viele Termine nicht wahrnehmen", informierte Huber den Kanzler.

„Das war ja klar, dass das irgendwann passiert. Irgendwas Konkretes?", wollte Gerling wissen.

Huber konsultierte seine Notizen. „Der Vorsitzende des Gewerkschaftsbundes ist irritiert, dass Sie den Termin mit ihm schon zum zweiten Mal verschoben haben." Huber sah kurz auf und musterte den Kanzler über den Brillenrand hinweg. „Er vermutet dahinter politisches Kalkül." Er vertiefte sich wieder in die Notizen. „Umweltminister Martin drängt auf einen Termin, da die Vorbereitungen zum Klimagipfel auf Hochtouren laufen und er sich mit Ihnen abstimmen muss." Wieder warf Huber dem Kanzler einen Blick zu.

„Was ist los? Irgendetwas beschäftigt Sie doch", fragte Gerling nach.

„Wir kriegen hier ein Problem", erklärte Huber missmutig, stutzte dann und fügte ergänzend hinzu: „Eigentlich haben wir hier mehrere Probleme. Da wäre erstens mal das Tagesgeschäft. Das bleibt eindeutig auf der Strecke. Und das fällt auf. Die Leute hier im Kanzleramt werden unruhig. Und sie reden. Manchmal auch mit den falschen Leuten. Zweitens haben wir das Problem, dass wir wegen der Anschläge eigentlich ja Fortschritte machen, diese aber nicht kommunizieren können. Und schon wären wir bei unserem Hauptproblem. Es dauert nicht mehr lange und man wird Ihnen mangelnde Kompetenz vorwerfen. Die Leute werden sich fragen, was der Kanzler eigentlich den ganzen Tag tut." Huber schlug wütend mit der Faust gegen einen Schrank. „Verdammte Scheiße!", rief er und Gerling zuckte wegen des heftigen und unerwarteten Ausbruchs zusammen. „Der Kanzler tut eine ganze Menge. Nur können wir nicht darüber reden!", rief Huber. „Ich hasse das!", fügte er noch hinzu.

Gerling runzelte verwirrt die Stirn. „Sie hassen was?"

Huber sprang auf und lief im Büro auf und ab.

„Ich hasse es, wenn jemand einen guten Job macht und keiner merkt`s. Ich hasse es, wenn sich jemand durch ein Minenfeld bewegt und Außenstehende brüllen: Beweg deinen Arsch schneller!", brummte er und ließ sich wieder in den Sessel fallen.

Der Kanzler lächelte leicht.

„Danke", meinte er nur.

Hubers Antwort bestand aus einem weiteren Brummen.

TEL AVIV, 07. SEPTEMBER, 16.55 UHR

In Tel Aviv-Jaffa, der zweitgrößte Stadt Israels, richteten nach dessen Staatsgründung die meisten Länder ihre Botschaften ein. Auch der israelische Geheimdienst Mossad hat in Tel Aviv seinen Hauptsitz. Er gilt als einer der effizientesten und erfolgreichsten Geheimdienste der Welt und ist in seiner Funktion vergleichbar mit der US-amerikanischen CIA oder dem deutschen BND. Die rechtlichen Befugnisse des Mossad reichen jedoch wesentlich weiter. Als Auslandsnachrichtendienst Israels hat er primär die Aufgabe, Informationen, die für die Regierung, das Militär und die Sicherheit des Landes von Relevanz sein könnten, mit nachrichtendienstlichen Mitteln wie menschlichen Quellen und elektronischer Aufklärung zu beschaffen. Darüber hinaus fungiert der

Dienst auch weltweit als operativer Arm der Regierung, der zuweilen mit Gewalt und unter Verletzung internationalen Rechts die Interessen Israels durchsetzt. Auch mit Mitteln wie Entführung oder Mord. Die Personalstärke des Mossad wird auf rund eintausendzweihundert Mitarbeiter geschätzt.

Der Mossad hat sechs Abteilungen. Die Sammlungsabteilung ist die größte. Sie leitet sämtliche Spionageaktionen und verfügt über Niederlassungen auf der ganzen Welt, teils geheim, teils als Bestandteil der diplomatischen Vertretungen Israels. Vermutlich ist sie nach regionaler Zuständigkeit weiter aufgegliedert. Die Abteilung für politische Aktionen und Zusammenarbeit koordiniert die Arbeit mit den Geheimdiensten befreundeter Nationen und unterhält Kontakte zu Ländern, mit denen Israel keine offiziellen diplomatischen Beziehungen hat. Einige ihrer Mitarbeiter sind auch meist in größeren Auslandsvertretungen Israels stationiert. Die LAP-Abteilung ist für psychologische Kriegsführung, Propaganda und Täuschungsoperationen zuständig. Die Forschungsabteilung produziert in regelmäßigen Abständen Geheimdienstberichte über verschiedene Regionen der Welt. Dann gibt es eine Abteilung, die sich mit Atomwaffen beschäftigt. Zu guter Letzt existiert noch die Abteilung für spezielle Operationen. Sie führt Anschläge, Sabotage, paramilitärische Operationen und psychologische Kriegsführung höchster Geheimhaltungsstufe durch. Die jeweilige Identität des Mossad-Chefs war lange ein israelisches Staatsgeheimnis. Erst seit Ende der neunziger Jahre werden die Namen bekannt gegeben. Die Namen der jeweiligen Abteilungsleiter sind weiterhin geheim.

Gershon Shafir sah aus wie ein netter Großvater. Er hatte volles graues Haar, hellblaue Augen und ein rundes, freundliches Gesicht. Er war von kleiner Statur und schmächtig. Wenn man ihn sah, stellte man sich unwillkürlich vor, wie er seinen Enkelkindern Geschichten vorlas. Niemand hätte vermutet, dass Shafir fast zehn Jahre lang die Abteilung für spezielle Operationen des Mossad geleitet, viele Menschen eigenhändig umgebracht und den Tod von unzähligen Menschen befohlen hatte. Offiziell seit nunmehr fünf Jahren im Ruhestand, verfügte Shafir immer noch über ausgezeichnete Kontakte weltweit und diente seinem Land in beratender Funktion.

Zudem war er seit vielen Jahren ein persönlicher Freund von John Patrick Ryan senior, einem ehemaligen Außenminister der Vereinigten Staaten und Vater des Sicherheitsberaters von Präsident Clifford.

Shafir zündete sich eine seiner sündhaft teuren Zigarren an und dachte über das soeben beendete Telefongespräch nach. John Patrick Ryan junior hatte ihn im Namen von Präsident Clifford um einen Gefallen nachgesucht. Ein Gefallen, der durchaus eine internationale Krise auslösen könnte. Der Präsident der Vereinigten Staaten von Amerika hatte ihn gebeten, seinen eigenen Vizepräsidenten zu entführen und zu verhören.

15

BERLIN, 07. SEPTEMBER, 19.30 UHR

„Ich bekomme hier allmählich Probleme, weil ich viele Termine nicht einhalten kann und dafür keine schlüssige Begründung liefere. Dennoch ist es unumgänglich, dass wir uns sehen. Es gibt einfach zu viel zu besprechen und abzustimmen. Darüber hinaus gibt es noch etwas, worüber wir dringend sprechen müssen." Gerling seufzte und zündete sich eine Zigarette an. Er konnte trotz der Entfernung hören, dass Clifford es ihm gleichtat.

„Bevor ich Kanzler wurde, habe ich pro Tag maximal fünf Zigaretten geraucht. Heute schaffe ich eine Packung", bemerkte der Kanzler.

Clifford lachte.

„Die Kunst besteht darin, zu rauchen, ohne erwischt zu werden. Manchmal komme ich mir wieder vor wie ein Schüler, der heimlich raucht und hofft, dass die Lehrer nichts bemerken. Nur sind es heute keine Lehrer, sondern Reporter", erwiderte Clifford.

„Richtig. Das wäre wirklich peinlich. Was für ein Vorbild", meinte Gerling und lachte. Dann verfinsterte sich sein Gesicht wieder.

„Das, was ihr mit Patterson in Israel vorhabt, ist gefährlich. Bist du sicher, dass es klappt?"

„Sicher können wir erst hinterher sein. Aber Ryan meint, wenn es einer schafft, dann Shafir."

Gerling war immer nicht überzeugt.

„Aber es heißt doch, dass der Secret Service so gut sei."

Er hörte, wie Clifford leise lachte.

„Wir mussten kurzfristig umdisponieren, da einige treue Agenten des Vizepräsidenten an einem aggressiven Virus erkrankt sind. Sie wurden durch Agenten ersetzt, die mir loyal gegenüberstehen. Und sie werden über das, was geschehen wird, informiert."

„Das klingt gut. Bleibt noch das Problem zu lösen, wie wir uns kurzfristig treffen können, ohne Aufsehen zu erregen."

„Stimmt", bestätigte der Präsident. „Lass mich das mal intern klären. Ich denke, es gibt da kurzfristig eine Möglichkeit. Lass uns später nochmal telefonieren." Sie beendeten das Gespräch.

Sofort wählte Gerling die Nummer von Kanzleramtschef Huber. Er hatte jetzt eine Menge Termine zu koordinieren.

Eine Stunde, nachdem Gerling und Clifford ihr Gespräch beendet hatten, rief der Präsident wieder an.

„Ich bin am 12. September in Moskau. Wir sollten uns vorher treffen", schlug er vor. „Allerdings sind wir uns hier einig, dass es schwierig werden könnte, das Treffen geheim zu halten."

„Wir sehen das genauso. Wusstest du, dass am 10. September hier in Deutschland, genauer gesagt in Köln, der Weltjugendtag stattfindet?", fragte der Bundeskanzler.

„Was ist das?"

Gerling musste schmunzeln. „Das ist eine von der Katholischen Kirche gegründete Veranstaltung. Wir erwarten hier Kinder und Jugendliche aus über einhundertsiebzig Ländern. Die Organisatoren rechnen mit ungefähr achthunderttausend Besuchern. Der Papst wird da sein und außerdem erwarten wir über siebenhundert Bischöfe und viele Kardinäle", erklärte er.

„Und du meinst, es wäre sinnvoll, wenn ich mich spontan dazu entscheiden sollte, auch daran teilzunehmen?", fragte Clifford.

„Genau. Kein Mensch würde Fragen stellen und wir hätten Zeit genug, um über alles Wichtige zu reden", bestätigte Gerling.

„Gute Idee. Ich werde mit dieser Spontaneität zwar den Secret Service in den Wahnsinn treiben, aber hey, ich bin der Präsident."

Beide mussten lachen.

„Sag mal, hast du eine Audienz beim Papst?", wollte Clifford dann wissen.

„Ja", bestätigte Gerling.

„Cool!"

JERUSALEM, 08. SEPTEMBER, 10.15 UHR

Wie fast immer, wenn ein hoher Staatsgast empfangen wird, so wurde auch Vizepräsident Patterson im King David Hotel, einem Luxushotel im Herzen von Jerusalem, untergebracht. Er bezog in der sechsten Etage die Royal Suite und die restlichen Zimmer dieses Stockwerks belegten seine Leibwächter.

Shafirs Plan war einfach, aber brillant. Patterson würde einen Herzinfarkt erleiden. Natürlich keinen echten. Eine wohldosierte Mischung verschiedener Substanzen, verabreicht in einem Getränk, würden die gleichen Symptome hervorrufen wie bei einem Herzinfarkt. Der Fahrer des alarmierten Krankenwagens würde den Vizepräsidenten normalerweise in das nächstgelegene Krankenhaus, dem Misgav Ladach General Hospital, bringen. Da der Fahrer jedoch ein treuer Gefolgsmann Shafirs war, würde er einen anderen Ort anfahren. Die Secret Service-Agenten, die den Krankenwagen begleiten würden, wären alles Cliffords Männer. Die Leibwächter von Patterson lägen bewusstlos und streng bewacht in ihren Zimmern. Das Hotelpersonal wurde bereits zu absoluten Stillschweigen verpflichtet – ein Umstand, der in Israel noch funktionierte.

Alles in allem sollte die gesamte Aktion, von den ersten Symptomen eines Infarktes über das Eintreffen des Krankenwagens bis hin zum Erreichen des Ziels, einem abgelegenen Gebäude am südlichen Rand von Jerusalem, keine fünfzehn Minuten dauern.

Shafir ging davon aus, dass ihm nun mehr als ein Tag blieb, um den Vizepräsidenten der Vereinigten Staaten von Amerika zu verhören. Das sollte reichen.

BERLIN, 08. SEPTEMBER, 11.30 UHR

Der Anruf des bekannten Tagblattes erreichte den Kanzler mitten in einer Besprechung mit dem Umweltminister. Mit Mühe schaffte es Gerling, die Sitzung zu beenden. Dann rief er sofort Huber und Rosenthal zu sich.

„Ich erhielt gerade einen Anruf vom Chefredakteur Wolf der Zeitung Frontal. Er bat mich um einen Kommentar zu einem Foto, das er morgen auf der Titelseite hat. Das Foto zeigt mich zusammen mit Mohamed Al Farag."

BERLIN, 08. SEPTEMBER, 11.45 UHR

„Himmel Arsch", schrie Huber mit zornesrotem Gesicht, „da steckt doch garantiert Weber dahinter!"

Gerling schüttelte den Kopf. „Das glaube ich nicht. Wie sollte er an diese Fotos gelangt sein? Wer sollte sie ihm gegeben haben?", entgegnete er.

„Wie bist du mit Wolf verblieben?", wollte Rosenthal wissen.

„Ich habe ihn um drei Stunden Zeit gebeten und er hat sie mir gegeben", antwortete er.

„Wir müssen verhindern, dass diese Fotos gedruckt werden", stellte Huber fest.

„Das sehe ich genauso", bestätigte Rosenthal. „Bislang konnten wir so ziemlich alles erklären. Ich glaube, bei den Fotos könnten das wir nicht."

Gerling ging nachdenklich schweigend in seinem Büro auf und ab. Dann blieb er stehen und sah die beiden an.

„Ich werde mit Wolf sprechen und ihm erklären, warum ich mich mit Al Farag getroffen habe. Ich werde ihm sagen, dass wir versuchen, eine Katastrophe zu verhindern, und seine Unterstützung brauchen", erklärte der Kanzler.

Huber schüttelte den Kopf.

„Warum nicht einfach behaupten, dass es sich bei den Bildern um eine Fälschung handelt?", wollte er wissen.

„Weil diese Bilder keine Fälschung sind", antwortete Gerling.

BERLIN, 08. SEPTEMBER, 13.30 UHR

Der Chefredakteur des Frontal war das erste Mal im Kanzleramt. Vor allem aber war er das erste Mal alleine mit Jan Philip Gerling. Entsprechend war er nervös und stellte entsetzt fest, dass er schwitzte. Gerling tat so, als würde er die Aufregung seines Gesprächspartners nicht bemerken.

„Kann ich Ihnen etwas anbieten? Kaffee oder Tee?", fragte er.

Wolf dachte kurz nach. „Könnte ich einen Kaffee mit Milch und ein Wasser haben?"

„Natürlich" Gerling stand auf und ging zu einem kleinen Beistelltisch, auf dem Kannen, Flaschen, Gläser und Tassen standen. Erstaunt stellte Wolf fest, dass der Kanzler selbst die Getränke einschenkte und ihm brachte.

„Danke", murmelte er und nahm einen Schluck Kaffee.

„Das, was ich Ihnen gleich erzähle, darf diesen Raum unter keinen Umständen verlassen. Als Gegenleistung werde ich dafür sorgen, dass Sie, wenn alles vorbei ist, ein Exklusivinterview mit mir bekommen werden. Ist das für Sie okay?"

Wolf schwieg und überlegte. Dann stimmte er zu.

Gerling öffnete eine Schublade seines Schreibtisches und entnahm ihr ein Formular, das er Wolf überreichte. „Bitte lesen Sie sich diese Vereinbarung durch und unterschreiben Sie dann unten rechts." Wolf las das Formular durch und unterschrieb. Der Kanzler meinte es offenbar wirklich ehrlich.

Danach unterschrieb der Kanzler und begann zu erzählen.

BERLIN, 08. SEPTEMBER, 14.06 UHR

Wolf konnte kaum glauben, was er gerade gehört hatte. Obwohl Gerling dem Chefredakteur nicht alles gesagt hatte – zum Beispiel erwähnte er nicht, dass der Vizepräsident der Vereinigten Staaten einer der Verschwörer war – war das alles so brisant, dass Wolf verstand, warum die Fotos nicht veröffentlicht werden durften. Zumal die Bilder zusammen mit dem Interview des Kanzlers ja noch viel effektiver wären.

JERUSALEM, 08. SEPTEMBER, 15.05 UHR

Es gibt viele Methoden, einen Gefangenen für ein Verhör vorzubereiten. Schlafentzug, Desorientierung, Drogen und die Androhung oder Ausübung von Gewalt. Jeder Mensch hat seine Grenzen, jeder Mensch, auch der bestausgebildete Soldat, kann gebrochen werden. Der Vizepräsident der Vereinigten Staaten von Amerika war kein ausgebildeter Soldat. Gershon Shafir konnte spüren und sehen, dass Patterson Angst hatte.

Der Vizepräsident hatte keine Ahnung, was geschehen war und er wusste nicht, wohin man ihn gebracht hatte. Seit mehr als vier Stunden war er nun in diesem Raum, dessen Fenster verdunkelt waren. Das einzige Mobiliar bestand aus einem Tisch, zwei Stühlen und einem primitiven Bett. Auf diesem saß Patterson und überlegte fieberhaft, was geschehen sein konnte, wer ihn entführt hatte. Er dachte an die Palästinenser, die so vielleicht den Druck auf die Vereinigten Staaten erhöhen wollten, verwarf den Gedanken aber wieder.

Plötzlich wurde die Tür geöffnet und ein Mann betrat der Raum. Schweigend stellte er ein Tonbandgerät auf den Tisch, drückte ein paar Knöpfe und verschwand wieder.

Eine Weile tat sich gar nichts. Dann hörte Patterson auf einmal seine eigene Stimme. Es war eine Aufzeichnung seines Telefonats mit Verteidigungsminister Russman, das er unmittelbar nach seinem Treffen mit Bundeskanzler Gerling geführt hatte. Patterson erstarrte. Darum ging es also. Clifford hatte das Ganze veranlasst.

Patterson war kein mutiger Mann. Ja, er war sogar ein Feigling. Aber eines war er ganz sicher nicht – dumm. Es hatte etwas zu bedeuten, dass man ihn hier gefangen hielt und nicht in den Vereinigten Staaten verhaftet hatte. Sie wollten etwas von ihm. Und das bedeutete, es gab eine Verhandlungsbasis.

Langsam beruhigte sich sein Herzschlag wieder und er begann damit, eine Strategie zu entwerfen.

Wenig später ging die Tür erneut auf und ein anderer Mann betrat den Raum. Er war älter, bestimmt schon über sechzig. Er war klein und schmächtig und hatte ein rundes, freundliches Gesicht. Das Auffälligste an ihm waren die Augen. Sie waren von einem klaren und hellen Blau. Der Mann setzte sich auf einen der Stühle, schlug die Beine lässig übereinander und blickte stumm zu Patterson. Dann begann er zu sprechen und der Vizepräsident erbleichte. Nicht wegen dem, was der Mann sagte. Es war vielmehr die Art, wie er es sagte. Es war, als spräche der Mann vom Wetter.

„Wissen Sie, damals in Vietnam, da haben die Nordvietnamesen gefangene amerikanische Soldaten aus lauter Langeweile gefoltert. Sie veranstalteten richtige Wettbewerbe und schlossen Wetten darüber ab, wie lange ein GI die Qualen aushalten würde." Der Mann zündete sich eine Zigarette an. „Die Nordvietnamesen wurden richtig kreativ und entwickelten eine neue Foltermethode nach der anderen. Zum Beispiel legten sie gefesselte GIs auf eine Bahre und darunter waren Bambuspflanzen." Er zog an seiner Zigarette und fuhr fort: „Wussten Sie, dass es Bambusarten gibt, die pro Tag mehrere Zentimeter wachsen?", fragte er im Plauderton. Patterson antwortete nicht und der Mann erzählte weiter. „Da lagen also die amerikanischen Soldaten mit dem Gesicht nach unten auf dieser Bahre und mussten mit ansehen, wie der Bambus langsam immer höher wuchs – immer dichter an ihre Bäuche heran. Und irgendwann durch ihre Bäuche hindurch." Der Mann warf die Zigarette auf den Boden und trat sie aus. „Da hatten die Amerikaner, die russisches Roulett spielen mussten, noch Glück", meinte er und lächelte leicht. „Die haben sich das Gehirn rausgeblasen und waren durch." Er zündete sich eine neue Zigarette an und rauchte gedankenverloren. „Eine meiner persönlichen Lieblingsmethoden war das langsame Durchbohren der Fingerspitzen mit glühenden Nadeln", informierte er Patterson. „Wissen Sie, wie viele Nervenenden in den Fingerspitzen sitzen?", fragte er den Vizepräsidenten und wartete auf eine Antwort. Als diese ausblieb, stand er auf, ging zu Patterson und zeigte ihm seine Finger. „Verdammt viele. Das können Sie mir glauben."

Patterson starrte die verunstalteten Hände des Mannes an und schluckte.

„Diese Schmerzen sind so enorm, dass man alles tut, damit sie aufhören. Wirklich alles“, meinte der Mann leise und sah Patterson an. Der konnte dem Blick nicht standhalten und schaute weg.

„Sie wissen Dinge, die wichtig für uns sind, Herr Vizepräsident. Glauben Sie mir, wenn ich Ihnen sage, dass Sie uns diese Dinge verraten werden. Sie entscheiden, ob und wie schlimm es wird.“

„Wer sind Sie?“, fragte Patterson mit belegter Stimme.

Der Mann lächelte.

„Entweder Ihr bester Freund oder Ihr schlimmster Alptraum.“

„Ich bin der Vizepräsident der Vereinigten Staaten von Amerika. Sie können mich hier nicht gefangen halten und foltern“, meinte Patterson mit wenig Überzeugung in der Stimme.

Der Mann schien über das Gesagte nachzudenken.

„Ich habe mal jemandem gehört, der ist aus zweitausend Metern aus einem Flugzeug gesprungen. Natürlich mit Fallschirm. Nur hat dieser sich nicht geöffnet. Der Mann springt also aus dem Flugzeug und stürzt wie ein Stein in die Tiefe. Er hat überlebt. Dann gibt es da noch diesen anderen Mann, der angeblich sieben Mal vom Blitz getroffen wurde. Und ebenfalls überlebte.“ Prüfend sah er Patterson an. „Vielleicht sind Sie ja auch so ein Glückspilz wie die zwei. Vielleicht kommen Sie hier ja wirklich lebend und in einem Stück wieder raus. Aber eines ist sicher: Egal, wie Sie hier rauskommen, niemand wird Sie je wieder mit Mister Vice President ansprechen. Hier bei mir sind Sie einfach nur ein schwacher und ängstlicher Mann, der sein Land verraten hat.“ Ohne ein weiteres Wort wandte sich Gershon Shafir zur Tür.

Plötzlich hörten sie Lärm hinter der Tür. Shafir trat ein Schritt zurück, In diesem Moment wurde die Tür aufgestoßen und zwei Männer in Tarnanzügen und Pistolen in der Hand sprangen in das Zimmer. Ohne zu zögern, hob einer von ihnen die Waffe und schoss Shafir in die Brust. Dann schnappten sich die Männer den Vizepräsidenten und verließen den Raum. Beim Verlassen des Gebäudes zählte Patterson mindestens sechs Leichen.

JERUSALEM, 08. SEPTEMBER, 16.32 UHR

„Okay, Jungs. Wer seid ihr? CIA? Dark Water?“, fragte Patterson, nachdem seine Befreier ihn in einen Geländewagen gesetzt hatten. Der Mann auf dem Beifahrersitz drehte sich nach hinten um.

„NSA, Mister Vice President. Direktor Carpenter hat uns

beauftragt, Sie da rauszuholen", antwortete der Mann und sah wieder nach vorn.

„Wo fahren wir hin?", wollte Patterson wissen.

„In ein sicheres Gebäude", kam es als Antwort.

Sie fuhren kurze Zeit durch den dichten Verkehr von Jerusalem, bis sie vor einem alleinstehenden älteren Haus stehen blieben. Die Tür wurde geöffnet und ein Mann kam ihnen entgegen. Er ignorierte die zwei NSA-Agenten und ging auf den Vizepräsidenten zu.

„Mister Vice President. Wie geht es Ihnen?", wollte der Mann wissen.

Patterson klopfte sich imaginären Staub von seinem Anzug und ergriff die ausgestreckte Hand.

„Mir geht's gut", antwortete er. „Wer sind Sie?"

„Mein Name ist Douglas. NSA, Außenstelle Israel."

„Wie geht's jetzt weiter?", wollte Patterson wissen.

Douglas deutete auf das Haus. „Lassen Sie uns reingehen. Ich habe ein paar Fragen", sagte er und ohne auf eine Antwort zu warten, setzte er sich in Bewegung. Patterson folgte ihm in das Haus und beide nahmen im Wohnzimmer Platz. Die beiden NSA-Agenten blieben draußen.

„Was wollte Shafir von Ihnen?", kam Douglas sofort zur Sache.

„Wer ist Shafir?"

„Der Mann, der Sie entführt hat."

„Ach so. Ich habe keine Ahnung. Mir wurde eine Tonbandaufnahme eines Telefongespräches zwischen mir und Russman vorgespielt. Dann kam dieser Shafir rein und hat mir irgendwelche irren Geschichten über Vietnam und Fallschirmspringer erzählt. Er drohte mir und dann kamen schon Ihre Leute ins Gebäude gestürmt", gab Patterson Auskunft.

Douglas schien nicht überzeugt.

„Was wusste Shafir?", fragte er Patterson.

„Nichts... na ja, jedenfalls nicht viel. Der Typ hat ja fast nichts gesagt. Bis auf diese komischen Geschichten."

„Wusste er von den nächsten Anschlägen?", fragte Douglas.

„Ich denke nicht, dass er von unseren Plänen wusste."

„Wusste er von den Zielen der nächsten Anschläge?", wollte Douglas dann wissen.

Patterson wurde auf einmal wachsam.

„Warum stellen Sie mir diese Fragen?"

Douglas ignorierte das. „Wusste er von den Zielen der nächsten Anschläge?“, wiederholte er die Frage.

„Geben Sie mir ein Telefon. Ich will sofort Carpenter anrufen“, forderte Patterson.

„Sir, es tut mir leid, aber das geht nicht. Ich habe eindeutige Anweisungen von Direktor Carpenter erhalten. Bitte beantworten Sie die Fragen“, stellte Douglas klar.

Patterson seufzte.

„Ich hatte den Eindruck, dass er nichts wusste.“

„Ist der Name Müller gefallen?“, fragte Douglas.

„Der Deutsche?“, fragte Patterson erstaunt. „Nein. Der Name Müller ist nicht gefallen.“

Douglas nickte. Dann stand er auf und ging zur Tür.

„Wo wollen Sie hin?“, fragte Patterson.

„Ich hole uns einen Kaffee“, antwortete Douglas und verließ den Raum.

Patterson stand auf und sah sich im Zimmer um. Dann ging er zu einem der Fenster und sah hinaus. Als er hörte, dass sich die Tür öffnete drehte er sich um – und erstarrte.

Er kannte den Mann, der da stand. Er hatte gesehen, wie dieser erschossen wurde.

Gershon Shafir lächelte leicht und betrat das Zimmer.

16

JERUSALEM, 08. SEPTEMBER, 16.55 UHR

„Ich habe doch gesehen, wie Sie erschossen wurden...", flüsterte Patterson.

Shafir kam langsam auf den Vizepräsidenten zu. Dabei wich das Lächeln nicht aus seinem Gesicht.

„Sie haben gesehen, was Sie sehen sollten. Nicht mehr und nicht weniger“, entgegnete er.

„Was soll das ganze Theater?“, fragte Patterson. Er schien resigniert zu haben.

Shafir nahm auf einem Stuhl Platz und holte aus der Innentasche seiner Jacke ein Blatt Papier heraus.

„Auf diesem Zettel stehen vier Fragen, auf die ich dringend eine Antwort benötige. Drei davon haben Sie mir durch das kleine Theater, wie Sie es nannten, schon beantwortet. Die erste Frage lautet: Weiß der Vizepräsident von anstehenden Anschlägen? Die Antwort ist: Ja. Die zweite Frage heißt: Weiß der Vizepräsident, wo die Anschläge verübt werden? Auch hier lautet die Antwort: Ja. Die dritte Frage ist: Kennt der Vizepräsident Heinrich Müller? Das kann ebenfalls mit Ja beantwortet werden“, erklärte Shafir in ruhigem Tonfall.

„Und die vierte Frage?“, fragte Patterson. „Wie lautet die vierte Frage?“

Shafir lächelte Patterson an, schwieg jedoch. Er zündete sich eine Zigarette an und nahm ein paar Züge.

„Sie stecken ziemlich in der Klemme. Das ist Ihnen doch hoffentlich klar, oder?“, fragte er den Vizepräsidenten.

Patterson starrte ihn schweigend an. Tatsächlich war es ihm klar, dass er in großen Schwierigkeiten steckte. Seine politische Laufbahn war vorbei. Soviel stand fest. Die einzige Frage war, ob es ihm gelang, einer Anklage als Landesverräter zu entgehen. Dass Shafir ihm andeutete, dass es noch Unklarheiten gab, legte den Schluss nahe, dass es durchaus Verhandlungsspielraum geben könnte.

„Was wollen Sie?“, eröffnete Patterson das Spiel.

„Ihre uneingeschränkte Kooperation“, erwiderte Shafir.

„Was bekomme ich dafür?"
„Eine Zukunft", war die knappe Antwort.
Patterson schnaubte verächtlich.
„Was für eine Zukunft?", schnaubte er. „Etwa lebenslänglich im Gefängnis? Das ist nicht meine Vorstellung von Zukunft."
Shafir lächelte nur. Allmählich nervte Patterson diesen immer gleichen Gesichtsausdruck des kleinen Mannes, er schwieg jedoch.
„Sagen Sie mir, Mister Patterson, was für eine Zukunft hätten Sie Ihrer Meinung nach gehabt, wenn die ganze Geschichte nicht aufgeflogen wäre?", wollte Shafir wissen.
„Das wissen Sie doch längst. Ich wäre Präsident der Vereinigten Staaten von Amerika geworden", antwortete Patterson.
„Ich verstehe", meinte Shafir leise. Dann blickte er Patterson direkt an. „Sind Sie sicher, dass das auch die Pläne Ihrer Geschäftspartner waren?"
Patterson zwinkerte kurz. Ein Zeichen von Verunsicherung.
„Wie meinen Sie das?", fragte er vorsichtig.
„Nun, uns liegen eindeutige Beweise vor, dass Ihr werter Freund, der Verteidigungsminister, niemals vorhatte, Sie Präsident werden zu lassen. Vielmehr wollte er selbst ins Oval Office einziehen."
Pattersons Augen wurden groß und er erbleichte. Shafir, der diese Reaktionen genau beobachtete, wusste nun, dass er kurz davor stand, Patterson umzudrehen. Die nächsten Minuten würden entscheidend sein.
„Er hat Sie hintergangen, George", sagte Shafir mit leiser Stimme. „Verteidigungsminister Russman und Direktor Carpenter hatten nie vor, Sie Präsident werden zu lassen. Von Anfang an standen auch Sie auf der Abschussliste. Sie und der Sprecher des Repräsentantenhauses."
Patterson rang sichtlich um Fassung.
„Woher wollen Sie das wissen?", fragte er schon fast trotzig.
„Heinrich Müller. Die Deutschen haben ihn seit ein paar Tagen in Gewahrsam. Nachdem sie ihm damit drohten, seinen Neffen und seine Schwester zu töten, hat er ausgepackt." Shafir musterte Patterson aufmerksam. „Möchten Sie hören, was er alles gesagt hat? Ich habe eine Aufnahme hier", bot er an. Patterson nickte und Shafir spielte das Band ab.
Nachdem sie der Stimme Müllers und Bauers gelauscht hatten, schwiegen beide einen Moment.

„Wie würde meine Zukunft Ihrer Meinung nach aussehen?", brach Patterson schließlich das Schweigen.

Shafir dachte einen Augenblick über die Frage nach.

„Nun, zunächst wäre da noch die Antwort auf die vierte Frage. Dann kämen wir auf die weiteren Anschläge und die Orte, wo sie verübt werden sollten, zu sprechen. Wenn Sie kooperativ sind, wir die Attentate verhindern und alle Verantwortlichen aus dem Verkehr ziehen können, dann gehe ich davon aus, dass man Ihnen einen ehrenvollen Abschied aus der Politik ermöglichen wird. Danach können Sie Ihren Ruhestand genießen, ein Buch schreiben und in Würde alt werden."

„Das hätte ich gerne schriftlich. Unterschrieben vom Präsidenten und überprüft von meinen Anwälten."

Shafir nickte. Das hatte er erwartet.

„Genießen Sie Ihren Aufenthalt hier. Ich werde alles Erforderliche veranlassen."

BERLIN, 09. SEPTEMBER, 17.03 UHR

Der Medienrummel war enorm, als die Air Force One des Präsidenten pünktlich am Flughafen Tempelhof eintraf. Da es sich nicht um einen offiziellen Besuch handelte, hatten beide Seiten auf die übliche Prozedur eines Staatsempfanges verzichtet. Dennoch hatte die spontane Entscheidung des Präsidenten, einen Abstecher nach Deutschland zu machen, den Secret Service vor erhebliche logistische und sicherheitsrelevante Probleme gestellt. Allerdings waren die deutschen Sicherheitskräfte mittlerweile mit den amerikanischen Methoden bestens vertraut, sodass die Vorhut des Secret Service bei ihrem Eintreffen feststellte, dass viele Vorkehrungen schon in die Wege geleitet waren.

Die Wagenkolonne des Präsidenten wartete schon auf der Rollbahn, und unmittelbar nachdem die Air Force One die Triebwerke ausschaltete, verließ Clifford zusammen mit seiner Frau und den beiden Töchtern das Flugzeug. Sie stiegen in die Präsidentenlimousine und die Kolonne setzte sich in Bewegung. Gerling und Clifford hatten sich darauf geeinigt, das Treffen am ersten Tag als privaten Besuch der Präsidentenfamilie zu deklarieren. Aus diesem Grund fuhr die Wagenkolonne nicht zum Kanzleramt, sondern zur Überraschung aller zum Privathaus des Kanzlers. Jan und Katja warteten schon vor der Tür, um Clifford und seine Familie zu begrüßen. Die Türen der Fahrzeuge wurden geöffnet und Agenten des Secret Service stiegen aus. Sie taxierten akribisch die Umgebung und erst auf ein kurzes Zeichen eines Agenten verließen auch der Präsident und seine Familie das Fahrzeug. Jan und Katja gingen die Treppen hinunter und begrüßten ihre Besucher. Jan und Bill umarmten sich. Dann begaben sich alle in das Haus.

Katja lud die First Lady und die Kinder zu einer Hausbesichtigung ein und Jan zog sich mit Clifford in den Garten zurück. Es war ein herrlicher Spätsommerabend mit angenehmen Temperaturen.

„Ich dachte, wir grillen nachher. Was hältst du davon?", fragte Jan den Präsidenten.

„Ich bin Amerikaner", antwortete Clifford. „Wir haben das Barbecue erfunden!"

Dann wurden beide ernst.

„Wir haben Patterson zum Reden gebracht", informierte Clifford seinen Freund. „Es war sehr aufschlussreich. Wir wissen jetzt, wann und wo die nächsten Anschläge verübt werden sollen. Außerdem haben wir erfahren, welche Personen in Israel an der Verschwörung beteiligt waren." Clifford sah den Kanzler an und lächelte. „Ich denke, wir haben es überstanden", stellte er dann fest.

Jan stand auf und holte zwei Flaschen Bier aus einer Kühlbox.

„Auf eine überstandene Krise." Beide stießen mit der Flasche an und tranken einen Schluck.

„Was geschieht nun mit Patterson?", wollte Jan wissen.

Sein Freund runzelte die Stirn.

„Er wird das alles wohl heil überstehen, seinen Rücktritt einreichen und in den Ruhestand gehen", meinte Clifford, dem anzumerken war, dass ihm diese Lösung missfiel.

„Und was ist mit Russman und Carpenter?"

„Wurden verhaftet und werden zurzeit verhört. Ich erwarte heute noch einen Anruf mit den neuesten Informationen." Clifford warf einen Blick auf seine Uhr. „Wie sieht die Planung für heute Abend aus?"

„Rein privat. Wir grillen, essen, trinken kühles Bier und freuen uns, dass wir die Krise überstanden haben. Wie klingt das für dich?"

„Großartig!"

„Morgen früh treffen wir uns im Büro mit Außenminister de Fries. Später dann fliegen wir nach Köln. Am Abend steht noch nichts Besonderes an."

Präsident Clifford lehnte sich entspannt zurück.

„Das klingt gut", seufzte er und nahm noch einen Schluck Bier.

WASHINGTON, DC, 09. SEPTEMBER, 14.30 UHR

Der ehemalige Verteidigungsminister Russman verfluchte Patterson. Alles wäre glatt gelaufen, wenn dieser nicht die Nerven verloren und ihn über eine ungesicherte Leitung angerufen hätte. Nun saß er hier in einem Verhörzimmer der Washingtoner Antiterroreinheit und wartete darauf, dass die Vernehmung begann. In Gedanken spielte Russman seine Optionen durch. Viel Spielraum hatte er nicht. Ein einziger Trumpf blieb ihm. Und den gedachte er auszuspielen. Auch die Tatsache, wie sie ihn verhaftet hatten, stimmte ihn optimistisch. Zwei Secret Service-Agenten hatten ihn diskret aus einer Besprechung im Pentagon herausgeholt. In dieser Besprechung erfuhr Russman auch, wo sich der Präsident am nächsten Tag aufhalten würde. Russman musste lachen, was keiner der Anwesenden verstand. Dementsprechend erntete er irritierte Blicke, die ihm allerdings gleichgültig waren.

Als die Tür des Vernehmungszimmers geöffnet wurde, hatte Russman seine Strategie entworfen. Er war bereit.

Zwei Männer betraten den Vernehmungsraum. Der ältere der beiden stellte sich ihm als Carl Buchanan vor. Er war Mitte Fünfzig, groß, schlank und hatte markante Gesichtszüge. Der jüngere, vorgestellt als Mark Reilly, war um die Vierzig. Er war von kleiner, drahtiger Statur, hatte einen militärisch kurzen Haarschnitt und wache, helle Augen. Es war Buchanan, der das Wort ergriff.

„Mister Russman. Ich denke, Sie wissen, warum Sie hier in Gewahrsam sind, und wir brauchen nicht lange um den heißen Brei herum zu reden", stellte er fest. Er öffnete eine Akte und warf einen Blick hinein. „Ihnen wird Landesverrat und Anstiftung zu einem kriegerischen Akt gegen ein fremdes Land vorgeworfen." Er hob kurz den Blick und sah Russman direkt an. „Darauf steht die Todesstrafe." Russman schien unbeeindruckt und Buchanan fuhr fort: „Wir haben alle uns bekannten Mitverschwörer, auch in

Israel, festgenommen. Ihre einzige Chance, der Spritze zu entgehen, ist ein vollständiges Geständnis."

Russman beugte sich vor und sah Buchanan fest in die Augen.

„Hier ist der Deal. Er ist nicht verhandelbar...", begann er. Er kam nicht dazu, den Satz zu beenden, da Reilly aufsprang und mit beiden Fäusten auf den Tisch schlug.

„Sie wollen einen Deal, Sie Scheißkerl?", schrie er und starrte Russman hasserfüllt an. „Das können Sie vergessen. Am liebsten würde ich Ihnen Ihr gottverdammtes Hirn rausblasen!"

Russman blieb gelassen. Er ignorierte Reilly und sah Buchanan an. „Pfeifen Sie Ihren kleinen Schießhund zurück."

Mit einer Geste bedeutete Buchanan Reilly, Ruhe zu bewahren. Der warf Russman noch einen wütenden Blick zu und setzte sich. „Ich glaube nicht, dass Sie in der Position sind, Bedingungen zu stellen", sagte Buchanan dann ruhig zu Russmann.

„Mir fallen spontan eine Million Gründe ein." zischte Russmann verschlagen zurück. „Wollen Sie die Gründe erfahren?" Sein Gesicht verzog sich zu einem breiten Grinsen. „Wollen Sie das Leben des Präsidenten retten?"

BERLIN, 09. SEPTEMBER, 21.25 UHR

Der Bundeskanzler und der Präsident der Vereinigten Staaten von Amerika standen im Garten und grillten. Katja fand es sehr schade, dass niemand von der Presse anwesend war, um dieses historische Ereignis zu fotografieren. Sie beugte sich zur Ehefrau des Präsidenten und teilte ihr diesen Gedanken mit. Sie kicherten, dann stand Katja auf, lief ins Wohnzimmer und kam mit einem Fotoapparat zurück. Sofort fingen beide Frauen an, abwechselnd Bilder zu schießen. Jan und Bill, die schon einige Biere getrunken hatten, warfen sich in Pose und es entstanden Bilder, die wohl niemals in irgendeiner Zeitung auftauchen würden.

Katja und Susan, Cliffords Frau, hatten sofort einen Draht zueinander gefunden. Susan war Juristin, die, als ihr Mann sich für eine politische Laufbahn entschieden hatte, ihre eigene Karriere aufgegeben hatte. Katja erzählte ihr, wie sie Jan kennen gelernt hatte, und als sie der First Lady berichtete, wie Jan als Kanzlerkandidat die Kinder gerettet hatte und dann in Hamburg angeschossen wurde, hatte Susan Tränen in den Augen.

Die Stimmung änderte sich abrupt, als Agenten des Secret Service im Garten erschienen. Einer ging zu Clifford hinüber und flüsterte ihm etwas zu. Das Gesicht des Präsidenten wurde rot vor Zorn.

„Was zum Teufel hat das zu bedeuten?", zischte er.

Der Agent flüsterte dem Präsidenten erneut etwas zu. Clifford wandte sich an Jan. „Hast du ein Büro?"

Jan nickte und ging voraus.

Im Büro angekommen, griff sich Clifford das Telefon und wählte die Nummer seines Stabschefs. Jan machte Anstalten, das Büro zu verlassen, aber Clifford bedeutete ihm mit einer Geste zu bleiben. Nach wenigen Augenblicken nahm der Stabschef das Gespräch an.

„Was ist da los?", fragte der Präsident. Er hörte schweigend zu, während sein Stabschef ihm einen Überblick verschaffte. Clifford wandte sich an Jan.

„Hast du ein Faxgerät?"

Jan nickte.

„Wie ist die Nummer?"

Jan nannte sie Clifford, der sie daraufhin seinem Stabschef durchgab. Wenige Augenblicke später hörten sie ein Klingeln und das Faxgerät fing surrend an, ein Blatt Papier auszudrucken.

Clifford schnappte sich das eingegangene Fax und begann zu lesen. Dann setzte er seine Unterschrift darunter und reichte es Jan. Der las es und sah dann Clifford fragend an.

„Eine Begnadigung des Verteidigungsministers? Warum?"

„Weil die Informationen bezüglich weiterer Anschläge, die wir von Patterson erhielten, nicht stimmen. Russman hat die Pläne geändert. Es gibt nicht mehrere Anschläge, sondern einen großen. Angeblich mit mehreren hunderttausend Opfern." Clifford ließ sich in einen Sessel sinken. „Russman verlangt diese Begnadigung. Erst wenn er sie von mir unterschrieben in Händen hält, wird er uns sagen, wo der Anschlag stattfinden wird." Er schloss kurz die Augen. „Mir gefällt das genauso wenig wie dir. Aber es stehen Menschenleben auf dem Spiel. Sehr viele Menschenleben."

„Ich würde das Gleiche tun wie du", erwiderte Jan.

„Ich weiß."

WASHINGTON, DC, 09. SEPTEMBER, 16.43 UHR

Russman las das Fax des Präsidenten und war zufrieden. Dann erzählte er Buchanan und Reilly, was sie wissen wollten. Er war noch nicht ganz fertig, als Reilly aufsprang, um zu telefonieren. Russman sah ihm mit einem leichten Lächeln nach. Mein Gott, dachte er, wenn die eine Ahnung hätten, was sie alles noch nicht wissen...

BERLIN, 09. SEPTEMBER, 23.45 UHR

Clifford legte den Telefonhörer auf und sah Jan erschüttert an.

„Was ist los?", fragte Gerling den Präsidenten.

„Der große Anschlag. Er findet morgen statt. Das Ziel ist der Weltjugendtag in Köln. Sie wollen alle töten."

17

BERLIN, 10. SEPTEMBER, 01.25 UHR

Der Kanzler saß zusammen mit dem Präsidenten, dem Grafen, Jörg Bauer und dem leitenden Secret Service-Agenten im Wohnzimmer. Sie wussten nun, dass der Anschlag am morgigen Tag gegen Mittag erfolgen sollte. Was sie jedoch noch nicht wussten, war, wie der Sprengstoff zum Ort des Geschehens gebracht werden sollte. Dies würde Russman versuchen heraus zu finden. Gerling äußerste seine Zweifel bezüglich der Glaubwürdigkeit des ehemaligen Verteidigungsministers. Clifford jedoch ging fest davon aus, dass dieser seine Immunitätsvereinbarung nicht aufs Spiel setzen würde.

Präsident Clifford war immer noch geschockt darüber, dass seine eigenen Landsleute vorhatten, so viele Menschen in Deutschland zu töten. Vor allem Kinder und Jugendliche. Der Gedanke, was geschehen wäre, wenn sie die Verschwörung nicht aufgedeckt hätten und der Plan in die Tat umgesetzt worden wäre, machte ihm Angst. Wie hätten sie reagiert, wenn so viele Menschen ums Leben gekommen wären und alle Indizien auf islamische Terroristen hingewiesen hätten? Clifford wurde bewusst, dass der Plan hätte aufgehen können. Und auch das machte ihm Angst. Er sah den Bundeskanzler an und spürte, dass der die gleichen Gedanken hatte, wie er. Sie blickten sich an, und ohne ein Wort zu wechseln, trafen sie eine Vereinbarung. Sie würden diesen Wahnsinn stoppen.

KÖLN, 10. SEPTEMBER, 06.45 UHR

Endlich, nach einer schier endlosen Zeit, kam der erhoffte Anruf aus Washington; Russmann hatte herausgefunden, wie der Sprengstoff zum Austragungsort des Weltjugendtages gebracht werden sollte. Der Kanzler verzog wegen der Verschlagenheit des Planes das Gesicht. Die Terroristen hatten vor, den Sprengstoff in Krankenwagen zu deponieren und diese rund um das große Feld zu verteilen, um so ein Maximum an Zerstörung zu erreichen. Das größte Problem, mit dem sich Gerling und Clifford nun konfrontiert sahen, war, dass es aufgrund der verstrichenen Zeit nicht mehr möglich war, herauszufinden, wie die Terroristen an die Krankenwagen gelangen wollten, um so zu verhindern, dass sie das Feld überhaupt erreichten. Aber es kam noch schlimmer: Gleich, nachdem sie erfahren hatten, wo der Anschlag stattfinden sollte, hatten sie Beamte des BKA und des Secret Service zu dem Feld geschickt. Sie sollten herausfinden, wie das Gelände zu überwachen und zu sichern war.

Als die Beamten Bericht erstatteten, gab es eine gute und eine schlechte Nachricht. Die gute war, dass es sich um ein riesiges Feld am äußeren Stadtrand Kölns handelte. Nur eine größere Hauptverkehrsstraße führte dorthin. Diese war leicht zu überwachen. An der südlichen und an der westlichen Seite des Feldes gab es kleine, unbefestigte Wege, die man ebenfalls gut überblicken konnte. Die schlechte Nachricht war, dass mehr als achtzigtausend Menschen vorhatten, die Nacht auf dem Feld zu verbringen.

Allen war klar, dass diese Tatsache die Situation extrem verschärfte, da sie eine Evakuierung des Geländes zu diesem Zeitpunkt nicht mehr riskieren konnten. Die Wahrscheinlichkeit, dass die Terroristen – im Laufe der Nacht hatten sie sich darauf geeinigt, die Verschwörer Terroristen zu nennen – das Feld überwachten, war einfach zu groß. Darüber hinaus war inzwischen zuviel Zeit vergangen. Die Krankenwagen konnten jeden Moment auftauchen.

Der Plan, der nun im Eiltempo an die neuen Informationen angepasst wurde, sah folgendermaßen aus: Spezialkräfte des BKA, unterstützt durch eine Hundertschaft der Bereitschaftspolizei, sollten das Gelände weiträumig abriegeln und möglichst unauffällig durchsuchen, um eventuelle Überwachungsteams der Terroristen ausfindig zu machen. Mehrere Teams des Bombenentschärfungskommandos sollten Ausschau nach den Krankenwagen halten und versuchen, die Bomben unschädlich zu machen. Da sie die Konstruktion aus Rom kannten, wussten sie, wie sie vorzugehen hatten – falls es sich um denselben Typ Bombe handelte.

Es gab bei dieser Aktion viele Unbekannte. Zum einen konnten sie sich nicht sicher sein, wie der Sprengstoff gezündet werden sollte. Die Wahrscheinlichkeit, dass es sich, wie bei den anderen Anschlägen, um eine Zündung per Funksignal handelte, wurde von den meisten Experten als sehr hoch eingestuft. Aber dennoch war auch eine Zündung per Zeitschaltuhr möglich. Zum anderen wussten sie nicht, ob die Krankenwagen, genauso wie die Lieferwagen bei den Anschlägen zuvor, per Funkfernsteuerung bewegt werden, obwohl das unwahrscheinlich schien, da das Gelände als zu weitläufig für Fernsteuerungen eingeschätzt wurde. Zu guter Letzt konnte auch nicht ausgeschlossen werden, dass die Verhaftungen der Köpfe dieser Verschwörung dazu geführt hatten, dass die ganze Aktion abgeblasen wurde.

Kurzum, die Voraussetzungen für eine erfolgreiche Aktion waren mehr als schlecht.

KÖLN, 10. SEPTEMBER, 06.59 UHR

Die Nachricht, dass der Sprengstoff in Krankenwagen transportiert werden soll, konnte gerade noch rechtzeitig an die Einsatzteams weitergegeben werden. Kurz vor sieben Uhr morgens kam das entscheidende Zeichen über Funk.

„Posten drei hier. Gerade fahren fünf Krankenwagen an meiner Position vorbei", kam es krächzend aus dem Funkgerät. Mehrere Köpfe beugten sich über eine Karte, um zu sehen, wo genau sich die Position von Posten drei befand. Sie war an der Hauptverkehrsstraße, ungefähr achthundert Meter vor der Einmündung zum großen Feld.

„Alles klar, Posten drei. Stellung halten", befahl der Einsatzleiter, Jürgen Stolle. Stolle war Hauptkommissar beim BKA und einer der erfahrensten Mitarbeiter der Abteilung ST, dem Polizeilichen Staatsschutz. Diese Abteilung war zuständig, wenn es um internationalen Terrorismus ging.

„Teamleader an alle: Es geht los. Ich wiederhole: Es geht los! Aktivierung des Störsenders!"

Stolle hatte entschieden, dass in jedem Fall ein Störsender zum Einsatz kommen sollte, für den Fall, dass der Sprengstoff per Funksignal zur Detonation gebracht werden würde.

Die fünf Krankenwagen verließen die Hauptstraße und bogen auf den befestigten Weg in Richtung großes Feld ein. Sobald alle Krankenwagen das Feld erreicht hatten, verteilten sie sich rings um den Platz und hielten. Dann trat Stille ein.

KÖLN, 10. SEPTEMBER, 07.04 UHR

Das große Streitthema bei der Entwicklung der Strategie war gewesen, was mit den Terroristen geschehen sollte, sobald diese entdeckt waren. Schließlich hatten sie eine Lösung gefunden, mit der alle leben konnten. Über das gesamte Feld waren Scharfschützen verteilt, die nun auf das Kommando des Einsatzleiters warteten. Diese nahmen nun die Türen der Krankenwagen ins Visier. Inzwischen versuchten Beamte des BKA unter Mitwirkung vieler Polizisten in Zivil, die Tausenden von Menschen, die auf dem Feld die Nacht verbracht hatten, in der Mitte des Platzes zu sammeln. Dies würde sie zwar nicht gänzlich von den Bomben schützen, jedoch gab es auch keine Alternative.

Endlich öffnete sich die Fahrertür eines der Krankenwagen.

KÖLN, 10. SEPTEMBER, 07.21 UHR

„Habe Zielperson klar und deutlich im Visier", meldete einer der Scharfschützen.

„Nicht schießen! Wiederhole: Nicht schießen!", befahl Stolle. Er wollte, dass alle Fahrer die Krankenwagen verließen. Erst dann wollte er den Befehl zum Zugriff erteilen. Sie konnten beobachten, wie sich der Fahrer, der gerade den Krankenwagen verlassen hatte, umsah und dann ein Handy aus der Jackentasche holte. Angespannt sah Stolle zu, wie der Mann das Gerät aufklappte und eine Nummer wählte. Das Gespräch dauerte keine dreißig Sekunden, dann klappte der Mann das Handy wieder zu und hob den rechten Arm.

Sofort öffneten sich die Fahrertüren der anderen Krankenwagen.

„Scharfschützen, Meldung!", flüsterte Stolle in sein Funksprechgerät. Alle Scharfschützen meldeten sich und gaben durch, sie hätten freies Schussfeld.

„Feuer frei!", befahl Stolle.

Es war merkwürdig anzusehen, wie ein Fahrer nach dem anderen umfiel, ohne dass ein Schuss zu hören war. Jeder Scharfschütze benutzte einen Schalldämpfer und sie verschossen Betäubungspfeile, deren Wirkung unmittelbar eintrat.

KÖLN, 10. SEPTEMBER, 07.33 UHR

Jan war mit Präsident Clifford planmäßig nach Köln geflogen. Sie hatten eine Suite im Hyatt Hotel gemietet und warteten auf den Anruf von Stolle. Innenminister Rosenthal war mitgekommen. Endlich klingelte das Telefon. Jan nahm das Gespräch an. Kurz nickte er Clifford und Rosenthal zu, um so zu signalisieren, dass es sich um den erwarteten Anrufer handelte. Jan lauschte den Ausführungen des Einsatzleiters und schüttelte fassungslos den Kopf. Als Stolle geendet hatte, dankte der Kanzler ihm und legte den Hörer auf.

„Die Fahrer der Krankenwagen sind außer Gefecht gesetzt", flüsterte er. „In jedem Krankenwagen liegen ungefähr einhundert Kilo Sprengstoff. Die könnten den ganzen Platz dem Erdboden gleich machen. Da würde keiner überleben."

„Verrückt", murmelte Clifford.

„Wahnsinn", bestätigte Rosenthal.

„Sie trauen sich aber nicht, die Wagen vom Gelände zu fahren. Offenbar sind die Fahrzeuge wieder manipuliert worden. Und den Platz zu evakuieren, dauert zu lange. Sie müssen die Bomben also vor Ort entschärfen. Hoffen wir, dass es ihnen gelingt", meinte Gerling und zündete sich mit zitternden Händen eine Zigarette an.

KÖLN, 10. SEPTEMBER, 07.45 UHR

Jeder der Bombenentschärfer war per Kopfhörer mit einem Kollegen verbunden, der ein Modell der Bombe vor sich hatte, die in Rom sichergestellt wurde. Alle hofften, dass das Modell identisch war mit denen, die nun entschärft werden mussten.

KÖLN, 10. SEPTEMBER, 07.50 UHR

Die Stimme des Spezialisten Hamann, der das Modell der Bombe aus Rom vor sich hatte, war ruhig und eindringlich.

„Wenn ihr die Abdeckung des Gehäuses entfernt, seht ihr in der Mitte einen kleinen schwarzen Kasten, etwa so groß wie eine Zigarettenschachtel, dessen Deckel mit vier Schrauben gesichert ist. Diese vier Schrauben müssen als erstes gelöst werden. Wir gehen folgendermaßen vor: Rainer führt den ersten Schritt durch und meldet mir Vollzug. Dann führen alle anderen denselben Schritt durch." Was sie machen würden, wenn Rainer den Vollzug nicht würde melden können, hatten sie nicht besprochen.

Nach wenigen Minuten meldete Rainer Brandt, dass der Deckel entfernt sei, und die vier anderen machten sich daran, die

Schrauben zu lösen. Alle meldeten Vollzug.

„Okay. Ihr seht nun den Zünder vor euch. In dem kleinen Glaskasten seht ihr zwei Metallstifte, die sich gegenüber liegen. Der Abstand der Stifte beträgt ungefähr fünf Millimeter. Würden sich die beiden Stifte berühren, käme es zur Zündung." Hamann holte tief Luft. „Ihr müsst die kleine Metallscheibe, die ich euch gegeben habe, vorsichtig zwischen die Stifte schieben. Wenn das erledigt ist, kann die Bombe nicht mehr gezündet werden. Rainer fängt an", sagte der Sprengmeister und schluckte. Er war beunruhigt, wusste aber nicht aus welchem Grund.

„Ich fange jetzt an", hörte Hamann Rainer Brandt sagen. Er spürte, wie ihm der Schweiß die Stirn herunter lief.

„Warte!", rief er und starrte das Modell der Bombe an. Dann hatte er eine Idee.

„Rainer, rauchst du?"

„Äh, ja?"

„Dann zünde dir eine Zigarette an", befahl Hamann. Die umstehenden Personen blickten ihn verwundert an. Hamann ignorierte sie.

„Zigarette ist an", meldete Brandt.

„Blas den Rauch in den Zündkasten", sagte Hamann und wartete gespannt auf das Ergebnis.

„Scheiße", flüsterte Brandt, als er die feinen roten Strahlen sah, die kreuz und quer durch den Zündkasten liefen. „Laser! Um ein Haar hätte ich meinen Arsch quer über Köln verteilt", teilte er ihnen mit leiser Stimme mit.

„Kommst du da durch, Rainer?", fragte Hamann mit belegter Stimme. Er konnte hören, wie Brandt erneut den Rauch seiner Zigarette in den Zündkasten blies.

„Wird eng", meldete er dann und wiederholte den Vorgang. „Aber es müsste funktionieren. Nur mit den Kippen geht das so nicht. Ich brauche eine Sprühdose und jemanden, der sie bedient."

Wenig später saß ein Beamter des BKA, der sich freiwillig gemeldet hatte, neben Brandt im Krankenwagen. Allerdings hatten sie in der Kürze der Zeit keine geeigneten Sprühflaschen besorgen können, sodass sie bei der alten Methode blieben. Der Beamte des BKA zog an der Zigarette und blies den Qualm in den Zündkasten. Millimeter um Millimeter schob Brandt die kleine

Metallscheibe mit einer winzigen Pinzette hinein. Dabei blickte er unentwegt auf die roten Strahlen des Lasers. Es war wirklich verdammt knapp. Der BKA-Mann zog hektisch an der Zigarette und blies den Qualm fast unablässig in den Zündkasten.

Endlich hörte Hamann die erlösende Nachricht.

„Okay. Die Stifte sind blockiert. Die Bombe ist sicher!" Verhaltener Jubel brach aus. Verhalten deshalb, weil sie noch vier weitere Bomben zu entschärfen hatten.

KÖLN, 10. SEPTEMBER, 08.55 UHR

Jan und Präsident Clifford hatten sich, nachdem die Meldung sie erreicht hatte, dass alle Bomben entschärft waren, zurückgezogen, um über die nächsten Schritte zu reden. Jan hatte Bill in seinen Plan eingeweiht, den er schon vor einigen Wochen entworfen hatte. Vor allem die Tatsache, dass einige Mitglieder der Knesset, dem Israelischen Parlament, in die Verschwörung verstrickt waren, hatte möglicherweise noch etwas Gutes. Clifford hörte dem Kanzler aufmerksam zu. Als Jan geendet hatte, schwieg der Präsident nachdenklich.

„Du weißt schon, dass dein Plan riskant ist, oder?", fragte er. „Dir ist klar, dass du ein großes persönliches Risiko eingehst, oder?"

„Ja", bestätigte Gerling.

Erneut klingelte das Telefon. Jan nahm das Gespräch an und lauschte.

„Scheiße", murmelte er, nachdem er das Gespräch beendet hatte.

„Was ist los?"

„Das war mein Büro. Der Papst will wissen, ob ich heute noch zu ihm kommen möchte."

„Kann ich mitkommen?", fragte Clifford und grinste.

18

BERLIN, 11. SEPTEMBER, 08.00 UHR

Die Berichterstattung in den Medien war voller Lob über die hervorragende Arbeit der deutschen Behörden. Es sei ihnen gelungen, die schlimmsten Terroranschläge seit dem elften September zu verhindern.

Vor allem der Bericht im Frontal, in dem zu lesen war, dass der deutsche Bundeskanzler ohne Rücksicht auf das eigene Leben nach Afghanistan gereist war und so den Stein ins Rollen gebracht hatte, erregte internationale Aufmerksamkeit. Natürlich gab es auch kritische Stimmen, die meinten, es wäre eines Kanzlers nicht würdig, mit Terroristen zu reden oder gar zu verhandeln. Gerling konnte sich allerdings nicht daran erinnern, zu irgendeinem Zeitpunkt mit Al Farag verhandelt zu haben. Andere Stimmen meinten, es wäre unverantwortlich gewesen, sich in die Hände des gefährlichsten Terroristen der Welt zu begeben. Katja hatte eine der Zeitschriften, die dieser Meinung war, demonstrativ auf den Küchentisch gelegt.

Als Gerling an Katja dachte, überkam ihn eine seltsame Traurigkeit. Ihr Verhältnis hatte sich verändert, Katja hatte sich verändert. Sie war stiller und zurückhaltender geworden. Er machte sich Sorgen um sie – und um ihre Beziehung. Katja hatte Schwierigkeiten, mit Jans Art und Weise, sein Amt auszuüben, klarzukommen. Sicher, sie wusste, dass die Dinge, die er tat, richtig und wichtig waren. Aber ihr wollte nicht einleuchten, warum er ein so hohes persönliches Risiko eingehen musste. Sie dachte und fühlte einfach wie eine Frau, die liebt.

Er schüttelte die Gedanken ab und konzentrierte sich wieder auf die vor ihm liegenden Probleme. Der amerikanische Präsident und er hatten sich die anstehenden Aufgaben geteilt. Clifford würde versuchen, den russischen Präsidenten, den ukrainischen Präsidenten, die Israelis, die saudische Königsfamilie und Pakistan für ihr Vorhaben zu gewinnen. Gerling würde sich um die wichtigsten europäischen Staatsführer kümmern. Darüber hinaus würde er mit Libyen, Syrien und dem Iran reden. Und er musste sich erneut mit Al Farag treffen.

BERLIN, 11. SEPTEMBER, 10.45 UHR

Katja hatte Angst davor, Jan zu verlieren. Bislang hatte sie es immer für ein Klischee gehalten: die Ehefrau des Polizisten, die jedes Mal, wenn ihr Mann zur Arbeit geht, befürchtet, er könnte nicht zurückkommen. Jetzt verstand sie, dass es sich hierbei keinesfalls um ein Klischee handelt. Nur dass ihr Freund nicht Polizist, sondern Bundeskanzler war.

Als Jan damals angeschossen worden war und sie mit Innenminister Rosenthal von Berlin nach Hamburg flog, um zu Jan ins Krankenhaus zu eilen, da hatte sie im Flugzeug die Meldungen zum Attentat verfolgt. Als ein Reporter behauptet hatte, Jan sei seinen Verletzungen erlegen, da war ihr klar gewesen, dass auch ihr Leben vorbei war. Sie schüttelte den Kopf. Das klingt jetzt aber melodramatisch, dachte sie. Aber sie war sich bewusst, dass das genau die Gefühle waren, die sie damals in dem Flugzeug überkamen. Dann, als die Anschläge verübt worden waren und Jan mitten in die Demonstration hineingelaufen war, die jederzeit hätte eskalieren können, wurde sie richtig wütend auf ihn. Sie war sich sicher: Wenn sie vor Ort gewesen wäre, hätte sie ihm eine geknallt! Sie hatte, als sie die Fernsehberichte sah, vor Wut geweint.

Und dann hatte sie auch noch erfahren, dass Jan nach Afghanistan geflogen war, um einen der meistgesuchten Terroristen zu besuchen. Da war dann keine Wut mehr, nur noch Resignation.

Das Verrückteste an allem war, dass sie irgendwie Stolz empfand für das, was er tat. Weil es richtig war. Und wichtig. Das wusste sie. Aber er war auch der Mann, den sie liebte. Und sie wollte nicht, dass er sich in Gefahr brachte. Noch nie hatte sich ein Bundeskanzler derart in Gefahr gebracht. Warum dann er?

Ganz einfach: Weil Jan kein Politiker war..

Und was folgte nun? Teil zwei des Wahnsinns? Jan würde wieder nach Afghanistan reisen. Diesen Plan hatte er schon vor Wochen entworfen und nun wurde es ernst.

Und sie konnte nur zu Hause sitzen, warten und hoffen, er würde lebend zurückkehren.

ROM, 13. SEPTEMBER, 10.00 UHR

Der Amtssitz des italienischen Ministerpräsidenten ist der im sechzehnten Jahrhundert erbaute Palazzo Chigi. Es ist ein prachtvolles Gebäude, groß und beeindruckend mit edlen Stuckarbeiten an der Außenfront. Auch im Innern ist der Palazzo sehr prunkvoll. Jan hatte jedoch keinen Sinn für die ansprechende Architektur. Ministerpräsident Giovanni Rizzitelli kam ihm mit ausladenden Schritten entgegen und lächelte breit. Jan hatte jedoch seine Probleme mit dem italienischen Regierungschef.

Das lag zum einen an der Tatsache, dass Rizzitelli die Ermittlungen betreffend der Anschläge unnötig verzögert hatte. Er wollte offensichtlich mit den ihm zur Verfügung stehenden Beweisen versuchen, alleine die Anschläge aufzuklären, umso in der Öffentlichkeit als strahlender Held dazustehen.

Das war auch der zweite Grund, weshalb Jan mit dem italienischen Ministerpräsidenten einfach nicht warm werden konnte. Rizzitelli litt an einem stark ausgeprägten Geltungsbedürfnis. Darüber hinaus umgab er sich sehr gerne mit schönen Frauen; mit sehr jungen, schönen Frauen. Das führte häufig zu peinlichen Ereignissen. Zum Beispiel hatte er vor einiger Zeit einen ganz besonderen Plan durchsetzen wollen; er hatte versucht, ehemalige Models in die Regierungsgeschäfte einzubinden. Ein Plan, der auf allgemeine Verwunderung und Bestürzung gestoßen war. Rizzitelli war siebzig Jahre alt und verheiratet. Das hinderte ihn allerdings nicht daran, Affären mit anderen Frauen einzugehen. Seine neueste Eroberung war gerade mal achtzehn.

Oft war Jan ihm noch nicht begegnet. Heute hatten sie ihr erstes Gespräch unter vier Augen. Sie begrüßten sich herzlicher, als nötig gewesen wäre, und gingen geradewegs in das prunkvolle Büro des Ministerpräsidenten. Dort nahmen sie Platz und ein Bediensteter brachte ihnen einen Espresso. Danach verschwand er so geräuschlos, wie er gekommen war.

„Wie war der Flug?", fragte Rizzitelli in schlechtem Englisch.

„Kurz", antwortete Gerling und entschied dann, dass die Kürze dieser Antwort wohl auch als Unhöflichkeit betrachtet werden könnte. Also ergänzte er noch: „Wir hatten den ganzen Flug über herrliches Wetter, so dass ich das schöne Italien die ganze Zeit von oben betrachten konnte." Er kam sich ziemlich blöd vor, so einen Quatsch von sich zu geben, aber Rizzitelli schien es zu gefallen.

„Sie müssen unbedingt einmal ein Wochenende im August nach Italien kommen. Wir können dann in eine meiner Villen ans Mittelmeer fahren. Schöne Aussicht, schönes Meer und", er zwinkerte vertraulich, „schöne Frauen."

Der Kanzler verdrehte innerlich die Augen.

„Ja, das werde ich vielleicht machen. Ich bringe dann meine Verlobte mit. Ist auch eine sehr schöne Frau“, erwiderte er. Der letzte Satz war zwar überflüssig, aber er konnte sich ihn nicht verkneifen.

Sie plauderten noch eine Weile über Belangloses, eine Tatsache, die Jan in der Gesellschaft Rizzitellis nur schwer ertragen konnte. Dann kamen sie zur Sache.

„Was kann Giovanni Rizzitelli für den deutschen Bundeskanzler tun?“, fragte der Ministerpräsident im väterlichen Ton.

Gerling hätte fast laut gelacht. Das wurde ja immer besser, dachte er, jetzt fängt er auch noch an, in der dritten Person von sich zu sprechen.

Er erklärte dem Ministerpräsidenten das Vorhaben von ihm und Präsident Clifford. Rizzitelli hörte aufmerksam zu. Als Gerling geendet hatte, meinte Rizzitelli geheimnisvoll:

„Ich bin der Auffassung, dass Italien sich mehr einbringen kann, als Sie sich vorstellen können.“

„Das kann schon sein. Und wir brauchen auch Ihre Hilfe. Aber wir sind uns einig, dass der Plan so umgesetzt werden muss, wie ich Ihnen erklärt habe“, erwiderte der Kanzler.

„Wir?“

„Präsident Clifford und ich.“

„Ah, Präsident Clifford“, meinte Rizzitelli nachdenklich. „Netter Junge. Und so gut gebräunt.“

Gerling glaubte, sich verhört zu haben. Er schüttelte leicht den Kopf und zwang sich dazu, das eben Gehörte zu ignorieren.

„Ich bin lediglich hier, um Sie über das, was in den nächsten Tagen geschehen wird, zu informieren. Wir bitten Sie um Ihre Unterstützung, und zwar dann, wenn wir diese brauchen“, stellte er klar.

Rizzitelli runzelte verärgert die Stirn.

„Mein Land verfügt über ausgezeichnete Kontakte zu Libyen. Lassen Sie mich mit dem libyschen Staatschef reden.“

Gerling holte tief Luft.

„Herr Ministerpräsident, bei allem Respekt. Sie waren es, der durch die Entscheidung, den anderen betroffenen Ländern nicht zu sagen, dass Sie über ein intaktes Fahrzeug und eine unbeschädigte Leiche verfügten, die Ermittlungen nach den Anschlägen des vierzehnten Juni unnötig verzögert haben. Gott sei Dank ist der Anschlag in Rom missglückt. Andere Städte hatten dieses Glück nicht. Es sind viele Menschen ums Leben gekommen. Jetzt ist nicht der richtige Zeitpunkt, um persönliche Eitelkeiten ins Spiel zu bringen. Wenn unser Plan gelingt, gewinnen wir alle."

Rizzitelli lief rot an.

„Deficiente", murmelte er.

Gerling zuckte kurz zusammen, dann stand er auf und ging zur Tür. Dort angekommen, drehte er sich zu Rizzitelli um.

„Herr Ministerpräsident. Ich bin nicht hier, um mit Ihnen zu verhandeln. Ich bin hier, um Sie zu informieren. Dies hätte ich auch telefonisch machen können. Es war ein Akt der Höflichkeit, dass ich zu Ihnen gekommen bin. Italien ist ein freies Land und Sie können tun und lassen, was Sie wollen. Ich kann Ihnen nicht verbieten, mit dem libyschen Staatschef zu reden. Aber beachten Sie bitte eines: Kommen Sie mir und Präsident Clifford nicht in die Quere. Die Sache ist einfach zu ernst, als dass sie durch Eitelkeiten eines Einzelnen gefährdet werden sollte. Danke für den Kaffee."

Rizzitelli erbleichte. Jan hatte diese Rüge in perfektem Italienisch vorgebracht – und die Beschimpfung als „Schwachsinnigen" sehr wohl verstanden.

Gerling hatte das Büro verlassen und stand nun in einem riesigen Flur. Er hatte keine Ahnung, in welche Richtung er gehen musste. Er wandte sich nach rechts und wollte gerade jemanden suchen, der ihm den Weg weisen konnte, als die Bürotür Rizzitellis aufging.

„Jan!", rief der Ministerpräsident. „Jan, warten Sie!"

Gerling blieb stehen und sah Rizzitelli wortlos an.

„Ich wollte Sie nicht beleidigen", behauptete er in beschwörendem Tonfall.

„Doch, Herr Ministerpräsident, genau das wollten Sie und deshalb haben Sie es auch getan. Sie haben auch ganz bewusst diese unerhörte und rassistische Aussage über Präsident Clifford gemacht. Oder wollen Sie allen Ernstes behaupten, nicht Herr Ihrer Sinne zu sein?", schoss Gerling in scharfen Ton zurück. Rizzitelli wich erschrocken einen Schritt zurück. „Herr Ministerpräsident, Sie werden bemerkt haben, dass Diplomatie nicht zu meinen Stärken gehört. Gerade in Zeiten wie diesen. Allerdings bin ich immer schon ein Freund offener Worte gewesen. Es mag sein, dass viele Amtskollegen von mir Ihre unerträgliche Arroganz wort- und widerstandslos über sich ergehen lassen. Ich gehöre jedenfalls nicht dazu. Die gesamte westliche Welt steht vor einem Wendepunkt. Wenn wir erfolgreich sind, hätten wir dem internationalen Terrorismus einen vernichtenden Schlag versetzt. Da ist kein Platz für persönliche Eitelkeiten. Da sind nur zwei Dinge gefragt: Entschlossenheit und Loyalität." Er sah den italienischen Ministerpräsidenten scharf an. „Können Sie mir beides zusichern?"

Auf dem Weg zum Flughafen rief Gerling Außenminister de Fries an. „Du solltest in den nächsten Minuten mal in Italien anrufen und kitten, was ich hier gerade verbockt habe", meinte er kleinlaut. De Fries wollte wissen, was passiert sei, und Gerling berichtete. Mehrmals wurde er vom heftigen Lachen seines Ministers unterbrochen.

„Na ja. Es wurde mal Zeit, dass jemand diesen eitlen Pfau auf Normalgröße zurechtstutzt", beruhigte de Fries seinen Kanzler. „Ich denke nicht, dass Italien uns deshalb gleich den Krieg erklären wird."

„Ich hab wohl immer noch viel zu lernen", gab Gerling zu.

De Fries lachte erneut. „Bleib du nur so, wie du bist."

BERLIN, 16. SEPTEMBER, 09.00 UHR

Die Gespräche mit den Briten, Spaniern und Franzosen liefen wesentlich besser als das Gespräch in Rom. Jeder einzelne verstand die Bedeutung und die Wichtigkeit des Vorhabens und alle sagten sie ihre uneingeschränkte Unterstützung zu. Auch Präsident Clifford hatte gute Nachrichten aus Russland und der Ukraine zu vermelden.

Dem Kanzler war klar, dass das die leichteren der Gespräche waren. Die schwierigen warteten erst auf ihn. Das nächste fand in Libyen statt.

19

TRIPOLIS, 18. SEPTEMBER, 10.00 UHR

Die politische Führung Libyens unterstützte lange Zeit antiisraelische und antiamerikanische Terrororganisationen. 1993 verhängte der UN-Sicherheitsrat Sanktionen gegen Libyen, da die Regierung die Auslieferung zweier libyscher Agenten verweigerte, denen das Flugzeugattentat in Lockerbie von 1988 zur Last gelegt wurde. Die UN-Sanktionen wurden sechs Jahre später nach einem Einlenken Gaddafis in der Terrorismusfrage und Überstellung der beiden Tatverdächtigen an ein internationales Gericht in den Niederlanden wieder ausgesetzt. Nachdem Libyen das Lockerbie-Attentat eingestanden hatte und Entschädigungen für die Angehörigen der Toten sowie der 170 Opfer eines Bombenanschlags auf ein französisches Verkehrsflugzeug im Jahr 1989 geleistet hatte, wurden die Embargomaßnahmen im September 2003 vollständig aufgehoben. Die Entdeckung reicher Erdölvorkommen 1959 machte Libyen in der Folgezeit zu einem der bedeutendsten erdölexportierenden Länder der Welt. 80% des Erdöl- und Erdgasexportes Libyens gehen an Italien, Deutschland, Frankreich, Türkei, Spanien und die USA. Somit ist Libyen ein wirtschaftlich wichtiger Partner Europas.

Trotz oder eben wegen der Vergangenheit Libyens verfügt das Land immer noch über ausgezeichnete Verbindungen in die Arabische Welt und auch zu einigen Terrororganisationen. Zwar unterstützt Libyen diese offiziell nicht mehr, dennoch bestehen nach wie vor Kontakte. Diese wollten sich der Bundeskanzler und Präsident Clifford zu Nutze machen.

Gemäß Verfassung ist Libyen ein basisdemokratischer Staat auf der Grundlage des Islam. Dem Generalsekretär des Allgemeinen Volkskongresses als Staatsoberhaupt steht ein siebenköpfiges Generalsekretariat zur Seite. Faktisches Staatsoberhaupt ist jedoch der Oberbefehlshaber der Streitkräfte, der den Rang eines Obersts bekleidet.

Nachdem der deutsche Bundeskanzler mit militärischen Ehren empfangen worden war, zogen sich der Oberst und Gerling zu einem vertraulichen Gespräch zurück. Jeder hatte einen persönlichen Dolmetscher dabei.

„Mein Freund, der italienische Ministerpräsident, hat mich vorab schon über Ihre Wünsche in Kenntnis gesetzt. Er hofft, dass Sie ihn stärker in Ihre Pläne einbinden", begann der Oberst das Gespräch.

Der Kanzler ließ sich seine Verärgerung nicht anmerken.

„Wie ich dem Ministerpräsidenten schon sagte, brauchen wir Entschlossenheit und Loyalität. Ich hoffe, er steht zu seinem Wort, das er mir vor fünf Tagen in Rom gab", erwiderte er.

Der Oberst sah seinen Dolmetscher an und machte eine herrische Handbewegung. Unsicher sah der junge Mann ihn an. Der Oberst sagte daraufhin einige Worte auf Arabisch und der Dolmetscher verschwand. Kaum hatte er den Raum verlassen, tauchte eine junge, attraktive Frau auf, lächelte den Kanzler scheu an und nahm den Platz des entlassenen Dolmetschers ein.

„Der junge Mann, der gerade den Raum verlassen hat, verfügt über sehr gute Verbindungen nach Italien", erklärte der Oberst. „Da es sich hier aber um ein vertrauliches Gespräch handelt und ich mich jetzt entschlossen habe, den Wünschen meines Freundes aus Rom nicht nachzukommen", er hob den Blick und sah Gerling direkt an. „Rizzitelli bat mich darum, Sie ein wenig unter Druck zu setzen." Der Oberst senkte den Blick wieder und fuhr fort: „Wie gesagt, ich habe nicht vor, seinen Wünschen zu entsprechen. Dieses Gespräch bleibt unter uns."

„Danke", sagte Gerling.

„Was genau kann ich für Sie tun, Herr Bundeskanzler?"

Gerling begann dem Oberst seinen Plan zu erläutern.

JERUSALEM, 18. SEPTEMBER, 12.35 UHR

Der amerikanische Präsident war mit seinem Außenminister Shaw und Stabschef Laymann nach Israel gereist. Sie hatten nur ein einziges Ziel und das gedachten sie heute noch durchzusetzen. Es war ein Ziel, das schon seit vielen Jahren gefordert wurde, aber bislang an der Weigerung Israels scheiterte. Nun wurden durch die Tatsache, dass hochrangige Mitglieder des israelischen Parlaments an der Verschwörung beteiligt waren, die Karten neu gemischt. Das Ziel war ein eigener Palästinenserstaat.

Clifford traf sich mit dem israelischen Premierminister,

Außenminister Shaw verhandelte mit dem Außenministerium. Laymann pendelte zwischen den Gruppen hin und her und versorgte die beiden mit Informationen. Es war ein Drahtseilakt der Amerikaner. Israel war seit langem ein enger Verbündeter der Vereinigten Staaten und Clifford wollte nicht den Eindruck entstehen lassen, sie würden die Israelis erpressen. Dennoch wollten sie das Land mit einem eindeutigen Ergebnis verlassen. Die Verhandlungen waren zäh, aber Clifford war unnachgiebig.

„Israel will den Frieden. Und Israel braucht den Frieden", machte er deutlich.

„Das ist wahr", bestätigte der israelische Premierminister. „Aber nicht um jeden Preis."

„Ihnen ist klar, dass das, was wir heute hier fordern, ohnehin eintreten wird. Eintreten muss. Es wird im Nahen Osten niemals Frieden geben ohne einen eigenständigen Staat Palästina." Clifford beugte sich vor und sah den Premierminister eindringlich an. „Es bietet sich hier eine einmalige Chance. Nutzen Sie diese Gelegenheit."

„Ich sehe das ähnlich wie Sie, mein Freund", antwortete der Premierminister. „Aber ich würde vor der Knesset scheitern, wenn der Eindruck entstünde, wir würden dies nur tun, weil die Vereinigten Staaten von Amerika uns dazu zwingen."

„Das verstehe ich. Niemals wird publik werden, wie diese Entscheidung zustande kam. Sie haben mein Wort", versprach der Präsident.

„Ich werde sehen, was ich tun kann. Wir werden uns beraten und dann teilen wir Ihnen unsere Entscheidung mit."

Clifford schüttelte langsam den Kopf.

„Es tut mir leid, aber das kann und werde ich nicht akzeptieren. Gehen Sie raus auf die Straße und reden Sie mit Ihren Bürgern. Ganz schnell werden Sie eines merken: das israelische Volk ist müde. Müde wegen der ständigen Sirenen. Müde wegen der ständigen Bombenanschläge. Ihr Volk ist es leid, im permanenten Kriegszustand zu leben und als Kriegshetzer beschimpft zu werden. Das israelische Volk ist stolz. Stolz auf seine Geschichte. Stolz auf seine Stärke. Und das mit Recht. Aber wenn Sie so weitermachen, wird es damit schnell vorbei sein." Clifford beugte sich vor. „Hören Sie auf Ihr Volk, Herr Premierminister. Treffen Sie jetzt die richtige Entscheidung. Jetzt ist der beste Zeitpunkt dafür. Ich weiß, dass Sie auf Widerstände stoßen. Ich weiß aber auch, dass eine Mehrheit in der Knesset nur auf ein starkes Wort von Ihnen wartet. Debattieren Sie jetzt nicht lange herum. Nutzen Sie die Chance, die sich Ihnen in diesem Moment bietet."

Der israelische Premierminister sah Clifford lange schweigend an. Dann holte er tief Luft. „Sie setzen mich unter erheblichen Druck..." Clifford holte zu einer Antwort aus, aber der Premierminister hob eine Hand. „Nein, Herr Präsident, lassen Sie mich ausreden. Das, was unter anderem in meinem Land geplant wurde, ist schrecklich und hätte verheerende Auswirkungen auf die gesamte Region des Nahen Ostens gehabt. Dass Sie und der deutsche Bundeskanzler diese Verschwörung aufgedeckt haben, ist wohl als ein Zeichen anzusehen. Trotzdem bringen Sie mich in eine äußerst unangenehme Lage." Er schwieg nachdenklich. Dann fuhr er fort. „Sie haben allerdings Recht, wenn Sie sagen, dass das israelische Volk müde ist. Am Rande sei erwähnt, dass wir es auch sind." Wieder machte er eine Pause. Clifford tat sein Gesprächspartner fast schon ein bisschen leid. Aber er hatte keine andere Wahl, als Druck auszuüben.

„Lassen Sie uns dafür sorgen, dass Ihre Mission erfolgreich wird", verkündete der israelische Premierminister endlich.

TRIPOLIS, 18. SEPTEMBER, 11.38 UHR

Nachdem Gerling seinen Plan erläutert hatte, schwieg der Oberst lange Zeit.

„Herr Bundeskanzler. Wie hoch schätzen Sie die Wahrscheinlichkeit ein, dass es Präsident Clifford gelingt, die Israelis von der Zweistaatenlösung zu überzeugen?", fragte er schließlich.

„Sehr hoch. Ich gehe davon aus, dass dieses Angebot morgen unterbreitet wird", antwortete Gerling.

Der Oberst hob erstaunt die Augenbrauen. „So schnell?"

Gerling nickte nur.

„In diesem Fall, Herr Bundeskanzler, sage ich Ihnen und dem Präsidenten der Vereinigten Staaten von Amerika meine uneingeschränkte Kooperation zu." Der Oberst stand auf und streckte Gerling die Hand entgegen. „Herr Bundeskanzler, mit diesem Vorhaben werden Sie Geschichte schreiben. Aber was viel wichtiger ist: Sie werden die Welt sicherer machen. Ich beglückwünsche Sie zu diesem Plan."

Der Kanzler ergriff die Hand, teilte aber die Euphorie des Oberst nicht. „Beglückwünschen Sie uns erst, wenn wir alle Gespräche hinter uns haben und alle zustimmen", mahnte er den Oberst.

Der lächelte nur.

„Niemand wird sich weigern, zu kooperieren. Niemand."

BEIRUT, 18. SEPTEMBER, 19.12 UHR

Gerling flog direkt nach seinem Gespräch mit dem Oberst in den Libanon. Von hier aus sollte es am nächsten Tag nach Syrien gehen. Nun saß er in seiner Suite des Hotels Intercontinental und wartete auf Präsident Clifford, der von Israel aus ebenfalls in den Libanon flog. Hier wollten sie sich austauschen und die weitere Vorgehensweise besprechen.

Kaum jemand erinnert sich heute noch daran, dass der Libanon eines der Gründungsmitglieder der Vereinten Nationen war. Heute verbinden die meisten mit dem Libanon, dass das Land seit Mitte der siebziger Jahre in diverse kriegerischer Handlungen verwickelt war. Darüber hinaus gehört zur Geschichte des Libanon auch die Geschichte der PLO. Seit ihrer Gründung im Jahr 1964 verfolgte die PLO nur zwei Ziele: Die Zerstörung Israels und die Gründung eines eigenständigen Staates Palästina.

Es war mehr als Ironie des Schicksals, dass sich der deutsche Bundeskanzler und der Präsident der Vereinigten Staaten von Amerika hier in Beirut trafen und Clifford den ersten Erfolg ihrer Mission verkünden konnte.

„Morgen Vormittag wird die Knesset bekannt geben, dass die Siedlungspolitik der Israelis gestoppt wird. Darüber hinaus werden die Israelis mitteilen, dass die Verhandlungen über einen eigenständigen Staat Palästina sofort beginnen werden. Der einzige Knackpunkt wird die Jerusalemfrage sein. Beide Staaten würden die Stadt für sich beanspruchen." Clifford seufzte und rieb sich die Augen. „Aber wer hat schon erwartet, dass es einfach werden würde."

„Jerusalem könnte doch ein zweites Berlin werden", schlug der Kanzler vor. „Das wäre zumindest ein Kompromiss, mit dem beiden Seiten vielleicht leben könnten. Wenn beide Staaten eine friedliche Koexistenz beschließen, dann wäre ein gemeinsamer Anspruch auf Jerusalem doch der beste Beweis dafür, dass es auch funktioniert. Vorübergehend könnten Soldaten der UN für Ruhe und Ordnung sorgen."

„Das könnte klappen." Clifford stand auf und ging zu seinem Handy. „Lass mich kurz telefonieren."

Er wählte die Geheimnummer des israelischen Premierministers und erzählte ihm von der Idee des Kanzlers. Das Gespräch dauerte nicht lange und als Clifford sein Handy zuklappte, grinste er.

„Es scheint so, als hätten wir eine Glückssträhne."

Gerling nickte, aber es gelang ihm nicht, den Enthusiasmus des Präsidenten zu teilen. Clifford, der das bemerkte, sah ihn fragend an. „Was ist los?", wollte er wissen.

„Ich weiß auch nicht", meint Gerling leise. „Ich musste gerade an die letzten Monate denken. Was alles so passiert ist, wie sich mein Leben verändert hat."

„Ich glaube, ich weiß was du meinst. Kein normaler Mensch würde sich freiwillig zum Präsidenten oder zum Bundeskanzler wählen lassen", meinte Clifford und zündete sich eine Zigarette an. Gerling tat es ihm gleich und beide rauchten eine Weile schweigend.

Gerling brach das Schweigen. „Wie geht's jetzt weiter?"

„Wie besprochen. Du fliegst morgen nach Syrien und ich besuche die saudische Königsfamilie." Clifford sah den Kanzler mit sehr ernstem Gesichtsausdruck an. „Dann wird's langsam brenzlig."

Gerling nickte. „Pakistan für dich und der Iran und Afghanistan für mich", bestätigte er.

20

BERLIN, 19. SEPTEMBER, 08.00 UHR

Ein guter Journalist verfügt über ein weitverzweigtes Netz von Informanten, ein repräsentativer Querschnitt der Bevölkerung. Es sind Lehrer darunter, Anwälte, Ärzte, Architekten, Bauarbeiter, aber auch Polizisten und Politiker oder Menschen, die im politischen Umfeld arbeiten. Holger Fachner war ein guter Journalist. Und die Tatsache, dass er Hauptstadtkorrespondent war, führte dazu, dass er auch im Kanzleramt seine Quellen besaß.

Eine dieser Quellen hatte ihn gerade angerufen. Und was diese Person zu berichten hatte, war äußerst interessant. Angeblich waren der Bundeskanzler und der amerikanische Präsident zeitgleich in Beirut gewesen und hatten sich in einem Hotel mehrere Stunden unterhalten.

Fachner wusste, dass der Bundeskanzler von Rom aus in den Nahen Osten weitergereist war. Dort hatte er sich mit der Libyschen Führung getroffen. Danach war ein Besuch in Syrien geplant. Interessanterweise war Präsident Clifford zeitgleich in Israel gewesen. Und jetzt hatte Fachner erfahren, dass der Kanzler außerplanmäßig in den Iran reisen wollte. Darüber hinaus hieß es, dass der amerikanische Präsident unterwegs nach Pakistan sei. Was war da los? Diese Frage ließ Fachner keine Ruhe mehr. Er würde es herausfinden. Und er wusste auch schon, wo er anfangen musste. Fachner rief seinen Chefredakteur an, umriss mit wenigen Worten, um was für eine Story es sich handeln könnte, und schon hatte er ein prallgefülltes Spesenkonto. Er benachrichtigte sofort seinen Kontakt in Rom, vereinbarte einen Termin und machte sich auf den Weg zum Flughafen.

DAMASKUS, 19. SEPTEMBER, 09.45 UHR

Gerlings Besuch in Syrien würde nicht viel Zeit in Anspruch nehmen. Er wollte den syrischen Präsidenten lediglich auffordern, keinen Terroristen mehr Asyl zu gewähren. Syrien war mehrmals verdächtigt worden, islamistischen Extremisten Unterschlupf zu gewähren, was jedoch immer wieder von der syrischen Führung geleugnet wurde. Da Gerlings Treffen mit dem Präsidenten fast zeitgleich mit der Pressekonferenz in Israel stattfinden würde, hatte der Kanzler die einmalige Gelegenheit, seine Reaktion auf die Meldung live mitzuerleben.

Nachdem die obligatorischen Höflichkeiten ausgetauscht und reichlich Fotos aufgenommen wurden, zogen sich der syrische Präsident und Gerling mit zwei Dolmetschern zurück.

Der Kanzler umriss mit wenigen Worten das Vorhaben des amerikanischen Präsidenten und ihm und er bemerkte das Interesse des Staatschefs. Er machte deutlich, dass jede Unterstützung von terroristischen Organisationen diesen Plan gefährden würde. Der syrische Präsident nickte bestätigend und wollte gerade zu einer Antwort ausholen, als die Tür aufging und ein Berater den Raum betrat. Er bat um Entschuldigung und flüsterte dem Präsidenten etwas ins Ohr. Gerling konnte sehen, wie sich die Augen des syrischen Staatschefs vor Erstaunen weiteten. Er dankte seinem Mitarbeiter, der daraufhin wieder verschwand.

„Mein Berater unterrichtete mich gerade darüber, dass Israel einer Zweistaatenlösung bedingungslos zustimmt und sofort mit der palästinensischen Führung die Verhandlungen aufnehmen will." Gerling konnte sehen, wie sehr diese Nachricht den syrischen Präsidenten bewegte.

„So lange Zeit haben wir darauf gewartet. Fast hätten wir die Hoffnung aufgegeben. Und jetzt... jetzt ist es geschehen." Er sah den Kanzler an und lächelte. „Ich frage mich nun natürlich, ob die Entscheidung der Israelis irgendetwas mit dem Besuch Präsident Cliffords gestern in Israel zu tun hat." Er schwieg einen Moment, bevor er fortfuhr: „Allerdings, wenn ich berücksichtige, was Sie mir vorhin über Ihre Pläne erzählt haben, stellt sich diese Frage eigentlich auch nicht." Er sah Gerling an und lächelte. „Vielleicht kann ich ja eines Tages in einem Geschichtsbuch nachlesen, was Sie mir heute alles nicht sagen können. Ich bin sehr gespannt."

ROM, 19. SEPTEMBER, 12.25 UHR

Fachner verließ das Flughafengebäude und schaltete sein Handy wieder an. Sofort begann es zu piepen und zu vibrieren. Er sah auf das Display und konnte erkennen, dass während des Fluges fünf Nachrichten eingegangen waren.

Er hörte die erste Nachricht ab und vergaß daraufhin die anderen vier. Stattdessen rief er sofort in der Redaktion an.

„Was soll das heißen, die Israelis stimmen einem Palästinenserstaat zu? Großer Gott, ich war doch nur eine Stunde nicht erreichbar!" Fachner hörte seinem Redakteur zu und ihm wurde einiges klar. Jetzt verstand er auch, warum der italienische Ministerpräsident so schnell bereit war, ihm einen, wenn auch nur sehr kurzen Termin zu geben. Fachner sprang in ein Taxi und nannte dem Fahrer den Namen des Hotels, in dem er in wenigen Minuten Ministerpräsident Rizzitelli treffen würde.

Am Hotel angekommen wandte sich Fachner an einen der Sicherheitsbeamten, zeigte ihm seinen Presseausweis und teilte ihm in schlechtem Italienisch mit, dass Rizzitelli ihn erwartete. Der Beamte sagte etwas in sein Funkgerät und wenige Augenblicke später wurde Fachner von einem gutgekleideten jungen Mann abgeholt. Sie betraten einen Fahrstuhl und fuhren in den zwölften Stock des Hotels. Dort brachte der Mann Fachner bis zur Tür der Suite. Dann verschwand er. Fachner klingelte und die Tür wurde geöffnet. Wenig später saß er dem italienischen Ministerpräsidenten gegenüber. Der machte einen gutgelaunten Eindruck.

„Was kann ich für Sie tun, Herr Fachner?", fragte Rizzitelli.

Fachner entschied sich, sofort zur Sache zu kommen.

„Ich wüsste gern den Grund des Besuches von Bundeskanzler Gerling gestern bei Ihnen."

Rizzitelli schmunzelte.

„Die deutsche Ungeduld", meinte er geheimnisvoll. „Haben Sie die Neuheiten aus Israel schon gehört?", wollte er dann wissen.

„Natürlich. Eine großartige Sache", meinte Fachner ohne große Begeisterung. Dies war nicht seine Story.

„In der Tat. Eine großartige Sache." Rizzitelli machte eine wegwerfende Handbewegung. „Allerdings erst der Anfang", ergänzte er dann leicht abfällig, so, als wäre die Nachricht nur eine Randerscheinung.

„Wie meinen Sie das?"

Rizzitelli lehnte sich zurück und schlug lässig die Beine übereinander. „Es ist uns gelungen, einen Plan zu entwerfen, der die Welt sicherer machen wird", behauptete er.

„Wen meinen Sie mit uns?", hakte Fachner nach.

„Mich, den amerikanischen Präsidenten und Ihren Kanzler", gab Rizzitelli stolz zurück. „Wir haben diesen Plan entworfen."

„Und Gerling und Clifford setzen ihn nun um?" Das war mehr eine Feststellung als eine Frage. Rizzitelli antwortete trotzdem.

„Ich bleibe lieber im Hintergrund, verstehen Sie?", meinte er und wirkte fast gelangweilt. „So mag ich das. Ich bin der Mann im Hintergrund, aber bei mir laufen alle Fäden zusammen." Er deutete mit dem Kopf in Richtung von Fachners Notizbuch. „Schreiben Sie das genauso auf. Bei Don Rizzitelli laufen die Fäden zusammen."

Fachner kritzelte etwas in sein Notizbuch und hakte weiter nach. Was er erfuhr, verschlug ihm schier die Sprache. Er bedankte sich und fuhr zurück zum Flughafen. Jetzt hatte er seine Story. Und es war eine Wahnsinnsstory.

Ganz offensichtlich waren der Präsident der Vereinigten Staaten und der deutsche Bundeskanzler auf einer Mission. Und die Mission lautete: Entzieht dem internationalen Terrorismus den Nährboden. Um dies zu erreichen, führten Clifford und Gerling Gespräche mit allen Staatschefs, die direkt oder indirekt mit Terrorismus zu tun hatten. Entweder, weil aus ihrem Land Terroristen stammten, oder aber, weil das Land ihnen Unterschlupf bot. Fachner spürte, das war die Story seines Lebens.

Holger Fachner hatte zwar einen Aufmacher für eine Story, aber die Substanz seiner Informationen waren mehr als dürftig. Und seine Quelle war nicht gerade geeignet, der Story Glaubwürdigkeit zu verleihen. Er musste eine Entscheidung treffen. Reichten die vorhandenen Informationen aus, um den Artikel zu veröffentlichen, oder musste er weiter recherchieren.

Fachner wusste nicht, dass Bundeskanzler Gerling schon seit seinem ersten Gespräch mit Al Farag das Gefühl hatte, es gäbe einen Weg, dem Terrorismus langfristig ohne Gewalt entgegenzuwirken. Das Gespräch mit Ziegler, dem Nahostspezialist aus dem Außenministerium, brachte dann den Stein ins Rollen. Zieglers Satz „Entziehen Sie dem Terror seinen Nährboden". Das war der entscheidende Moment.

Vier Dinge waren zum Erreichen des Ziels unumgänglich. Erstens: Die Akzeptanz Israels einer Zweistaatenlösung. Zweitens: Das klare Bekenntnis der Vereinigten Staaten von Amerika, Europas und Russlands, dass der Islam als eine der größten Weltreligionen nicht als Feind angesehen wurde. Drittens: Der schrittweise Abzug aller westlichen Streitkräfte aus den Regionen des Nahen Ostens. Und viertens: Ein Verzicht weiterer Gewalt von Seiten der Al-Qaida und ihrer Sympathisanten. Auch wenn die ersten drei Punkte erfüllt würden, wäre das noch keine Garantie, dass auch die vierte Bedingung eingehalten würde.

Deswegen kam dem zweiten Gespräch zwischen Gerling und Al Farag auch eine so hohe Bedeutung zu. Aber zunächst musste der Kanzler das Gespräch im Iran führen. Und dieser Staat, da waren sich alle Experten einig, stand kurz vor einer Revolution. Nachdem die Hälfte des Wächterrates und der Präsident des Iran ums Leben gekommen waren, entluden sich im Land die über Jahre aufgestauten Frustrationen der Bevölkerung. Hunderttausende von überwiegend jungen Menschen demonstrierten für mehr Freiheit und Demokratie. Der Iran, de facto führungslos, begann damit, die Demonstrationen gewaltsam niederzuschlagen. Ausländische Journalisten wurden verhaftet oder direkt des Landes verwiesen. Somit wusste niemand mehr so recht, was genau im Iran geschah. Es waren nicht gerade ideale Bedingungen für Jan, jetzt in den Iran zu reisen. Zumal er nur mit dem inoffiziellen Sprecher des verbliebenen Teil des Wächterrates reden konnte. Große Hoffnungen auf ein gutes Ergebnis des Gespräches machte Gerling sich nicht.

ISLAMABAD, 20. SEPTEMBER, 09.30 UHR

Präsident Clifford wusste, dass sie durch den Erfolg in Israel einen großen Schritt getan hatten. Aber der Preis war sehr hoch. Das Verhältnis der Vereinigten Staaten zu Israel hatte Schaden genommen. Das Ausmaß des Schadens konnte er noch nicht abschätzen. Dennoch war ihm klar, dass sich die Israelis von ihm überrumpelt fühlten, wenn nicht sogar erpresst. Die Zeit würde es zeigen, inwieweit das Verhältnis wieder einen neutralen, vielleicht sogar positiven Status erreichen könnte. Clifford hoffte, dass ein weitreichender Frieden, dem sie nun einen großen Schritt näher gekommen waren, letztlich auch die Israelis einsehen lassen würde, dass es die richtige Entscheidung war, der Zweistaatenlösung zuzustimmen.

Nun musste er sich auf sein Gespräch mit dem pakistanischen Regierungschef vorbereiten. Dieser war seit knapp einem Jahr im Amt, nachdem bei den Wahlen der vorherige Machthaber unter erheblichem Druck seinen Rücktritt erklären musste. Dieser war ein enger Verbündeter der Vereinigten Staaten von Amerika gewesen. Allerdings hatten immer wieder Geheimdienstberichte darauf hingewiesen, dass seine Loyalität gegenüber Amerika wohl doch nicht ganz so groß war wie gedacht. Offiziell hatte er sich am Kampf gegen den Terror beteiligt. Inoffiziell war es immer wieder vorgekommen, dass hochrangige Kämpfer der Al-Qaida in Pakistan Unterschlupf gefunden hatten. Dies führte zu der Annahme, Pakistan, das über Atomwaffen verfügte, könnte islamische Terroristen zu Atombomben verhelfen.

Der neue Regierungschef, Perves Sharif, war ein eher gemäßigter Konservativer, der den Dialog mit dem Westen suchte. Dies ließ ihn in den Augen einiger mächtiger Großgrundbesitzer und Stammesfürsten, vor allem im Westen Pakistans, schwach erscheinen. Sie lösten sich faktisch von Islamabad und die Regierung verfügte in diesen Gebieten über keinerlei Einfluss. Diese Tatsache war umso beunruhigender, als es dort mächtige Talibanverbände gab.

Experten des Außenministeriums warnten seit geraumer Zeit davor, dass Pakistan ein Pulverfass sei, das jeden Augenblick explodieren könnte. Ein atomares Pulverfass, das, wenn der schlimmste Fall eintreten würde, in die Hände der Taliban fallen könnte. Deshalb hatte sich Clifford für ein sehr riskantes Manöver in Pakistan entschieden. Ging es schief, hätten die USA einen weiteren Kriegsschauplatz.

WASHINGTON, DC, 20. SEPTEMBER, 01.00 UHR

Die Firmenzentrale von Dark Water residierte auf einem 1500 Hektar großen firmeneigenen Gelände vor den Toren der Hauptstadt. Von dort aus wurden die Geschicke der mehr als zweihundert Filialen im In- und Ausland gesteuert. Dark Water beschäftigte weltweit mehr als dreitausend Mitarbeiter und konnte, wenn nötig, eine Armee von mehr als einhunderttausend Mann mobilisieren. Alle Söldner waren handverlesen und die meisten waren ehemalige Soldaten einer Spezialeinheit. Die anderen waren frühere Polizisten oder Agenten.

Dark Water war bis Ende der neunziger Jahre eine relativ unbekannte und kleine Firma. Da der Firmengründer ein ehemaliges Mitglied einer Eliteeinheit der Army war, kannte er die schlechten Ausbildungsmöglichkeiten der amerikanischen Streitkräfte. Viele der großen Ausbildungseinrichtungen waren dem Sparkurs der Regierung zum Opfer gefallen. Also begann Dark Water damit, auf dem riesigen Grundstück Ausbildungsanlagen für Schießübungen und den Häuserkampf zu bauen. Als erste Kunden konnte Dark Water Mitglieder der Spezial Forces, begrüßen. Die Soldaten waren begeistert von den Möglichkeiten, die diese neue Anlage bot, und machten Werbung für Dark Water. Es folgten andere Spezialeinheiten und später kamen Einheiten der Polizei und des FBI dazu. Die Anschläge des elften September und der Krieg im Irak veränderten dann alles. Plötzlich schlug die Stunde von Dark Water. Anfangs lautete der Auftrag nur, hochrangige amerikanische Politiker, die im Irak tätig waren, zu schützen. Diese Aufgabe wurde nach und nach, vom Rest der Welt unbemerkt, ausgeweitet, bis Dark Water schließlich annähernd zehntausend Mann im Irak und in Afghanistan einsetzte. Das Pentagon wurde zum alleinigen Auftraggeber der Firma.

Gründer und Präsident von Dark Water war Charles Logan. Als ehemaliges Mitglied der Special Forces wusste Logan, dass die amerikanischen Streitkräfte zwar die besten der Welt sind, aber dennoch mit den Kriegen im Irak und in Afghanistan an die Grenzen der Belastbarkeit stießen. Mit seinen Argumenten und Konzepten rannte Logan nach den Anschlägen des elften September im Pentagon offene Türen ein. Er bot Lösungen an für Probleme, von denen die anderen nicht mal wussten, dass sie diese hatten. Er baute Beziehungen auf, machte sich Freunde, und nur ein Jahr später war er nahezu unentbehrlich. Seine Söldner waren professionell, zuverlässig und knallhart. Sie tauchten in keinen Listen von gefallenen Soldaten auf. Und sie hatten noch einen weiteren Vorteil: Da sie keine Angehörigen der US-Streitkräfte waren, unterlagen sie somit auch keinen unnötigen Gesetzen. Wie zum Beispiel den Genfer Konventionen.

Logan saß in seinem geräumigen Büro im Penthouse des Gebäudes und dachte über die Entwicklungen der letzten Tage und Stunden nach. Unerfreuliche Entwicklungen, wie er zugeben musste. Dass er Verteidigungsminister Russman nicht mehr erreichen konnte, bedeutete wohl, dass sie auch ihn verhaftet hatten. Das machte die Sache nicht unbedingt leichter, machte es aber auch nicht unmöglich. Eines hatte Logan im Laufe seines Lebens gelernt: immer einen Plan B und zur Not auch noch einen Plan C in der Hinterhand zu haben. Diese Voraussicht hatte ihm einen Spitzenplatz im Inneren Kreis verschafft.

Den Inneren Kreis gab es seit Jahrzehnten. Ein Sitz im Inneren Kreis konnte nicht gekauft werden. Er wurde wie eine Fackel an die nächste Generation weitergegeben. Der Innere Kreis war Erbe und Fluch zugleich, denn nicht jeder wurde seinen Ansprüchen gerecht. Es gab keine Möglichkeit eines Austrittes, die Lösung in einem solchen Fall war endgültig.

Logan dachte mit Grauen an die vergangene Besprechung der Führung des Inneren Kreises. Es war hart hergegangen. Die Mitglieder des Inneren Kreises, die den wirtschaftlichen Teil repräsentierten, waren wegen der jüngsten Entwicklungen der Panik nahe. Nur der Alte schien unbeeindruckt zu sein und die Anspielungen, die er machte, waren so alarmierend, dass sich selbst Logan fragte, ob er den Verstand verloren hatte.

BERLIN, 20. SEPTEMBER, 08.32 UHR

Kanzleramtschef Huber war außer sich vor Wut, als er die Titelseite des neusten Frontal sah. Sie zeigte ein wenig schmeichelhaftes Bild Gerlings und die Überschrift lautete: „Was verschweigt der Bundeskanzler?“ Der Artikel fing an mit der Schilderung von Gerlings Versuch, eine Eskalation der Demonstration in Berlin zu verhindern, schlug dann einen Bogen zu den Anschuldigungen an von Sengen wegen Folter und stellte anschließend die Frage, warum der Kanzler sich mit dem Top-Terroristen Al Farag getroffen hatte. Natürlich wurde auch ein Bild abgedruckt, auf welchem man Gerling mit Al Farag erkennen konnte. Man konnte sogar sehen, dass der Kanzler eine Zigarette rauchte.

Huber merkte, was hinter diesem Aufbau des Artikels steckte. Von Anfang an sollte erreicht werden, dass die unkonventionelle Art Gerlings deutlich wurde, um so dem weiteren Inhalt des Artikels mehr Glaubwürdigkeit zu geben. Und genau dieser weitere Inhalt war so brisant, dass Huber sofort Innenminister Rosenthal und Sicherheitsberater Kirchner informierte.

„Wir haben hier ein riesiges Problem“, begann Huber und deutete auf die neuste Ausgabe des Frontal. „Fachner, dieser Schwachkopf, hat in diesem Artikel gefährliche Halbwahrheiten und Gerüchte zu einem explosiven Cocktail vermischt. Unter aktiver Mithilfe von diesem Arschloch Rizzitelli." Huber nahm die Zeitung in die Hand und versuchte, sie zusammenzuknüllen. Als ihm das nicht gelang, schmiss er sie durchs Büro.

„Wisst ihr, was jetzt passiert?", rief Huber und warf der auf dem Boden liegenden Zeitung einen verächtlichen Blick zu. „Jeder gottverdammte Terrorist wird jetzt Jagd auf Jan machen. Und Fachner gibt denen auch noch den Reiseplan des Kanzlers!"

BERLIN, 20. SEPTEMBER, 08.45 UHR

„Wissen Sie eigentlich, was Sie da getan haben, Sie Arschloch?", brüllte Huber in den Telefonhörer. Obwohl seine Bürotür geschlossen war, konnte seine Sekretärin jedes Wort verstehen. Der Chefredakteur des Frontal erlitt wohl gerade einen Hörschaden.

„Hören Sie, ich...", begann Wolf, aber Huber unterbrach ihn brutal. „Halten Sie Ihre verlogene Schnauze und hören Sie mir gut zu. Wir hatten einen Deal. Sie haben eine Vereinbarung unterschrieben und Herrn Gerling die Hand gegeben. Und jetzt fallen Sie ihm in den Rücken und bringen einen Artikel, der den deutschen Bundeskanzler in Lebensgefahr bringt. Aber das ist Ihnen ja egal!", schrie Huber, der mittlerweile rot angelaufen war.

„Ich...", versuchte es Wolf erneut, aber er hatte keine Chance.

„Ich weiß genau, was passiert ist. Fachner, dieser Wichser, kam zu Ihnen und hat Ihnen erzählt, was für eine tolle Story er hat. Und Sie? Sie bekamen einen Ständer und haben Ihre Druckmaschinen bestiegen, ohne auch nur eine Sekunde über die Konsequenzen nachzudenken. Aber halt – vielleicht waren Ihnen die Konsequenzen ja auch scheißegal?!"

„Was für..."

„Vielleicht haben Sie sich gedacht, hey, da haben wir ja gleich die nächste Story, wenn der Bundeskanzler abgeknallt wird! Super!"

„Wovon reden..."

„Sie sind doch einfach nur blöd, Wolf! Saublöd! Ist Ihnen wirklich nicht klar, dass der Bundeskanzler jetzt, wo der Artikel draußen ist, zum Abschuss freigegeben wurde? Ist Ihnen denn wirklich nicht klar, dass da draußen Typen rumlaufen, die das, was Bundeskanzler Gerling und Präsident Clifford vorhaben, mit aller Macht verhindern wollen? Ich denke, Sie sind Journalist? Da müssen Sie doch in der Lage sein, eins und eins zusammenzuzählen."

„Ich..."

„Eines sage ich Ihnen. Und hören Sie mir genau zu: Wenn dem Kanzler irgendetwas zustößt, dann sind Sie und Ihre beschissene Zeitung dafür verantwortlich und ich werde den Rest meines Lebens nichts anderes tun, als Ihnen Ihr Leben zur Hölle zu machen! Das ist ein Versprechen!“ Huber knallte den Hörer auf und atmete tief durch.

BERLIN, 20. SEPTEMBER, 08.55 UHR

Katja, die von alldem noch nichts wusste, hatte sich dazu durchgerungen, in die Apotheke zu gehen. Seit Tagen wurde ihr morgens immer wieder übel. Nun hatte sie Gewissheit. Sie sah sich das Stäbchen in ihrer Hand an und lächelte leicht. Sie war schwanger.

21

TEHERAN, 20. SEPTEMBER, 12.15 UHR

Bundeskanzler Gerling schlug die Beine übereinander und musterte seinen Gesprächspartner, den ehemaligen Staatspräsidenten des Iran, Ali Akbar Mehdi Hashemian. Er war über siebzig Jahre alt, hatte dichtes graues Haar und trug einen Vollbart. Hashemian war eine unbekannte Größe für die westliche Welt. Einige ordneten ihn in das Lager eines gemäßigten Konservativen ein, was bedeutete, dass er einer derjenigen war, die nicht damit drohten, Israel vernichten zu wollen, und die mit dem Westen eher in einen Dialog treten wollten, als den Konflikt noch weiter zu verschärfen. Andere waren der Meinung, dass er eher in das Lager der streng Konservativen gehörte, also dem genauen Gegenteil. Da fast die gesamte Regierung des Iran ums Leben gekommen war, war Hashemian einer der Personen, die zum einen versuchten, die Stabilität zu bewahren, und andererseits nutzte er die Gelegenheit, seine Hausmacht auszubauen, um das entstandene Vakuum in der Regierung zu füllen. Hashemian trank einen Schluck lauwarmen Tee und sah den Bundeskanzler an.

„Sie wissen, dass der Sohn des Schahs auf dem Weg in den Iran ist?“, fragte er eher beiläufig.

„Ja, das ist mir bekannt. Mir ist auch bekannt, dass er Anspruch auf den Thron im Iran erheben wird“, bestätigte Gerling.

„Mit der Unterstützung der Vereinigten Staaten von Amerika“, fügte Hashemian an.

Der Bundeskanzler schüttelte den Kopf.

„Nein. Die Vereinigten Staaten von Amerika haben damit nichts zu tun. Es gab eine Gruppe von Regierungsmitgliedern, die diesen Plan unterstützt haben. Diese wurden von Präsident Clifford aber aus dem Verkehr gezogen.“

Hashemians Augenbrauen hoben sich erstaunt. „Sie sprechen mit einer ungewöhnlichen Offenheit“, bemerkte er.

„Ich bin hier, um offen zu sein“, antwortete Gerling. „Die Zeiten sind zu entscheidend, als dass es nützlich wäre, rhetorische Spielchen zu spielen“, fuhr er fort. „Sie haben ja schon erfahren, welche Entwicklungen in Israel begonnen haben.“

Hashemian nickte, schloss kurz die Augen und hob seinen Kopf gen Decke. Gerling vermutete, dass er ein kurzes Gebet sprach und schwieg.

„Es ist wie ein Wunder“, meinte Hashemian dann und ein feines Lächeln erschien auf seinem Gesicht. „Allah hat unsere Gebete endlich erhört.“ Dann beugte er sich vor. „Herr Bundeskanzler, was kann ich für Sie und Präsident Clifford tun?“ Dass Hashemian auch Clifford erwähnte, bedeutete, dass er sehr gut wusste, dass die Ereignisse in Israel etwas mit dessen Besuch dort zu tun hatten. Darüber hinaus vermutete Gerling, dass einer ihrer vorherigen Gesprächspartner Hashemian informiert hatten.

Anstatt zu antworten, stellte er eine Gegenfrage:

„Wie wird es im Iran weitergehen?“

Hashemian dachte lange über die Frage nach. „Der Sohn des Schahs wird sein Ziel nicht erreichen. Nach einer angemessenen Zeit der Trauer wird es in meinem Land Neuwahlen geben.“

Gerling nahm zur Kenntnis, dass Hashemian von „meinem Land“ gesprochen hatte. Das konnte nur eine einfache Redewendung gewesen sein, zumal sich Hashemian nicht in seiner Muttersprache unterhielt, sondern die englische Sprache verwendete. Es konnte aber auch ein Hinweis darauf sein, dass er davon ausging, in der neu zu bildenden Regierung des Iran eine führende Rolle zu übernehmen. Gerling entschied sich für die zweite Variante.

„Werden Sie sich zur Wahl stellen?“

Wieder schwieg Hashemian lange.

„Wenn es Allahs Wunsch ist, werde ich meinem Land dienen, wie ich es schon einmal getan habe“, war die zweideutige Antwort. Gerling war nun davon überzeugt, dass sein Gesprächspartner schon die Weichen für eine erneute Kandidatur als Staatsoberhaupt gestellt hatte.

„Die Vereinigten Staaten von Amerika und Europa sind es leid, Krieg zu führen. Wir wünschen uns Frieden. Frieden im Irak, Frieden in Afghanistan. Wir wünschen uns eine friedliche Koexistenz mit der Islamischen Welt. Wir wünschen uns eine Welt ohne Terrorismus.“

„Und was könnte mein Land für einen Beitrag zu diesem ehrbaren Ziel leisten?“, wollte Hashemian wissen.

„Wenn der Iran sein Atomwaffenprogramm stoppen würde, wäre ein Riesenschritt getan“, antwortete Gerling.

Hashemian hob erstaunt die Augenbrauen.

„Aber Herr Bundeskanzler. Der Iran plant meines Wissens nicht die Produktion von Atomwaffen. Unser Atomprogramm dient ausschließlich der Gewinnung von Energie."

„Das ist schön zu hören", antwortete Gerling und war stolz auf sein diplomatisches Geschick. „Aber rein hypothetisch gesprochen, nehmen wir an, Sie würden in einer neuen Regierung eine führende Rolle übernehmen, und nehmen wir weiter an, Sie würden feststellen, dass aus irgendeinem Grund doch eine Herstellung von Atomwaffen geplant ist. Würden Sie diese Entwicklung vorantreiben oder würden Sie diese stoppen? Rein hypothetisch natürlich."

Hashemian konnte sich ein Grinsen nicht verkneifen.

„Herr Bundeskanzler. Sollte ich in einer neuen Regierung eine führende Rolle erhalten und sollte ich dann feststellen, dass eine solche Entwicklung in meinem Land existiert, dann würde ich diese sofort und uneingeschränkt stoppen. Natürlich würde ich es begrüßen, wenn nach einer entsprechenden Überprüfung durch die UN die Sanktionen, unter denen mein Land sehr zu leiden hat, aufgehoben würden."

„Sie können sich auf mein Wort verlassen, dass das der Fall wäre", bestätigte der Kanzler dem zukünftigen Staatspräsidenten der Islamischen Republik Iran.

ISLAMABAD, 20. SEPTEMBER, 14.00 UHR

Der Besuch des amerikanischen Präsidenten in Pakistan erfolgte unter strengster Geheimhaltung und die Sicherheitsmaßnahmen waren enorm. Clifford nutzte nicht die Air Force One und auf eine Begrüßung mit militärischen Ehren wurde verzichtet. Es gab für seinen Besuch in Pakistan nur einen einzigen Grund – oder vielmehr gab es neunzig Gründe: Pakistan verfügte über neunzig atomare Sprengköpfe. Nicht nur die Existenz dieser Atomwaffen war beunruhigend. Vor allem die Tatsache, dass die Atomsprengköpfe über kein elektronisches Code-Sicherungssystem zur Schärfung der Gefechtsköpfe verfügten, wie man es von den US-amerikanischen und russischen Atomwaffen kennt, sorgte für großes Unbehagen. Im Prinzip konnte jeder, der die Atomwaffen gerade im Besitz hat, diese ungehindert einsetzen.

Dies sollte sich heute ändern.

Schon seit geraumer Zeit hatte es Geheimpläne der CIA gegeben, Pakistans Atomwaffen zu vernichten. Seit dem Regimewechsel in Pakistan und der damit verbundenen Instabilität des Landes war die internationale Besorgnis gewachsen, dass die Atomwaffen in falsche Hände geraten könnten.

Die Vereinigten Staaten von Amerika hatten daraufhin begonnen, zusammen mit den Israelis eine Sondereinheit zu bilden, die im Ernstfall damit beauftragt werden sollte, die Atomwaffen zu vernichten. Wo sich die Atomsprengkörper befanden, wusste Clifford, da sein Land die pakistanischen Sicherheitskräfte, die zur Bewachung der Anlagen eingesetzt wurden, ausgebildet hatte. Darüber hinaus waren es amerikanische Militärberater und Ingenieure, die für die Modernisierung der Gebäude verantwortlich waren. Alle unterirdischen Anlagen befanden sich in einem Radius von circa neunzig Kilometern rund um Islamabad. Ausgerechnet in einem Gebiet, das als extrem unsicher galt, da hier die Taliban mittlerweile die Macht übernommen hatten. Pakistan hatte immer behauptet, dass in Friedenszeiten das Spaltmaterial aus Uran nicht in den Sprengköpfen montiert sei, sondern an getrennten Orten aufbewahrt werde. Dies jedoch erwies sich insofern als unwahr, als dass das spaltbare Material in denselben unterirdischen Anlagen gelagert wurde, in denen sich auch die Sprengköpfe befanden.

Cliffords Problem war, dass er aufgrund der Verwicklung des CIA-Direktors in die Verschwörung nicht sicher sein konnte, ob er den CIA-Agenten, die für diese Mission ausgebildet worden waren, trauen konnte. Das Gleiche galt auch für die Spezialisten aus Israel. Da sie aber wussten, um was für einen Typ Sprengkopf es sich handelte, hatte Clifford entschieden, dass ein neues Sondereinsatzkommando gebildet werden solle, aus ein Team der Delta Force, da sich große Teile dieser Einheit ohnehin schon in Afghanistan aufhielten. Die fünfundzwanzig Mann waren schon seit zwei Tagen in Pakistan und warteten auf das Startzeichen. Clifford musste nun noch entscheiden, ob, und wenn ja, wie sehr er den pakistanischen Regierungschef Sharif in die Pläne einweihen sollte.

BERLIN, 20. SEPTEMBER, 12.25 UHR

„Wie konnte das passieren?“, fragte Katja zutiefst empört und voller Angst. Gleich nachdem sie den Artikel im Frontal gelesen hatte, hatte sie im Innenministerium angerufen.

Werner Rosenthal hatte vollstes Verständnis für Katja. Auch er war sehr beunruhigt. Deshalb fiel es ihm auch so schwer, beruhigende Worte zu finden.

„Mach dir bitte keine Sorgen. Jan wird rund um die Uhr von Beamten des BKA und vom KSK geschützt“, startete er einen Versuch.

„Na klasse!“, schnaubte Katja. „Dann ist ja alles in Ordnung.“

Beide wussten, dass nichts in Ordnung war und dass Jan in Lebensgefahr schwebte.

„Ich bin schwanger“, platzte es aus Katja heraus und sie begann zu weinen.

Rosenthal schloss die Augen und fluchte lautlos.

„Möchtest du zu mir kommen?“, fragte er leise.

„Ja“, schluchzte Katja.

KABUL, 20. SEPTEMBER, 17.28 UHR

Bundeskanzler Gerling flog in einem Sikorsky Hubschrauber der Bundeswehr von Kabul aus in Richtung Nordwesten. Ihr Ziel war die Stadt Mazar-e Sharif. Begleitet wurde der Kanzler von zwei Personenschützern des BKA sowie von zwei Soldaten der Spezialeinheit KSK. Der Hubschrauber, mit dem sie unterwegs waren, war für Kampfeinsätze nicht vorgesehen, er wurde als Transporthubschrauber eingesetzt. Daher verfügte er über keine Luft-Boden- oder Luft-Luft-Raketen. Seine Bewaffnung bestand aus drei Browning Maschinengewehren M3M, Kaliber 12,7 mm. Die Geschosse hatten eine Reichweite von fast sieben Kilometern. Sollten sie in Kampfhandlungen verstrickt werden, war dies ihre einzige Möglichkeit der Verteidigung. Der Plan sah vor, dass der Bundeskanzler in der kleinen Stadt Kholm, zwanzig Kilometer östlich von Mazar-e Sharif, abgesetzt wurde. Der Hubschrauber flog danach zurück zum Stützpunkt der Bundeswehr in der Nähe von Mazar-e Sharif. Gerling würde alleine von Kholm aus zum geheimen Treffen mit Al Farag gebracht werden.

Von dem Artikel im Frontal war noch nichts zum Kanzler vorgedrungen.

ISLAMABAD, 20. SEPTEMBER, 18.00 UHR

„Ihr Land ist ein Pulverfass, Herr Premierminister", sagte Präsident Clifford und brachte damit seine große Besorgnis zum Ausdruck. Vieles würde nun von der Reaktion des pakistanischen Premierministers abhängen. Würde der versuchen, die Lage in seinem Land herunterzuspielen, würde Clifford wissen, dass er nicht auf ihn zählen konnte. Würde er der Einschätzung Cliffords folgen, bedeutete dies nicht unbedingt, dass er seinen Plänen zustimmen würde, es wäre jedoch ein Schritt in diese Richtung.

„Ich weiß", gab Shafir zu. „Besonders im Norden und im Westen meines Landes ist die Lage unübersichtlich... Nein, das ist wohl der falsche Ausdruck. Kritisch trifft es wohl eher."

Clifford atmete erleichtert aus. Das war ein gutes Zeichen. Er wagte sich ein weiteres Stück vor.

„Genau in den Regionen, die Sie selbst als kritisch beurteilen, lagern Pakistans Atomwaffen", sagte Clifford und beobachtete die Reaktion seines Gesprächspartners. Jetzt bemerkte er auch die dunklen Ringe unter Shafirs Augen.

„Das ist richtig und es erfüllt mich mit großer Sorge. Die Taliban wissen nicht genau, wo unsere Atomwaffen lagern. Aber ich befürchte, es ist nur noch eine Frage der Zeit, bis sie diese Informationen bekommen. Entweder durch Bestechung oder durch Gewalt", gab Shafir zu.

„Dann lassen Sie uns gemeinsam etwas gegen diese Bedrohung unternehmen."

Shafir sah den Präsidenten der Vereinigten Staaten fragend an.

„Was meinen Sie damit?"

Clifford weihte den Premierminister in seinen Plan ein. Als er geendet hatte, stand Shafir wortlos auf, ging zu einem großen Wandschrank in der gegenüberliegenden Ecke seines Büros und öffnete ihn. Clifford konnte sehen und hören, wie der Premierminister darin herumhantierte. Dann hörte er ein tiefes, mechanisches Geräusch. Allem Anschein nach öffnete Shafir einen Safe. Wenig später kehrte Shafir mit einer Mappe zurück zur Sitzgruppe und nahm wieder Platz. Er überreichte sie dem amerikanischen Präsidenten.

„Darin finden Sie die Zugangscodes, um in die gesicherten Zonen zu gelangen. Was brauchen Sie noch?"

„Müssen wir mit Widerstand rechnen?", wollte Clifford wissen.

„Davon müssen Sie ausgehen. Das Militär in meinem Land neigt dazu, Loyalität für den Stärkeren zu empfinden. Die Techniker in den Anlagen stellen keine Gefahr da. Beim Sicherheitspersonal könnte das anders aussehen."

Clifford schwieg, aber er hatte verstanden.

Die Zugangscodes, in deren Besitz sie zuvor noch nicht gewesen waren, waren natürlich ein unschätzbarer Vorteil. Clifford gab diese Informationen sofort an den Einsatzleiter der Mission weiter. Dieser konnte nun die Soldaten der Delta Einheit instruieren.

Sie wollten noch heute Nacht zuschlagen.

KHOLM, 20. SEPTEMBER, 18.30 UHR

Bundeskanzler Gerling stand am Fuße der alten Festung in Kholm und fror. Auf den Bergen, die die Stadt umgaben, lag Schnee. Kholm war seit Jahrhunderten ein Knotenpunkt Afghanistans, der den Hindukusch mit den tiefer gelegenen Flusstälern verband. Gerling sah sich um, entdeckte eine Stelle an der alten Festung, die einigermaßen windgeschützt schien, und zog sich dahin zurück. Kaum einer der Einheimischen beachtete ihn. Sie schlichen in ihren bunten Gewändern an ihm vorbei. Einige führten Kamele an einer Leine und überquerten eine kleine Brücke über einen ihm unbekannten Fluss. Gerling zündete sich eine Zigarette an und fragte sich, ob irgendwo wieder jemand mit einem Teleobjektiv lauerte und Fotos von ihm schoss.

Zwei Geländewagen näherten sich der Festung. Gerling warf die Zigarette auf den Boden und ging auf die Brücke zu. Schon jetzt beschlich ihn ein flaues Gefühl. Nicht wegen des bevorstehenden Treffens, sondern vielmehr wegen der Betäubungsspritze, die er wieder befürchtete. Die beiden Geländewagen hielten an und Türen wurden geöffnet. Gerling blieb stehen und wartete ab.

22

AFGHANISTAN, 20. SEPTEMBER, 20.53 UHR

Die Betäubungsspritze blieb dem deutschen Bundeskanzler diesmal erspart. Nachdem Gerling von einem Afghanen auf Peilsender untersucht worden war, bat man ihn höflich, in den hinteren Geländewagen einzusteigen. Unmittelbar nachdem die Fahrzeuge sich in Bewegung gesetzt hatten, reichte ihm der Beifahrer wortlos die Augenbinde.

Eigenartigerweise verlor man, wenn man nichts sehen konnte, nicht nur die Orientierung, sondern auch jedes Zeitgefühl, stellte Gerling fest. Als der Wagen anhielt, konnte er nicht sagen, ob sie eine, zwei oder drei Stunden unterwegs gewesen waren. Seine Uhr hatte man ihm abgenommen. Gerling sah sich um und stellte fest, dass sie sich diesmal nicht in einem Höhlensystem treffen würden. Vielmehr schien es ein verlassener Hof zu sein. Das Gebäude machte von außen einen verfallenen Eindruck. Als sie das Haus betraten, stellte Gerling jedoch fest, dass dieser Eindruck täuschte. Innen war das Haus in einem einwandfreien Zustand. Jemand bedeutete Gerling, sich zu setzen. Die beiden Männer, die ihn in das Haus begleitet hatten, gingen in das Zimmer nebenan und schlossen die Tür. Gerling musste nicht lange warten, bis Al Farag den Raum betrat.

„Salem aleikum", begrüßte er den Kanzler.

„Aleikum salem", antwortete Gerling.

Al Farag lächelte, setzte sich dem Kanzler gegenüber und schenkte beiden Tee ein.

„Sie waren sehr erfolgreich in den letzten Tagen. Ich wusste, dass Sie das Richtige tun werden. Dass Sie und Präsident Clifford jedoch so erfolgreich sein würden... nun, Sie haben meine Erwartungen übertroffen", begann Al Farag und nahm vorsichtig einen Schluck des heißen Getränkes.

Gerling war sich, wie schon bei seinem ersten Zusammentreffen mit Al Farag, nicht sicher, was er fühlen sollte. Auf der einen Seite war dieser Mann ein Mörder, der, wenn auch nicht persönlich, so doch als Befehlsgeber den Tod tausender Menschen zu verantworten hatte. Auf der anderen Seite hatte er ihnen geholfen, einen wahrscheinlichen Krieg abzuwenden. Darüber hinaus hatten sie durch seine Hilfe den Tod vieler Menschen in Köln verhindern können.

„Ich möchte Ihnen danken. Durch Ihre Hilfe wurde verhindert, dass in meinem Land Tausende von Menschen getötet wurden", sagte Gerling, der sich bei diesem Dank seltsam vorkam.

Ein feines Lächeln erschien auf dem Gesicht des alten Mannes.

„Es muss ein merkwürdiges Gefühl für Sie sein, mir zu danken", meinte er und seine dunklen Augen funkelten unergründlich.

„Ja", meinte Gerling mit belegter Stimme.

Al Farag nickte langsam. Er deutete in Richtung Tasse, die vor dem Kanzler stand. „Probieren Sie den Tee. Heiß ist er am besten."

Gerling nahm die Tasse und trank einen Schluck. Der Tee war köstlich.

„Ich wusste, dass wir uns noch einmal wiedersehen würden", bemerkte Al Farag.

Gerling sah ihn erstaunt an. „Ich nicht. Aber es sind Entwicklungen eingetreten, die ein letztes Treffen unumgänglich machten."

„Was kann ich für Sie tun, Herr Bundeskanzler?"

„Stoppen Sie den Terror. Sorgen Sie zusammen mit uns für Frieden. Geben Sie uns die Garantie, dass es keine Anschläge mehr geben wird. Nicht in Afghanistan, nicht in Europa und auch nicht in den Vereinigten Staaten von Amerika. Im Gegenzug sind wir in Vorleistung getreten und haben dafür gesorgt, dass Israel einer Zweistaatenlösung zugestimmt hat und den Siedlungsbau sofort einstellt. Darüber hinaus werden alle alliierten Truppen Afghanistan und den Irak innerhalb von zwei Jahren verlassen."

Al Farag zeigte keine Reaktion. Er schwieg und trank seinen Tee. Dann, nach einer schier endlosen Zeit, sprach er. Und was er sagte, jagte Gerling eine Gänsehaut über den Körper.

ISLAMABAD, 20. SEPTEMBER, 22.00 UHR

Die fünf Delta Force-Einheiten hatten ihre Ziele erreicht und warteten auf das Zeichen. Jedes Delta-Team hatte einen loyalen pakistanischen Geheimdienstoffizier dabei, für den Fall, dass sie angesprochen wurden. Die Deltas sahen mit ihren langen Bärten und Umhängen zwar aus wie Araber, allerdings sprach keiner von ihnen Urdu, die Amtssprache Pakistans. Der Einsatzleiter überwachte und koordinierte den Einsatz von einer Militärbasis der amerikanischen Streitkräfte in der Nähe von Islamabad aus.

„Delta Kommandos, hier Leader. Statusbericht."

„Delta eins bereit", kam prompt die Antwort des ersten Teams. Die anderen folgten ohne Zögern.

„Los!", befahl der Einsatzleiter.

ISLAMABAD, 20. SEPTEMBER, 22.04 UHR

Das erste Delta-Team setzte sich in Bewegung. Das Depot der Sprengköpfe befand sich unter einem Gebäude der Wasserwerke, das nicht mehr genutzt wurde, aber scheinbar noch in Betrieb war. Es maß zehn mal zehn Meter und war auf den ersten Blick nur durch einen rundum laufenden Stacheldrahtzaun gesichert. Wenn ein Unbefugter jedoch versuchen wollte, die Tür zu öffnen, würde er sehr schnell feststellen, dass erstens die Tür durch einen Zahlencode gesichert war, und zweites würde er sehr schnell merken, dass er schon von einer der über Bewegungsmelder aktivierten Videokamera erfasst wurde. Der beste Beweis dafür wären die schwerbewaffneten Soldaten, die ihn in Gewahrsam nehmen würden.

Das Delta-Kommando sah jedoch nicht aus, als würde es aus amerikanischen Soldaten bestehen. Darüber hinaus kannten sie die Codes, die nötig waren, um die Türen zu öffnen. Deshalb war es für die sechs Soldaten auch kein Problem, unbehelligt bis an den Eingang zu kommen.

Der pakistanische Offizier gab den sechsstelligen Code ein und die Tür öffnete sich geräuschlos. Sie betraten den hell erleuchteten Flur und gingen auf den Fahrstuhl zu. Niemand erwartete sie. Das Sicherheitspersonal befand sich zwanzig Meter unter ihnen.

AFGHANISTAN, 20. SEPTEMBER, 21.40 UHR

„All die Forderungen, die Sie gerade geäußert haben, werden erfüllt. Aber Sie werden einen hohen Preis dafür zahlen müssen. Ich befürchte, Sie sind in allerhöchster Gefahr."

„Warum?", fragte der Kanzler beunruhigt

Al Farag schüttelte betrübt den Kopf und stand auf. Er ging in das benachbarte Zimmer und kehrte nach wenigen Augenblicken zurück. In der Hand hielt er ein einzelnes Blatt Papier, einen Computerausdruck, den er Gerling reichte.

„Dieser Artikel ist heute in Ihrem Land erschienen. Dieser Artikel ist es, der Sie in Gefahr bringen wird, Herr Bundeskanzler." Wieder schüttelte Al Farag den Kopf. „Sie nennen meine Organisation ein Netzwerk. Das war es auch. Mittlerweile gibt es dieses Netzwerk aber nicht mehr. Einige Teile haben sich aufgelöst, andere Teile haben sich selbständig gemacht. Einige haben sich entschieden, keine Gewalt mehr auszuüben. Stattdessen wollen sie am Aufbau des Landes mitwirken. Andere Teile allerdings wollen immer noch gewaltsam ihre Ziele erreichen. Und diese Teile werden nun Jagd auf Sie machen. Und Dank dieses Artikels wissen sie, wo Sie sich aufhalten. Sicher, Afghanistan ist groß. Aber sie wissen, wo ich mich aufhalte. Mehr brauchen sie nicht."

ISLAMABAD, 20. SEPTEMBER, 22.13 UHR

Leise setzte sich der Aufzug in Bewegung und das Delta-Team rauschte abwärts. Die Soldaten entsicherten ihre Waffen und warteten angespannt. Der pakistanische Offizier stellte sich vor sie, als der Aufzug stoppte. Dann ging die Tür auf.

Zwei Soldaten der pakistanischen Armee erwarteten sie bereits. Beide hatten ihre Waffen, moderne Sturmgewehre des Typs M4, die ihnen von den Vereinigten Staaten zur Verfügung gestellt worden waren, im Anschlag. Der pakistanische Offizier bellte ihnen einen Befehl in der Landessprache zu. Verwirrt blickten die beiden Soldaten vom Offizier zu den Deltas. Unschlüssig, was sie tun sollten, stellte einer der beiden dem Offizier eine Frage. Der drehte sich zu den Deltas um und zog, unbemerkt von den beiden Soldaten, seine Pistole. Er wandte sich wieder um und schoss dem Soldaten, der ihm die Frage gestellt hatte, ohne zu zögern in den Kopf.

Der andere riss entsetzt die Augen auf und starrte abwechselnd auf seinen toten Kameraden und zu dessen Mörder. Der Offizier wiederholte den Befehl und der Soldat ließ seine Waffe zu Boden fallen.

Der Weg zu den Sprengköpfen war frei.

AFGHANISTAN, 20. SEPTEMBER, 21.53 UHR

Bundeskanzler Gerling konnte es nicht fassen. Nicht nur, dass der Redakteur des Frontal gegen die getroffene Vereinbarung verstoßen hatte. Vielmehr war es Rizzitelli, der beim Kanzler für

Fassungslosigkeit sorgte. Nur um seine persönliche Eitelkeit zu befriedigen, plauderte dieser Schwachkopf alles aus, was Gerling ihm im Vertrauen mitgeteilt hatte. Fast könnte man meinen, da stecke noch mehr dahinter. Dass Fachner ohne Skrupel alles veröffentlichen würde, was irgendwie nach Sensation roch, war dem Kanzler klar. Dass aber der Chefredakteur einer renommierten Wochenzeitung wortbrüchig wurde, damit hatte er nicht gerechnet. Wieder einmal schien es, als sei Gerling zu naiv gewesen. Nun könnte ihm diese Naivität zum Verhängnis werden. Und er machte eine tiefgreifende Erfahrung: Es war ein enormer Unterschied, ob man in der Theorie das eigene Leben aufs Spiel setzte oder real in echter Gefahr war. Gerling hatte Todesangst und wollte nicht sterben. Fieberhaft dachte er über die Worte Al Farags nach. Die Männer, die seinen Tod wollten, mussten nicht wissen, wo er sich aufhielt. Es genügte zu wissen, wo Al Farag sich aufhielt. Da diese Männer wussten, dass er sich mit Al Farag treffen wollte, kannten sie zwangsläufig auch seinen Aufenthaltsort. Bundeskanzler Gerling schnappte sich das digitale Sprechfunkgerät und drückte die Ruftaste.

ISLAMABAD, 20. SEPTEMBER, 22.30 UHR

Erleichtert legte der Präsident der Vereinigten Staaten den Telefonhörer auf und blickte seinen Stabschef an.

„Pakistan ist keine Atommacht mehr", sagte er und griff zu seinen Zigaretten.

Laymann gab ihm Feuer.

„Noch sind die Sprengköpfe nicht außer Landes" , erinnerte er Clifford.

Der Präsident runzelte die Stirn.

„Da hast du natürlich Recht. Aber ich denke, dass sich die Deltas die Sprengköpfe nicht mehr abnehmen lassen."

„Wie geht's jetzt weiter?", wollte Laymann wissen.

„Die Deltas bringen die Sprengköpfe auf den JFK", antwortete Clifford. Mit JFK meinte er den Flugzeugträger John F. Kennedy, der im Golf von Oman vor Anker lag. Dort wären die Sprengköpfe sicher. Clifford sah auf seine Uhr. „Eigentlich hätte ich schon längst etwas von Jan hören müssen."

Wie auf ein geheimes Zeichen klingelte sein Handy. Er nahm das Gespräch an und lauschte. Laymann konnte sehen, wie der

Präsident langsam die Augen schloss. Wortlos klappte Clifford das Handy zu und sah dann seinen Stabschef erschüttert an.

„Verdammte Scheiße...“, flüsterte er. „Es sollten neunzig Sprengköpfe sein. Es sind nur achtundachtzig.“

BERLIN, 20. SEPTEMBER, 19.33 UHR

„Es muss doch eine Möglichkeit geben, den Bundeskanzler zu erreichen!“, brüllte Kanzleramtschef Huber in den Hörer. Er lauschte der Antwort, die offensichtlich unbefriedigend ausfiel, da er das Gespräch wortlos unterbrach. Hilflos sah er Innenminister Rosenthal und Außenminister de Fries an.

„Keiner weiß, wo Jan sich aufhält. Das letzte Mal lebend gesehen wurde er von der Besatzung des Hubschraubers, als die ihn um kurz vor achtzehn Uhr dreißig Ortszeit, also sechzehn Uhr unserer Zeit, in Kholm abgesetzt haben. Danach hat keiner mehr etwas von Jan gesehen oder gehört.“ Wütend begann Huber damit, in seinem Büro auf und ab zu laufen. „Das ist doch alles totaler Wahnsinn!“, rief er. „Niemals hätten wir ihn gehen lassen dürfen!“

AFGHANISTAN, 20. SEPTEMBER, 22.15 UHR

Die vier Männer schlichen durch eine Tiefebene im Hindukusch im Norden des Landes. Ihr Gepäck war leicht und die Tatsache, dass der Mond nur als Sichel zu erkennen war, sorgte für die nötige Dunkelheit. Sie hatten einen Auftrag. Der befehlshabende Offizier hatte keinen Superlativ ausgelassen, als er ihnen dessen Bedeutung deutlich gemacht hatte. Die vier Soldaten hatten nicht vor, ihren Vorgesetzten zu enttäuschen.

AFGHANISTAN, 20. SEPTEMBER, 22.45 UHR

Bundeskanzler Gerling hatte den Stützpunkt darüber informiert, dass man ihn wieder abholen könne. Er gab dem Offizier die Koordinaten durch, damit der Hubschrauber sein GPS programmieren konnte. Nun blieb ihm nichts anderes übrig, als zu warten. Al Farag hatte ihm zwei seiner besten Kämpfer als Begleitschutz mitgegeben. Die beiden brachten Gerling in einem Geländewagen in einen kleinen Ort. Dort saß der Kanzler nun und wartete auf den Hubschrauber.

BERLIN, 20. SEPTEMBER, 20.25 UHR

Verteidigungsminister Tjaden klappte sein Handy zu und sah in die Runde. Er war erst vor wenigen Minuten im Kanzleramt angekommen. „Bundeskanzler Gerling wird in wenigen Minuten von einem Hubschrauber abgeholt und umgehend nach Kabul gebracht“, verkündete er und erntete erleichtertes Ausatmen.

„Man muss wohl eine Uniform tragen, um von einem Soldaten eine Auskunft zu erhalten“, maulte Huber. Tjaden ersparte sich einen Kommentar. Stattdessen sah er auf seine Uhr.

„Wenn alles glatt geht, müsste der Kanzler in zwei Stunden in Kabul ankommen.“

„Wurden zusätzliche Sicherheitsmaßnahmen veranlasst?“, wollte Rosenthal wissen.

„Welcher Art?“, stellte Tjaden eine Gegenfrage.

„Was weiß ich!“, rief Rosenthal. „Zusätzliche Hubschrauber? Kampfjets? Einen Begleitschutz eben!“

„Ich wünschte, ich könnte Ihre Frage positiv beantworten“, erwiderte Tjaden. „Allerdings ist mir das nicht möglich. Schauen Sie, wir haben in Afghanistan insgesamt acht Hubschrauber im Einsatz. Alle ziemlich veraltet. Drei davon sind in einer Werkstatt. Die anderen sind entweder in Kabul oder in Kandahar. Also etliche Flugstunden vom Kanzler entfernt. Kampfjets haben wir dort gar nicht im Einsatz. Ich fürchte, der Hubschrauber, der den Kanzler abholt, ist der einzige, der in der Nähe ist.“

AFGHANISTAN, 20. SEPTEMBER, 23.00 UHR

Endlich saß Gerling in dem Hubschrauber und war auf dem Weg nach Kabul. Die grimmig dreinschauenden KSK-Soldaten taten ihr Übriges, damit er sich ein klein wenig sicherer fühlte. Der Kanzler sah auf seine Uhr und schätzte, dass er gegen ein Uhr morgens in Kabul ankommen müsste. Er verspürte das dringende Bedürfnis, eine Zigarette zu rauchen, riss sich aber zusammen.

AFGHANISTAN, 20. SEPTEMBER, 23.15 UHR

Die vier Männer hatten ihren geplanten Standort schon vor einiger Zeit erreicht und warteten nun auf ihr Zielobjekt. Endlich machte der Mann, der den Horizont mit einem lichtverstärkenden Fernglas absuchte, das entscheidende Zeichen.

Ihr Zielobjekt war im Anflug.

AFGHANISTAN, 20. SEPTEMBER, 23.20 UHR

Bundeskanzler Gerling unterhielt sich gerade über den Sprechfunk mit einem der KSK-Soldaten, als der Hubschrauber einen fürchterlichen Satz nach links machte. Der abrupte Richtungswechsel war so heftig, dass einer der Personenschützer des BKA, der nicht angeschnallt war, aus dem Hubschrauber geschleudert wurde und in der Dunkelheit verschwand.

Der Hubschrauber torkelte durch die Luft und der Pilot versuchte vergeblich, ihn unter Kontrolle zu bringen. Gerling, der keine Ahnung hatte, was geschehen war, versuchte irgendwo Halt zu finden.

„Was ist passiert?", schrie er in der Hoffnung, jemand würde ihn hören.

„Wir sind von einer Rakete getroffen worden!", antwortete der Copilot ebenfalls schreiend. „Es hat den Heckrotor erwischt. Wir sind manövrierunfähig und gehen runter!"

„Heißt das, wir stürzen ab?", schrie der Kanzler.

„Scheiße ja! Verdammt. Das wird hart", waren die letzten Worte, die Bundeskanzler Gerling noch hörte. Dann wurde alles schwarz.

BERLIN, 20. SEPTEMBER, 21.00 UHR

„Wir haben den Kontakt zum Hubschrauber des Kanzlers verloren", erklärte Verteidigungsminister Tjaden leise.

Huber, de Fries und Rosenthal sahen ihn stumm an.

„Was heißt das?", fragte Rosenthal schließlich mit zitternder Stimme.

„Das bedeutet, dass der Hubschrauber von einer Minute auf die andere vom Radarschirm verschwunden ist und niemand auf die Funksprüche reagiert."

„Was denken Sie, was passiert ist?", wollte de Fries wissen.

„Ich denke, dass der Hubschrauber abgestürzt ist", flüsterte Tjaden.

BERLIN, 20. SEPTEMBER, 21.45 UHR

Ganz kurz hatte Katja überlegt, ob sie die Moderation der heutigen Sendung an ihren Ersatzmann abgeben sollte. Aber eine Besprechung mit ihrem Chef hatte ergeben, dass sie die Meldung bezüglich der Reise des Kanzlers nach Afghanistan nur anmoderieren, aber nicht kommentieren musste. Es war gleich der erste

Bericht und den hatte sie nun überstanden. Katja sorgte sich sehr um Jan, war aber Profi genug, um sich das nicht anmerken zu lassen.

BERLIN, 20. SEPTEMBER, 21.58 UHR

Die Tür der Redaktionsleitung des Heute Journals flog auf und ein Mitarbeiter kam mit einem Zettel in der Hand geradezu in das Büro gestürzt.

„Eilmeldung von Reuters!", keuchte er und stürzte an den Schreibtisch von Sandra Matthiesen. Diese hob die Augenbrauen und musterte ihn streng.

„Und was meldet Reuters so eilig, dass du in mein Büro gestürmt kommst?"

„Der Hubschrauber des Bundeskanzlers ist in Afghanistan abgestürzt!"

Matthiesen erstarrte.

„Oh Scheiße...", flüsterte sie. Dann griff sie zum Telefon.

BERLIN, 20. SEPTEMBER, 22.00 UHR

„Das können wir Katja nicht antun!", rief Stefan Kiesling, der Stellvertreter von Matthiesen.

„Aber wir haben keinen anderen!", konterte sie. „Was sollen wir denn machen? Aus Rücksichtnahme Katja gegenüber die Nachricht nicht bringen? Wie stellst du dir das denn vor?" Matthiesen warf einen Blick auf den Bildschirm und sah, dass gerade ein Bericht über die Milchbauern lief.

„Ich morse sie jetzt an", verkündete sie und erntete einen bösen Blick von Kiesling.

Matthiesen drückte einen Knopf auf dem Pult und stellte eine Verbindung zu Katja im Studio her. Der Bericht über die Milchbauern würde in zwei Minuten enden.

„Hör zu, Süße", begann Matthiesen mit eindringlicher Stimme. Sie konnte sehen, wie Katja erstaunt den Blick auf die Studiokamera richtete. „Wir haben gerade eine Eilmeldung von Reuters bekommen..."

Katja lauschte Matthiesen. Zuerst verstand sie gar nicht, was sie da hörte. Dann wurde Katja klar, dass ihr schlimmster Alptraum nun wahr wurde. Sie schluckte und Tränen liefen ihr übers Gesicht. Sie konnte sie einfach nicht unterdrücken.

„Sie packt das nicht! Das kann doch jeder sehen!", rief Kiesling.

„Halt die Schnauze!", bellte Matthiesen und Kiesling verstummte. Katja warf einen Blick auf die Uhr. Der Bericht über die Milchbauern endete jetzt.

„Soeben erreicht uns eine Eilmeldung von Reuters. Nach Angaben von US-Streitkräften ist der Hubschrauber des Bundeskanzlers im Nord-Westen Afghanistans abgestürzt." Katja warf einen hilflosen Blick in die Kamera. Jeder konnte sehen, dass sie Höllenqualen litt. „Zurzeit ist nicht bekannt, ob Bundeskanzler Gerling... ob... die Insassen des Hubschraubers den Absturz überlebt haben... Entschuldigung... ob es Verletzte oder gar Tote gibt. Laut den US-Streitkräften sind Rettungsteams unterwegs zur Absturzstelle. Die Ursachen für den Absturz sind ebenfalls noch unbekannt."

Es folgten der Wetterbericht und die Abmoderation. Danach brach Katja zusammen.

AFGHANISTAN, 21. SEPTEMBER, 00.50 UHR

Al Farag war wieder in einem seiner unzähligen Verstecke angekommen. Er saß alleine vor einem kleinen Feuer und trank Tee. Als er an die Ereignisse der letzten Wochen dachte, schlich sich ein kleines Lächeln in sein faltiges Gesicht. Sein Plan war riskant gewesen und abhängig von vielen Entscheidungen, auf die er keinen unmittelbaren Einfluss gehabt hatte. Und dennoch, gelobt sei Allah, war alles so eingetreten wie geplant. Der Tod des deutschen Bundeskanzlers war nicht gewünscht, aber einkalkuliert. Als er an Gerling dachte, verschwand das Lächeln. Es war bedauerlich, dass der Kanzler sterben musste. Al Farag hatte den Eindruck gewonnen, dass der deutsche Bundeskanzler ein aufrichtiger Mann gewesen war, der den Frieden wirklich wollte. Wäre er ein Moslem gewesen, wäre er nun ein wahrhafter Schahid, ein Märtyrer. Hätte es ihn nicht gegeben, hätte der Plan niemals umgesetzt werden können. Die Tatsache, dass der Bundeskanzler ein persönlicher Freund des amerikanischen Präsidenten war, hatte es noch einfacher gemacht. Das und die Leichtgläubigkeit Gerlings. Israel hatte einer Zweistaatenlösung uneingeschränkt zugestimmt und den Siedlungsbau gestoppt. Er bedauerte es, dass der große Anführer ihrer Organisation diese Entwicklungen nicht mehr miterleben konnte. Denn er war schon vor Monaten gestorben.

Allerdings wusste das niemand. Al Farag war ein Meister des Täuschens, und den Tod Bin Ladens zu vertuschen, war eine Kleinigkeit für ihn gewesen. Als es abzusehen war, dass die Tage des Anführers gezählt waren, der Krebs hatte sich schon tief in seine Eingeweide gefressen, hatten sie noch genügend Videoaufnahmen mit Drohungen und Botschaften aufgenommen, um die Welt damit ein bis zwei Jahre in Atem zu halten. Al Farag hatte unbemerkt die Führung der Al-Qaida übernommen und sich darangemacht, seinen großen Plan umzusetzen. Nun stand er kurz vor seinem Triumph. Die alliierten Streitkräfte würden den Irak und Afghanistan verlassen und er würde in Kürze Zugriff auf die atomaren Sprengköpfe Pakistans haben.

Allah sei Dank.

DALLAS, TEXAS, 20. SEPTEMBER, 15.35 UHR

Der alte Mann legte den Telefonhörer auf und sah gedankenverloren in das prasselnde Kaminfeuer. Ein versonnenes Lächeln erschien auf seinem faltigen, aber markanten Gesicht. In seinen hellblauen Augen spiegelten sich die Flammen des Kaminfeuers. Trotz einiger unvorhergesehener Ereignisse lief alles zu seiner Zufriedenheit. Mit den Fingern der rechten Hand trommelte er einen Rhythmus auf der ledernen Armlehne und betrachtete dabei den prunkvollen Siegelring, den er als Absolvent der West Point-Akademie erhalten hatte. Das war nun schon viele Jahrzehnte her. Die Tür der Bibliothek öffnete sich und sein persönlicher Assistent erschien lautlos im Raum.

„Benötigen Sie noch etwas, Mister President?“, fragte er mit leiser Stimme.

„Nein, Malcolm. Sie können sich zurückziehen.“

Malcolm nickte ergeben und verließ den Raum.

Mister President... Noch immer überkam ihm ein wohliger Schauer, wenn man ihn mit diesem Titel ansprach. Das war eines der Privilegien, die diese Position mit sich brachte. Auch nachdem man aus dem Amt ausgeschieden war, stand einem der Titel zu. Auch die sechs Secret Service-Agenten, die ihn bewachten, gehörten zu diesen Privilegien. Und er genoss sie alle. Noch heute, fünfzehn Jahre nach seiner Wahlniederlage, schmerzte ihn die Tatsache, dass der Präsident der Vereinigten Staaten nur zwei

Amtszeiten im Weißen Haus regieren durfte. Auch schmerzte ihn die Tatsache, dass das Zeugnis seiner Regierungszeit der Beurteilung „hat am Unterricht teilgenommen“ glich. Er hielt sich für einen der am meisten unterschätzten Präsidenten der Vereinigen Staaten von Amerika. Sein Nachfolger im Weißen Haus fing an, kaum dass er ins Weiße Haus eingezogen war, alles zu vögeln, was einen Rock trug. Der alte Mann schnaufte verächtlich. Den Grünschnabel, inzwischen in Ehren ergraut, feierten sie heute noch. Und ihn? Erst als sein Sohn den Posten einnahm, der seiner Familie zustand, erinnerte man sich wieder an ihn und er hatte gehofft, er könne seinem Sohn als Berater zur Seite stehen. Der vertraute allerdings lieber auf andere.

Auch das schmerzte heute noch. Aber die Tatsache, dass sein Sohn im Weißen Haus regierte, machte auch ihn wieder zu einem gefragten Mann. Und er nutzte die Gelegenheit. Er traf sich mit vielen alten Weggefährten auf dem ganzen Erdball und sie philosophierten über die aktuelle Lage, in der sich die Welt befand. Seine Kontakte zum saudischen Königshaus waren schon immer ausgezeichnet gewesen – zu gut, wie viele Kritiker behaupteten. Über seine Freunde in Saudi-Arabien konnte er Kontakte in die gesamte Region des Nahen Osten knüpfen – auch in den Iran.

Mit Besorgnis verfolgte er die Entwicklung des internationalen Terrors. Wieder hatte er gehofft, sein Sohn würde ihn um Rat fragen. Wieder wurde er enttäuscht. Also begann er, mit seinen alten Freunden eine Strategie zu entwerfen. Er traf sich immer häufiger mit seinem ehemaligen Sicherheitsberater, seinem Verteidigungsminister und anderen Gleichgesinnten seines vergangenen Kabinetts. Sie alle waren Kinder des Krieges. Für den zweiten Weltkrieg zu jung, waren ihre Schlachtfelder in Korea und Vietnam. Beides sogenannte Stellvertreterkriege. In Korea kämpften sie eigentlich gegen die Chinesen und in Vietnam hieß der wahre Feind UdSSR.

Später dann war sein Schlachtfeld Washington. Zuerst als Chef der CIA. Später dann, als Vizepräsident, war er maßgeblich daran beteiligt, USA-feindliche Regierungen in Südamerika zu stürzen und die UDSSR in einem bis dahin unvergleichlichen Wettrüsten zu ruinieren. Als Präsident freilich versagte er und wurde abgestraft. Mürrisch schüttelte er den Kopf. Diese Erinnerung war wie ein immer wiederkehrender Virus.

Aber nun hatte er einen geeigneten Impfstoff in der Hand. Wenn alles vorbei war, würden alle nach ihm rufen. Sie würden sich an ihn erinnern und er würde die Stelle in den Geschichtsbüchern einnehmen, die ihm zustand.

Das Zauberwort war Dominanz. In den Zeiten des kalten Krieges waren die Vereinigten Staaten von Amerika die dominierende Nation auf dem Planeten gewesen. Vor allem militärisch konnte kein anderes Land den USA das Wasser reichen. Sie wurden gefürchtet. In seinen Augen hatte Präsident Truman das einzig Richtige getan, als er die Japaner mit zwei Atombomben in die Steinzeit zurück gebombt hatte. Er hätte genau so entschieden. Dominanz. Du hast nichts davon, wenn dich alle lieben und du hast nichts davon, wenn dich alle hassen. Aber wenn dich alle fürchten, dann hast du die Macht, die du brauchst, um die Dinge in ihre richtigen Bahnen zu lenken. Das liegt in der Natur der Sache. Das war schon immer so. Warum sah das außer ihm und einigen wenigen niemand in Washington ein? Warum musste er erst zu drastischen Mitteln greifen, um ihnen die Augen zu öffnen? Warum zwang man ihn dazu, auf amerikanischem Boden Blut zu vergießen? Er würde ihnen, wenn die Zeit gekommen war, genau diese Fragen stellen. Und er war gespannt auf die Antworten. Auch wenn er wusste, dass keine einzige ihn überzeugen würde.

VIERTES BUCH

„Die Hoffnungslosigkeit ist schon
die vorweggenommene Niederlage."
Karl Theodor Jaspers, deutscher Psychiater und Philosoph (1883–1969)

23

AFGHANISTAN, 20. SEPTEMBER, 23.39 UHR

Langsam öffnete Bundeskanzler Gerling die Augen. Im ersten Augenblick wusste er nicht, wo er sich befand oder was geschehen war. Dann nahm er den Geruch wahr – ein Geruch nach Treibstoff und verbranntem Metall. Und noch etwas anderem Verbranntem.

Gerling erinnerte sich wieder. Der Flug, dann der heftige Schlag, der BKA-Beamte, der aus dem Hubschrauber fiel und das Brüllen des Piloten... Erschrocken sah Gerling an sich hinab und begann sich abzutasten – scheinbar war er unverletzt. Er nahm sich die schusssichere Weste ab und richtete sich langsam auf. Was er sah, glich einem Schlachtfeld. Der Hubschrauber war als solches überhaupt nicht mehr zu erkennen. Er schien in mehrere Teile zerbrochen zu sein und hatte sich auf einer Fläche von dreißig Metern verteilt. Vereinzelt brannten kleine Feuer. Gerling stand auf und sah sich um. Er entdeckte die Kanzel des Hubschraubers oder besser das, was von ihr noch übrig war und ging auf sie zu. Was er sah, erschreckte ihn bis ins Mark: Der Pilot war mit dem Sitz aus der Kanzel gerissen worden und lag noch angeschnallt und seltsam verkrümmt ein paar Meter von der Kanzel entfernt im Sand. Er war eindeutig tot. Der Copilot befand sich noch in den Überresten der Kanzel, war aber auch nicht mehr am Leben.

Gerling lief jetzt fast und entdeckte die verkohlten Überreste eines Menschen. Daher kam der merkwürdige Geruch. Gerling würgte. Dann wandte er den Blick von den sterblichen Überresten und suchte weiter nach Überlebenden. Er entdeckte den Körper eines KSK-Soldaten, lief zu ihm und stellte erleichtert fest, dass er äußerlich scheinbar unverletzt und noch am Leben war. Der Kanzler suchte nach Wasser und fand eine Feldflasche, die noch fast voll war. Er lief wieder zu dem Soldaten und schüttete ihm vorsichtig Wasser ins Gesicht. Da er nicht wusste, ob er vielleicht innere Verletzungen hatte, traute er sich nicht, ihn anzufassen.

Dann öffnete der Soldat endlich die Augen.

„Haben Sie Schmerzen?“, fragte der Kanzler in der Hoffnung, der Soldat würde die Frage verneinen, da er keine Ahnung hatte, was er dann tun sollte.

Zum Glück schüttelte der Soldat langsam den Kopf. „Nein. Ich glaube, mir geht's soweit gut", antwortete er heiser und sah sich um. „Wo ist Gunnar?" Gerling, der vermutete, dass Gunnar der andere Soldat war, schaute ebenfalls umher. „Keine Ahnung. Pilot und Copilot sind tot. Der Beamte des BKA auch. Ihren Kameraden habe ich noch nicht gefunden."

„Dann lassen Sie uns Gunnar suchen und von hier verschwinden", meinte der Soldat und stand stöhnend auf.

„Sollten wir nicht besser hier bleiben und auf Hilfe warten?", fragte Gerling, der sich über den Vorschlag wunderte.

Energisch schüttelte der KSK-Soldat den Kopf. „Wir sind abgeschossen worden und die, die uns abgeschossen haben, sind hier ganz in der Nähe."

Gerling schluckte. Er hatte vergessen, was der Copilot kurz vor dem Absturz gesagt hatte. Der hatte von einer Rakete gesprochen. Gerling, plötzlich wachsam geworden, sah sich vorsichtig um und verschaffte sich einen Überblick des Geländes. Langsam setzten sich die beiden in Bewegung, um Gunnar zu suchen. Sie fanden ihn wenig später, etwas abseits gelegen neben einem großen Felsbrocken. Er hatte sich das Genick gebrochen.

„Scheiße", flüsterte der Soldat. Bundeskanzler Gerling ging zu dem Toten und nahm ihm die Waffen ab. Er nahm die Maschinenpistole MP5, die Pistole P8 und zu seinem Erstaunen fand er auch noch eine Remington Police Magnum Einsatzflinte. Gerling hängte sich die Waffen um und nahm den Rucksack des gefallenen Soldaten an sich. Schweigend beobachtete der KSK-Soldat den Kanzler. Als Gerling fertig war und sich umdrehte, bemerkte er, dass der Soldat ihn musterte.

„Bevor ich Anwalt wurde, war ich zwölf Jahre bei der Bundeswehr", erklärte Gerling, „Erstes Jägerregiment, Luftbewegliche Jägerbrigade Eins. Stationiert in Hammelburg. Letzter Dienstgrad Major."

„Okay, Herr Bundeskanzler, das ist toll", antwortete der Soldat mit ruhiger, selbstsicherer Stimme. „Ich kenne Ihren Lebenslauf. Ich weiß, wo und wie lange Sie gedient haben. Und ich finde es wirklich großartig, dass Sie Kanzler geworden sind. Wenn ich zu Hause gewesen wäre, hätte ich Sie vielleicht sogar gewählt. Aber hier ist weder ein Truppenübungsplatz, noch ist dies eine Übung. Also, wenn Sie Ihren Arsch hier heil rausbringen wollen, dann hören Sie mir bitte genau zu, okay?“

Bundeskanzler Gerling schluckte, war aber damit einverstanden.

„Tun Sie genau das, was ich Ihnen sage. Und zwar dann, wenn ich es Ihnen sage. Ich führe, Sie folgen“, machte der Soldat klar. „Keine Zeit für Diskussionen, keine Zeit für kreative Vorschläge. Irgendwelche Fragen?“

„Wie heißen Sie?“, wollte Gerling wissen.

„Feldwebel Sven Simon“, kam die knappe Antwort.

„Okay Sven. Solange wir in dieser beschissenen Situation sind, bin ich Jan und nicht Herr Bundeskanzler. Einverstanden?“

Simon nickte. Gerling meinte sogar, ein schwaches Grinsen erkannt zu haben. Sie suchten sich einen Platz, der ihnen gute Rundumdeckung bot und Simon breitete eine Karte aus. Mit seiner Taschenlampe sorgte er für etwas Licht.

„Wir sind um 22.50 Uhr in Kholm Richtung Süden gestartet. Unsere Geschwindigkeit betrug in etwa zweihundert Kilometer die Stunde. Um kurz vor 23.30 Uhr sind wir abgestürzt. Also waren wir zum Zeitpunkt des Absturzes ungefähr hier“, er tippte mit dem Zeigefinger auf eine für Gerling nichtssagende Region mitten im Niemandsland. Die nächstgrößere Stadt hieß Baghlan. Auch die sagte ihm nichts. „Wir sollten alle größeren Orte meiden und uns weiter in Richtung Süden bewegen“, schlug Simon vor.

„Was ist mit Satellitentelefon oder Sprechfunk?“, wollte Gerling wissen.

„Geh mal davon aus, dass alles, was unsere Freunde hören, unsere Feinde auch mitbekommen.“

Das war Gerling klar. „Aber die wissen doch eh, wo wir sind, oder?“, argumentierte er.

Simon dachte einen Moment darüber nach.

„Stimmt. Wir könnten einen kurzen Bericht senden. Unsere Lage und den Status durchgeben. Für Kabul haben wir ein Codewort. Das kennen zwar nur Soldaten der Spezialkräfte, aber wenn die nicht alle total bekloppt sind, dann werden die schon darauf kommen, was wir meinen. Und dann wissen sie, dass wir uns in Richtung Süden bewegen.“ Simon holte das Funksprechgerät aus seinem Rucksack, schaltete es an und drehte an einem Rädchen, um die richtige Frequenz zu finden.

„Blue Bird an Basis. Bitte kommen”, sagte Simon und wartete.

MAZAR-E SHARIF, 21. SEPTEMBER, 00.04 UHR

"Wir haben Kontakt zu Blue Bird!", rief der Funker der KSK im Hauptquartier der deutschen Streitkräfte in Afghanistan. Ein Offizier kam sofort zum Funker und nahm das Mikrofon an sich.

„Blue Bird, Basis hier. Identifizieren Sie sich", rief der Oberst.

„Blue Bird an Basis. PK-Nummer 123379, Code Delta", antwortet Simon. Gerling fragte sich, was der Code zu bedeuten hatte und nahm sich vor, Simon danach zu fragen.

Der Oberst überprüfte die PK-Nummer, also die persönliche Kennnummer eines Soldaten und somit fest, mit wem er sprach. Code Delta bedeutete, dass Simon nicht gefangen genommen wurde.

„Wie ist Ihr Status?", wollte der Oberst dann wissen.

„Wir wurden abgeschossen. Fünf Abgänge. BK am Leben und unverletzt", meldete Simon und löste damit eine Welle der Erleichterung im Hauptquartier aus, da er eben durchgegeben hatte, dass es dem Bundeskanzler, gut ging.

„Blue Bird. Wie sind Ihre Koordinaten?", fragte der Oberst dann.

Simon warf einen Blick auf sein GPS und gab die Daten durch. „Basis, können unseren gegenwärtigen Standort nicht beibehalten. Feindliche Kräfte aller Voraussicht nach im Anmarsch. Bewegen uns in Richtung Omega", fügte er noch an.

„Verstanden. Werden versuchen, Luftüberwachung zu arrangieren. Viel Glück, Blue Bird."

„Alles klar. Danke." Simon schaltete das Funkgerät aus und sah den Kanzler von oben bis unten an.

„Du musst dich noch umziehen, bevor es losgeht", meinte er. „Und zieh die Weste wieder an."

BERLIN, 20. SEPTEMBER, 22.00 UHR

Es dauerte eine knappe halbe Stunde, bis die Nachricht, dass der Kanzler den Absturz überlebt hatte, bis zum Verteidigungsminister durchdrang. Tjaden befand sich im Kanzleramt. Dort hatte er eine Krisensitzung mit Innenminister Rosenthal, Außenminister de Fries, Kanzleramtschef Huber und Sicherheitsberater Kirchner. Tjadens Handy läutete und er klappte es auf.

„Ja?" Eine schier endlose Zeit sagte Tjaden nichts, sondern hörte dem Anrufer nur zu. Rosenthal fing an, auf seinem Stuhl unruhig hin und her zu rutschen. De Fries zündete sich schon wieder eine Zigarette an. Nur Huber und Kirchner schienen ruhig zu sein. Dann endlich sprach Tjaden.

„Herr Oberst. Bringen Sie ihn so schnell wie möglich da raus.“ Er dankte und klappte das Handy zu. Dann richtete sich sein Blick auf die Anwesenden.

„Der Bundeskanzler hat den Absturz überlebt und ist unverletzt. Ein Soldat der KSK hat ebenfalls überlebt.“ Die Erleichterung war fast körperlich zu spüren. Aber Tjaden war noch nicht fertig. „Das ist die gute Nachricht. Die schlechten Nachrichten sind, dass sich die beiden in einer sehr gefährlichen Region aufhalten und dass die Wahrscheinlichkeit, dass sich ihnen feindliche Kräfte nähern, sehr hoch ist.“

„Wie kommen Sie darauf, dass sich feindliche Kräfte in der Nähe befinden?“, rief Huber erregt.

„Ganz einfach: Der Hubschrauber des Kanzlers wurde von einer Rakete getroffen. Diejenigen, die diese Rakete abgeschossen haben, wollten bestimmt nicht, dass jemand überlebt. Also werden sie zur Absturzstelle gehen und auf alles schießen, was sich bewegt.“ Ich würde es jedenfalls so machen, fügte er in Gedanken noch hinzu.

BERLIN, 20. SEPTEMBER, 22.20 UHR

Nachdem Rosenthal erfahren hatte, dass der Kanzler den Absturz überlebt hatte, versuchte er, Katja zu erreichen, um ihr die gute Nachricht mitzuteilen. Von den Personenschützern Katjas erfuhr er, dass sie im Studio zusammengebrochen war und in ein Krankenhaus gebracht wurde.

Er machte sich sofort auf den Weg.

ISLAMABAD, 21. SEPTEMBER, 01.35 UHR

Präsident Clifford hatte nicht einmal eine Stunde geschlafen, als ihn sein Stabschef weckte. Clifford rieb sich die Augen.

„Was gibt's?“, fragte er und gähnte.

„Der Hubschrauber von Bundeskanzler Gerling wurde vierzig Minuten, nachdem er in Kholm gestartet war, von einer Boden-Luft-Rakete abgeschossen...“

„Großer Gott!“, rief Clifford und richtete sich auf. „Wissen wir, ob der Kanzler noch lebt?“

„Ja, Mister President. Bundeskanzler Gerling und ein Soldat einer Spezialeinheit haben den Absturz überlebt. Allerdings befinden sich die beiden noch nicht außer Gefahr." Laymann erläuterte dem Präsidenten die Lage, in der sich Gerling befand.

„Okay", erwiderte Clifford.. „Was können wir unternehmen, um den Kanzler da rauszuholen?"

AFGHANISTAN, 21. SEPTEMBER, 00.08 UHR

Bundeskanzler Gerling hatte, wenn auch widerwillig, einen Teil der Uniform des toten KSK-Soldaten angezogen. Sie wollten sich gerade in Bewegung setzen, als die ersten Schüsse fielen.

BERLIN, 20. SEPTEMBER, 22.40 UHR

Rosenthal erreichte dank Eskorte in Rekordzeit das Krankenhaus, in welches Katja eingeliefert worden war. Er bat darum, mit dem Arzt zu sprechen, der Katja untersucht hatte. Der zierte sich anfangs, da Rosenthal nicht zur Familie gehörte. Als Rosenthal dem Arzt aber schilderte, dass er mit Bundeskanzler Gerling und mit Katja befreundet sei, teilte der ihm mit, dass Katja aufgrund einer enormen Stresssituation einen Kreislaufkollaps erlitten hatte. Dann sah der Arzt ihn merkwürdig an. Rosenthal wusste, was der Blick zu bedeuten hatte.

„Ist mit dem Baby alles in Ordnung?", fragte er mit belegter Stimme.

„Ja. Dass Sie wissen, dass Frau Bachmann schwanger ist, ist wohl der letzte und eindeutige Beweis dafür, dass Sie wirklich befreundet sind", sagte der Arzt und lächelte. „Frau Bachmann braucht jetzt Ruhe. In ein oder zwei Tagen kann sie das Krankenhaus wieder verlassen." Das Lächeln verschwand und wich einem besorgten Ausdruck. „Sagen Sie, gibt es Neuigkeiten über den Bundeskanzler?", fragte er. „Es heißt, er sei mit dem Hubschrauber in Afghanistan abgestürzt."

Rosenthal überlegte kurz, ob und wieviel er dem Arzt mitteilen konnte. „Bundeskanzler Gerling hat den Absturz überlebt und Rettungsteams sind unterwegs zu ihm", antwortete er, ohne zu viel zu verraten. Dann bat er den Arzt, ihn zum Krankenzimmer von Katja zu bringen.

Der Arzt kam dem Wunsch gerne nach. Katjas Personenschützer saßen vor der Tür und sorgten dafür, dass kein Unbefugter das

Krankenzimmer betrat. Rosenthal ließen sie selbstverständlich gewähren.

Katja sah sehr zerbrechlich aus, wie sie da in dem großen Bett lag. Rosenthal schob einen Stuhl nahe an das Bett heran, setzte sich und nahm eine Hand von Katja in seine. Dann schloss er die Augen und wartete.

AFGHANISTAN, 21. SEPTEMBER, 00.14 UHR

Gerling und Simon hatten keine Ahnung, von wie vielen Männern sie angegriffen wurden. Allerdings stellten sie sehr schnell fest, dass die Angreifer insofern im Vorteil waren, als dass Gerling und Simon sich in einer Talsenke befanden, während die anderen aus einer erhöhten Position einen wesentlich besseren Überblick hatten. Der einzige Vorteil von Gerling und Simon waren die zahlreichen sehr großen Felsbrocken, die ihnen Deckung boten.

„Wir müssen uns trennen", flüsterte Simon und deutete auf einen Felsen, der zehn Meter entfernt war. „Gib mir Feuerschutz." Gerling nickte und machte sich bereit. Er legte die MP an. Plötzlich fiel Gerling ein, dass er vergessen hatte, die Waffe zu entsichern. Er holte dies rasch nach. Simon, der das beobachtete, schwieg. Gerling fluchte lautlos und wurde rot im Gesicht.

„Los!", rief Simon und Gerling feuerte auf die Anhöhe. Von dort hatte man auf sie das Feuer eröffnet.

Simon sprintete los und schlug immer wieder Haken, um ein schwereres Ziel abzugeben. Die Angreifer erwiderten das Feuer und anhand der Mündungsfeuer konnte Gerling die Position von zumindest zwei von ihnen ausmachen.

Simon hatte den Felsbrocken erreicht und eröffnete ebenfalls das Feuer. Mit Handzeichen versuchte Gerling, ihm zu zeigen, wo die zwei Angreifer versteckt waren. Simon nickte und machte sich an seinem Rucksack zu schaffen. Gerling konnte nicht erkennen, was er vorhatte, und konzentrierte sich wieder auf die Anhöhe. Er versuchte, Bewegungen auszumachen, aufgrund der Dunkelheit war es aber unmöglich, etwas zu erkennen. Er hörte Simon etwas rufen – sehr leise. Gerling wandte sich zu ihm und versuchte zu verstehen, was er von ihm wollte. Dann wurde ihm klar, worum es ging, und erneut fluchte er lautlos. Natürlich – im Rucksack des toten KSK-Soldaten befand sich ein Nachtsichtgerät.

Gerling fing an, danach zu suchen, fand es und setzte es auf. Sofort war die Nacht in einem diffusen, grünen Licht nicht mehr annähernd so dunkel wie zuvor.

Plötzlich hörte er ein Zischen und danach eine Explosion. Gerling blickte zur Anhöhe, weil er dachte, dass die Angreifer nun in die Offensive gingen. Stattdessen sah er, dass die Explosion die Angreifer traf. Simon hatte den Granatwerfer an seiner G 36 benutzt und eine 40 mm Granate auf die Stellung der anderen abgefeuert. Unmittelbar nach der ersten Explosion erfolgte eine zweite, dann eine dritte. Dann war Stille.

ISLAMABAD, 21. SEPTEMBER, 02.19 UHR

Präsident Clifford hatte befohlen, eine Drohne über das Gebiet zu schicken, in dem der Bundeskanzler vermutet wurde. Sie startete von einem Stützpunkt der US-Armee in Kandahar und flog in einer Höhe von dreitausend Metern und einer Geschwindigkeit von zweihundertfünfzig km/h ihrem Zielgebiet entgegen. Ausgestattet war die Drohne des Typs Warrior mit einer Infrarotkamera für Nachtaufnahmen. Die Bewaffnung bestand aus zwei AGM-114 Hellfire-Raketen, die per Lasermarkierung ins Ziel gelenkt werden können. Die Drohne würde mehr als drei Stunden brauchen, um das Zielgebiet zu erreichen. Clifford hoffte, dass es dann nicht schon zu spät war.

AFGHANISTAN, 21.SEPTEMBER, 01.50 UHR

Eine schwerbewaffnete Einheit der KSK hatte sich von Mazar-e Sharif aus auf den Weg zur Absturzstelle gemacht. Da sie eine Entfernung von etwas weniger als zweihundert Kilometern vor sich hatten und mit Geländewagen unterwegs waren, da kein Hubschrauber verfügbar war, würden sie das Zielgebiet erst in etwa fünfzehn Stunden erreichen.

Eine Einheit der Delta Force war südlich von Kabul im Einsatz gewesen und sofort in das Zielgebiet geschickt worden. Sie waren in Hubschraubern unterwegs. Aber auch diese Einheit würde noch mehr als eine Stunde benötigen.

Rund einhundert schwerbewaffnete Taliban befanden sich in einem Radius von fünfzig Kilometern rund um die Absturzstelle und näherten sich langsam, aber unaufhaltsam. Die ersten würden in weniger als einer Stunde dort eintreffen.

24

BERLIN, 20. SEPTEMBER, 23.50 UHR

Die Krisensitzung im Kanzleramt fand ohne den Innenminister statt, der immer noch im Krankenhaus bei Katja war. Außer dem stellvertretenden Bundeskanzler, Außenminister de Fries, waren Kanzleramtschef Huber, Verteidigungsminister Tjaden und Sicherheitsberater Kirchner anwesend.

Tjaden brachte alle auf den letzten Stand.

„Um kurz vor 23.30 Uhr afghanischer Zeit, also 21.00 Uhr deutscher Zeit wurde der Hubschrauber des Bundeskanzlers abgeschossen. Um 00.04 Uhr afghanischer Zeit meldete sich Blue Bird, das ist der Einsatzname der KSK-Einheit, die den Kanzler begleitete, im Stützpunkt Mazar-e Sharif. Die Meldung lautete, dass der Hubschrauber abgeschossen worden sei, fünf Personen umkamen, der Kanzler und Feldwebel Simon aber unverletzt seien. Darüber hinaus meldete Feldwebel Simon, dass sie mit Feindkontakt zu rechnen hätten und sich auf den Weg nach Kabul machen wollten.“ Tjaden sah auf, um zu sehen, ob es bis hierher Fragen gab. Dem war nicht so. „Folgende Einsatzkräfte sind zur Unterstützung des Kanzlers und des Feldwebels auf dem Weg zur Absturzstelle: Dreißig Soldaten der KSK, unterwegs vom Stützpunkt Mazar-e Sharif. Entfernung zur Absturzstelle etwas weniger als zweihundert Kilometer.“

„Dann müssten sie ja bald da sein“, meinte Sicherheitsberater Kirchner optimistisch.

Tjaden räusperte sich. „Leider nein. Sie sind mit Geländewagen unterwegs und werden nicht viel weniger als fünfzehn Stunden benötigen.“ Er sah Kirchner an. „Bevor Sie jetzt wieder wertvolle Tipps haben, möchte ich Ihnen allen etwas erklären: wir haben nicht genügend Hubschrauber in Afghanistan. Die Hubschrauber, die wir haben, sind ehemalige Transporthubschrauber, die über keinerlei Panzerung verfügen. Unsere Ausrüstung ist, gelinde gesagt, suboptimal. Aber wir dürfen den ganzen Schlamassel ja nicht einmal Krieg nennen!“

Kirchner schwieg betroffen. Tjaden fuhr fort: „Eine Einheit der Delta Force ist mit Kampfhubschraubern aus Kabul unterwegs zur Absturzstelle.“ Er sah auf seine Uhr. „Ankunft beim Kanzler in etwa fünfundvierzig Minuten. Allerdings ist nicht sicher, ob sich der Kanzler dann noch an der Absturzstelle befindet, da ja bekanntlich Feldwebel Simon meldete, dass sie sich in Richtung Kabul bewegen wollen.“ Wieder sah Tjaden auf. Er spürte, dass die Hoffnung im Raum sank.

„Präsident Clifford hat angeordnet, dass eine Drohne zur Luftüberwachung aus Kandahar startet. Leider benötigt die Drohne für ihren Weg drei Stunden. Geschätzte Ankunftszeit im Zielgebiet in etwa zweieinhalb Stunden. Bis dahin sind wir blind und können nur hoffen, dass die Deltas schnell vorrücken.“

„Das hört sich nicht gut an“, flüsterte de Fries.

„Nein. Das klingt alles andere als gut“, bestätigte Tjaden. „Was mir auch noch Sorgen macht, ist die Nachrichtenmeldung an sich, dass der Hubschrauber des Kanzlers abgestürzt sei. Laut Reuters kam die Meldung von amerikanischen Militärs aus Afghanistan. Die jedoch haben mir glaubhaft versichert, dass kein Angehöriger der US-Streitkräfte in Afghanistan die Presse informiert hat.“

„Wie macht man das?“, fragte Kirchner.

Tjaden, der nicht verstand, was er mit der Frage meinte, runzelte verwirrt die Stirn. „Wie macht man was?“

„Etwas ‘glaubhaft versichern’. Wie macht man das?“

„Nun, ich habe den kommandierenden Offizier der amerikanischen Streitkräfte in Afghanistan, General Mc Bride, angerufen und ihn gefragt, ob er eine solche oder anders lautende Meldung autorisiert hat. General Mc Bride hat das verneint und hat umgehend geprüft, ob eine von ihm nicht autorisierte Meldung an die Presse rausging. Auch das war nicht der Fall“, erklärte Tjaden.

„Okay, ich verstehe. Sie haben einen amerikanischen Offizier gefragt und der hat geantwortet. Das verstehen Sie unter ‘glaubhaft versichern’.“

Tjadens Augen wurden zu Schlitzen, als er Kirchner musterte.

„Junger Mann, ich weiß nicht, worauf Sie hinaus wollen“, entgegnete er in schneidendem Ton.

„Worauf ich hinaus will, ist Folgendes: Wir wissen, dass einige hochrangige US-Politiker eine Verschwörung geplant haben. Wir wissen nicht, ob nicht auch Teile des Militärs beteiligt waren. Deshalb halte ich es für übereilt, von einer glaubhaften Versicherung zu sprechen, wenn die Quelle aus den Vereinigten

Staaten kommt", schoss Kirchner zurück.

De Fries, der die Diskussion bislang schweigend verfolgt hatte, schaltete sich ein. „Eines verstehe ich nicht. Was ist so wichtig daran, wer diese Meldung in Umlauf gebracht hat?"

Es war Kirchner, der diese Frage beantwortete.

„Ganz einfach: Nehmen wir einmal an, die Aussage von General Mc Bride entspricht den Tatsachen und niemand aus den Reihen der Amerikaner hat die Nachricht an Reuters weitergegeben. Die Frage, die sich dann stellt, ist: Wer hat die Meldung lanciert?"

„Die Taliban natürlich!", rief de Fries und erntete energisches Kopfschütteln von Kirchner und Tjaden.

„Ich denke nicht, dass es die Taliban waren. Wenn die den Kanzler abgeschossen hätten, dann gäbe es Videos auf allen arabischen Sendern. So machen die das immer", meinte Kirchner. „Das stellt uns vor eine nächste Frage: Wenn es nicht die Taliban waren, die diese Nachricht lanciert haben, dann waren es auch nicht die Taliban, die den Hubschrauber des Kanzlers abgeschossen haben. Nur der, der den Hubschrauber abschoss, wusste auch davon." Er sah in die Runde. „Versteht ihr, worauf ich hinaus will?"

„Wir haben uns bislang überhaupt nicht mit der Frage beschäftigt, wer den Kanzler abgeschossen hat", stellte Verteidigungsminister Tjaden überrascht fest und sah Kirchner mit Respekt an.

„Genau!", bestätigte der. „Und das ist eine Frage, der wir erhöhte Aufmerksamkeit schenken sollten. Denn wenn es nicht die Taliban waren, wer war es dann?"

BERLIN, 21. SEPTEMBER, 00.06 UHR

Rosenthal war auf dem Stuhl eingeschlafen. Er wurde wach, als er spürte, dass an seiner Hand gezogen wurde. Er öffnete die Augen. Katja sah ihn stumm an.

„Na, da ist ja jemand wach", sagte Rosenthal leise und lächelte sie an.

„Was ist mit Jan?", flüsterte Katja und Tränen quollen aus ihren Augen.

Rosenthal drückte ihre Hand.

„Jan hat den Absturz überlebt. Rettungsteams sind zu ihm unterwegs. Alles wird gut. Das verspreche ich dir", sagte er. Er brachte es nicht übers Herz, ihr die Wahrheit zu sagen.

BERLIN, 21. SEPTEMBER, 00.20 UHR

Innenminister Rosenthal war auf dem Weg zurück in das Kanzleramt, als sein Handy klingelte. Er nahm das Gespräch an, lauschte und gab dann seinem Fahrer ein neues Ziel an. Er musste einen alten Bekannten besuchen.

AFGHANISTAN, 21. SEPTEMBER, 00.33 UHR

Vorsichtig bewegten sich Gerling und Simon in Richtung Anhöhe. Seitdem die Granaten dort eingeschlagen waren, hatten die Angreifer keinen Schuss mehr abgegeben. Nun wollten sie die Lage sondieren. Sich gegenseitig Deckung gebend, huschten und robbten die beiden von Felsbrocken zu Felsbrocken. Sie kamen nur mühsam voran. Dann gab Simon, der an der Spitze war, plötzlich das Zeichen zum Stoppen. Etwa drei Meter vor ihm konnte er die Springerstiefel eines Soldaten erkennen. Der Rest des Körpers war von einem Felsen verdeckt. Simon bedeutete dem Kanzler zu bleiben, wo er war. Dann robbte er vorsichtig weiter.

Als er schließlich die Stelle erreichte, an der er die Stiefel ausgemacht hatte, fand er die stark verstümmelte Leiche eines Soldaten. Hier war die Granate eingeschlagen und hatte ihre volle Wirkung erreicht. Vorsichtig sah Simon sich um und entdeckte nicht weit entfernt einen weiteren Toten. Ihm stockte der Atem. Allerdings nicht wegen des Zustandes der Leichen.

Er schlich zurück zum Kanzler. „Etwa fünf Meter auf zwölf Uhr liegen zwei Tote. Beide von einer Granate erwischt."

„Was ist?", fragte Gerling, der Simons irritierten Blick bemerkte.

„Das sind keine Taliban oder so. Die tragen Uniformen, die stark nach US-Armee aussehen."

„Das gibt's doch nicht!", flüsterte der Kanzler. „Was hat das denn nun zu bedeuten?"

BERLIN, 21. SEPTEMBER, 00.50 UHR

Als der Innenminister mit seinem Begleiter am Kanzleramt ankam, stellte er entsetzt fest, dass vor dem Gebäude eine wahre Armee von Presseleuten aufgelaufen war. Er sah Übertragungswagen mit Satellitenschüsseln auf dem Dach und Moderatoren, die vor dem Kanzleramt live berichteten.

„Hier geht's nicht. Lass uns hintenrum fahren", sagte er seinem Chauffeur.

Wenig später betrat Rosenthal das Besprechungszimmer, in dem immer noch Tjaden, de Fries und Kirchner hitzig diskutierten. Als die zwei das Zimmer betraten, verstummten die anderen und musterten seinen Begleiter.

Der Graf lächelte humorlos. „Wissen Sie mittlerweile, wer den Hubschrauber des Bundeskanzlers abgeschossen hat?", fragte er anstatt einer Begrüßung und setzte sich an den Tisch.

„Diese Frage beschäftigt uns tatsächlich seit geraumer Zeit", bestätigte Tjaden.

„Sagt Ihnen der Name Dark Water etwas?", fragte der Graf und schenkte sich eine Tasse Kaffee ein.

„Dark Water", sagte Tjaden langsam. „Natürlich. Eine von mehreren Privatarmeen, die Cliffords Vorgänger im Irak eingesetzt hat."

Der Graf nahm vorsichtig einen Schluck des sehr heißen Kaffees und nickte. „Ganz recht. Dark Water wurde, unmittelbar nachdem die Amerikaner Bagdad besetzt hatten, zum Zwecke des Personen- und Objektschutzes im Irak eingesetzt. Allerdings wurden die Aufgaben der Söldner relativ rasch erweitert. Zum Schluss nahmen sie aktiv an Kampfhandlungen teil und haben sogar Einheiten der regulären US-Armee befehligt", erklärte der Graf.

„Und was hat das mit dem Abschuss des Hubschraubers zu tun?", fragte ein sichtlich verwirrter de Fries.

„Wie Sie alle wissen, haben wir seit knapp zwei Wochen Heinrich Müller in Gewahrsam. Er hat eine vom Bundeskanzler und vom Justizminister unterzeichnete Bestätigung, dass er wegen seiner begangenen Taten nicht zur Rechenschaft gezogen wird. Im Gegenzug liefert er uns alle Informationen, die er hat. Nun hat unser lieber Herr Müller natürlich nicht alles auswendig gelernt. Wir mussten ihn mehrere Male intensiv befragen. Wir mussten aber auch seinen Laptop und alle schriftlichen Notizen, die er gemacht hatte, sicherstellen und mit ihm gemeinsam durchgehen. Dabei sind wir auf Dark Water gestoßen. So wie es aussieht, ist eine Organisation, zu der Dark Water gehört, die treibende Kraft hinter der Verschwörung. Ich bin der festen Überzeugung, dass es Söldner von Dark Water waren, die den Bundeskanzler abgeschossen haben."

„Amerikaner wollten den Bundeskanzler töten? Ist es das, was Sie uns sagen wollen?", fragte Außenminister de Fries fassungslos.

„Na ja, ganz so würde ich das nicht formulieren", versuchte der Graf zu beschwichtigen. „Es sind Söldner, Herr Außenminister. Selbst wir könnten sie gegen eine entsprechende Entlohnung für unsere Zwecke... buchen."

„Was hat Müller sonst noch ausgepackt?", wollte Kirchner wissen.

„Nicht mehr viel. Aber einen Tipp gab er uns noch." Der Graf sah de Fries an. „Und da kommen Sie ins Spiel, Herr Außenminister. Müller vermutet, dass dieser Karabey weitaus mehr zu wissen scheint, als wir anfangs dachten. Wir müssen ihn unbedingt verhören." Nachdenklich blickte der Graf in die Runde. „Allerdings können wir ihn nicht so einfach aus der Türkei rausholen. Das würde uns nicht gelingen, ohne Aufsehen zu erregen. Ich könnte mir jedoch vorstellen, dass ein entsprechendes Anliegen beim türkischen Premierminister auf offene Ohren stoßen würde, da er mit Sicherheit nicht in diese ganze Sache verwickelt werden möchte. Immerhin hegt die Türkei die Hoffnung, Mitglied der EU zu werden. Eine Kooperation mit uns in dieser Angelegenheit wäre mit Sicherheit nützlich für die Türken."

„Was soll ich tun?", fragte de Fries.

„Rufen Sie den türkischen Staatschef an. Sagen Sie ihm, dass Deutschland im Falle einer Kooperation seinen Widerstand gegen einen EU-Beitritt der Türkei aufweichen wird. Ich garantiere Ihnen, dass Karabey innerhalb von vierundzwanzig Stunden deutschen Boden betreten wird."

AFGHANISTAN, 21. SEPTEMBER, 00.35 UHR

Gemeinsam mit Gerling schlich Simon zurück zu der Stelle, wo die beiden Toten lagen. Als Gerling die stark verstümmelte Leiche des Soldaten sah, drehte sich ihm der Magen um. Er wandte den Blick ab.

„Da hinten liegt der andere", sagte Simon und nickte in Richtung elf Uhr. Beide setzten sich vorsichtig in Bewegung. Die zweite Leiche war nicht so entsetzlich entstellt wie die erste. Simon hatte Recht: Die Uniform sah fast so aus wie die der US-Armee, Marke Wüsteneinsatz. Simon sah sich das Emblem auf der Schulter des toten Soldaten genauer an. Es war ein Adler, der mit beiden Krallen den Erdball umschloss. Irgendwie kam ihm dieses Zeichen bekannt vor. Er konnte sich aber nicht erinnern. Auf einmal hörten die beiden ein leises Stöhnen. Simon hob das Gewehr und erschrocken tat es ihm der Kanzler gleich. Regungslos verharrte Simon und lauschte. Da war das Stöhnen wieder. Mit der freien Hand deutete Simon in Richtung acht Uhr und befahl dem Kanzler zu bleiben, wo er war. Gerling nickte und Simon kroch vorsichtig in die Richtung, aus der das Geräusch kam. Nach wenigen Metern hatte er die Stelle erreicht. Ein Soldat saß gegen einen Fels gelehnt auf dem Boden. Er blutete aus mehreren Wunden im Oberkörper und am rechten Oberschenkel.

„Ich bin unbewaffnet", sagte der Mann leise auf Englisch. „Meine Waffen liegen dahinten." Er nickte in eine Richtung, aber Simons Blick blieb unentwegt auf ihn gerichtet. Der Mann lächelte schwach.

„Gute Ausbildung", meinte er anerkennend. „Was zum Teufel tust du hier? Du siehst mir nicht aus wie ein scheiß Kameltreiber."

„Wo sind die anderen?", fragte Simon, die Frage ignorierend.

„Wir waren zu viert. Die anderen sind tot", behauptete der Mann.

„Mein Name ist Simon. Feldwebel Simon. KSK."

Der Mann hob erstaunt die Augenbrauen. „Was zum Henker macht das KSK hier?", wollte er wissen.

„Ich saß in dem Hubschrauber, den ihr abgeschossen habt", sagte Simon.

Die Augen des verwundeten Soldaten verengten sich. „Das kann nicht sein. Man sagte uns, dass hohe Offiziere der Taliban in dem Hubschrauber sitzen würden", meinte er und wirkte ernsthaft erstaunt.

„Wie ist dein Name und zu welcher Einheit gehörst du?", fragte Simon den Verwundeten.

„Mein Name ist Stephen Jacobs. Ehemaliger SEAL. Jetzt arbeite ich als freier Berater für Dark Water."

„Freier Berater?", fragte Simon spöttisch nach. „Klingt gut. Und warum schießt ein freier Berater den deutschen Bundeskanzler ab?"

Jacobs zuckte entsetzt zusammen. Wenn er ein Schauspieler war, dann ein sehr guter.

„Wir haben den deutschen Bundeskanzler abgeschossen?", flüsterte er. „Scheiße. Ich hatte keine Ahnung." Simon glaubte ihm das fast. Plötzlich hörte er ein Geräusch hinter sich. Er nahm die

Waffe in Anschlag und fuhr herum. Dann senkte er sie wieder.

„Verdammt! Ich hatte Ihnen gesagt, Sie sollen bleiben, wo Sie sind, Herr Bundeskanzler!“, fuhr er Gerling an.

„Ich hab mir Sorgen gemacht“, meinte der und musterte den Verletzten.

„Darf ich vorstellen: Herr Bundeskanzler, das ist Stephen Jacobs. Ehemaliger SEAL, jetzt freier Berater von Dark Water. Was wohl heißt, dass er ein Söldner ist.“

Gerling machte einen Schritt nach vorne, um Jacobs besser sehen zu können. „Warum haben Sie uns abgeschossen?“, fragte er mühsam beherrscht.

„Ich wusste nicht, dass Sie im Hubschrauber waren, das müssen Sie mir glauben. Man sagte uns, hochrangige Offiziere der Taliban seien an Bord“, meinte Jacobs.

„Na klar. Taliban an Bord eines Hubschraubers mit ISAF Aufschrift. Verarschen kann ich mich alleine“, fuhr Gerling den Söldner an. Der reagierte gelassen.

„Man sagte uns, dass der Hubschrauber von den Taliban erbeutet wurde. Großer Gott, warum sollten wir Sie abschießen wollen?“

Simon schulterte seinen Rucksack und machte sich bereit, aufzubrechen.

„Wo willst du denn hin?“, fragte Gerling.

„Schon vergessen? Wir machen uns auf in Richtung Kabul“, entgegnete Simon erstaunt.

Gerling nickte in Richtung des Verwundeten.

„Und was ist mit ihm?“

Simon zuckte mit den Schultern.

„Keine Ahnung. Berufsrisiko, schätze ich.“

Gerling ging neben Jacobs in die Hocke und begutachtete dessen Verletzungen.

„Haben wir irgendwo Verbandsmaterial?“

Simon fuhr herum. „Herr Bundeskanzler, der Typ wollte uns töten. Ist Ihnen das klar?“, schnauzte er Gerling an.

Der erwiderte den wütenden Blick von Simon gelassen.

„Ich lasse ihn hier nicht einfach so zurück und verurteile ihn damit zum Tode“, stellte er klar.

„Glauben Sie denn ernsthaft, dass er oder seine Söldnerfreunde sich einen Dreck um Sie geschert hätten, wenn Sie hier verletzt rumliegen würden?“, fragte Simon gereizt.

Jacobs verfolgte das Streitgespräch mit reglosem Gesicht. Er verstand kein Deutsch, aber er glaubte zu wissen, um was es ging.

„Es ist mir egal, ob die mich hier hätten sterben lassen oder nicht. Ich jedenfalls lasse ihn hier nicht zurück", erwiderte Gerling bestimmt. „Haben wir hier Verbandsmaterial oder muss ich zurück zum Hubschrauber und dort suchen?", wiederholte er seine Frage.

Fluchend nahm Simon seinen Rucksack wieder ab, öffnete ihn und begann, darin herum zu wühlen. Er fand, was er suchte, und ging auf den Verletzten zu.

„Machen Sie mal Platz", raunzte er den Kanzler an, der daraufhin zur Seite wich. Simon begann, die Wunden des Söldners zu versorgen.

Jacobs war von mehreren Granatsplittern getroffen worden. Die Verletzungen am Oberkörper waren nicht ernst. Die Wunde am Oberschenkel jedoch sah schlimm aus. Simon vermutete, dass Teile des Oberschenkelknochens gesplittert waren. Er versorgte Jacobs, so gut es ging. Dann gab er ihm drei Spritzen. „Morphium, falls die Schmerzen schlimmer werden", erklärte er ihm. Dann stand er auf.

„Auf geht's", sagte er knapp.

Gerling blieb stehen.

„Was ist denn nun noch?", fragte Simon genervt.

„Ich sagte doch, dass ich ihn hier nicht zurücklasse."

„Jetzt gehen Sie zu weit, Herr Bundeskanzler. Wir haben einen langen Marsch vor uns. Wenn wir ihn mitnehmen, schaffen wir es niemals", rief Simon, der nun wirklich zornig war.

„Lassen wir ihn hier zurück, hätten wir es auch nicht verdient, es zu schaffen."

„Was?!", fragte Simon entgeistert.

„Wenn du gegen Monster kämpfst, dann musst du aufpassen, dass du nicht selbst zum Monster wirst. Kennst du diesen Spruch?", fragte der Kanzler.

Simon nickte. „Nietzsche. Natürlich kenne ich den Spruch. Aber hier ist das richtige Leben. Da haben wir keine Zeit für philosophische Gespräche."

„Wenn nicht hier und jetzt, wo und wann denn dann? Von mir aus kannst du los marschieren. Ich komme mit Jacobs nach."

Simon merkte, dass Jan es ernst meinte. Resignierend seufzte er.

„Lass uns versuchen, eine Krücke für ihn zu bauen."

ISLAMABAD, 21. SEPTEMBER, 03.55 UHR

Präsident Clifford rieb sich die blutunterlaufenen Augen. Es stand fest, dass zwei atomare Sprengköpfe der Pakistani fehlten. Das war eine katastrophale Nachricht, zumal die Wahrscheinlichkeit, dass sie sich nun in Händen von radikalen Islamisten befanden, sehr hoch war. Oberste Priorität hatte es nun, diese Sprengköpfe wieder zu beschaffen.

Darüber hinaus kehrten die Gedanken des amerikanischen Präsidenten immer wieder zurück zu seinem Freund, dem deutschen Bundeskanzler, der irgendwo in der afghanischen Wüste um sein Leben kämpfte. Alles, was anfangs so gut begonnen hatte, kehrte sich gerade um. Hatten sie anfangs gedacht, dass sie Erfolg haben würden, steuerten sie nun auf eine Katastrophe zu.

AFGHANISTAN, 21. SEPTEMBER, 01.18 UHR

Der Kanzler, Simon und der verletzte Söldner waren auf dem Weg in Richtung Kabul. Sie kamen aufgrund der Verletzung von Jacobs nur langsam voran. Das Terrain, in dem sie sich bewegten, tat sein Übriges. Immerhin befanden sie sich im östlichen Ausläufer des Hindukusch, einem Gebirge, das in der Region, in der sie sich befanden, aus trockenem vier- bis fünftausend Meter hohen Bergen bestand. Zum Glück gab es genügend Täler, sodass ihnen ein alpiner Aufstieg erspart blieb. Dennoch war der Marsch durch die hellen Felsmassen extrem anstrengend. Hinzu kam, dass diese Region Afghanistans zum Rückzugsgebiet der Taliban-Milizen gehörte, was eine erhöhte Aufmerksamkeit lebensnotwendig machte. Simon ging an der Spitze, Gerling und Jacobs folgten in einem Abstand von drei Metern. Alle zehn Minuten blieben Gerling und Jacobs zurück, während Simon die nähere Umgebung auskundschaftete – immer auf der Suche nach Talibantruppen, die hinter jedem Felsbrocken lauerten konnten.

25

AFGHANISTAN, 21. SEPTEMBER, 02.50 UHR

Sie machten eine Rast. Nicht, weil sie es so wollten, sondern vielmehr, weil sie es mussten. Der verletzte Jacobs konnte sich kaum noch auf den Beinen halten und Bundeskanzler Gerling war die Strapazen eines Hubschrauberabsturzes, eines Feuergefechtes und eines längeren Fußmarsches nicht gewohnt. Als Rastplatz wählte Simon einen kleinen Canyon. Hier fanden sie Schutz vor dem Wind. Darüber hinaus hatten sie so nur zwei Richtungen zu bewachen, aus denen sich mögliche Feinde nähern konnten. Von hinten, woher sie kamen, oder von vorn. Der Canyon, in dem sie sich befanden, war von beiden Seiten nur durch einen schmalen Durchgang zu erreichen, also gut zu sichern. Die Temperatur war mittlerweile unter null Grad gesunken, aber den Luxus eines Feuers konnten sie sich nicht leisten. Zu essen gab es Dosenfleisch und hartes Brot. Gott sei Dank hatten sie noch etliche Müsliriegel.

Jacobs lag gegen einen Felsbrocken gelehnt auf dem Boden und schlief. Simon und Gerling saßen neben einem weiteren Stein und beobachteten die beiden Durchgänge. Plötzlich hörte Gerling, wie Simon leise lachte. Er drehte sich zu dem Soldaten um und bemerkte, dass dieser ihn ansah und den Kopf schüttelte.

„Was ist los?", fragte Gerling verwundert.

Simon hörte auf zu lachen und sah den Bundeskanzler ernst an.

„Warum zum Teufel machst du das alles?", fragte er und sah Gerling aufmerksam an.

„Was meinst du?"

„Ich meine, warum bist du hier? Warum hast du dich mit Al Farag getroffen? Als du damals gewählt wurdest, waren wir uns nicht sicher, was wir von dir halten sollten. Einige meiner Kameraden haben diese Talkshow gesehen, in der du warst. Du hast die Wehrpflicht verteidigt und den damaligen Innenminister platt gemacht. Das hat den Jungs gefallen. Dann diese Geschichte mit den Nazis und den Schweinen, die diese armen Kinder missbraucht haben... Mann, das war schon einsame Spitze." Simon verstummte und zündete sich eine Zigarette an. Gerling wollte schon darauf hinweisen, dass auch diese Flamme zu sehen sei, da bot Simon ihm auch eine Zigarette an. Scheiß drauf, dachte der Kanzler und zündete sich auch eine an. Beide schirmten die Glut mit der hohlen Hand ab.

„Dann hätten sie dich in Hamburg fast erwischt", fuhr Simon fort. „Hast nen Schuss in die Lunge gekriegt, oder?"

Gerling nickte. Diese Bilder würde er wohl niemals mehr aus seinem Kopf kriegen. Die jubelnde Menge vor dem Rathaus in Hamburg. Er und de Fries, wie sie Hände schüttelten. Dann der Mann, der in seine Jackentasche griff, der mächtige Stoß vor die Brust und dann nichts mehr...

„Warum machst du das alles?", wiederholte Simon seine Frage.

„Ich versuche einfach nur, das Richtige zu tun", hörte Gerling sich kraftlos sagen.

„Ne, ne, Herr Bundeskanzler. So einfach kommst du mir nicht davon. Da könnte ich ja jeden fragen. Auch der korrupteste Politiker würde mir diese Frage so beantworten. Kein Politiker vor dir ist solche Risiken eingegangen. Dir scheint es scheißegal zu sein, ob dir etwas passiert oder nicht."

Gerling überlegte eine Weile. „Das tust du doch auch. Du bist bei der KSK. Die Wahrscheinlichkeit, dass du in Kampfhandlungen verwickelt wirst, ist enorm hoch. Und trotzdem tust du es."

„Moment mal. Ich bin Soldat. Bei mir ist das normal. Du bist Politiker. Scheiße Mann, du bist der Bundeskanzler. Du bist derjenige, der uns in diese Kampfhandlungen schickt. Du solltest in deinem Büro sitzen und wichtige Telefonate führen oder Dokumente unterschreiben und nicht hier in dieser beschissenen Gegend sitzen und darauf warten, dass sie dir den Arsch wegschießen." Simon dachte kurz nach. „Tschuldigung für die Ausdrucksweise", fügte er dann noch an. Gerling schwieg einen Moment und rauchte.

„Wir haben beide einen Eid geschworen. Nämlich den, unserem Vaterland zu dienen und Schaden von ihm abzuwenden. Wir haben geschworen, dies mit allen uns zur Verfügung stehenden Mitteln zu tun. Vielleicht interpretiere ich diesen Eid ja etwas anders als einige meiner Vorgänger. Aber dennoch ist es genau das, was ich tue."

„Niemand erwartet, dass du dein Leben riskierst", sagte Simon leise.

„Ich weiß", flüsterte Gerling. „Jeder Mensch hat die Möglichkeit, die Welt zu einem besseren Ort zu machen. Jeden Tag hast du die

Wahl. Du kannst etwas Gutes tun oder eben nicht. Als Politiker hast du auch diese Wahl. Viele entscheiden sich dafür, zu versuchen, Gutes zu bewirken. Einige entscheiden sich für die andere Variante. Sie versuchen, ihre eigene Macht auszubauen, ihr privates Vermögen zu vergrößern. Als ich Innensenator wurde, ist mir irgendwann bewusst geworden, dass ich nun wirklich etwas bewirken kann. Nur im Kleinen, nur in Hamburg. Aber das war egal. Ich konnte als Innensenator für die Hamburger etwas bewirken. Das hat mir gefallen. Das Gefühl, etwas zu tun, das anderen Menschen hilft. Sei es nun in punkto Sicherheit oder im Bereich Verkehr. Egal. Das Gefühl, etwas Gutes zu tun, etwas Sinnvolles, ist..."

„Einfach nur geil?", schlug Simon vor.

Gerling lachte leise. „Geil ist nun nicht gerade der Begriff, der mir durch den Kopf ging, aber ja. Es ist ein geiles Gefühl."

„Und nun als Bundeskanzler..."

„Und nun als Bundeskanzler habe ich noch viel größere Möglichkeiten, das Richtige zu tun, etwas zu bewirken. Ein guter Freund hat mir mal gesagt, dass ein Bundeskanzler die Macht hat, etwas zu verändern. Das eigene Land, den Kontinent, ja, vielleicht sogar die ganze Welt. Das kann natürlich niemand alleine machen, aber als Kanzler hast du schon Einfluss."

„Du meinst Macht", fragte Simon nach.

„Macht, Einfluss. Ist doch egal. Es kommt auf dasselbe raus. Du kannst es richtig einsetzen oder eben nicht. Darauf kommt es an."

„Also frei nach Kennedy: Frag nicht, was dein Land für dich tun kann. Frag, was du für dein Land tun kannst. Und der BK vorne weg."

„Stört dich das?", wollte Gerling wissen.

„Ob es mich stört?", fragte Simon entgeistert. „Weißt du, bei der Bundeswehr gibt es zwei Sorten von Offizieren: Die einen geben für ihr Leben gerne Befehle. Sie würden dich ohne Waffen und nackt in die Hölle schicken – ohne zu zögern. Einfach, weil sie es können. Das sind die Freaks. Die findest du überall und oft, zu oft. Dann gibt es die anderen. Auch die würden dich ohne Munition und nackt in die Hölle schicken. Aber nur dann, wenn sie es müssen. Aber vor allem würden sie sich als erster nackt ausziehen und losrennen. Das sind die wahren Anführer. Denen folgst du überall hin. Du tust das, weil du genau weißt, dass sie niemals etwas von dir verlangen würden, was sie nicht selbst bereit sind zu tun.

Du tust das, weil du weißt, dass sie dich niemals willkürlich einer Gefahr aussetzen würden. Du tust das, weil du ihnen vertraust." Simon schwieg einen Moment nachdenklich. „Ich glaube, so einer bist du auch. Nur dass du eben kein Soldat bist, sondern ein Politiker." Er stutzte einen Moment. „Vielleicht irre ich mich. Vielleicht bist du doch mehr Soldat als Politiker."

„Vielleicht bin ich weder das eine, noch das andere. Vielleicht bin ich einfach nur ein Typ, der das Richtige tun möchte", entgegnete Gerling.

Simon schwieg eine Weile. Dann drückte er seine Zigarette aus und sah den Kanzler an. „Aber warum das Treffen mit Al Farag? Was hast du dir davon versprochen?", hakte er nach.

„Wir hatten Indizien, die darauf hinwiesen, dass nicht die Al-Qaida hinter den Anschlägen steckte. Dann kam dieser Anruf..." Gerling zuckte mit den Schultern. „Ich hielt das Treffen für eine gute Idee. Für die einzige Option, die wir hatten."

„Hattest du Angst davor, ihn zu treffen?"

Der Kanzler dachte einen Augenblick über die Frage nach.

„Vor dem ersten Treffen hatte ich Angst, ja", bestätigte er. „Ich habe mein Testament gemacht. Das bedeutet wohl, dass ich mit der Möglichkeit gerechnet habe, dass es auch schief gehen kann. Die Informationen, die ich beim ersten Treffen erhielt, erwiesen sich als richtig, sodass ich vor dem zweiten Treffen keine Angst mehr hatte."

„Und du glaubst immer noch, dass Al Farag dir helfen wollte oder will?"

„Natürlich. Ich sagte doch schon, er gab mir Informationen, die sich als wahr entpuppten und die uns ein großes Stück weiterbrachten."

„Und warum sollte einer der meistgesuchten Terroristen, der nachweislich den Westen hasst und Tausende umgebracht hat, plötzlich den Menschen helfen, die er am meisten verabscheut?"

„Weil er oder besser seine Organisation für Anschläge verantwortlich gemacht wurde, die er gar nicht verübt hat", meinte Gerling und merkte selbst, wie merkwürdig das klang.

Simon lachte leise.

„Jan, nie im Leben würde der uns helfen. Nie im Leben! Der hat etwas ganz anderes vor. Und entschuldige, wenn ich das so sage, aber mit deiner Leichtgläubigkeit hast du ihm wahrscheinlich auch noch geholfen bei dem, was er vorhat. Was immer das auch sein mag."

„Jetzt redest du wie meine Berater. Die haben mir auch von dem Treffen abgeraten."

„Und sie hatten Recht. Al Farag und seine Leute sind Fanatiker, Jan. Die schnallen Kindern Sprengstoffgürtel um den Oberkörper und schicken sie in den Tod. Hauptsache, es trifft möglichst viele Menschen aus dem Westen. Die verhandeln nicht und schon gar nicht helfen sie uns. Du bist schlicht und ergreifend verarscht worden."

„Aber warum?"

„Ich fürchte, das werden wir in Kürze erfahren", antwortete Simon.

AFGHANISTAN, 21. SEPTEMBER, 03.07 UHR

Die Delta-Einheiten hatten die Absturzstelle erreicht und waren nun dabei, sich einen Überblick zu verschaffen. Wie erwartet war der Bundeskanzler nicht mehr da. Sie verständigten über ein digitales, abhörsicheres Funkgerät die Einsatzzentrale, dann machten sie sich auf die Suche nach Gerling. Eine kleine Einheit machte sich zu Fuß auf den Weg, der Rest bestieg die zwei Kampfhubschrauber, um aus der Luft die Suche aufzunehmen. Die Drohne war noch anderthalb Stunden entfernt.

AFGHANISTAN, 21. SEPTEMBER, 03.15 UHR

Gerling spürte die Müdigkeit in jeder Faser seines Körpers. Die Kälte hatte den Rest Energie herausgesogen. Er sehnte sich nach einer Tasse heißen Kaffee. Und er dachte immer wieder an Katja. Er fragte sich, wie es ihr wohl ginge, ob sie an ihn dachte...

Der Schuss traf ihn an der Brust. Mit einem Schlag wurde die Luft aus seinen Lungen gepresst und er fiel nach hinten. Ohne die schusssichere Weste wäre er jetzt tot.

Simon reagierte sofort. Er eröffnete das Feuer, rannte Haken schlagend zu dem am Boden liegenden Kanzler und zerrte ihn hinter einen Felsbrocken. Er konnte sehen, dass Jacobs ebenfalls in Deckung ging.

„Bist du verletzt?", rief Simon dem benommenen Kanzler zu. Der schüttelte den Kopf.

„Nein. Die Weste hat mich gerettet", krächzte er.

„Schnapp dir die MP und schieß auf alles, was sich bewegt", befahl Simon. „Die sind irgendwo da vorne", sagte er und deutete auf den Ausgang des Canyons. Gerling nickte, allerdings sah er niemanden, der sich bewegte.

„Wo ist Jacobs?", fragte er.

Simon nickte in Richtung des nächsten Felsbrockens.

„Hat sich dahinter in Deckung gebracht."

„Vielleicht sollten wir ihm auch eine Waffe geben. Drei Schützen sind besser als zwei", schlug Gerling vor. Simon dachte kurz nach.

„Gib mir Feuerschutz", sagte er dann und machte sich auf allen Vieren davon. Gerling feuerte blind in die Richtung, in der die Angreifer sich verschanzt hatten. Sofort wurde das Feuer erwidert.

Wenn mich das nächste Mal jemand fragt, was ein Bundeskanzler so den ganzen Tag macht, dann habe ich in Zukunft verdammt nochmal einiges zu erzählen, dachte er und ein irres Grinsen erschien auf seinem Gesicht.

AFGHANISTAN, 21. SEPTEMBER, 03.18 UHR

„Delta 1 an Leader. Können Mündungsfeuer erkennen. Etwa drei Meilen südöstlich von der Absturzstelle. Schicke GPS-Koordinaten", meldete der erste Hubschrauber der Deltaeinheiten.

„Können Sie den Bundeskanzler identifizieren?", wollte Leader wissen.

„Negativ", meldete Delta 1.

„Verstanden. Wir kümmern uns darum. Warten Sie auf roten Rauch."

Sofort setzte sich Leader mit dem Hauptquartier der deutschen Einheiten in Verbindung.

AFGHANISTAN, 21. SEPTEMBER, 03.27 UHR

„Die Kavallerie ist da!", rief Simon und begann in seinem Rucksack zu wühlen. Er fand, was er suchte und grinste den Kanzler triumphierend an.

„Jetzt ist hier gleich der Teufel los!", rief er und brach den Stab, den er aus dem Rucksack geholt hatte, in der Mitte durch. Dann warf er ihn einen Meter weit weg. Sofort bildete sich roter Qualm, der nach oben stieg.

AFGHANISTAN, 21. SEPTEMBER, 03.37 UHR

„Delta 1 an Leader. Kann roten Rauch sehen. Standort vom Bundeskanzler identifiziert!"

„Verstanden. Feuern nach eigenem Ermessen."

AFGHANISTAN, 21. SEPTEMBER, 03.39 UHR

Eine kleine Vorhut von vier Talibankämpfern hatte das Versteck des Kanzlers entdeckt und sofort das Feuer eröffnet. Ihnen folgten zwanzig weitere Taliban. Die Schüsse, die der Kanzler und Simon abgefeuert hatten, blieben ohne Wirkung. Nun formierten sich die Taliban, um den Canyon zu stürmen.

AFGHANISTAN, 21. SEPTEMBER, 03.41 UHR

„Sie greifen an!", rief Simon und deutete zum Ausgang des Canyons. Gerling sah, dass eine große Anzahl an Taliban in den Canyon lief, sofort in Deckung ging und das Feuer eröffnete. Simon, Jacobs und Gerling machten sich bereit, das Feuer zu erwidern, als die Hölle losbrach.

AFGHANISTAN, 21. SEPTEMBER, 03.42 UHR

Der erste Hubschrauber schwebte im Flüstermodus über dem Canyon. Er war unter anderem mit Luft-Boden-Raketen bewaffnet. Allerdings sollten diese nicht zum Einsatz kommen. Die Bordkanone reichte vollkommen aus. Eintausendachthundert Schuss pro Minute des Kalibers 20 mm verwandelten den Canyon in ein Schlachtfeld. Die gewaltigen Geschosse sprengten fußballgroße Gesteinsbrocken aus den Felswänden. Taliban, die nicht von den Geschossen der Bordkanone in Stücke gerissen wurden, fielen den Steinbrocken zum Opfer, die wie Granatsplitter durch den Canyon flogen. Innerhalb von wenigen Minuten war alles vorbei.

Um 03.47 Uhr meldete der Hubschrauber des Deltakommandos an das Hauptquartier:

„Delta 1 an Leader. Bundeskanzler Gerling und zwei weitere Personen an Bord. Kanzler ist unverletzt. Machen uns auf den Weg nach Kabul."

BERLIN, 21. SEPTEMBER, 01.28 UHR

Als die Nachricht aus Afghanistan eintraf, dass sich der Bundeskanzler unverletzt an Bord eines Hubschraubers der amerikanischen Streitkräfte befand und auf dem Weg nach Kabul war, brach Jubel im Kanzleramt aus. Die Erleichterung war fast körperlich zu spüren. Rosenthal machte sich sofort auf den Weg zu Katja in das Krankenhaus. Er wollte bei ihr sein, wenn sie wieder aufwachte, um ihr die gute Nachricht zu überbringen. Außenminister de Fries legte sich ein wenig aufs Ohr. In wenigen Stunden würde er den türkischen Staatschef anrufen, um ihn zu bitten, Karabey festzunehmen und nach Deutschland auszuliefern.

ISLAMABAD, 21. SEPTEMBER, 04.35 UHR

Erleichtert legte Präsident Clifford den Telefonhörer auf. Sein Freund, war am Leben und in Sicherheit. Nun galt es, die zwei verschwundenen Atomsprengköpfe zu finden. Er zündete sich eine Zigarette an und sah nachdenklich aus dem Fenster.

BERLIN, 21. SEPTEMBER, 07.00 UHR

„Das sind gute Nachrichten. Ich freue mich sehr darüber, dass der Bundeskanzler gesund und in Sicherheit ist." Der türkische Staatschef schwieg einen Moment. Dann fuhr er fort. „Ich nehme nicht an, dass Sie jeden meiner Amtskollegen persönlich anrufen, um die frohe Botschaft zu überbringen. Also gibt es noch einen anderen Grund für Ihren Anruf, Herr Außenminister. Was kann ich für Sie tun?"

De Fries zögerte einen Augenblick. Es war sehr wichtig, dass er die richtigen Worte fand, da die Auslieferung Karabeys von entscheidender Bedeutung war. „Kennen Sie Özgür Karabey?", fragte de Fries. Der türkische Ministerpräsident schnaufte.

„Natürlich kenne ich ihn", antwortete er. „Er ist Abschaum. Eine Schande für unser Land. Warum fragen Sie? Hat er etwas mit der ganzen Sache zu tun?"

„Herr Präsident. Uns liegen eindeutige Hinweise vor, dass Karabey tatsächlich in die Anschläge verwickelt ist. Alles deutet darauf hin, dass er den Sprengstoff besorgt hat", erklärte de Fries.

„Ich verstehe. Was kann ich also für Sie tun?"

„Wir bitten darum, dass Sie Karabey festnehmen lassen und an uns ausliefern", sagte de Fries und hielt den Atem an.

Das Schweigen am anderen Ende der Leitung schien ewig zu dauern. „Ich verstehe“, wiederholte der türkische Staatschef. „Warum können Sie Karabey nicht in der Türkei verhören?“, wollte er dann wissen. Diese Frage hatte de Fries vorhergesehen und sich eine entsprechende Antwort überlegt.

„Wir haben hier einige Vorbereitungen getroffen. Darüber hinaus möchten wir Karabey mit anderen Personen, die wir festgenommen haben, konfrontieren. Es wäre sehr umständlich und auch riskant, diese Personen alle in die Türkei zu bringen“, erklärte er und wartete auf die Antwort.

Erneut dauerte das Schweigen sehr lang. Der Schlafmangel und die enorme Anspannung der letzten Tage führten dazu, dass de Fries einen diplomatischen Fehler beging.

„Wir wären zu einer entsprechenden Gegenleistung bereit“, sagte er vorschnell.

„Und was für eine Gegenleistung wäre das?“

„Wir wären bereit, unsere Einstellung bezüglich eines EU-Beitritts der Türkei zu überdenken“, antwortete de Fries. Das Schweigen, das nun folgte, dauerte fast zwei Minuten. De Fries wurde klar, dass er einen Fehler begangen hatte und ihm brach der Schweiß aus.

„Herr Außenminister. Die Türkei ist ein stolzes Land. Wir sind stolz auf unsere Geschichte und wir sind stolz auf das, was wir geschafft haben. Es ist richtig, dass wir uns schon seit vielen Jahren einen Beitritt in die EU wünschen. Wir sind der festen Überzeugung, eine Bereicherung für die EU zu sein. Ihr Angebot ist ein Produkt des enormen Stresses, unter dem Sie seit Tagen stehen. Ich werde so tun, als hätte es dieses Angebot niemals gegeben. Wenn es zu einem Beitritt der Türkei in die EU kommen sollte, dann nur, weil alle Mitgliedsstaaten dies wünschen, und nicht, weil ich einen Deal gemacht habe. Spätestens in zwei Tagen wird Karabey an Ihr Land ausgeliefert werden. Natürlich unverletzt. Außer er leistet bei der Verhaftung Widerstand. Ich hoffe sehr, Sie erhalten alle Informationen, die Sie brauchen.“

BERLIN, 21. SEPTEMBER, 07.45 UHR

Als sein Handy vibrierte, verließ Werner Rosenthal Katjas Krankenzimmer leise. De Fries informierte ihn kurz über das Gespräch mit dem türkischen Ministerpräsidenten, dann betrat

Rosenthal wieder das Zimmer. Während er telefoniert hatte, war Katja aufgewacht. Nun blickte sie ihn mit unergründlichem Blick an. Rosenthal lächelte, setzte sich zu ihr an das Bett und nahm ihre Hand.

„Wie geht es dir?“, fragte er leise.

„Besser. Hab viel geschlafen.“ Sie warf einen Blick auf den Tropf, der neben ihrem Bett stand. „Ein bisschen haben die Ärzte wohl nachgeholfen“, fügte sie noch an. Langsam richtete sie sich auf. „Gibt es etwas Neues von Jan?“

„Er ist wohlauf und in Sicherheit. Morgen kommt er nach Hause“, antwortete Rosenthal. Er spürte, wie Katja seine Hand drückte. Ihre Augen füllten sich mit Tränen.

„Er ist ein solcher Idiot!“, entfuhr es ihr. Rosenthal erschrak ob der Heftigkeit, mit der Katja das sagte, und runzelte nachdenklich die Stirn.

„Ich kann ja verstehen, dass du dir Sorgen machst...“, begann er, aber Katja ließ ihn nicht ausreden.

„Ich kann so nicht mehr weitermachen“, rief sie erregt und begann zu weinen. „Ich kann mich nicht jedes Mal, wenn Jan ins Büro fährt, fragen, ob ich ihn wiedersehe oder ob er wieder irgendetwas Verrücktes macht. Verstehst du? Wir bekommen ein Baby! Wie soll das denn weitergehen? Warum riskiert er immer so viel?“ Katja war kaum zu bremsen.

„Du hast Recht, Jan riskiert oft sehr viel. Manchmal macht er auch uns wahnsinnig. Wahnsinnig vor Sorge. Und manchmal könnten wir ihn ungespitzt in den Boden rammen. Aber er tut das nicht, um sich zu profilieren. Er tut das, weil er das Richtige machen will. Ich kann deine Gefühle sehr gut nachvollziehen. Jan ist wie ein Sohn für mich. Ich habe keine Kinder, aber das, was ich für ihn empfinde, muss Vaterliebe sehr nahe kommen. Ich kann verstehen, dass du so nicht weitermachen kannst. Auch ich sorge mich sehr um Jan. Er geht hohe Risiken ein und wer sich in Gefahr begibt, kommt darin um. Bislang hatte er immer Glück. Aber darauf kann er sich nicht verlassen. Ich verspreche dir, dass ich mit ihm reden werde.“

Dankbar lächelte Katja Werner Rosenthal an. Der drückte noch einmal ihre Hand, dann machte er sich auf den Weg zurück ins Kanzleramt.

AFGHANISTAN, 21. SEPTEMBER, 10.20 UHR

Gerling erreichte den amerikanischen Präsidenten in der Air Force One. Clifford war auf dem Rückweg nach Washington. Der Kanzler konnte spüren, wie erleichtert sein Freund darüber war, dass er den Absturz überlebt hatte und nun wieder in Sicherheit war. Gerling schilderte dem Präsidenten mit wenigen Worten, was er erlebt hatte, dann kam er zur Sache.

„Es waren keine Taliban, die mich abgeschossen haben. Es waren amerikanische Söldner."

„Was zum Teufel...?", rief Clifford erregt.

Jan unterbrach ihn. „Was sagt dir Dark Water?"

„Oh mein Gott", hauchte Clifford. „Jetzt ergibt das alles wirklich Sinn."

26

BERLIN, 21. SEPTEMBER, 09.55 UHR

Der Anruf aus der Türkei erreichte Außenminister de Fries schneller als erwartet.

„Wir haben ihn“, war die schlichte Nachricht. De Fries erhielt noch die Flugnummer und die Ankunftszeit, dann war das Gespräch beendet. Jetzt konnte er sich um die Details des „Besuches“ von Karabey kümmern. Er griff zum Telefon und rief den Grafen an.

AIR FORCE ONE, 21. SEPTEMBER, 11.13 UHR

“Was sagen die Medien?”, wollte Clifford von seinem Pressesprecher wissen. Der studierte kurz seine Notizen, dann blickte er auf.

„Die Post wundert sich über die fast zeitgleichen Rücktritte der Direktoren der CIA und der NSA. Allerdings begrüßen sie es, dass die CIA eine neue Führung bekommt. Über die „Krankheit“ von Patterson gibt es die wildesten Spekulationen. Tenor aller Berichte ist, dass ein Rücktritt unmittelbar bevorsteht. Dass Russman nicht mehr im Amt ist, scheint noch nicht nach außen gedrungen zu sein.“

Clifford nickte. Das waren gute Nachrichten. Er bat seinen Pressesprecher, den Besprechungsraum zu verlassen.Nun war Clifford mit seinem Stabschef und dem Nationalen Sicherheitsberater alleine.

„Bundeskanzler Gerling rief mich vorhin an. Er hat mir mitgeteilt, dass sein Hubschrauber nicht von den Taliban abgeschossen wurde, sondern von amerikanischen Söldnern im Dienste von Dark Water.“

Stabschef Laymann erbleichte. Ryan schüttelte fassungslos den Kopf. „Hat er dafür Beweise?“, wollte Laymann wissen.

„Besser als das. Er hat einen Zeugen“, antwortete der Präsident und erklärte, was er damit meinte. Als er seine Ausführungen beendet hatte, herrschte einen Augenblick betretenes Schweigen.

„Okay, nehmen wir mal an, dass es sich bei dem Abschuss des Hubschraubers wirklich nicht um ein Versehen gehandelt hat, dann bedeutet das, irgendjemand hat die Ermordung des Bundeskanzlers in Auftrag gegeben. Die Frage ist, wer hat ein Interesse daran, Gerling zu töten?", wollte dann Ryan wissen.

„Jeder, der den Friedensprozess stoppen will", schlug Laymann vor.

„Der Tod des Kanzlers wäre tragisch", entgegnete Ryan. „Er würde den angelaufenen Prozess aber nicht mehr aufhalten"

„Denkt größer. Globaler", sagte Clifford leise.

Irritiert sahen die beiden den Präsidenten an.

„Stellt euch vor, ihr seid die anderen. Stellt euch vor, ihr seid die, die diese Verschwörung inszeniert haben. Ihr seid in der Lage, den Vizepräsidenten, den Verteidigungsminister, die Direktoren der CIA und der NSA und, nicht zu vergessen, hochrangige Politiker der Israelis für euer Vorhaben zu gewinnen. Ihr habt in Europa durch die Anschläge Tausende von Menschen umgebracht. Ihr wart bereit, in Köln eine Million Menschen zu töten. Warum das alles? Was gibt es, das es Wert ist, diese Risiken einzugehen?" Der Präsident sah seine Berater an. „Macht und Geld. Ungeheure Macht und Milliarden von Dollar – Jahr für Jahr." Clifford stand auf und ging in dem Besprechungsraum auf und ab.

„Mein Vorgänger hat gemeinsam mit dem damaligen Verteidigungsminister Dark Water ein Wachstum beschert, das als gigantisch bezeichnet werden kann. Dark Water wiederum hat Pläne vorgelegt, die diesem Wachstum einen erneuten Schub verleihen könnte. Alle Anlagen, die zurzeit den regulären Streitkräften unterstellt sind, sollen in Zukunft von privaten Sicherheitsfirmen bewacht werden. Munitionsdepots, Waffendepots – ja sogar unsere Depots für atomare Sprengköpfe. Der Personenschutz von Diplomaten und hochrangigen Militärs soll ebenfalls in die Hände privater Sicherheitsfirmen gelegt werden. Und Dark Water ist immer ganz vorne mit dabei. Nicht nur das. Ein unabhängiger Untersuchungsausschuss hat die Firmen, die sich an diesen Ausschreibungen beteiligen wollen, überprüft. Und wisst ihr, was das Ergebnis war? Alle Sicherheitsfirmen, die untersucht wurden, gehören über undurchsichtige Beteiligungen im In- und Ausland zu Dark Water. Wir hätten die gesamte Sicherheit des Landes in die Hände einer einzigen Firma gegeben. Eben der Firma, die den deutschen Bundeskanzler töten wollte. Der Firma, die am meisten von einem globalen Krieg profitieren würde!"

„Großer Gott", hauchte der Stabschef.

„Und wisst ihr, was das Schlimmste ist?", wollte Clifford wissen. „Ich bin davon überzeugt, dass die zwei Atombomben nicht den Taliban in die Hände gefallen sind, sondern Dark Water."

„Scheiße, wenn das wahr ist...", flüsterte Ryan.

„Glaub mir John, es ist wahr."

„Aber was haben die vor?", fragte Laymann, der kurz davor stand, die Fassung zu verlieren.

„Oh, das ist das perfide an diesem Plan – dass er so simpel ist", war die Antwort des Präsidenten. „Die ganze Zeit habe ich darüber nachgedacht, warum zwei Bomben fehlen. Jetzt ist es mir klar. Die eine für den Erstschlag. Die andere für den Vergeltungsschlag."

Ryan und Laymann erbleichten. Mit einem Mal wurde ihnen klar, dass Präsident Clifford mit großer Wahrscheinlichkeit Recht hatte. Wenn zum Beispiel eine Atombombe in Teheran explodierte und die Schuld den Israelis zufiele, dann wäre der nächste Schritt vielleicht eine Atomexplosion in Tel Aviv. Die Verantwortung für diesen Schlag wiederum würde dem Iran zufallen. Dann wäre alles, was vorher erreicht worden ist, hinfällig. Dann hätte die Welt endgültig ihren Heiligen Krieg.

„Aber Moment mal", warf Ryan ein. „Jede Atombombe kann zu ihrem Ursprung zurückverfolgt werden. Das liegt an der besonderen 'Mischung' des spaltbaren Materials in der Bombe." Damit hatte er zwar Recht, aber Clifford schüttelte dennoch den Kopf.

„Wenn Hunderttausende ihr Leben verloren haben, dann schreien Millionen nach Vergeltung. Die wenigen Stimmen, die nach einer Untersuchung rufen, verstummen dann sehr schnell."

„Verdammt! Dieser Plan könnte wirklich funktionieren", musste Ryan zugeben.

„Was unternehmen wir jetzt?", fragte Laymann

„Es wird Zeit, dass ich mit Dark Water rede", meinte der Präsident. Als Laymann und Ryan den Ausdruck in seinen Augen sahen, wussten sie, dass es weit mehr als nur ein Gespräch werden würde.

BERLIN, 21. SEPTEMBER, 12.55 UHR

Die Maschine, mit der Karabey aus Istanbul eintraf, ein Lear Jet, der von der türkischen Staatspolizei zur Verfügung gestellt wurde, landete auf einer etwas abseits gelegenen Landebahn auf dem Flughafen Berlin Tegel. Dort warteten schon zwei neutrale Limousinen auf den Türken. Diese brachten ihn in ein sicheres Haus der Organisation Gladio.

Innenminister Rosenthal und Bundeskanzler Gerling hatten am Telefon lange darüber diskutiert, wie mit Karabey verfahren werden sollte. Rosenthal plädierte für eine Vernehmung durch offizielle Stellen wie zum Beispiel dem BKA. Der Bundeskanzler wollte jedoch, dass die Vernehmung des türkischen Waffenhändlers von Martin von Sengen und Jörg Bauer durchgeführt wurde, da diese in der Vergangenheit gute Ergebnisse erzielt hatten – vor allem sehr schnell. Rosenthal wies den Kanzler auf diese juristische Gratwanderung hin – schließlich war Gladio keine offizielle Ermittlungsbehörde der Bundesrepublik. Dem Kanzler war das bewusst, aber er blieb bei seiner Entscheidung, zumal Karabey offiziell gar nicht in Deutschland war.

Nun saß der Waffenhändler in einem spärlich eingerichteten Wohnzimmer und fragte sich, in was für einer Lage er sich befand. Er wusste, dass er in Deutschland war. Das war aber auch das Einzige. Weder wusste er warum, noch wusste er, auf wessen Befehl er hier war. Etwa eine halbe Stunde geschah nichts. Dann öffnete sich die Tür und Martin von Sengen betrat das Zimmer. Von Sengen nahm gegenüber des Türken Platz, öffnete seine Aktentasche und entnahm ihr eine Akte. Karabey beobachtete jede Bewegung von Sengens mit regem Interesse. Der legte die Unterlagen, ohne sie zu öffnen, auf den Tisch und sah Karabey mit ausdruckslosem Gesicht an.

„Es gibt zwei Möglichkeiten, wie das hier ablaufen kann. Die erste Möglichkeit bin ich. Das ist die angenehmere Variante. Diese setzt jedoch eine gewisse Kooperation Ihrerseits voraus. Sollte das nicht funktionieren, werde ich sofort den Raum verlassen. Dann erfahren Sie, was die zweite Variante bedeutet. Sie haben die Wahl“, erklärte von Sengen auf Englisch.

„Was werfen Sie mir vor? Warum bin ich hier?“, fragte Karabey vorsichtig.

Von Sengen schwieg einen Augenblick.

„Einverstanden. Aber das sind die einzigen Fragen, die Sie stellen werden. Danach sind wir es, die Fragen stellen. Und Sie sind es, der antwortet“, stellte er klar. Dann öffnete er die Akte.

„Uns liegen eindeutige Beweise vor, dass Sie es waren, der den Sprengstoff für die Anschläge in Berlin, Madrid, Paris und London beschafft hat. Darüber hinaus liegen uns Audio- und Videodateien vor, die beweisen, wie Sie sich mit einem Mitarbeiter der Firma Dark Water in Istanbul getroffen haben." Von Sengen nannte Karabey den Tag und die Uhrzeit des Treffens. Er konnte ihm sogar mitteilen, was Karabey an diesem Tag gegessen hatte. Karabey nahm die Vorwürfe nach außen hin gelassen zur Kenntnis. Innerlich freilich sah es ganz anders in ihm aus. Fieberhaft überlegte er, wer das Leck sein konnte und wie er aus dieser unerfreulichen Situation wieder herauskam. Er entschied sich zu bluffen – ein folgenschwerer Fehler, wie er sehr schnell herausfinden sollte.

„Ich habe keine Ahnung, wovon Sie sprechen. Ich handle mit Landwirtschaftsmaschinen."

Ohne ein weiteres Wort klappte von Sengen die Akte zu, stand auf und ging zur Tür. Dort drehte er sich um und sah Karabey an.

„Sie hatten Ihre Chance. Ich wünsche Ihnen viel Glück." Dann verließ er den Raum.

Karabey wartete eine weitere halbe Stunde, dann öffnete sich die Tür erneut. Als Karabey sah, wer den Raum betrat, wurde ihm klar, dass er einen Fehler begangen hatte. Er kannte sich aus mit Menschen – berufsbedingt. Er erkannte Personen, die nur so taten, als wären sie hart. Dieser Mann jedoch, der nun den Raum betrat, sorgte dafür, dass die Temperatur im Zimmer drastisch sank. Karabey wurde schlagartig bewusst, dass dieser Mann gefährlich war. Er wusste, dass er ihn ohne zu zögern töten würde.

Jörg Bauer musterte Karabey wie ein Arzt einen Patienten, den er gleich operieren sollte. Allerdings ohne jedes Mitgefühl. Bauer registrierte, dass sich die Pupillen Karabeys erweiterten und dass er anfing zu schwitzen. Ohne ein Wort zu sagen, öffnete Bauer sein Notebook und setzte sich auf den gleichen Stuhl, auf dem zuvor von Sengen gesessen hatte.

„Von welcher Behörde sind Sie?", fragte Karabey mit belegter Stimme. Sein Mund war trocken. Auch das registrierte Bauer. Er ignorierte die Frage und drückte auf einige Tasten des Notebooks. Das Gerät fing an zu surren.

„Ich will einen Anwalt", krächzte Karabey.

„Ich erkläre Ihnen jetzt mal die Spielregeln", antwortete Bauer, die Forderung Karabeys ignorierend. „Es gibt genau zwei

Möglichkeiten, wie Sie diesen Raum verlassen können. Entweder auf Ihren eigenen Beinen oder auf einer Bahre. Andere Optionen gibt es nicht. Sie haben die Wahl. Ich stelle Ihnen einige Fragen und Sie sollten sie wahrheitsgemäß beantworten. Sie sollten wissen, dass ich auf ein paar Fragen die Antwort schon weiß. Da Sie aber nicht wissen, welche Fragen dies sind, können Sie demzufolge auch nicht wissen, wann Sie lügen können und wann nicht. Sie sollten also am besten jede Frage ehrlich beantworten. Eine zweite Chance kriegen Sie nicht. Bei der ersten Lüge schieße ich Ihnen eine Kugel in den Kopf." Bauer sagte dies alles in einem vollkommen emotionslosen Ton. Karabey schluckte. Bauer fuhr fort.

„Um Ihnen die gleiche Höflichkeit zu erweisen wie mein Kollege, der vorhin das Zimmer verlassen hat, werde ich Ihnen Ihre Frage beantworten. Sie wollten wissen, für welche Behörde ich arbeite. Die Antwort lautet: für keine offizielle. Das bedeutet, dass ich keine Vorschriften zu beachten habe. Ich kann mit Ihnen tun und lassen, was immer ich will. Und genau das habe ich auch vor."

WASHINGTON, DC, 21. SEPTEMBER, 07.30 UHR

Per Telefon aus der Air Force One hatte sich Präsident Clifford zunächst mit dem Justizminister abgestimmt, bevor er den Direktor des FBI anrief. Da Dark Water gegen mehrere Bundesgesetze verstoßen hatte, war das FBI zuständig. Relativ rasch fand der Direktor einen Richter, der ihm umgehend einen Haftbefehl für den Inhaber von Dark Water, Logan, und ein Durchsuchungsbefehl für die Firmenzentrale ausstellte. Innerhalb kürzester Zeit machten sich mehr als einhundert Agenten des FBI auf den Weg.

Bei der Zentrale angekommen, schwärmten die Agenten sofort aus und fingen an, die Büro- und Lagerräume zu durchsuchen. Der Einsatzleiter, Spezialagent Hutchinson, hatte als Ziel das Büro von Logan. Dessen Sekretärin erwartete ihn schon. „Mister Logan ist nicht in seinem Büro. Tut mir leid", informierte sie Hutchinson in einem Ton, der zeigte, dass es ihr alles andere als leid tat.

„Wann erwarten Sie ihn zurück?", wollte Hutchinson wissen.

Die Sekretärin zuckte gleichgültig mit den Schultern. „Mister Logan kommt und geht, wann er will. Als Chef steht ihm dieses Privileg zu."

„Rufen Sie ihn an und fragen Sie ihn", schlug Hutchinson vor.

„Das habe ich bereits versucht, als Ihre Mitarbeiter hier wie die Vandalen einmarschierten. Ich kann ihn nicht erreichen", erklärte sie und lächelte zuckersüß.

Hutchinson forderte die Sekretärin auf, ihm die Handynummer von Logan zu geben. Sie behauptete, Logan habe gar kein Handy. Sie könne ihm lediglich die Nummer seines Assistenten geben. Ohne ein weiteres Wort schrieb die Sekretärin die Nummer auf und überreichte Hutchinson spöttisch lächelnd den Zettel. Dieser griff zu, verließ ohne ein weiteres Wort das Bürogebäude und informierte den Direktor über den Fehlschlag.

Kaum hatte er das Gebäude verlassen, griff die Sekretärin zum Telefon und rief Logan an.

BERLIN, 21. SEPTEMBER, 14.36 UHR

Fieberhaft spielte Karabey alle Optionen, die er noch hatte, durch. Es waren nicht sehr viele. Gerade hatte Bauer ihm ein Video vorgespielt. Den Hauptakteur kannte der Türke nur zu gut: Heinrich Müller. Und das, was Müller zu sagen hatte, verbesserte die Lage Karabeys nicht gerade. Im Gegenteil, es sah sehr schlecht für ihn aus. Karabey besann sich auf sein größtes Talent: Er war Geschäftsmann und hier ging es um ein Geschäft. Informationen gegen eine Gegenleistung. Er beugte sich vor. „Ich werde uneingeschränkt kooperieren", teilte er Bauer mit. Der verzog sein Gesicht. Scheinbar war er tatsächlich enttäuscht über Karabeys Entscheidung. Der dankte Allah dafür, ihn so gut geführt zu haben.

„Dann fangen Sie mal an zu reden", brummte Bauer.

„Erst will ich ein Schriftstück, das mir Straffreiheit garantiert", forderte Karabey und grinste feist.

Bauer seufzte. Es war immer das Gleiche. Allerdings gab es etwas, wovon Karabey keine Ahnung hatte. Sie hatten diese Forderung vorhergesehen und ein entsprechendes Schriftstück schon vorbereitet. Es garantierte dem Türken, dass er von keiner europäischen Strafverfolgungsbehörde wegen seiner Verbrechen belangt werden würde. Hoffentlich erkennt das Schwein die Falle nicht, dachte Bauer, verließ den Raum und kam wenig später mit dem Dokument zurück. Karabey las es sorgfältig durch, warf Bauer einen triumphierenden Blick zu und begann zu reden.

27

WASHINGTON, DC, 21. SEPTEMBER, 09.00 UHR

Präsident Clifford war unmittelbar nach der Landung ins Weiße Haus gefahren. Aufgrund der Tatsache, dass er gegen die Zeit geflogen war, hatte er noch den gesamten Tag vor sich. Und den brauchte er auch. Im Weißen Haus wartete bereits sein ehemaliger Verteidigungsminister auf ihn. Sie hatten Russman mit einem neutralen Fahrzeug in das Finanzministerium und von dort aus durch einen Tunnel direkt dorthin gebracht.

Clifford betrat den Besprechungsraum. Zufrieden stellte er fest, dass Russman Handschellen trug und um Jahre gealtert schien. Ohne ein Wort ging er zu einem Tisch, auf dem frischer Kaffee stand. Er schenkte sich eine Tasse ein und setzte sich Russman gegenüber hin. Dabei ignorierte er den gierigen Blick, den Russman auf seinen Kaffee warf.

„Warum David? Warum?", fragte Clifford leise.

„Weil du schwach bist, Bill. Und das ist gefährlich für unser Land. Du redest von Hoffnung und von Wandel. Aber du zerstörst alles, wofür Amerika steht. Du predigst Dialog statt Konfrontation. Du willst sogar mit dem Iran und Nordkorea reden. Das ist Wahnsinn, Bill. Du bist eine Taube und willst mit Falken verhandeln. Nur dass man mit denen nicht verhandeln kann! Und du scheinst das nicht zu merken." Russman schüttelte frustriert den Kopf und schwieg.

„Und deshalb tötet ihr Tausende von Menschen", stellte Clifford verstört fest.

„Kollateralschäden. Bedauerlich, aber notwendig", meinte Russman und sah Clifford herausfordernd an. „Wir tun, was notwendig ist, um die Sicherheit der Vereinigten Staaten zu schützen!"

Clifford war schockiert.

„Du nennst das Kollateralschäden, wenn ich von Tausenden von Toten spreche? Du hast die Nerven, mir zu sagen, dass es für die Sicherheit der Vereinigten Staaten erforderlich sei, diese unschuldigen Menschen zu töten?", schrie er fassungslos. „Das sind nicht die Werte, für die die Vereinigten Staaten von Amerika stehen. Für die ich stehe! Ihr verhaltet euch genauso wie die, die wir bekämpfen. Ihr seid Terroristen und nichts anderes!"

„Nein Bill. Wir sind Patrioten!“, behauptete Russman.

„Du nennst dich einen Patrioten? Ted Bundy ist mehr Patriot als du! Und jetzt wollt ihr auch noch Atombomben zünden! Ihr seid doch verrückt!“

Irritiert blickte Russman den Präsidenten an.

„Wovon redest du?“

„Ich spreche von den zwei nuklearen Sprengköpfen, die in Pakistan verschwunden sind“, antwortete Clifford. „Wir haben aufgrund der kritischen Lage in Pakistan alle atomaren Sprengköpfe sichergestellt. Wir wussten genau, über wie viel Atombomben die Pakistani verfügten, und wir wussten genau, wo diese waren. Es hätten neunzig Sprengköpfe sein müssen. Sicherstellen konnten wir aber nur achtundachtzig.“

„Damit habe ich nichts zu tun“, antwortete Russman bestimmt.

Clifford hatte die Reaktion seines ehemaligen Ministers genau beobachtet. Er hatte das Gefühl, dass die Überraschung, als er die Sprengköpfe erwähnte, echt gewesen war.

„Bill, du musst mir glauben. Atombomben waren niemals Bestandteil des Plans. Da hätte ich niemals mitgemacht“, sagte Russman beschwörend.

Ohne zu antworten, stand Clifford auf, ging zu dem Tisch und schenkte einen Kaffee ein. Er stellte die Tasse hin und nahm wieder Platz. Vorsichtig nahm Russman die Tasse in seine gefesselten Hände und trank einen Schluck.

„Gestern wurde der Hubschrauber des deutschen Bundeskanzlers in Afghanistan abgeschossen. Gott sei Dank hat Gerling den Absturz überlebt. Anfangs dachten wir, es wären die Taliban gewesen. Jetzt wissen wir allerdings, dass es Söldner waren. Amerikanische Söldner, die im Auftrage von Dark Water operieren“ Clifford sah Russman in die Augen. „Wer steckt noch dahinter?“, fragte er leise. „Erzähl mir alles.“

BERLIN, 21. SEPTEMBER, 16.31 UHR

Karabey redete sich regelrecht in Ekstase. Die Aussicht auf Straffreiheit veranlasste ihn dazu, mit blumigen Ausschweifungen seine aus seiner Sicht eher nebensächliche Beteiligung an der Verschwörung zu rechtfertigen. Darüber hinaus aber lieferte er Bauer, der das ganze Gespräch auf Band aufnahm, eine Menge an Informationen. Bauer war sich sicher, dass der Türke die Wahrheit sagte. Er schnappte sich das Band und fuhr in die Zentrale von Gladio. Dort würde er es dem Grafen vorspielen. Es gab sehr beunruhigende Nachrichten.

BERLIN, 21. SEPTEMBER, 18.46 UHR

Bundeskanzler Gerling war endlich wieder in Deutschland. Sofort nach der Landung versuchte er, Katja über ihr Handy zu erreichen, allerdings erfolglos. Es war ausgeschaltet. Er rief dann im Kanzleramt an, um seinem engsten Beraterstab mitzuteilen, dass er nun auf dem Weg war.

Als er ankam, war der gesamte Vorplatz voller Menschen und Übertragungswagen der Nachrichtensender. Vereinzelt sah der Kanzler Plakate, auf denen stand „Willkommen zu Hause“. Über diese Plakate freute er sich. Über den Presserummel weniger. Er wies den Fahrer an, zum Hintereingang zu fahren. Gerling war nicht in der Stimmung, um sich jetzt in der Öffentlichkeit zu präsentieren. Vor allem aber wollte er der Presse aus dem Weg gehen. Bis er mit seinen Beratern Informationen ausgetauscht hatte, wollte er sich nicht äußern.

Er betrat das Kanzleramt durch den Hintereingang und ging direkt zu seinem Büro. Es waren noch viele Mitarbeiter unterwegs, die ihm alle zulächelten und ihm versicherten, wie froh sie seien, dass er wohlbehalten zurückgekehrt war.

Der erste enge Mitarbeiter, dem er begegnete, war Kanzleramtschef Huber. Als dieser den Kanzler erblickte, kam er schnellen Schrittes auf ihn zu und umarmte ihn. Gerling war von dieser Geste gerührt.

„Schön, dass Sie wieder da sind“, sagte Huber mit belegter Stimme. „Wir haben uns alle fürchterliche Sorgen gemacht.“

„Danke“, sagte Gerling. „Ich glaube, diesmal war es ziemlich knapp.“

Huber nickte nur und gemeinsam gingen sie in Richtung Kanzlerbüro.

„Wissen Sie, wo Katja ist?“, wollte Gerling wissen.

„Fragen Sie das lieber Werner Rosenthal“, war die Antwort von Huber.

Erstaunt blickte Gerling ihn an, sagte aber nichts dazu. Im Vorzimmer seines Büros warteten bereits Rosenthal, de Fries und

Kirchner. Rosenthal und de Fries umarmten Gerling. Kirchner gab ihm die Hand.

„Lasst uns in mein Büro gehen. Wir haben eine Menge zu besprechen“, sagte der Kanzler und wollte gerade die Tür seines Büros öffnen.

Rosenthal legte ihm eine Hand auf die Schulter und hielt ihn davon ab. „Du solltest zunächst kurz in deine Wohnung hoch gehen. Da wartet jemand auf dich“, sagte er leise. Gerling verstand, entschuldigte sich bei den anderen und ging nach oben.

BERLIN, 21. SEPTEMBER, 19.18 UHR

Gerling betrat die kleine Wohnung und ging in das Wohnzimmer. Katja kam ihm schon entgegen gelaufen und flog ihm förmlich um den Hals. Sie umarmte ihn so fest, dass ihm fast die Luft wegblieb. An ihrem Zucken konnte er erkennen, dass sie weinte. Zärtlich strich Jan ihr durchs Haar.

„Hey, Liebling. Es ist alles in Ordnung“, sagte er leise. Katja antwortete etwas, aber Jan konnte sie nicht verstehen, da sie ihr Gesicht an seine Schulter gepresst hatte.

„Was hast du gesagt?“, fragte er. Sie hob ihren Kopf und sah ihn aus müden Augen an.

„Ich sagte, nichts ist in Ordnung und alles ist in Ordnung“, schluchzte sie. Jan, der den Sinn dieser Worte nicht begriff, sah sie fragend an.

„Ich dachte, du wärst tot!“, rief Katja auf einmal. „Schon wieder dachte ich, du wärst tot!“ Tränen liefen ihr über das Gesicht. „Ich musste die Nachricht, dass dein Hubschrauber abgeschossen wurde, auch noch moderieren!“ Jan, der das nicht gewusst hatte, bekam schlagartig ein schlechtes Gewissen.

„Das tut mir sehr leid, mein Engel. Das habe ich nicht gewusst“, meinte er lahm.

„Du weißt vieles nicht, Jan“, sagte Katja und ging ein wenig auf Abstand. „Nachdem ich den Absturz moderiert hatte, ging es mir nicht so gut und ich kam ins Krankenhaus. Dort hatte ich viel Zeit zum nachdenken.“ Jan, der nicht wusste, in welche Richtung sich dieses Gespräch entwickelte, wurde unruhig. Wollte sich Katja etwa von ihm trennen?

„Ich habe mich gefragt, ob ich das noch kann. Ob ich das noch will.“ Jan holte zu einer Antwort aus, aber Katja hob eine Hand und stoppte ihn. „Lass mich bitte ausreden. Das ist wichtig“, sagte sie und Jan schloss seinen Mund wieder. „Ich will mir nicht ständig Sorgen um dich machen müssen. Ich weiß, du glaubst, dass richtige zu tun. Und deshalb gehst du diese irrsinnigen Risiken ein. Aber ich liebe dich mehr, als ich in Worte fassen kann. Wenn dir etwas zustößt, Jan, dann weiß ich nicht, wie ich weitermachen soll. Ich will mit dir alt werden, das will ich wirklich. Aber ich kann nicht mit dem Gefühl leben, dass du nicht sehr alt wirst. Verstehst du das?“

Jan nickte stumm. Er wusste nicht, was er sagen soll.

„Es gibt noch etwas. Etwas, dass alles ändert“, sagte Katja leise.

„Was, Liebling? Was?“, fragte Jan, der anfing, sich Sorgen zu machen.

„Ich bin schwanger“, flüsterte Katja. „Wir bekommen ein Baby.“ Sie sah ihn mit großen Augen an und beobachtete seine Reaktion.

Jan war fassungslos. Sie sah, wie sich seine Augen mit Freudentränen füllten.

„Oh mein Gott“, flüsterte Jan, „wir bekommen ein Baby...“

Katja nickte.

„Ja, wir bekommen ein Baby. Jetzt hast du eine eigene, kleine Familie. Und deshalb gibt es eine Bedingung. Ich schlage dir einen Deal vor“, sagte sie mit fester Stimme.

BERLIN, 21. SEPTEMBER, 20.00 UHR

Bundeskanzler Gerling entschuldigte sich für die Verspätung, als er sein Büro betrat. Inzwischen waren auch der Graf und Jörg Bauer eingetroffen. Rosenthal bemerkte, dass die Augen des Kanzlers rot waren. Er wusste, was das bedeutete.

„Okay, was hatte Karabey zu sagen?“, wollte der Kanzler wissen. Die Frage war an den Grafen gerichtet, da Gerling wusste, dass Bauer den Türken verhört hatte.

Der Graf räusperte sich und öffnete eine Akte.

„Eines vorab: Karabey hat nicht nur den Sprengstoff besorgt, der bei den Anschlägen verwendet wurde, er hat auch die Leichen der Al-Qaida-Kämpfer beschafft.“ Der Graf sah den Kanzler direkt an. „Allerdings ist das anders gelaufen, als Al Farag behauptete. Es ist nicht so, dass die Al-Qaida-Kämpfer entführt und getötet wurden. Vielmehr ist es so, dass Al Farag seine eigenen Leute umgebracht und dann die Leichen an Karabey übergeben hat.“

Der Kanzler erstarrte. „Warum hat er das getan? Ich meine, was war sein Motiv?“, rief er.

„Eine wirklich gute Frage“, stellte der Graf fest. „Unser Freund Karabey ist Moslem. Darüber hinaus ist er seit Jahren ein treuer Sympathisant der Al-Qaida. Er versorgte sie mit Waffen und Sprengstoff.“ Der Graf warf einen kurzen Blick in die Akte, dann fuhr er fort. „Vor etwa neun Monaten war eine bislang unbekannte Organisation auf Karabey zugekommen und hatte ihm ein Geschäft angeboten. Zehn Millionen Dollar, wenn er ihnen eine Tonne Sprengstoff und zehn tote Al-Qaida-Terroristen besorgen könne. Es sei allerdings wichtig, dass die Toten aktenkundig sind. Und es sei wichtig, dass ihre DNS bekannt ist. Karabey informierte Al Farag über dieses eigenartige Anliegen. Dieser sagte dem Türken, er solle das Geschäft abschließen und den Sprengstoff besorgen. Um die Leichen werde er sich kümmern. Allerdings solle Karabey versuchen, mehr über die Auftraggeber zu erfahren. Der vereinbarte daraufhin ein erneutes Treffen mit den Kontaktpersonen, und ohne dass die es bemerkten, ließ er Fotos von ihnen machen und sie wurden beschattet. Relativ rasch fand Karabey heraus, wer die zwei Personen waren, die mit ihm verhandelten. Einer von ihnen war ein ehemaliger Agent der CIA, der nun für eine Organisation mit Namen Dark Water arbeitete.“

Der Graf schloss die Akte und sah in die Runde. „Karabey ist sich nicht sicher, aber er glaubt, dass Al Farag Verbindung zu Dark Water aufgenommen hat, was wohl den Schluss nahe legt, dass Al Farag ein doppeltes Spiel treibt.“ Er sah den Kanzler an. „Aber das ist nur eine Vermutung.“

Gerling wollte gerade etwas erwidern, als seine Sekretärin das Büro betrat.

„Herr Bundeskanzler, der amerikanische Präsident ist am Telefon.“

Gerling unterbrach die Besprechung und nahm das Gespräch an. Clifford vergewisserte sich, dass sie über eine abhörsichere Leitung reden konnten, dann begann er zu berichten, was er von Russman erfahren hatte.

Alles begann 1991 mit dem ersten Golfkrieg. Als die Alliierten damals Saddam Husseins Armee aus Kuwait vertrieben hatte, musste das Land wieder aufgebaut werden.

Dankbar über die Rettung erhielten Unternehmen der Befreier, überwiegend amerikanische Firmen, enorm lukrative Aufträge. Es ging um Milliarden Dollar. Und es blieb nicht bei Kuwait. Die Vereinigten Arabischen Emirate und andere Golfstaaten verteilten großzügig ihre Aufträge an dieselben Firmen, die dabei halfen, Kuwait wieder aufzubauen.

Damals beschlossen die Inhaber der größten Unternehmen, eine Art Netzwerk zu gründen. Dieses Netzwerk diente anfangs unter anderem dem Austausch von Informationen. Bei ihren regelmäßigen Treffen sprachen die Firmenchefs auch über Politik und relativ rasch fingen sie an, ihnen wohlgesonnene Politiker gezielt zu unterstützen. Sie fingen an, Dossiers über Politiker zu erstellen, die interessant und wichtig werden könnten, und verhalfen ihnen zu einem Aufstieg innerhalb des politischen Apparates. Als Bill Clinton 1992 Präsident der Vereinigten Staaten wurde, verdankte er dies unter anderem diesem Netzwerk, ohne dass er wusste, dass es überhaupt existierte. Sie hatten ihren ersten Präsidenten und er enttäuschte sie nicht. Jedenfalls nicht in seiner ersten Amtszeit. Clinton war kein kriegslüsterner Präsident. Er sorgte auf andere Weise dafür, dass das Geld floss. Allerdings nicht bei allen.

Innerhalb des Netzwerkes hatte sich mittlerweile eine kleine Gruppe gebildet. Diese Gruppe nannte sich selbst „Innerer Kreis“. Man konnte ihr nicht beitreten, man wurde berufen. Im Inneren Kreis gab es aus jedem Wirtschaftsbereich nur einen Vertreter. Das Baugewerbe war genauso vertreten wie die Rüstungsindustrie, das Finanzwesen, die Ölbranche, die Autoindustrie sowie die Pharmaindustrie und zu guter Letzt die Politik. Sieben Männer kontrollierten ein weltumspannendes Netzwerk, in dem Jahr für Jahr mehr als fünfhundert Milliarden Dollar bewegt wurden. Jedes Mitglied des Inneren Kreises musste schon zu Lebzeiten einen Nachfolger bestimmen, sodass zu keinem Zeitpunkt ein Vakuum entstand. Starb ein Mitglied des Inneren Kreises, bevor es einen Nachfolger bestimmen konnte, oblag es den anderen, einen Ersatz zu bestimmen. Das Votum musste einstimmig sein. Die größte Niederlage des Inneren Kreises war Cliffords Wahl zum Präsidenten. Zweimal waren sie kurz davor gewesen, ein Attentat auf ihn zu verüben. Beide Male sahen sie sich gezwungen, den Anschlag kurz vorher zu stoppen. Sie wollten die Wahl Cliffords nicht verhindern, weil sie Rassisten waren, sondern vielmehr weil sie wussten, dass sie Clifford niemals für ihre Sache würden gewinnen können.

Bei einem sah das allerdings ganz anders aus: Verteidigungsminister Russman war Mitglied des Inneren Kreises. Als er noch einfacher Kongressabgeordneter gewesen war, hatten sie Kontakt zu ihm aufgenommen. Sie besorgten ihm Posten in einflussreichen Ausschüssen, finanzierten seine Wiederwahl und unterstützten ihn bei seinem Wahlkampf um einen Senatsposten in seinem Heimatstaat. Als Verteidigungsminister war er der einflussreichste Politiker, den der Innere Kreis je hatte. Als Präsident hätte er ihnen eine Machtfülle verliehen, die schier grenzenlos gewesen wäre.

Der Inhaber von Dark Water war ebenfalls Mitglied des Inneren Kreises. Er war es, der dem Netzwerk eine neue Dynamik verliehen hatte. Er war eine Art Visionär, der die anderen Mitglieder mit seiner Vorstellung einer neuen Weltordnung begeisterte. Allen voran Russman, der eine entscheidende Rolle in den Plänen Logans spielte. Allerdings nicht als Minister, sondern als Präsident der Vereinigten Staaten von Amerika.

Logan wurde innerhalb von wenigen Jahren zum einflussreichsten Mitglied. Er besaß Kontakte in höchste Regierungskreise aller bedeutenden Länder der Welt. Mittlerweile erhielt er nicht nur aus den Vereinigten Staaten Regierungsaufträge für die Ausbildung von Sicherheitskräften und Soldaten. Aufträge kamen aus Europa, Südamerika den Golfstaaten und – Israel. Und er traf überall auf Gleichgesinnte. Sie alle beobachteten die weltweite Entwicklung mit den Augen eines Chirurgen. Die ökologische und ökonomische Entwicklung der Welt barg enorme Chancen für den, der die richtigen Schlüsse zog und die richtigen Entscheidungen traf. Man musste nur die meisten moralischen Wertvorstellungen über Bord werfen. Das fiel Logan nicht allzu schwer. Er war Soldat und hielt sich selbst für einen großen Patrioten. Er tat das alles nicht für sich, sondern für sein Land. Der Fortbestand der Vereinigten Staaten von Amerika als letzte verbliebene Supermacht hatte für ihn oberste Priorität. Um dieses Ziel zu erreichen, ging er buchstäblich über Leichen. In den letzten Monaten fing Logan an, einsame Entscheidungen zu treffen. Er weihte den Inneren Kreis nicht mehr vollständig ein, weil er befürchtete, dass sie ihm nicht mehr folgen würden. Aussteigen konnte freilich keiner mehr. Dafür waren sie zu sehr involviert.

Gerling schüttelte benommen den Kopf. Er konnte nicht begreifen, wie jemand solche Dinge tun konnte. Wie jemand Tausende von Menschen umbringen konnte und davon überzeugt war, das Richtige zu tun.

„Wie geht es jetzt weiter?", fragte er mit belegter Stimme.

„Wir haben keine Ahnung, wo sich Logan aufhält. Er ist wie vom Erdboden verschwunden", antwortete Clifford.

„Scheiße", meinte Gerling. Mehr fiel ihm nicht ein.

„Da ist noch etwas", begann Clifford vorsichtig. „Uns fehlen zwei nukleare Sprengköpfe und wir gehen davon aus, dass Logan sie hat."

„Was zum Teufel hat er vor?", fragte Gerling entsetzt.

„Wir haben keine Ahnung", gab der Präsident zu. „Wir wissen nicht, wo er ist und wir wissen nicht, was er mit den Bomben vorhat."

„Was ist mit Russman? Kann der uns nicht weiterhelfen?", rief Gerling.

„Russman behauptet, nichts von den nuklearen Sprengköpfen zu wissen. Er sagt, dies sei niemals Bestandteil des Plans gewesen."

„Und du glaubst ihm?", fragte Gerling misstrauisch.

„Ja. Sein Erstaunen, als ich die Atombomben erwähnt habe, war echt."

„Könnte er wissen, wo sich Logan aufhält?"

„Ich rede nochmal mit ihm. Wenn er es weiß, wird er es sagen... glaube ich jedenfalls."

„Mach das. Bei uns gibt es auch Neuigkeiten. Wir haben den Türken verhört", sagte Gerling und erzählte dem amerikanischen Präsidenten, was Karabey ihnen an Informationen gegeben hatte. Als der Kanzler endete, schwieg Clifford eine Weile, um das Gehörte zu verarbeiten.

„Also spielte Al Farag doch ein falsches Spiel", stellte er dann fest.

„Ja", bestätigte Gerling betroffen.

„Aber was führt er im Schilde? Wo liegt sein Vorteil?", fragte Clifford nachdenklich. „Ich werde mich mit meinen Beratern zusammensetzen. Lass uns später noch einmal telefonieren."

28

BERLIN, 21. SEPTEMBER, 21.35 UHR

Bauer, der Karabey erneut verhört hatte, erfuhr von dem Türken, dass Logan, entgegen der Behauptung seiner Sekretärin, sehr wohl über ein Handy verfügte. Karabey war sogar im Besitz der Nummer.

Jetzt hatten sie die Möglichkeit, Logan zu lokalisieren.

„Aber er muss telefonieren, damit wir seinen Aufenthaltsort feststellen können, oder?", wollte Außenminister de Fries wissen.

Bauer schüttelte den Kopf.

„Nein, das ist nicht richtig. Jedes Handy verfügt, genau wie ein Computer, über eine Art IP-Adresse. Egal, ob ein Handy angeschaltet ist oder nicht, meldet es sich an jedem Funkmasten an und der jeweilige Provider, bei dem das Handy angemeldet ist, speichert den Standort ab. Da jedes Handy, das jünger ist als acht Jahre, über einen GPS-Sender verfügt, können wir den Standort Logans bis auf einen Meter genau lokalisieren", erklärte Bauer.

Gerling nickte zufrieden.

„Das ist gut. Wann können wir anfangen?"

„Wir arbeiten bereits daran, Herr Bundeskanzler", antwortete Bauer und grinste grimmig.

Innerhalb von dreißig Minuten hatten sie den Aufenthaltsort von Logan herausgefunden. Er war in der Schweiz. Vierzig Minuten später wussten sie, dass er ein Domizil am Genfersee besaß.

„Ich denke, es ist besser, du rufst die zuständige Schweizer Bundesrätin an und informierst sie darüber, dass sich ein Terrorist in ihrem Land aufhält und wir um seine Auslieferung ersuchen", riet de Fries.

Gerling schüttelte energisch den Kopf.

„Auf keinen Fall stelle ich hier ein offizielles Auslieferungsgesuch!", machte er klar. „Wir wissen doch alle, wie langsam die Schweizer Behördenmühlen arbeiten. Die Gefahr, dass Logan gewarnt wird, ist mir zu groß. Wir holen ihn da selber raus."

De Fries, der wieder einmal diplomatische Verwicklungen auf sich zukommen sah, verdrehte die Augen. Bauer konnte sich ein leichtes Grinsen nicht verkneifen.

„Ruf die Bundesrätin an, Jan“, riet de Fries. „Wir können hier nicht alles im Alleingang machen. Vergiss von mir aus das mit der Auslieferung, aber lass uns bitte nicht einfach so mit einer Spezialeinheit in die Schweiz einmarschieren!“

„Also gut“, gab der Kanzler nach und griff zum Telefon.

Wenige Augenblicke später hatte er die Schweizer Bundesrätin Wilberger am Apparat. Gerling informierte sie über die jüngsten Entwicklungen und machte deutlich, dass Logan maßgeblich an den Anschlägen in Europa beteiligt war.

„Haben Sie dafür eindeutige Beweise?“, wollte Frau Wilberger wissen.

„Ja, die haben wir“, bestätigte Gerling.

„Dann lassen Sie mir diese Beweise doch freundlicherweise zukommen“, meinte Wilberger. „Wir prüfen diese sorgfältig und teilen Ihnen dann unsere Entscheidung mit.“

Gerling glaubte, sich verhört zu haben.

„Frau Bundesrätin, diese Zeit haben wir nicht“, machte er klar. „Es besteht die Gefahr, dass Logan Ihr Land wieder verlässt, und dann hätten wir wertvolle Zeit verloren.“

„Herr Bundeskanzler“, erwiderte Wilberger in ruhigem Tonfall, „die Schweiz ist ein souveräner und neutraler Staat. Jeder Gast hier genießt die Privilegien unseres Landes so lange, bis seine Schuld zweifelsfrei bewiesen ist. Ohne diese Beweise, befürchte ich, kann ich nichts für Sie tun.“

„Frau Bundesrätin. Ihr Land gewährt einem gesuchten Terroristen Unterschlupf! Ist es das, was Sie mir hier gerade deutlich machen wollen?“, rief Gerling erbost.

Außenminister de Fries, Bauer und die anderen verfolgten das Gespräch mit regungsloser Miene.

„Ich möchte Ihnen nur...“, begann Wilberger, aber Gerling unterbrach sie brutal.

„Dieser Logan, der da in seiner Villa am Genfersee sitzt und Rotwein schlürft, verfügt über zwei Atombomben aus Pakistan“, schrie Gerling. „Finden Sie immer noch, dass dieses Schwein die Privilegien der Schweiz genießen darf?“ Er stand jetzt auf. „Denn wenn das so ist, dann sage ich Ihnen, dass ich auf diese Privilegien pfeife. Ich hole diesen Massenmörder aus der Schweiz raus. Entweder mit oder ohne Ihre Unterstützung!“

Er lauschte einen Augenblick ihrer Erwiderung. Dann sagte er: „Ich danke Ihnen, Frau Bundesrätin“, und legte auf.

Gerling sah seine Berater an.

„Okay, wen schicken wir in die Schweiz, um Logan rauszuholen?“

„Die GSG 9“, sagte Bauer.

Die Entscheidung über den Einsatz der GSG 9, der Spezialeinheit der Bundespolizei zur Bekämpfung von Terrorismus und schwerster Gewaltkriminalität, trifft das Bundesministerium des Innern. Innenminister Rosenthal traf die entsprechenden Vorkehrungen, während Bauer sich um den Grundriss von Logans Villa kümmerte.

Um 23.08 verließ eine neutrale Maschine der Lufthansa den Kölner Flughafen. Das Ziel war Genf.

WASHINGTON, DC, 21. SEPTEMBER, 16.45 UHR

Clifford lief im Oval Office unruhig auf und ab. Ein Privileg, das ausschließlich dem Präsidenten vorbehalten war. Sein Stabschef Josh Laymann und der Nationale Sicherheitsberater Ryan sahen ihm stumm dabei zu. „Wir übersehen etwas!“, rief Clifford verzweifelt und setzte sich wieder auf einen der Sessel.

Laymann und Ryan rutschten auf dem Sofa unruhig herum und sahen den Präsidenten ratlos an.

„Zuerst dachten wir, Patterson wäre der Drahtzieher. Dann gingen wir davon aus, dass es Russman ist. Jetzt ist es Logan, der die Fäden in der Hand halten soll“, sagte Clifford wütend. Er hob den Kopf und sah seine beiden Berater an. „Was, wenn sich herausstellt, dass auch er nur eine Figur auf diesem Schachbrett ist?“ Erregt stand der Präsident wieder auf und setzte seine Reise fort.

„Das werden wir hoffentlich erfahren, sobald die Deutschen ihn aus der Schweiz rausgeholt haben“, meinte Ryan.

Der Bundeskanzler hatte den amerikanischen Präsidenten angerufen und ihm mitgeteilt, dass sie nun wussten, wo sich Logan aufhielt, und dass er die GSG 9 beauftragt hatte, ihn nach Deutschland zu bringen. Gerling wollte von Clifford wissen, ob sie Logan in Deutschland verhören sollten oder aber ob Clifford darauf bestand, ihn in die Vereinigten Staaten zu bringen. Aufgrund der Dringlichkeit hatte Clifford einem Verhör in Deutschland zugestimmt.

„Ich meine, ist es möglich, dass Logan, nur weil er internationale Geschäfte macht, über solch gute Kontakte bis in die Spitze der Israelischen Regierung verfügt, um einen so teuflischen Plan umzusetzen? Würde ein hochrangiges Mitglied einer ausländischen Regierung ein solches Wagnis eingehen und Komplize eines Mannes wie Logan werden?", überlegte Clifford laut.

„Eher nicht", gab Laymann zu.

„Ich denke auch nicht, dass das funktionieren würde", bestätigte Ryan.

„Also doch Russman?", fragte Laymann unsicher.

Präsident Clifford schüttelte energisch den Kopf.

„Nein. Ich bin mir sicher, dass er nichts von den Atombomben wusste", sagte er bestimmt. Er setzte sich wieder hin und sah die beiden mit ernstem Gesicht an.

„Ich denke, dass der eigentliche Kopf der ganzen Sache noch keinen Namen und noch kein Gesicht hat. Da ist noch jemand im Hintergrund. Und wir haben keine Ahnung, wer das sein könnte."

„Wenn das zutrifft, dann muss Russman wissen, um wen es sich handelt", warf Ryan ein. „Die Mafia war in der Vergangenheit so erfolgreich, weil sie Puffer ohne Ende eingebaut hatten. Die einfachen Soldaten erhielten ihre Befehle niemals vom obersten Boss direkt. Es gab Unterbosse und die wiederum erhielten ihre Befehle von höhergestellten Unterbossen. Der eigentliche Pate hatte zwei Capos und einen Rechtsberater. Mit diesen drei Personen sprach er alles ab und dann ging es in der Befehlskette abwärts. Wenn es sich hierbei um ein ähnliches Modell handelt, dann ist Russman, alleine schon wegen seiner Position als Verteidigungsminister, ganz weit oben angesiedelt. Er muss die Identität des „Paten" kennen."

„Ich stimme John zu", meinte Stabschef Laymann.

Präsident Clifford stand wieder auf und ging nachdenklich hin und her.

„Was schlagt ihr vor?", fragte er dann.

Es war Laymann, der antwortete

„Russman hat seinen Deal. Sagen Sie ihm, dass der Deal hinfällig ist, wenn er uns nicht sagt, wer der Drahtzieher des Ganzen ist."

Präsident Clifford nickte langsam.

„Okay. Versuchen wir es."

GENF, 22. SEPTEMBER, 01.04 UHR

Immobilien oder Grundstücke rund um die Südspitze des Genfersees sind auf dem freien Markt kaum zu erwerben. Entweder sie werden vererbt oder aber auf elitären Auktionen veräußert. Das Anwesen von Logan war ein besonderes Prachtstück – jedenfalls für den, der moderne Architektur der klassischen vorzog. Logan hatte sich vor einigen Jahren ein Grundstück von etwa dreitausend Quadratmetern zugelegt. Es lag direkt am See, verfügte über ein eigenes Bootshaus und mitten auf dem Grundstück hatte eine Jugendstilvilla aus dem frühen zwanzigsten Jahrhundert gestanden. Das erste, was Logan in Auftrag gegeben hatte, war deren Abriss. Eine Entscheidung, die vielen Genfern ein entrüstetes Kopfschütteln entlockte. Mehr aber auch nicht. Die Genfer waren es gewohnt, Exzentriker zu beherbergen.

Anstelle der Villa hatte Logan einen zweigeschossigen Glaspalast errichten lassen, wobei die obere Etage wie ein Penthouse gestaltet wurde. Die Wohnfläche des Gebäudes betrug fünfhundert Quadratmeter, die sich im Untergeschoss auf vier Zimmer und eine riesige Küche verteilten. Im Obergeschoss gab es nur ein Badezimmer, ein Schlafzimmer und ein riesiges Wohnzimmer mit Blick auf den See.

Das Einsatzteam der GSG 9 hatte kurz unauffällig das Anwesen Logans betrachtet. Jetzt waren sie zurück in ihrem Hotel. Bauer warf einen Blick auf den Grundriss der Villa und schüttelte verblüfft den Kopf. Er war dem Einsatzteam als Beobachter zugeteilt worden. Er kannte den Teamleiter, Horst Fischer, noch aus seinen aktiven Zeiten bei der GSG 9 und war froh, dass Fischer diesen Einsatz leitete. Fischer wiederum war froh, dass Bauer dabei war. Bauer war damals sein Vorgesetzter gewesen und er vertraute ihm blind.

Fischer bemerkte das Kopfschütteln.

„Was ist los?", wollte er wissen.

„Logan hält sich hier in der Schweiz scheinbar für absolut sicher." Bauer deutete auf eine Stelle im Grundriss. „Die Sicherheitsvorkehrungen sind minimal. Hier und hier, jeweils zur Zufahrtsstraße gelegen, gibt es zwei Überwachungskameras. Keine Bewegungsmelder auf dem Grundstück und nur die unteren Fenster sind mit einem zentralen Alarmsystem verbunden." Bauer legte den Grundriss beiseite und entfaltete eine Zeichnung, auf der die Villa in Frontalansicht und in Draufsicht abgebildet war. Er deutete auf die obere Fensterfront des zweiten Geschosses.

„Die Fensterscheiben sind aus normaler Isolierverglasung. Nicht einmal schusssicheres Glas wurde verwendet“, merkte er an.

Fischer betrachtete nachdenklich die Zeichnungen.

„Er denkt wahrscheinlich, dass ihm hier nichts passieren kann, da es kein Auslieferungsabkommen zwischen der Schweiz und den USA gibt.“

„Da hat er sich aber gewaltig verrechnet“, brummte Bauer.

„Wie würdest du vorgehen?“, fragte Fischer dann.

„Ich würde warten, bis Logan sich im oberen Bereich aufhält. Dann würde ich ein Team per Hubschrauber auf das Dach bringen.“ Bauer zeigte auf zwei Stellen, die sich auf dem Dach des Gebäudes befanden. „Hier und hier sind zwei Oberlichter. Jedes etwa zwei mal zwei Meter groß. Da würde ich reingehen. Das zweite Team kommt von der Wasserseite und geht durch den Garten ins Haus.“ Bauer warf Fischer einen Seitenblick zu. „Wissen wir schon, wie viel Sicherheitspersonal sich dort aufhält?“

Fischer schüttelte den Kopf.

„Nein. Noch nicht genau. Bislang konnten wir neben Logan zwei Personen ausmachen. Und zwei Hunde. Dobermänner. Morgen früh fahre ich mit einem Boot auf den See in Richtung Villa. Kannst ja mitkommen. Mal sehen, was wir noch so rausfinden“, schlug er vor. Bauer nickte ohne Begeisterung. Er hasste Boote.

WASHINGTON, DC, 21. SEPTEMBER, 19.12 UHR

„Was hat Russman gesagt?“, wollte Stabschef Laymann wissen. Clifford war nach seiner kurzen Unterredung mit Russman ins Oval Office zurückgekehrt und hatte noch zwei offizielle Termine wahrnehmen müssen. Jetzt waren er, Laymann und Ryan wieder alleine.

„Er sagt nichts mehr. Auch auf die Gefahr hin, dass der Deal damit platzt. Ich habe das Gefühl, er hat Angst“, antwortete ein sichtlich niedergeschlagener Präsident.

„Russman und Angst? Niemals!“, rief Ryan bestimmt. „Ich denke vielmehr, dass er sich alle Optionen offen lassen will.“

„Wie meinst du das, John?“, fragte Präsident Clifford irritiert.

„Ich meine, dass er die Hoffnung immer noch nicht aufgegeben hat, dass der Plan funktionieren wird.“

„Aber wie denn das?“, rief Clifford. „Wir haben doch die meisten der Schweine mittlerweile identifiziert und verhaftet.“

„Bei allem Respekt, Mister President. Jetzt widersprechen Sie sich selbst“, meinte Laymann vorsichtig. „Noch vor zwei Stunden waren wir der Meinung, dass wir den eigentlichen Drahtzieher noch nicht identifiziert haben. Vielleicht haben wir dem Monster einige Arme abgeschlagen. Aber der Kopf ist noch dran.“

„Stimmt“, stimmte Clifford leise zu. „Aber wer aus meiner Administration könnte noch die Macht und den Einfluss haben, so eine Verschwörung zu planen und durchzuführen?“ Er warf seinen zwei Beratern einen hilflosen Blick zu. „Wir haben die Direktoren der CIA und des NSA verhaftet. Wir haben den Vizepräsidenten und den Verteidigungsminister verhaftet. Außer mir selbst ist da doch niemand mehr, der über die Möglichkeiten verfügt, so etwas durchzuziehen!“

Ryan nickte bestätigend. Laymann wirkte auf einmal sehr nachdenklich. Ohne es zu bemerken, stand er auf und ging im Oval Office auf und ab.

„Vielleicht machen wir einen Fehler, wenn wir den Kopf des Monsters in unserem Kabinett suchen“, murmelte er. „Vielleicht müssen wir in die Vergangenheit schauen, um zu begreifen, was in der Gegenwart und in der Zukunft geschieht.“

Jetzt stand auch Ryan auf.

„Verdammt!“, rief er. „Josh hat Recht. Und Sie, Mister President, auch! Nur ein Präsident hat die Macht und den Einfluss, eine solche Verschwörung zu planen. Da Sie es nicht sind, muss Ihr Vorgänger dahinter stecken. Er will seinen selbsternannten Kreuzzug fortsetzen!“

Langsam stand Präsident Clifford auf.

„Großer Gott“, flüsterte er. „Das ist es...“ Clifford lief zu seinem Schreibtisch und griff zum Telefon. „Nancy, ich brauche den Justizminister und den Direktor des FBI in meinem Büro. Sofort!“

Einer der Vorteile als Präsident der Vereinigten Staaten war, dass wenn man jemanden zu sich ins Oval Office rief, derjenige sofort alles stehen und liegen ließ und ins Weiße Haus eilte.

Das traf auch im Falle des Justizministers und des FBI-Direktors zu. Weniger als eine Stunde war vergangen, seit der Anruf des Präsidenten sie erreicht hatte, und sie standen im Oval Office.

„Ich habe den begründeten Verdacht, dass Ex-Präsident Walker in eine Verschwörung verwickelt ist, die zu einem Krieg im Nahen Osten führen könnte. Daher möchte ich eine sofortige Überwachung Walkers befehlen. Ich will, dass er rund um die Uhr beschattet wird. Ich will wissen, mit wem er telefoniert, über was er spricht, mit wem er sich trifft – einfach alles“, kam der Präsident sofort zur Sache. „Geht das?“, wollte er dann wissen.

Der Justizminister spitzte die Lippen.

„Sie sprechen von einem begründeten Verdacht. Was heißt das? Haben Sie Beweise?“

„Nein“, gab Clifford zu.

Die Sorgenfalten im Gesicht des Ministers wurden tiefer.

„Was haben Sie dann?“, fragte er.

„Zwei verschwundene Atombomben, die sich im Besitz der Verschwörer befinden. Einen Vizepräsidenten, einen Verteidigungsminister und die Direktoren der CIA und des NSA, die in Haft sind und eine Vermutung, wer dahinter stecken könnte. Das muss reichen!“

„Für mich reicht das vollkommen“, stellte der Direktor des FBI fest.

„Zwei Atombomben...?“, flüsterte der Justizminister erschüttert.

Clifford nickte stumm.

„In Anbetracht dieser Umstände können Sie davon ausgehen, dass, sollte sich der Verdacht gegen Präsident Walker als unbegründet erweisen, niemand Sie zur Rechenschaft ziehen wird.“

Clifford sah den Direktor des FBI an.

„Wie lange brauchen Sie, um alles nötige zu veranlassen? Ich kann gar nicht genug betonen, wie eng unser Zeitrahmen ist.“

Direktor Bannister erwiderte den Blick seines Präsidenten gelassen.

„Sir, geben Sie mir bis morgen Zeit. Dann wissen Sie sogar, wie oft Walker aufs Klo muss.“

Erstaunt hob Clifford die Augenbrauen.

„So schnell?“, wollte er wissen.

„Mister President. Das Haus des ehemaligen Präsidenten wird in unregelmäßigen Abständen nach Mikrofonen durchsucht“, erklärte Bannister und grinste grimmig. „Die Leute, die das machen, gehören zu mir!“

GENF, 22. SEPTEMBER, 09.55 UHR

Bauer und Fischer waren nach ihrer Bootstour über den Genfersee ins Hotel zurückgekehrt und bereiteten sich auf die Einweisung vor. Ihr Plan stand fest. Sie würden, wie Bauer es vorgeschlagen hatte, das Haus mit zwei Teams einnehmen. Zwei Boote mit jeweils vier Mann würden das Grundstück des Anwesens von der Seeseite aus betreten und sich dann aufteilen. Eine Gruppe würde das Haus von vorne betreten, die andere Gruppe sollte sich auf der Rückseite postieren. Das zweite Team würde sich von einem Hubschrauber auf das Dach abseilen, die Oberlichter öffnen und sich so Zutritt zum Obergeschoss des Gebäudes verschaffen. Sie wollten in der kommenden Nacht um 03.00 Uhr zuschlagen.

TEHERAN, 22. SEPTEMBER, 11.45 UHR

Ali Akbar Mehdi Hashemian musterte seine Gäste zur Rechten mit gütigem Blick. Er wusste, dass sie schwere innere Kämpfe auszufechten hatten, und er ließ ihnen die Zeit, das eben Gehörte zu verdauen. Es waren insgesamt achtzehn Leute anwesend. Hashemian saß am Kopfende des Tisches, zur seiner Linken neun Vertreter seines Landes, der islamischen Republik Iran. Sie alle waren strenggläubige Konservative. Ihm zur Rechten saßen die Militärführer der Republik Irak. Das Angebot, welches Hashemian ihnen unterbreitet hatte, war verlockend, zumal die Alternative keine wahre Option darstellte. Jeder von ihnen würde zehn Millionen Dollar in bar erhalten, wenn sie sich bereit erklärten, den Irak niemals wieder zu betreten. Mehrere Staaten im Nahen Osten hatten offeriert, die Militärs und ihre Familien mit offenen Armen aufzunehmen. Diejenigen unter ihnen, die das Angebot ablehnten, würden unverzüglich hingerichtet werden.

Nach wenigen Minuten Bedenkzeit, die allerdings eher als obligatorisch anzusehen war, stimmten die hochrangigen Militärs zu. Man umarmte sich herzlich und verabschiedete sich. Die Militärs würden sofort zum Flughafen gebracht werden und mit unterschiedlichen Zielen den Iran verlassen. Ihre Familien würden ihnen relativ rasch folgen. Hashemian dankte Allah für die gute Führung und zog sich zurück. Er hatte einiges zu überlegen.

Laut den neusten Zahlen betrug der weltweite Vorrat an Erdöl eintausendzweihundert Milliarden Barrel. Achthundert Milliarden

Barrel davon lagerten am Persischen Golf. Von diesen achthundert Milliarden lagerten dreihundertfünfzig Milliarden im Irak und zweihundert Milliarden im Iran. Zusammen also fünfhundertfünfzig Milliarden Barrel. Das war mehr als das Doppelte des Vorrates von Saudi-Arabien.

Hashemians Ziel war durch die Beseitigung des irakischen Militärs fast erreicht. Die politischen Weichen waren schon vor längerer Zeit gestellt worden. Sein Ziel war eine Vereinigte Islamische Republik. Ein wahrer Gottesstaat, bestehend aus dem Iran und dem Irak. Andere Länder würden folgen. Allen voran Pakistan. Aber sein Ziel war noch größer. Afghanistan und die kleineren Golfstaaten sollten sich ihnen anschließen. Wenn das geschah, wäre er seinem Triumph nicht mehr fern. Saudi-Arabien wäre isoliert und würde folgen müssen. Dann hätte er eine Vereinigte Islamische Republik, die mehr als zwei Drittel der weltweiten Ölreserven besaß. Eine wahre Supermacht. Eine islamische Supermacht, die streng nach der Scharia leben sollte, den weltweiten Ölpreis kontrollieren und über eine Armee von knapp 1,5 Millionen Soldaten verfügen würde. Und seine Leibgarde bestünde aus den besten Talibankämpfern.

GENF, 23. SEPTEMBER, 02.45 UHR

Wenn die GSG 9 zuschlägt, tut sie das schnell und äußerst effektiv. Weltweit genießt diese Spezialeinheit zu Recht einen ausgezeichneten Ruf. Regelmäßig finden internationale Wettbewerbe gleichartiger Spezialeinheiten statt. Ironischerweise hatte der letzte in den USA stattgefunden – auf einem Trainingsgelände von Dark Water. Und die GSG 9 hatte diesen Wettbewerb gewonnen.

Die zwei Schlauchboote näherten sich lautlos Logans Grundstück. Rasch und ohne ein Geräusch zu verursachen, verließen die acht in schwarz gekleideten Männer die Boote und gingen in Deckung. Der Teamleiter drückte zweimal eine Taste seines kleinen, digitalen Funkgerätes. Das war das Zeichen für die zweite Gruppe, dass sie in Stellung waren.

Sekunden, nachdem das Signal angekommen war, hob der Hubschrauber ab und machte sich mit der zweiten Gruppe, zu der auch Bauer gehörte, auf den Weg. Kurz bevor der Hubschrauber das Gebäude erreichte, schaltete der Pilot in den Flüstermodus, sodass die Maschine nun fast lautlos in einer Höhe von zehn Metern über dem Anwesen Logans schwebte. Bauer und die anderen fünf GSG-Männer begangen nun, sich auf das Dach abzuseilen. Auch dies erfolgte vollkommen geräuschlos.

Sobald die sechs das Dach erreicht hatten, teilten sie sich auf. Jeweils zwei Mann kümmerten sich um die beiden Oberlichter. Die beiden anderen sicherten das Dach ab. Da sie die Oberlichter nicht einfach abschrauben konnten, begannen sie damit, an deren Unterseiten einen dünnen Streifen eines speziellen Materials, das Ähnlichkeit mit Knetgummi hatte, zu verlegen. Dieses Material erzeugt eine lautlose und extrem heiße Flamme, die sogar den härtesten Stahl durchtrennt, als bestünde er aus weicher Butter. Als sie die Oberlichter präpariert hatten, drückte nun Fischer zweimal auf eine Taste seines Funkgerätes.

Sie waren bereit.

GENF, 23. SEPTEMBER, 03.00 UHR

Kaum hatte der Teamleiter das leise zweimalige Klicken seines Funkgerätes gehört, gab er mit der rechten Hand das Zeichen. Leise packte er zwei Stücke rohes Fleisch aus und warf sie weit in das Grundstück hinein. Sie warteten eine Weile, dann näherten sich die beiden Dobermänner leise knurrend den Fleischstücken. Sie umkreisten die Köder und schnupperten an ihnen. Stumm sahen die acht GSG 9-Männer den Hunden dabei zu, wie sie das Fleisch umrundeten und anknurrten. Allerdings dachten die Tiere gar nicht daran, die Köder zu fressen. Nach einer Weile gab der Teamleiter den Befehl.

„Okay, betäuben“, flüsterte er.

Zwei der Männer brachten ihr modifiziertes Sturmgewehr SIG 550 in Anschlag und richteten den Ziellaser auf die Hunde. Sekunden später lagen beide Dobermänner betäubt auf der Seite. Der Weg zum Haus war nun frei.

Vier Mann schlichen zur Rückseite des Gebäudes und die anderen vier postierten sich an der Vorderseite. Sobald alle ihre Position erreicht hatten, meldeten sie das erneut mit zweimaligem Klicken. Das war für das Team auf dem Dach das Zeichen zum Entzünden der Schweißnaht. Fast ohne ein Geräusch zu verursachen, arbeitete sich der helle Lichtstrahl durch das Glas der Oberlichter und zertrennte in Sekundenschnelle die Glashauben.

Vorsichtig hoben zwei Mann die Oberlichter an und legten sie beiseite. Dann befestigten sie mit Haken Seile am Rand des Daches.

Fischer gab das Zeichen und dann ging alles rasend schnell.

Unten sprengten beide Teams die Türen aus den Angeln und warfen Blendgranaten in das Gebäude.

Vom Dach warfen sie ebenfalls Blendgranaten hinunter, warteten einen Augenblick und seilten sich dann blitzschnell ab.

Die beiden Teams im Unterschoß liefen laut brüllend in das Gebäude. Einer der Leibwächter Logans machte den Fehler, zur Waffen zu greifen, obwohl er durch die Wirkung der Blendgranaten nichts sehen konnte. Die Salve eines GSG 9-Beamten streckte ihn nieder. Der andere Leibwächter versuchte, durch den Hintereingang zu entkommen, wo er von zwei Männern gestellt und entwaffnet wurde.

Im Obergeschoss taumelte Logan durch das riesige Schlafzimmer. Geblendet war er nicht, da er geschlafen hatte. Er kannte die GSG 9, er hatte sie auf seinem Gelände in Aktion erlebt. Er hob die Hände und ließ sich widerstandslos festnehmen.

Die ganze Aktion hatte nicht länger als drei Minuten gedauert. Zwei Hubschrauber holten die GSG 9-Männer und ihren Gefangenen ab und brachten sie zum Genfer Flughafen.

Um sechs Uhr morgens landeten sie in Berlin Tempelhof.

FÜNFTES BUCH

„Kein Abschied fällt schwerer als der Abschied von der Macht."
Charles Maurice de Talleyrand, französischer Staatsmann (1754-1838)

29

BERLIN, 23. SEPTEMBER, 08.00 UHR

Logan wusste, dass er in Deutschland war. Allerdings hatte er keine Ahnung, warum. Seit Stunden zermarterte er sich sein Hirn, dachte darüber nach, was geschehen war und wie es nun weitergehen könnte. Und immer wieder die Frage, warum er in Deutschland war und nicht in den Vereinigten Staaten. Logan hatte keine Angst. Vielmehr verspürte er eine Art Neugier auf das, was nun folgen würde. Sie konnten ihn nicht einschüchtern. Er kannte alle Verhörmethoden und würde ihnen standhalten. Er war gespannt darauf, wen sie ihm zuerst schicken würden.

Als dann die Tür seiner Zelle geöffnet wurde und zwei Beamte ihn in einen Verhörraum brachten, blieb er unwillkürlich stehen, als er sah, wer da auf ihn wartete. Damit hatte er nicht gerechnet.

WASHINGTON, DC, 23. SEPTEMBER, 02.02 UHR

Wenn es irgendwo auf dem Erdball Ereignisse gibt, die auch nur ansatzweise die nationale Sicherheit der Vereinigten Staaten betreffen könnten, wird der Nationale Sicherheitsberater des Präsidenten, unabhängig von der Uhrzeit, unverzüglich darüber informiert. In den meisten Fällen geschieht dies durch die NSA oder CIA. Oft kommt es vor, dass die Meldung den Sicherheitsberater, trotz der ungewöhnlichen Uhrzeit, im Büro erreicht. Die Welt schläft nie und das führt häufig zu langen Arbeitstagen eines Nationalen Sicherheitsberaters.

Als nun das Telefon klingelte, war Ryan noch da.

„Ja?"

„Es gehen im Irak merkwürdige Dinge vor. Die gesamte militärische Führungsriege war im Iran und ist nicht zurückgekehrt. Zwei Generäle sind nach Jordanien geflogen, einer nach Libyen. Der Aufenthaltsort der anderen ist noch nicht bekannt. Die Familien der Militärs haben das Land heute ebenfalls verlassen", berichtete der Nachrichtenoffizier.

„Was schließen Sie daraus?", wollte Ryan wissen.

„Unsere Informanten munkeln so einiges...", begann der NSA-Mann vorsichtig.

„Nun sagen Sie schon“, forderte Ryan ihn auf. „Was vermuten Sie?“

„Die VIR ist am Entstehen“, verkündete der Offizier.

„Die Vereinigte Islamische Republik“, flüsterte Ryan, dem ein kalter Schauder über den Rücken lief.

„Genau.“

„Halten Sie mich auf dem Laufenden“, sagte Ryan überflüssigerweise und beendete das Gespräch.

Es lag in seinem Ermessen, ob er den Präsidenten weckte oder nicht. In diesem Fall gab es keinen Zweifel. Er griff zum Telefon.

BERLIN, 23. SEPTEMBER, 08.08 UHR

Bundeskanzler Gerling betrachtete den Mann, der in den Raum geführt wurde. Er wusste aus seiner Akte, dass der Mann Mitte vierzig war. Groß und athletisch gebaut, wirkte er trotz der ergrauten Haare jünger. Was einem sofort auffiel, waren die Augen. Gletscherblau blickten sie ihn neugierig an. Allerdings waren sie auch ebenso kalt. Der an Händen und Füssen gefesselte Logan setzte sich auf den Stuhl gegenüber von Gerling und sah den Kanzler stumm an.

„Warum haben Ihre Leute den Hubschrauber abgeschossen, in dem ich saß?“, kam Gerling sofort zur Sache. „Sechs unschuldige Menschen haben dadurch ihr Leben verloren.“

Die einzige sichtbare Reaktion Logans war ein leichtes Heben der Augenbrauen.

„Wie kommen Sie darauf, dass ich etwas davon wusste?“, stellte Logan eine Gegenfrage.

„Vor vier Tagen wurde mein Hubschrauber in Afghanistan abgeschossen. Außer mir und einem Soldaten kamen alle ums Leben. Wir wurden danach in ein Feuergefecht mit den Schützen verwickelt. Es gelang uns, die Angreifer zu erledigen. Alle bis auf einen. Es waren vier Söldner von Dark Water, die meinen Hubschrauber abgeschossen haben. Wollen Sie mir ernsthaft sagen, dass Sie nichts davon wussten?“

Logan schüttelte langsam den Kopf.

„Herr Bundeskanzler, bei allem Respekt. In Afghanistan arbeiten mittlerweile mehr als zweitausend Dark Water-Mitarbeiter. Glauben Sie wirklich, ich werde über jeden Schritt von denen informiert?“

„Vielleicht nicht über jeden Schritt. Aber ein Attentat auf den deutschen Bundeskanzler ist wohl kein unwichtiges Ereignis", konterte Gerling.

„Das stimmt natürlich", bestätigte Logan. „Dennoch weiß ich nichts davon. Und vor allem habe ich das nicht befohlen. Warum auch?"

„Vielleicht, weil ich Ihren Plänen im Weg bin?", schlug Gerling vor.

„Welche Pläne meinen Sie?"

„Ich meine die Pläne, die Sie mit Russman, Patterson, Carpenter und Fowler verfolgt haben. Ich meine die Pläne, die Russman ins Weiße Haus bringen sollten. Die Pläne, die einen Krieg im Nahen Osten ausgelöst hätten", entgegnete Gerling im ruhigen Tonfall. „Erinnern Sie sich?"

„Ach, die Pläne!", rief Logan. Dann lächelte er spöttisch. „Sie haben eine blühende Fantasie, Herr Bundeskanzler. Dennoch habe ich keine Ahnung, wovon Sie reden."

Gerling stand auf und ging in Richtung Tür. Dort angekommen, drehte er sich noch einmal um.

„Sie werden reden, Logan. Da bin ich mir ganz sicher. Sie werden uns alles erzählen, was wir wissen wollen. Sie werden uns sagen, wer wirklich dahinter steckt und wo die zwei Atombomben sind."

Etwas von dem, was der Bundeskanzler sagte, ließ Logan unmerklich zusammenzucken. Ihre Blicke trafen sich und für einen kurzen Moment meinte Gerling, etwas in den Augen Logans zu erkennen. War es Angst? Reue? Verunsicherung? Gerling konnte es nicht sagen und dann war der Moment vorbei.

WASHINGTON, DC, 23. SEPTEMBER, 02.30 UHR

Zwanzig Minuten, nachdem Ryan den Präsidenten geweckt hatte, erschien dieser in Jogginghose und Polohemd im Oval Office. Auch der Stabschef war da. Ryan fragte sich, ob Laymann in seinem Büro geschlafen hatte. Sein Anzug sah jedenfalls so aus. Ohne Umschweife begann Ryan, die beiden über die Ereignisse im Irak in Kenntnis zu setzen. Auch die Schlussfolgerung der Analysten sparte er nicht aus.

„Die Vereinigte Islamische Republik also", murmelte Präsident Clifford und sah Ryan an. „Was für Konsequenzen hätte eine solche Republik für uns?"

„Auf jeden Fall säße sie auf enorm großen Ölreserven. Ungefähr doppelt so viel wie in Saudi-Arabien", erklärte Ryan.

„Wie hoch ist die Wahrscheinlichkeit, dass sich andere Staaten der Islamischen Republik anschließen?"

„Hoch", antwortete Ryan sofort. „Ich denke da vor allem an die Staaten, deren Name mit ‚an' endet."

„Auch Afghanistan?", fragte Clifford erschrocken.

„Vor allem Afghanistan. Aber auch Pakistan."

„Großer Gott. Dann wäre ja alles umsonst gewesen", flüsterte Clifford betroffen.

„Ich denke, wir können die Möglichkeit nicht ausschließen, dass Al Farag seine Hände mit im Spiel hat. Ich halte es für wahrscheinlich, dass Hashemian einen Deal mit der Al-Qaida gemacht hat."

„Was bedeutet...", begann Clifford.

„...dass Sie in Kürze sehr besorgte Anrufe aus Saudi-Arabien und Kuwait erhalten werden", schloss Ryan den Satz des Präsidenten.

BERLIN, 23. SEPTEMBER, 10.00 UHR

Auch in Berlin beobachtete man die Entwicklungen im Irak und im Iran mit großer Sorge. Wieder einmal musste Bundeskanzler Gerling feststellen, dass er offensichtlich an der Nase herumgeführt worden war. In seinem Gespräch mit Hashemian hatte er den Eindruck gewonnen, mit einem aufrichtigen Mann zu reden, auf dessen Wort man bauen konnte.

Der Bundeskanzler seufzte. Seit er in diesem Amt war, wurde er wieder und wieder mit den Niederungen des menschlichen Wesens konfrontiert. Und immer, wenn er dachte, es könne nicht schlimmer kommen, gab es jemanden, der ihn vom Gegenteil überzeugte. Die Welt spielt total verrückt, dachte Gerling und schüttelte stumm den Kopf. Dann dachte er an das Leben, das in Katjas Bauch heranwuchs, und ein Lächeln erschien auf seinem Gesicht. Ich werde Vater, dachte er und versuchte sich vorzustellen, wie es wohl sein würde. Er fragte sich, ob es ihm gelingen würde, sein Amt und die Vaterrolle in Einklang zu bringen. Dann erinnerte er sich an den Deal, den Katja ihm vorgeschlagen hatte, und das Lächeln verschwand. Auf der einen Seite konnte er ihren Wunsch verstehen. Auf der anderen Seite war er enttäuscht von Katja.

Das Klingeln des Telefons unterbrach seine Gedanken. Es war Präsident Clifford.

„Was haltet ihr von der Entwicklung im Irak?", wollte dieser wissen.

„Wir sind besorgt. Hashemian hat mich ziemlich vorgeführt."

„Nimm das nicht zu persönlich, Jan", riet Clifford. „Das passiert uns jeden Tag. Immer wieder."

„Sehr beruhigend", brummte Gerling.

„Sind meine Leute schon angekommen?", fragte Clifford dann. Verhörspezialisten der amerikanischen Anti-Terror-Einheit sollten nach Berlin kommen, um Logan zu verhören.

„Ja. Die sind auf dem Weg zu ihm."

„Hast du bei ihm etwas erreicht?", fragte Clifford, der wusste, dass Gerling mit Logan gesprochen hatte.

„Ich glaube nicht", gab der Kanzler zu.

Dass er sich irrte, konnte er nicht wissen.

Die Rede des Präsidenten zur Lage der Nation ist fest in der Verfassung der Vereinigten Staaten von Amerika verankert. Sie schreibt nicht vor, welche Form der Bericht haben, welche Inhalte er enthalten und wie häufig eine solche Berichterstattung erfolgen soll. So wie der Regierungsstil jedes Präsidenten eine eigene Handschrift trägt, so individuell haben sie auch die Freiheiten genutzt, welche die Verfassungsvorschrift ihnen für den Vortrag gelassen hat. Der amtierende Präsident hält diese Rede vor dem Kongress, also vor allen Mitgliedern des Repräsentantenhauses und des Senats. Ferner sind anwesend der Vizepräsident, die Richter des obersten Gerichtshofes, die Mitglieder des Kabinetts sowie der Vereinigte Generalstab. Um im Falle eines Unglücks die Kontinuität der Staatsführung gewährleisten zu können, bleibt aber ein Kabinettsmitglied der Rede fern. Seit den Anschlägen des 11. September 2001 ist es auch üblich, dass zumindest einige Kongressmitglieder sich für die Dauer der Rede an einem unbekannten Ort aufhalten, um für den Fall zur Verfügung zu stehen, dass das Kapitol Ziel eines Anschlags wird. Traditionell wird die Rede meist am letzten Dienstag im Januar gehalten, obwohl es keine bindende Vorschrift für diesen Termin gibt und im Einzelfall davon auch abgewichen werden kann. Genau diese Abweichung wurde im Beraterstab des Präsidenten hitzig diskutiert. Clifford und Laymann vertraten die Auffassung, dass es aufgrund der aktuellen Vorkommnisse notwendig sei, die Rede zur Lage der Nation vorzuverlegen. Der Kommunikationsdirektor, dessen Stellvertreter und einer der Chefberater des Präsidenten rieten davon ab. Sie meinten, es wäre sinnvoller, erst dann vor die Nation zu treten, wenn die Bedrohung vorüber sei. Vor allem auch deshalb, weil es bis dahin einen neuen Vizepräsidenten gäbe.

Präsident Clifford, der im Wahlkampf eine transparente Regierungsarbeit versprochen hatte, vertrat die Auffassung, dass die Abgänge vom Verteidigungsminister und den Direktoren der NSA und CIA, sowie die angebliche Erkrankung des Vizepräsidenten schon jetzt zu massiven Irritationen geführt hat. Es wurden Stimmen laut, die der Administration Cliffords Inkompetenz vorwarfen, zumal man bis heute keinen Ersatz für Patterson und Russman gefunden hatte. Es war eine schwierige Situation für Präsident Clifford. Aber er versprach sich eine Menge von seiner Rede zur Nation. Er wollte dabei Licht ins Dunkle bringen und für Ruhe sorgen. Natürlich hoffte er insgeheim, dass die Krise bis dahin beendet war.

Clifford entschied, die Rede zur Lage der Nation vorzuverlegen. Als Termin nannte er den 31. Oktober.

WASHINGTON, DC, 23. SEPTEMBER, 09.30 UHR

Der erste besorgte Anruf, der den amerikanischen Präsidenten erreichte, kam aus Pakistan. Regierungschef Perves Sharif berichtete Clifford über ein Telefonat, das er vor wenigen Minuten geführt hatte. Ali Akbar Mehdi Hashemian, neues Staatsoberhaupt und geistlicher Führer der Vereinigten Islamischen Republik, hatte ihn zu einem Vieraugengespräch eingeladen. Inhalt des Gespräches, soviel war Sharif klar, würde ein Angebot Hashemians sein, Pakistan solle sich der Vereinigten Islamischen Republik anschließen. Clifford wusste, dass sich Sharif in einer bedrohlichen Zwickmühle befand. Die CIA hatte ihm berichtet, dass es erste Anhaltspunkte gab, die den Verdacht nahe legten, dass Ali Akbar Mehdi Hashemian die Taliban als Verbündete gewonnen hatte.

Pakistan war durch die Taliban extrem destabilisiert und drohte jederzeit zu kollabieren. Eine Absage Sharifs an Hashemian würde einen Bürgerkrieg zur Folge haben, dessen Ausgang durchaus als unklar zu bezeichnen war. Niemand wusste, wem die Loyalität des mächtigen pakistanischen Militärs in einem solchen Falle gehören würde.

Präsident Clifford garantierte dem verunsicherten Sharif, dass die Vereinigten Staaten von Amerika Verbündeter Pakistans seien und im Falle einer militärischen Intervention der Islamischen Republik nicht tatenlos zuschauen würden. Sharif war die Erleichterung anzumerken, als sie das Gespräch beendeten.

Wenig später rief ihn der Emir von Kuwait an. Auch er hatte eine Einladung von Hashemian erhalten. Allmählich wurde Präsident Clifford das Ausmaß der Vorgänge im Nahen Osten klar. Ali Akbar Mehdi Hashemian versuchte, die Kontrolle über das Öl zu erhalten. Und seine Verbündeten waren die Taliban. Clifford fluchte laut. Dann griff er zum Telefon.

BERLIN, 23. SEPTEMBER, 15.35 UHR

Auch das Telefon des Bundeskanzlers stand nicht mehr still. Der französische Präsident, der britische Premierminister sowie die Staatsoberhäupter Spaniens und Italiens baten ihn um Rückruf. Der Wunsch von Rizzitelli veranlasste Gerling zu einem Stirnrunzeln. Dann griff er zum Telefon und rief in Paris an.

Eine halbe Stunde später hatte Gerling alle Anrufe erledigt – bis auf den mit Italien. Er verspürte kein Verlangen, das italienische Staatsoberhaupt zu sprechen. Zumal die Gespräche mit seinen Amtskollegen aus England, Frankreich und Spanien mehr als nur Anlass zur Besorgnis gaben. Den britischen Premierminister hatte ein Anruf aus Saudi-Arabien erreicht. Die saudische Königsfamilie war in großer Sorge. Sie spürte, dass der Einfluss der Wahhabiten in ihrem Land immer stärker wurde. Diese stellen die größte religiöse Gruppe in Saudi-Arabien dar und ihre Lehre ist Staatsreligion. Unter den Wahhabiten befinden sich islamische Fundamentalisten, die sich zunehmend gegen das Königshaus wenden. In jüngerer Vergangenheit kam es öfters zu gewalttätigen Auseinandersetzungen und Terroranschlägen auf westliche Einrichtungen in Saudi-Arabien. Die Drahtzieher dieser Anschläge vermutete man in den Reihen der Wahhabiten. Der britische Geheimdienst glaubte, dass sie nun anfangen würden, Druck auf die Königsfamilie auszuüben, umso zu erreichen, dass diese sich der Vereinigten Islamischen Republik anschließt. Sie hatten schon heute einen sehr großen Einfluss im Land. Das zeigte sich vor allem darin, dass sie es durchsetzten, in Saudi-Arabien den Frauen zu verbieten, Auto zu fahren und sich in der Öffentlichkeit mit fremden Männern zu zeigen. Darüber hinaus gab es öffentliche Scharia-Strafen wie Hinrichtungen und Auspeitschungen und es gab ein Verbot der freien Religionsausübung. Die Wahhabiten hatten also schon vor Jahrzehnten den religiösen Grundstein für Ali Akbar Mehdi Hashemian gelegt.

Bundeskanzler Gerling lief in seinem Büro unruhig auf und ab. Dann griff er zum Telefon und wählte eine Nummer.

Eine halbe Stunde später war Manfred Ziegler, der Nahost-Spezialist des Außenministeriums, erneut im Kanzleramt. Auch Huber, Kirchner und de Fries waren anwesend.

Bundeskanzler Gerling gab kurz den Inhalt des Gespräches mit dem britischen Premierminister wieder und sah dann Ziegler an.

„Was könnte das alles bedeuten?", wollte er wissen.

Ziegler nahm wieder sein Ritual auf, indem er seine Brille abnahm und begann, sie zu putzen.

„Wir betreten hier völliges Neuland", begann er und sah alle Anwesenden der Reihe nach an. „Eine vergleichbare Entwicklung gab es bislang noch nicht, ist aber, wenn wir uns die jüngste Vergangenheit anschauen, logisch. Im Islam ist die Religion immer stark mit der Politik verknüpft. In vielen Ländern macht die Religion die Politik."

„Deshalb sprechen wir ja auch so oft über den religiösen Führer, wenn wir über einen islamischen Staat reden", warf Außenminister de Fries ein.

„Exakt", bestätigte Ziegler. „Der religiöse Einfluss in islamischen Staaten ist immens. Und er wächst mit jeder militärischen Aktion des Westens." Ziegler setzte seine Brille auf und sah an die Decke. „Was wir nun erleben, ist in gewisser Weise ein Akt der Selbstverteidigung. Es wird der Versuch unternommen, eine Art „Gegensupermacht" zu gründen. Die USA und ihre Alliierten verfügen über ein enormes Potential an Waffen und Militär. Nimmt man nur die NATO, dann sprechen wir hier über eine Streitkraft von immerhin 3,4 Millionen Soldaten. Das Zerstörungspotential der Waffen will ich hier gar nicht näher erörtern. Diese Streitkraft funktioniert allerdings nur mit Rohstoffen – und dazu gehört insbesondere das Erdöl. Wenn nun diese neue Supermacht 80 Prozent der Erdölreserven kontrolliert, dann ist es eigentlich gleichgültig, wie groß das Potential der NATO ist. Es kann nicht mehr ausgeschöpft werden, es ist wirkungslos."

„Wollen die einen Krieg?", fragte Gerling.

Ziegler schüttelte den Kopf.

„Nein. Das glaube ich nicht. Allerdings glaube ich auch nicht, dass mit dieser, nennen wir es mal Fusion der Staaten im Nahen Osten die Expansion dieser neuen Supermacht abgeschlossen ist."

„Was denn noch?", rief Kirchner erschrocken.

Ziegler sah den jungen Mann nachsichtig an.

„Mehr als die Hälfte des Kontinents Afrika ist islamisch", meinte er und begann aufzuzählen: „Tunesien, Marokko, Sudan, Somalia, Libyen, Mauretanien, Algerien und Ägypten sind islamische Staaten. Ich denke, dass dies die nächsten Kandidaten sind."

„Aber Afrika ist ein anderer Kontinent. Wie sollen die sich einer Vereinigten Islamischen Republik anschließen, wenn diese Republik in Asien ist?", fragte Huber unsicher nach.

„Was bedeuten schon Kontinente im Zeitalter der Globalisierung?", fragte Ziegler leicht amüsiert. „Sie müssen sich ja nicht einmal offiziell dieser Republik anschließen. Es reicht doch vollkommen, eine Allianz einzugehen – ähnlich der Allianz der NATO."

„Was können wir dagegen unternehmen?", wollte Gerling wissen.

Erstaunt hob Ziegler die Augenbrauen.

„Bei allem Respekt, Herr Bundeskanzler. Warum wollen Sie etwas dagegen unternehmen?"

„Weil wir es nicht zulassen können, dass die Taliban die Atomwaffen Pakistans und das Öl der Region unter ihre Kontrolle bekommen."

„Ich verstehe." Ziegler begann, nervös seine Brille zu putzen. „Erinnern Sie sich an unser erstes Gespräch, Herr Bundeskanzler? Ich habe Ihnen gesagt, dass nur eine kleine Minderheit der Muslime radikal sei."

„Wenn aber diese Minderheit das Sagen hat, dann spielt es doch keine Rolle, dass es sich um eine Minderheit handelt", widersprach Gerling.

„Das ist natürlich wahr", gab Ziegler zu. „Nun, in diesem Falle denken Sie wahrscheinlich, dass es notwendig ist, der Schlange den Kopf abzuschlagen, wenn Sie mir diese etwas brutale Ausdrucksweise verzeihen. Ali Akbar Mehdi Hashemian ist die treibende Kraft hinter dem Ganzen. Sie denken vielleicht, wenn er gestoppt wird, dann kommt auch die Entwicklung im Nahen Osten zum Erliegen." Er sah den Kanzler mit Bedauern an. „Sie irren. Es käme vielleicht zu einer Verzögerung. Aber den Prozess können Sie von außen nicht aufhalten. Dieser Prozess kann nur von innen gestoppt werden. Vor etwas mehr als zwanzig Jahren begann in Europa eine Entwicklung, die sehr viele Menschen mit großer Sorge beobachteten. Einige dieser Menschen waren in sehr machtvollen Positionen, es waren europäische Minister- und Premierminister. Sie hätten diese Entwicklung sehr gerne verhindert, haben es aber nicht getan. Wie wäre wohl die Reaktion der Deutschen auf beiden Seiten der Mauer gewesen, wenn sich ein islamisches Land, Tausende von Kilometern entfernt, in den Prozess der Wiedervereinigung eingemischt hätte?" Ziegler sah in die Runde. „Glauben Sie ernsthaft, dass wenn jemand Kanzler Albrecht damals umgebracht hätte, dass ein solches Attentat den Prozess der Wiedervereinigung aufgehalten hätte? Ich wiederhole meine Worte: Dieser Prozess kann nur von innen gestoppt werden. Bislang ist kein Land offensichtlich gezwungen worden, sich der Vereinigten Islamischen Republik anzuschließen. Wir müssen uns da raushalten und können nur hoffen, dass die Situation nicht eskaliert."

WASHINGTON, DC, 23. SEPTEMBER, 10.27 UHR

Im Weißen Haus stellten sich die Berater des Präsidenten die gleiche Frage. Konnte Hashemian aufgehalten werden? Gerade hatte Clifford ein Gespräch mit dem russischen Präsidenten geführt. Dieser war genau so besorgt wie alle anderen und hatte Clifford seine Unterstützung zugesagt. Nun aber musste sich der US-Präsident erst einmal einem anderen Problem widmen. Es war durchaus möglich, dass es zu einem Krieg kam, und er hatte keinen Verteidigungsminister und der Posten des Vizepräsidenten musste auch neu besetzt werden. Das war natürlich noch nicht offiziell. Bislang hatte die Pressestelle des Weißen Hauses nur verlauten lassen, dass der Vizepräsident gesundheitlich angeschlagen sei. Das wollte Clifford nun ändern.

„Irgendwelche Ideen, wen ich als Vizepräsidenten vorschlagen könnte?", fragte er schon fast gelangweilt. Er hatte weiß Gott andere Sorgen. Aber seine Berater ließen keine Ruhe. Diese

Personalentscheidung musste schnell getroffen werden. Das Gleiche galt für den Posten des Verteidigungsministers.

„Ich bin der Meinung, es gibt nur einen einzigen Kandidaten, der zum einen problemlos bestätigt wird und zum anderen die erforderliche Qualifikation und Loyalität besitzt: Leo McGarry", meinte Josh Laymann.

John Ryan nickte bestätigend. „Erstklassige Wahl", meinte er.

Toby Siegler, der Kommunikationsdirektor des Weißen Hauses, war ebenfalls einverstanden.

„Mister President, einen Besseren gibt es nicht", bestätigte er.

Clifford kannte McGarry seit vielen Jahren. Er schätzte ihn sehr. McGarry war vor langer Zeit der Stabschef eines anderen demokratischen Präsidenten gewesen und hatte hervorragende Arbeit geleistet. Clifford stand auf, ging zu seinem Schreibtisch und hob den Telefonhörer auf.

„Verbinden Sie mich bitte mit Leo McGarry", sagte er schlicht und legte den Hörer wieder auf. Wenige Augenblicke später klingelte es.

„Leo, ich bin's, Bill. Kannst du bitte ins Weiße Haus kommen? Wir haben etwas zu besprechen." Clifford hörte die Antwort, sah auf die Uhr und meinte: „Das passt. Bis später." Er drehte sich herum und sah seine Berater an.

„In einer halben Stunde ist er hier", verkündete er und setzte sich wieder in den Sessel. „Wer könnte Russman ersetzen?", fragte er dann und sah in die Runde.

„Sein Stellvertreter, Donald Simpson", schlug Laymann vor.

Präsident Clifford runzelte die Stirn.

„Simpson? Und woher soll ich wissen, dass der nicht auch an der Verschwörung beteiligt war?"

Laymann öffnete seine lederne Aktentasche und entnahm ihr einige Schriftstücke. „Russman war kurz davor, Simpson abzulösen", sagte er und hielt ein Dokument in die Höhe. „Ein internes Memo, wonach Russman die Direktoren Carpenter und Fowler darauf hinwies, dass Simpson unbequeme Fragen stellte und wohl misstrauisch wurde. Russman warnte die beiden davor, in Gegenwart von Simpson unüberlegte Äußerungen zu machen. Ich denke, das ist der Beweis, dass Simpson von nichts wusste."

„Okay, ich rede mit ihm", meinte Clifford und sah auf die Uhr. McGarry sollte gleich im Weißen Haus ankommen.

WASHINGTON, DC, 23. SEPTEMBER, 11.37 UHR

Präsident Clifford hatte seinen Beratern gesagt, er wolle mit McGarry zunächst unter vier Augen reden. Deshalb waren die beiden alleine im Oval Office.

„Wie geht es Ihnen, Leo?", fragte Clifford, während er zwei Tassen mit Kaffee füllte.

„Danke, es geht mir gut", antwortete McGarry, „ich genieße das Leben als Politrentner, wenn es so etwas überhaupt gibt."

„Treiben Sie Sport?", wollte Clifford wissen.

„Mister President. Ich bin 65 Jahre alt. Warum sollte ich in meinem Alter noch mit Sport anfangen?", entgegnete McGarry verwirrt.

„Ich meine nur. Sie sehen fit aus."

McGarry sah an sich herab. Er war einsfünfundsechzig groß und wog vielleicht sechzig Kilo.

„Wollen Sie mich veralbern?", fragte er entgeistert. Ohne zu antworteten, setzte sich Clifford McGarry gegenüber auf die Couch.

„Ich brauche Sie, Leo", sagte der Präsident. Er wirkte auf einmal sehr ernst.

„Was ist passiert?"

Als der Präsident zwanzig Minuten später seine Erklärung beendet hatte, schwiegen beide erst einmal. Es war McGarry, der das Schweigen brach.

„Verdammte Scheiße", flüsterte er. Dann hob er den Kopf. „Was kann ich für Sie tun, Mister President? Wie kann ich helfen?"

„Werden Sie mein Vizepräsident. Helfen Sie mir, diese Sache zu beenden."

McGarry atmete tief durch. „Einverstanden."

Mehr gab es nicht zu sagen.

TEXAS, 24. SEPTEMBER, 09.05 UHR

Wenn zwei Ex-Präsidenten aufeinandertreffen, kann man sicher einer Sache sein: Das Gesprächsthema ist irgendwann der amtierende Präsident und sie lassen sich voller Inbrunst über ihn aus. Vor allem dann, wenn er Demokrat ist und die beiden ehemaligen Präsidenten Republikaner.

„Harry" W. Walker sen. hasste die Demokraten. Für ihn verkörperten sie alles, was er verabscheute. Sie waren verweichlicht, schwach und unentschlossen. Harold Walker jun. dagegen hatte sich nie wirklich für Politik interessiert. Er hatte diesen Weg eingeschlagen, da es keine echte Alternative mehr für ihn gegeben hatte. Und ein Vater, der Präsident der Vereinigten Staaten von Amerika war, konnte da schon sehr nützlich sein. Als der Sohn ihm gesagt hatte, er wolle in die Politik einsteigen, tätigte der Vater einige Telefonate und die Geschichte nahm ihren Lauf. Nun saßen Vater und Sohn auf der Veranda der Familienranch und hingen ihren Gedanken nach. Der eine, Harry sen., lediglich eine Randnotiz in den Geschichtsbüchern, der andere, Harry jun., laut Experten einer, wenn nicht der schlechteste Präsident, den das Land jemals hatte.

„Clifford ist ein Versager", brummte Harry sen. schlechtgelaunt und schlürfte seinen Kaffee aus einem Becher. Die Antwort seines Sohnes bestand aus einem stummen Nicken.

„Ich meine, schau dir mal an, was der Schwachkopf aus unserem Land macht", fuhr Harry sen. fort. „Wir befinden uns im Krieg und er schmeißt Russman, Carpenter und Fowler raus. Die einzigen, die wirklich wissen, was los ist." Wütend schüttelte er den Kopf. „Total durchgeknallt, der Typ. Vollkommen irre."

„Er wird schon seine Gründe gehabt haben", antwortete Harry jun. und erntete damit einen bösen Blick seines Vaters.

„Das bezweifle ich stark, Junior. Das bezweifle ich stark."

Harry jun. brummte nur. Er mochte es nicht, wenn sein Vater ihn Junior nannte.

„Clifford hat keine Ahnung von Politik", setzte der Alte seine Schimpftirade fort. „Schon gar nicht von Außenpolitik. Er will mit allen reden, will ihnen die Hand reichen. Wenn ich das schon höre", schnauzte er. „Seine Berater sind auch nur Waschlappen, fast noch Kinder. Das kann doch nicht gut gehen." Er warf seinem Sohn einen verstohlenen Seitenblick zu. „Viele unserer Freunde sind sehr unzufrieden. Sie machen sich ernsthafte Sorgen um unser Land", meinte er und beobachtete die Reaktion seines Sohnes. Der blieb scheinbar unbeeindruckt. Der Alte startete einen neuen Versuch.

„Da ist niemand mehr im Umkreis des Präsidenten, der ihm den rechten Weg weisen könnte."

„Hab gehört, dass Clifford sich gestern mit McGarry getroffen hat", erzählte Harry jun.

„Ach ja?", fragte der Alte interessiert. Das hatte er nicht gewusst.

„Wüsste gern, was die beiden zu bequatschen hatten", murmelte Harry jun. leise.

„Wird wohl neuer Vizepräsident", entfuhr es dem Alten, der es sich nicht verkneifen konnte, mit seinem Insiderwissen zu prahlen.

Jetzt war der Junior hellwach.

„Wieso? Was ist denn mit Patterson?", fragte er nach. Aber der Alte war schon aufgestanden und hatte sich mit den Worten „Ich hole mir noch einen Kaffee" auf den Weg in die Küche gemacht.

WASHINGTON, DC, 24. SEPTEMBER, 11.30 UHR

„Mister President. Wer weiß über Patterson Bescheid? Ich meine, wer weiß, dass der Posten des Vizepräsidenten neu besetzt werden muss?", fragte der FBI-Direktor Bannister sichtlich erregt.

„Josh Laymann, John Ryan, der Justizminister und seit gestern Leo McGarry", zählte Clifford auf. „Warum fragen Sie?"

„Können Sie es sich erklären, dass Ex-Präsident Walker ebenfalls davon weiß? Und ich meine damit nicht Harry junior. Ich meine den Senior."

Clifford musste sich setzten. Mit großen Augen sah er Bannister an. „Walker senior weiß von Patterson?", fragte er nach.

Bannister nickte.

„Wir haben heute ein Gespräch zwischen den beiden aufgenommen. Walker junior wusste, dass Sie sich gestern mit Leo McGarry getroffen haben, und erzählte seinem Vater davon. Dann meinte der Junior noch, dass er zu gerne wüsste, worüber Sie mit ihm gesprochen haben. Daraufhin sagte der Alte, ich zitiere: Wird wohl neuer Vizepräsident. Zitat Ende." Bannister sah den Präsidenten eindringlich an. „Woher kann er wissen, dass Sie einen neuen Vizepräsidenten brauchen?"

„Er kann es gar nicht wissen", flüsterte Clifford.

„Es sein denn...", begann Bannister.

„Es sei denn, er weiß, was es zu bedeuten hat, dass Patterson aus dem Verkehr gezogen wurde. Dann weiß er auch, dass Patterson nicht mehr zurückkommen wird. Und das bedeutet..."

„Das bedeutet, dass wir nun wissen, wer der eigentliche Drahtzieher ist", beendete nun Bannister den Satz.

30

WASHINGTON, DC, 24. SEPTEMBER, 11.55 UHR

Josh Laymann saß mit John Ryan in seinem Büro und diskutierte die aktuelle Lage. Die beiden kannten sich schon seit langem, bevor sie im West Wing ihre Büros bezogen hatten.

„Was können wir gegen die Entwicklung am Persischen Golf unternehmen?“, fragte der Stabschef.

„Nichts“, war die knappe Antwort von Ryan.

„Warum nicht?“, fragte Laymann überrascht.

„Weil wir nichts unternehmen dürfen.“

„Wir dürfen nichts unternehmen?“

„Richtig. Die Zeiten, da wir entschieden haben, wer in für uns strategisch wichtigen Ländern an die Macht kommt, sind vorbei“, stellte der Nationale Sicherheitsberater klar.

„Aber das Öl!“, rief Laymann. „Und das Atomwaffenprogramm in Pakistan! Da können wir doch nicht tatenlos zuschauen!“

„Genau das wäre aber das einzig Richtige. Wir würden die gesamte Welt gegen uns aufbringen, wenn wir uns, ohne dass uns jemand um Hilfe bittet, einfach so einmischen würden.“

„Aber so verhelfen wir den Taliban zu enormer Macht!“

„Dumm gelaufen.“

„Dumm gelaufen?“, schrie Laymann. „Dumm gelaufen? Mehr nicht? Das gibt's doch nicht!“

„Josh, wir können und wir dürfen nichts machen. Wir können nur hoffen, dass deren Plan nicht aufgeht. Dass eben nicht jedes Land in der Region ohne aufzubegehren der Islamischen Republik beitritt. Wenn wir Glück haben, ruft ein Land uns um Hilfe. Dann können wir uns einschalten. Und nur dann!“

Laymann schwieg betroffen. Dann sah er Ryan nachdenklich an.

„Wir könnten doch Hashemian töten...“

„Schlag dem Präsidenten das vor und er feuert dich!“, warnte Ryan seinen Freund.

Laymann lehnte sich in seinem Stuhl zurück.

„Der Präsident liebt mich. Er würde mich niemals feuern“, meinte er grinsend. Schnell wurde er wieder ernst. „Ich kann nicht glauben, dass wir nichts unternehmen können.“

„Was genau stört dich denn an einer Vereinigten Islamischen Republik?"

„Sie hätten das Öl unter Kontrolle und würden Atomwaffen besitzen", antwortete Laymann, ohne lange zu überlegen.

„Okay, lass uns mit den Atomwaffen beginnen: Pakistan ist ein islamisches Land und schon seit vielen Jahren in der Lage, Atomwaffen zu produzieren. Bislang ist nichts passiert. Nun zum Öl: Das Öl ist schon seit Jahrzehnten in den Händen der Muslime. Bis auf ein einziges Mal ist es niemals als politische Waffen eingesetzt worden." Ryan sah den Stabschef an. „Also, wovor hast du Angst?"

„Ich habe Angst davor, dass das Öl und die Atomwaffen in Besitz der Taliban geraten", rief Laymann.

„Ah, die Taliban. Ich verstehe. Das ist natürlich ein ganz anderes Problem", meinte Ryan.

„Du betrachtest das getrennt?", fragte Laymann überrascht.

„Ja. Und das solltest du auch tun."

„Warum?"

„In der Region am Persischen Golf leben rund vierhundert Millionen Menschen. Überwiegend Muslime. Nur ein Bruchteil dieser Muslime ist radikal. Die Taliban stellen davon einen Großteil. Ihre Hochburgen sind Afghanistan und Pakistan. Die CIA vermutet, dass es etwa einhunderttausend radikale Islamisten gibt. Denen gegenüber stehen vierhundert Millionen friedliche Muslime, die einfach nur ihre Ruhe haben wollen. Wenn wir Hashemian stoppen oder gar töten würden, dann hätten wir sie alle gegen uns. Wir würden also das Gegenteil von dem erreichen, was wir wollten."

„Ich verstehe", murmelte Laymann.

„Es ist das alte Lied. Wir müssen endlich etwas gegen die Taliban unternehmen. Etwas wirkungsvolles", schloss Ryan seine Gedanken ab.

„Wer finanziert den islamischen Terror?", dachte Laymann laut nach.

„Die Anschläge des 11. September wurden größtenteils aus Saudi-Arabien finanziert", schloss sich Ryan den Gedanken des Stabschefs an.

„Aber die Terroristen des 11. September waren keine Taliban."

„Nein."

„Wer also finanziert die Taliban?“, fragte Laymann folgerichtig.

„Die Taliban finanzieren sich zum Großteil selbst“, erklärte Ryan. „Alleine durch den Verkauf von Rohopium machen sie jährlich schätzungsweise zweihundert Millionen Dollar. Hinzu kommen noch Entführungen und einige Spenden anderer radikaler Organisationen.“

„Das bedeutet doch im Umkehrschluss, wenn wir den Taliban ihre finanzielle Grundlage nehmen...“

„Würden wir sie erheblich schwächen“, schloss Ryan den Satz ab.

„Wenn wir dann noch eine Art Auffangbecken stellen würden, etwas nach dem Motto ‚Arbeit für alle’, dann könnte es doch sein, dass wir den Taliban einen empfindlichen Schlag versetzen.“ Laymann sprach immer schneller. Aufgeregt sprang er auf. „Wissen wir, wo die Mohnplantagen liegen?“

Auch Ryan saß nicht mehr.

„Schon lange!“, meinte er. „Bislang haben wir allerdings nur sporadisch etwas unternommen.“

„Das sollten wir ändern!“, rief Laymann.

„Der Meinung bin ich auch!“

„Wir brauchen eine Karte von Afghanistan“, rief Laymann und öffnete die Bürotür. „Donna!“, brüllte er. Seine Assistentin tauchte vor ihm auf.

„Du brauchst nicht so zu schreien, Josh. Ich sitze direkt vor deinem Büro“, maulte sie und sah Laymann dann fragend an.

„Was ist?“, fragte der.

„Ich warte. Du hast nach mir gebrüllt, also willst du was von mir.“

„Ich brauche eine Karte von Afghanistan“, sagte Laymann aufgeregt.

„Eine topographische oder eine politische Karte?“, wollte Donna wissen.

„Was?“, fragte Laymann entgeistert.

Ryan lief an den beiden vorbei. „Ich hole eine aus meinem Büro!“, rief er über die Schulter und verschwand.

„Kann ich sonst noch etwas für dich tun?“, wollte Donna wissen.

„Kaffee wäre nicht schlecht“, antwortete Laymann vorsichtig.

„Natürlich. Kommt sofort“, sagte Donna und verschwand in Richtung Küche.

„Wir brauchen einen vom Militär“, murmelte Laymann. „Am besten einen, der schon in Afghanistan war.“ Er ging zurück in sein Büro, um zu telefonieren.

BERLIN, 24. SEPTEMBER, 18.35 UHR

Der Anruf erreichte den deutschen Bundeskanzler, als er gerade von einer Besprechung mit Gewerkschaftsführern in sein Büro zurückkehrte. Überrascht sah Gerling auf seine Uhr.

„Ich kann in zwanzig Minuten da sein“, sagte er und lauschte der Antwort. Dann legte er den Hörer auf und rief seinen Fahrer.

Charles Logan wollte mit ihm sprechen.

WASHINGTON, DC, 24. SEPTEMBER, 12.35 UHR

„Harold Walker ist ein Falke. Seine politische Karriere begann mitten im kalten Krieg. Darüber hinaus ist er hochintelligent. Es wird nicht einfach sein, ihn zu einem Geständnis zu bewegen.“ Präsident Clifford saß auf einem Sofa, neben ihm sein designierter Vizepräsident, Leo McGarry, und ihnen gegenüber FBI-Direktor Bannister.

„Ich hätte da einen Vorschlag“, meinte dieser.

„Schießen Sie los. Vorschläge sind das, was wir brauchen.“

„Wie Sie sicher wissen, haben wir beim FBI eine Abteilung, die sich mit der Verhaltensanalyse beschäftigt. Die Behavioral Analysis Unit, kurz BAU genannt. Dort arbeiten die besten Profiler der Welt. Sie könnten Ihnen ein Profil von Walker erstellen.“

„Und was bringt mir dieses Profil?“, wollte Clifford wissen.

„Das Profil sagt Ihnen, wie Sie Walker zu einem Geständnis bringen“, war die knappe Antwort.

BERLIN, 24. SEPTEMBER, 19.00 UHR

Bundeskanzler Gerling saß in einem kargen Besprechungsraum und wartete auf Logan. Als dieser endlich in das Zimmer geführt wurde, zuckte Gerling zusammen. Logan sah aus, als sei eine Horde Hooligans über ihn hergefallen. Ein Auge war zugeschwollen und blau angelaufen. Seine Oberlippe war dick und wies Risse auf. Logan setzte sich auf den Stuhl gegenüber vom Kanzler und hob den Blick.

„Tut mir leid, dass man Sie misshandelt hat. Das kommt nicht von mir“, sagte Gerling aufrichtig.

Logan zuckte gleichmütig mit den Achseln.
„Das gehört dazu. Berufsrisiko sozusagen“, nuschelte er.
„Wie ich erfahren habe, hat auch das Zusammenschlagen nicht funktioniert. Sie haben kein Wort gesprochen“, merkte Gerling an.
Logan grinste leicht. „Ich suche mir die Leute, mit denen ich rede, lieber selber aus“, antwortete er und musterte Gerling eindringlich. „Als wir uns das erste Mal gesehen haben, hier, als ich ankam, da haben Sie etwas gesagt, was ich nicht verstanden habe“, begann er und ließ den Kanzler nicht aus den Augen.
Der forderte ihn mit einem Kopfnicken auf, weiter zu sprechen.
„Sie sagten: Sie werden uns sagen, wer wirklich dahinter steckt und wo die zwei Atombomben sind.“
Gerling nickte bestätigend. Er konnte sich noch gut an seine Worte erinnern.
„Was meinten Sie damit, dass ich Ihnen sagen würde, wo die zwei Atombomben sind?“
„Spezialeinsatzkräfte der US-Armee haben vor kurzem alle Atomsprengköpfe, die in Pakistan lagerten, sichergestellt. Dabei wurde festgestellt, dass zwei atomare Sprengköpfe fehlen. Wir gehen davon aus, dass sie im Besitz derer sind, die diese Verschwörung angezettelt haben“, erklärte Gerling.
Logan nickte langsam und senkte den Blick. Gerling hatte den Eindruck, dass er gerade dabei war, einige fehlende Teile eines Puzzles zusammenzufügen.
„Glauben Sie, es ist ehrenvoll, sein Leben für sein Land zu geben?“, fragte Logan mit leiser Stimme.
„Ja“, antwortete Gerling, „ich denke, dass das sehr ehrenvoll ist.“
„Denken Sie, dass es richtig ist, zum Wohle seines Landes das Leben von Menschen zu opfern?“
„Sprechen Sie von Soldaten?“, fragte Gerling nach. „Soldaten riskieren für die Sicherheit und Freiheit anderer ihr Leben, das ist Fakt und sie tun dies freiwillig. Mir als Bundeskanzler fällt es sehr schwer, Soldaten in einen Krieg zu schicken, da ich weiß, dass einige nicht mehr nach Hause zurückkehren werden. Aber leider ist es notwendig, dies zu tun.“
„Was ist mit Zivilisten?“, fragte Logan nach. „Würden Sie das Leben Hunderttausender von Zivilisten opfern, wenn Sie der Meinung wären, damit das Leben von Millionen von Menschen sicherer zu machen?“

„Großer Gott, Logan! Was haben Sie vor?“, fragte Gerling geschockt.

„Beantworten Sie bitte meine Frage“, forderte Logan den Kanzler auf.

„Niemals würde ich das Leben so vieler Unschuldiger opfern! Was wäre das für ein unmoralischer Preis für das Leben anderer?“

Logan nickte. Ich dachte einst genauso wie der Bundeskanzler, erinnerte er sich.

„Ich weiß, wer die zwei atomaren Sprengköpfe hat. Und ich glaube, ich weiß, wie er sie einsetzen wird“, sagte er leise.

Dann begann er zu reden.

WASHINGTON, DC, 24. SEPTEMBER, 13.15 UHR

„Hier haben wir die Hauptanbaugebiete von Schlafmohn in Afghanistan“, erklärte Ryan und deutete auf die roten Köpfe der Nadeln, die er zuvor in die Landkarte gesteckt hatte.

„Schlafmohn?“, fragte Laymann, „Klingt so harmlos.“

„Ist es aber nicht“, erklärte Ryan. „Aus Schlafmohn wird Rohopium hergestellt und Rohopium ist die Grundlage für Opium, Morphium und Heroin.“ Er zeigte auf eine der Nadeln. Sie steckte im südlichen Teil Afghanistans. „Die Provinz Helmand.“ Ryans Hand wanderte über die Karte zur nächsten Nadel. Diese steckte im Osten des Landes, an der Grenze zu Pakistan. „Die Provinz Nangarhar.“ Erneut ging die Hand Ryans auf Wanderschaft. Diesmal zeigte sie auf einen Flecken im Norden. „Und hier die Provinz Balkh. Alle drei Provinzen befinden sich in den Händen der Taliban. Hier sind die größten Schlafmohnplantagen. Zerstören wir diese Plantagen, fügen wir den Taliban einen enormen finanziellen Schaden zu.“ Ryan deutete auf den ersten Stecknadelkopf. „Und da sollten wir beginnen. In Helmand. Hier werden über fünfzig Prozent des Schlafmohns Afghanistans angebaut.“

BERLIN, 24. SEPTEMBER, 19.22 UHR

Bundeskanzler Gerling konnte sich nur mühsam beherrschen, den amerikanischen Präsidenten nicht sofort nach dem Gespräch mit Logan über sein Handy anzurufen. Stattdessen wartete er, bis er sein Büro erreicht hatte. Dort nahm er dann das abhörsichere Telefon. Er wählte Cliffords Geheimnummer und nannte seinen Codenamen.

Wenige Augenblicke später hatte er den US-Präsidenten am Telefon. „Was gibt's, Jan? Ich bin in einer wichtigen Besprechung", sagte Clifford.

„Es ist der ehemalige Präsident Walker, der hinter allem steckt. Nicht der Junge, sondern sein Vater!", rief Gerling ins Telefon.

„Woher weißt du das?", fragte Clifford leise.

„Ich hatte gerade ein Gespräch mit Logan. Er wollte mich sehen und hat mir alles gesagt, was er weiß."

„Warum?", wollte Clifford wissen.

„Weil Walker die zwei Atombomben hat und Logan zu wissen glaubt, wo er sie einsetzen wird", sagte Gerling atemlos.

„Wo?"

„In Washington!"

WASHINGTON, DC, 24. SEPTEMBER, 13.43 UHR

Unmittelbar nachdem Clifford das Gespräch mit dem Bundeskanzler beendet hatte, rief er seinen Stabschef und seinen Nationalen Sicherheitsberater ins Oval Office. Ebenfalls anwesend waren Leo McGarry und der Direktor des FBI. Etwas erstaunt nahm Clifford zur Kenntnis, dass sein Sicherheitsberater eine Landkarte mitbrachte.

Nachdem sich alle gesetzt hatten, ergriff der Präsident das Wort. „Wir wissen nun sicher, wer hinter der Verschwörung steckt. Es ist Präsident Walker senior", begann Clifford die Krisensitzung. „Wir wissen das aus nunmehr zwei Quellen: Zum einen haben wir ein Gespräch zwischen ihm und seinem Sohn aufgezeichnet. In diesem Gespräch erwähnte der Senior Details, die er nur wissen kann, wenn er in die Verschwörung verwickelt ist. Die zweite Quelle ist Charles Logan, der Inhaber von Dark Water. Er ist in Deutschland in Gewahrsam und bat um ein Gespräch mit Bundeskanzler Gerling. Ihm hat er verraten, dass Walker hinter allem steckt, dass er die Atombomben hat und auch, wo er sie zünden will: hier in Washington. Walker will den gesamten Politapparat der Vereinigten Staaten von Amerika auslöschen. Und um das zu erreichen, will er Washington vernichten."

WASHINGTON, DC, 24. SEPTEMBER, 14.55 UHR

„Präsident Walker leidet an einer narzisstischen Persönlichkeitsstörung. Die Ursache dafür liegt wahrscheinlich in seiner

Kindheit. Sie war geprägt von Überforderung und Liebesentzug. Walker besitzt kaum oder kein Einfühlungsvermögen und auf Kritik reagiert er überzogen aggressiv. Walkers Selbstwertgefühl ist brüchig. Narzisten wie er überschätzen ihre eigenen Fähigkeiten und zerstören aus Neid, was begabtere Menschen aufgebaut haben. Sie behandeln Mitmenschen so, wie sie selbst nicht behandelt werden möchten. Allerdings besitzen sie auch einen Blick für das Besondere, können leistungsstark in Schule oder Beruf sein und haben oft gepflegte und statusbewusste Umgangsformen. Kennzeichnend für Menschen mit einer solch ausgeprägten Persönlichkeitsstörung ist krankhafte Grandiosität, das heißt die Entwicklung eines nicht der Realität angemessenen Größenselbst oder auch Realitätsverlust, gepaart mit Herrschaftsanspruch innerhalb einer Gruppe, bis hin zu Sadismus und Hass."

Der Profiler der BAU schwieg und wartete auf Fragen.

„Wäre ein Mensch mit einer solchen Persönlichkeitsstörung fähig zu einem Massenmord?", fragte Clifford. Obwohl er die Antwort bereits kannte, fürchtete er sich vor ihr.

„Wenn der Realitätsverlust weit fortgeschritten ist und das Hasspotential einen kritischen Stand erreicht hat, dann wäre ein solcher Mensch fähig, den gesamten Planeten zu zerstören, Mister President."

Clifford schluckte trocken.

„Wie kann man solch einen Menschen stoppen?", fragte er leise.

„Nun, es gibt da schon eine Möglichkeit", meinte der Profiler. Dann erläuterte er dem Präsidenten seinen Plan.

WASHINGTON, DC, 24. SEPTEMBER, 15.23 UHR

Nachdem der Profiler des FBI das Oval Office verlassen hatte, trat zunächst betretenes Schweigen ein. Präsident Clifford deutete mit dem Kinn in Richtung Landkarte, die Ryan mitgebracht hatte.

„Was hast du da?", wollte er wissen.

„Eine Karte von Afghanistan. Josh und ich haben einen Plan, wie wir den Taliban einen empfindlichen Schlag versetzten können", antwortete Ryan seltsam tonlos. Er war immer noch dabei, das zuvor Gehörte zu verarbeiten. Das ging allen so, deshalb wollte Clifford das Gespräch erst einmal in eine andere Richtung lenken.

„Erklärt mir euren Plan", forderte er die beiden auf.

Ryan entfaltete die Karte und begann, gemeinsam mit Laymann

dem Präsidenten ihre Strategie zu erläutern.

„Wenn wir das tun, mit wie vielen zivilen Opfern hätten wir zu rechnen?", wollte Clifford wissen.

Laymann und Ryan wechselten einen schnellen Blick.

„Auf den Mohnfeldern arbeiten viele Bauern. Wie viele, können wir nicht sagen, aber wenig sind es nicht", gab Laymann zu.

„Allerdings sind diese Bauern bei der übrigen Zivilbevölkerung nicht gerade hoch angesehen, da sie für die Taliban arbeiten. Außerdem ist Rauschgift im Islam verboten", warf Ryan ein.

„Der Plan gefällt mir. Warum haben wir das nicht schon viel früher getan? Auch die Idee „Arbeit für alle" gefällt mir. John, reden Sie mit Jackson. Er soll das vorbereiten", befahl Präsident Clifford. Jackson war der Direktor der Vereinigten Stabschefs, also der ranghöchste Militär der Vereinigten Staaten von Amerika. Clifford sah seine beiden Berater an.

„Ich hatte schon befürchtet, einer würde mir vorschlagen, Hashemian umbringen zu lassen. Der erste, der diesen Vorschlag gemacht hätte, wäre im hohen Bogen aus dem Weißen Haus geflogen."

Ryan warf Laymann einen Blick zu, der bedeuten sollte „Ich hab's dir doch gesagt". Laymann grinste und formte mit den Lippen ein lautloses „Der Präsident liebt mich".

Clifford sorgte wieder für den nötigen Ernst, als er sagte: „Und nun müssen wir uns über mein Treffen mit Walker unterhalten."

WASHINGTON, DC, 24. SEPTEMBER, 17.12 UHR

Josh Laymann und John Ryan waren nach der Besprechung im Oval Office zurück im Büro von Laymann. Die Assistentin von Laymann brachte den beiden Kaffee und verschwand wieder. Laymann betrachtete die Tasse mit dem Wappen des Weißen Hauses und lächelte leicht.

„Was ist?", fragte Ryan.

„Als Präsident Clifford noch Senator war und sich dazu entschlossen hat, für das Weiße Haus zu kandidieren, bat er mich darum, ihn im Wahlkampf zu unterstützen. Er versprach mir keinen Job für den Fall, dass er gewählt werde, und ich fragte auch nicht danach. Ich musste einfach daran denken, dass ich Jahre zuvor bei Ebay versucht habe, eine solche Tasse zu ersteigern. Ich wollte sie unbedingt haben. Keinen Gedanken habe ich daran verschwendet, ob es vielleicht eine Fälschung sein könnte", Laymann sah die Tasse von allen Seiten an. „Ich wollte einfach eine Tasse mit dem Emblem des Weißen Hauses", flüsterte er. Dann sah er Ryan an. „Weißt du, warum?"

Ryan schüttelte den Kopf.

„Weil dieses Wappen für alles steht, wofür es sich lohnt zu sterben. Freiheit, Gerechtigkeit. Die Gewissheit, dass du alles schaffen kannst, alles erreichen kannst, wenn du es nur willst."

„Das Land der unbegrenzten Möglichkeiten", meinte Ryan.

„Ja", bestätigte Laymann.

„Und? Hast du sie bekommen?"

„Nein. Jemand hat zweihundert Dollar dafür bezahlt. Das konnte ich mir nicht leisten." Laymann hob den Blick und sah Ryan an. „Und jetzt erfahre ich, dass ein ehemaliger Präsident der Vereinigten Staaten von Amerika bereit ist, eine Atombombe in Washington zu zünden. Er ist bereit, Millionen Amerikaner zu töten. Wofür?" Ihm liefen Tränen über die Wangen. „Wie kann das sein? Warum tritt Walker alles, wofür Amerika steht, so mit den Füssen?"

„Weil er den Verstand verloren hat", knurrte Ryan, „er hat komplett den Verstand verloren."

„Präsident Clifford ist ein guter Präsident. Er ist ein guter Mensch", meinte Laymann und wischte sich mit dem Handrücken über sein Gesicht.

„Ja, das ist er", bestätigte Ryan.

„Hoffentlich schafft er es, Walker vom Gegenteil zu überzeugen."

TEXAS, 24. SEPTEMBER, 19.00 UHR

Der Anruf erreichte Walker sen. beim Abendessen. Der Präsident der Vereinigten Staaten von Amerika benötige seine Hilfe. Ob er bereit wäre, am nächsten Tag um 11.00 Uhr ins Weiße Haus zu einer Besprechung zu kommen? Es ginge um die nationale Sicherheit. Nicht einen Moment dachte Walker daran, dass er derjenige sein könnte, der die nationale Sicherheit gefährdete und dass Präsident Clifford davon wusste. Hocherfreut, dass man ihn nicht vergessen hatte, sagte Walker zu. Genau das hatte der Profiler des FBI vorhergesagt. Man bot Walker an, ihn mit einer Maschine der Air Force abzuholen. Dankend lehnte er ab. Er hatte eigene Transportmöglichkeiten.

31

BERLIN, 25. SEPTEMBER, 09.00 UHR

Aufgrund der neuen Situation im Nahen Osten und der nicht absehbaren Konsequenzen für Deutschland hatte der Bundeskanzler eine Sondersitzung mit dem Außenminister, dem Sicherheitsberater und dem Wirtschaftsminister angeordnet. In erster Linie sollte es in dieser Besprechung um die möglichen wirtschaftlichen Auswirkungen gehen.

„Wer sind unsere Hauptlieferanten von Erdöl?“, wollte Gerling wissen.

„Russland liegt mit einem Anteil von über vierzig Prozent auf Platz eins“, antwortete der Minister für Wirtschaft. „Gefolgt von Afrika mit einem Anteil von achtzehn Prozent. Das meiste davon stammt aus Libyen. Dann folgen Norwegen und Großbritannien.“

„Beziehen wir kein Öl aus dem Nahen Osten?“, fragte der Kanzler erstaunt.

„In Anbetracht des Gesamtvolumens unseres Bedarfes eine nur geringe Menge. Knapp vier Millionen Tonnen aus Saudi-Arabien, annähernd dieselbe Menge aus Syrien und eine kleine Menge aus dem Iran.“

„Könnten wir im Ernstfall die Menge der Öllieferungen aus dem Nahen Osten und aus Afrika umschichten nach Russland, Norwegen und Großbritannien?“, wollte Gerling wissen.

„Um diese Frage abschließend zu beantworten, müsste ich die Verträge mit den jeweiligen Partnern prüfen lassen. Allerdings, Herr Bundeskanzler, bei allem Respekt: wir haben ganz bewusst die Lieferanten breit gestreut, um eine Abhängigkeit zu vermeiden“, warnte der Minister. „Es ist uns ja schon schmerzhaft bewusst geworden, was eine solche Abhängigkeit für Auswirkungen haben kann. Ich spreche hier über die Gaslieferungen aus Russland.“

„Das ist mir schon klar. Nur könnten wir uns zu diesem Schritt gezwungen sehen.“ Bundeskanzler Gerling erklärte dem Wirtschaftsminister, warum er diese Schritte in Erwägung zog.

Dieser hörte aufmerksam zu.

„In Anbetracht dieser Umstände wäre es wohl sinnvoll, alle

Optionen zu prüfen. Ich werde das sofort veranlassen", sagte er dann und verließ das Büro des Kanzlers.

„Was gibt's sonst neues?", fragte Gerling.

„Rizzitelli versucht immer noch, dich telefonisch zu erreichen", meinte Außenminister de Fries und konnte sich ein Grinsen nicht verkneifen.

Gerling verdrehte die Augen. „Mann, ist der hartnäckig", schnaufte er. „Ich verspüre nicht das geringste Bedürfnis, mit diesem größenwahnsinnigen Spinner zu sprechen."

„Ich glaube, er wird nicht aufhören zu versuchen, dich ans Telefon zu kriegen", meinte de Fries.

„Der Typ ist ja wie ein Stalker", beschwerte sich Gerling.

De Fries und Kirchner mussten lachen und der Kanzler stimmte mit ein. Aber schnell wurden sie wieder ernst. Gerling informierte die beiden über die jüngsten Entwicklungen, die nach seinem Gespräch mit Logan eingetreten waren. Präsident Clifford hatte ihn am Vorabend angerufen, um ihn davon in Kenntnis zu setzten, dass er vorhatte, sich mit Walker zu treffen. Clifford hatte Gerling von seiner Unterhaltung mit dem Profiler des FBI erzählt und ihm auch dessen Vorschlag erläutert, wie Walker zu knacken sei.

„Bei dem Gespräch wäre ich gern dabei", meinte Kirchner.

„Meinst du, es funktioniert?", wollte de Fries wissen.

„Ich hoffe es", antwortete der Kanzler leise. „Ich hoffe es für uns alle."

WASHINGTON, DC, 25. SEPTEMBER, 08.55 UHR

Präsident Clifford hatte das gleiche Meeting einberufen, zu dem auch der Bundeskanzler geladen hatte. Auch bei diesem Treffen ging es um die wirtschaftlichen Konsequenzen der Entwicklung im Nahen Osten. Allerdings waren hier die Vorzeichen anders. Die USA bezogen ihr Erdöl nicht von den besagten Staaten. Vielmehr galt es bei diesem Meeting, die Konsequenzen der amerikanischen Unternehmen abzuschätzen, die mit der Erdölförderung am Persischen Golf beschäftigt waren. Allen voran Exxon Mobile. Das Unternehmen hatte weltweit mehr als 100.000 Mitarbeiter. Exxon Mobile förderte allerdings nicht nur im Ausland Öl, sondern auch in den Vereinigten Staaten. Die USA sind das Land mit den zweitgrößten Erdölressourcen weltweit, nach Russland. Allerdings zählen neben der tatsächlich nachgewiesenen Menge an Rohstoffen auch noch jene, die derzeit technisch und/oder wirtschaftlich nicht gewonnen werden können, sowie die nicht nachgewiesene, aber geologisch mögliche zukünftig gewinnbare Menge einer Rohstoff-Lagerstätte. Die derzeit größten Abnehmer von Öl aus dem Nahen Osten waren China und Japan. Beide Länder verfügen über nur sehr wenig oder überhaupt keine eigenen Erdölressourcen.

Ein für die Vereinigten Staaten strategisch wichtiger Partner für die Zukunft, das wurde in diesem Meeting klar, war Venezuela. Im Orinoco-Becken liegt das größte Erdölfeld der Welt, das den Fördermengen der gesamten Arabischen Halbinsel Konkurrenz machen könnte. In den letzten Jahren jedoch hatte sich das Klima zwischen den USA und einigen Ländern Südamerikas merklich abgekühlt. Seit Präsident Clifford im Weißen Haus saß, arbeiteten sie an einer Verbesserung der Beziehungen und machten auch erhebliche Fortschritte. Clifford hatte den Staatschefs der südamerikanischen Länder die Hand gereicht und zögernd begannen sie, diese zu ergreifen. Von seinem Handelsminister wusste Clifford, dass auch die Chinesen einen begierigen Blick auf das Öl in Venezuela geworfen hatten. Sie hatten dem südamerikanischen Staat Unterstützung bei der ökologisch nicht unproblematischen Erschließung des riesigen Erdölfeldes angeboten. Noch waren keine Verträge mit den Chinesen unterzeichnet und Clifford war entschlossen, dass die Vereinigten Staaten von Amerika Vertragspartner Venezuelas wurden.

WASHINGTON, DC, 25. SEPTEMBER, 10.34 UHR

Die Maschine des Ex-Präsidenten Walker sen. landete überpünktlich auf der Andrews Air Force Base. Eine gepanzerte Limousine brachte Walker auf direktem Weg ins Weiße Haus. Dort angekommen, geleitete man ihn respektvoll ins Roosevelt-Zimmer und brachte ihm eine Tasse Kaffee. Der Stabschef kam zu ihm und bat ihn noch um etwas Geduld. Präsident Clifford unterbreche gerade die laufende Besprechung und würde so schnell wie möglich bei ihm sein. Walker quittierte dies mit einem stummen Nicken. Das alles gehörte zu der Inszenierung, die nun ihren schwierigsten Teil erreichen sollte.

Wenige Augenblicke später erschien der Präsident persönlich im Roosevelt-Zimmer, um seinen Gast abzuholen. Am Oval Office angekommen, öffnete Clifford die Tür und ließ Walker den Vortritt.

Er bot ihm einen Platz auf einem der Sofas an und setzte sich dann ihm gegenüber. Clifford wirkte unsicher, ja fast ängstlich. Walkers Gesicht blieb ausdruckslos.

„Danke, dass Sie so schnell kommen konnten", sagte Clifford leise.

Walker machte eine wegwerfende Handbewegung. „Wenn ich helfen kann, dann tue ich das gerne", meinte er großzügig.

„Ich brauche Hilfe", sagte Clifford. Dann sah er Walker direkt an. „Ihre Hilfe."

„Was kann ich für mein Land tun?", fragte Walker selbstbewusst.

Der Präsident registrierte, dass Walker nicht fragte, was er für ihn tun könne. Er ging also davon aus, dass das gesamte Land seine Hilfe brauchte. Clifford sprang auf und begann, im Oval Office auf und ab zu laufen. „Alles bricht hier über mir zusammen", rief er und machte den Eindruck eines völlig überforderten Mannes. „Irak, Afghanistan und jetzt auch noch diese Vereinigte Islamische Republik. Mein Telefon steht nicht mehr still. Saudi-Arabien, Kuwait, Pakistan. Alle rufen mich an und wollen, dass ich ihnen helfe!" Clifford setzte sich wieder hin und griff zu seinen Zigaretten. Als er sich eine anzündete, bemerkte Walker, dass die Hände des Präsidenten zitterten.

„Es ist ein schwieriger Job", bemerkte er.

„Ja", stöhnte Clifford. „Das ist wahr." Erneut sprang er auf. „Was kann ich nur tun?", rief er und sah Walker hilflos an. Der genoss die Verzweiflung seines Gegenübers.

„Ihr Versuch, alles durch den Dialog zu lösen, funktioniert nicht, oder?", fragte er Clifford.

„Nein", gab dieser zu, „er funktioniert nicht." Scheinbar resigniert ließ er sich in das Sofa fallen.

„Was kann ich tun?", wiederholte Walker seine Frage.

Clifford sah zu seinem Schreibtisch und dann zum Ex-Präsidenten. „Sie sollten an diesem Schreibtisch sitzen", sagte er leise.

Walker schüttelte benommen den Kopf. „Wie bitte?"

„Ich sagte, dass Sie an diesem Schreibtisch sitzen sollten. Nicht ich!" Clifford stand auf und ging zum Schreibtisch. Dann hieb er mit der flachen Hand auf die Arbeitsfläche. „Ich gehöre nicht hierher!", rief er. „Ich dachte, ich packe es. Aber nun muss ich feststellen, dass ich es niemals packen werde!"

Wie Recht du hast, dachte Walker, viele fühlen sich berufen, aber nur wenige sind auserwählt.

„William", sagte Walker zu Clifford und vermied bewusst die Anrede „Mister President". „Ich weiß, in was für einer Situation Sie sich befinden. Und ich weiß auch, dass Sie sich mit den falschen Beratern abgeben." Walker stand nun ebenfalls auf und ging in Richtung Schreibtisch. Dort setzte er sich auf den Stuhl des Präsidenten. Fast zärtlich strich er mit der Hand über die Tischplatte.

„Dieser Schreibtisch ist aus einem ganz besonderen Holz gemacht", flüsterte er. „Und diejenigen, die an ihm sitzen, sollten auch aus einem ganz besonderen Holz gemacht sein." Er hob den Blick und sah Clifford geringschätzend an. „Du bist zu schwach für diesen Schreibtisch, mein Sohn", sagte er mit fester Stimme. Clifford sank auf den Besucherstuhl, der vor dem Schreibtisch stand. Innerlich tobte er. Er hätte Walker am liebsten aus dem Oval Office geprügelt.

Der erhob sich und stützte sich mit beiden Händen am Schreibtisch ab. „Du bist dabei, dieses Land in den Abgrund zu stürzen", zischte er. „Vor mehr als zweitausend Jahren konnte sich ein römischer Staatsbürger auf jedem Flecken dieses Planeten vollkommen unbehelligt aufhalten. Er musste nur drei Wörter aussprechen. Nur drei lausige Wörter: civis romanus sum! Ich bin ein römischer Bürger! Jedermann, der vorgehabt hatte, ihn auszurauben oder zu töten, hat sein Vorhaben sofort aufgegeben! Nicht, weil er Rom so liebte, nein. Der Grund war, dass er Rom so fürchtete! Er wusste, dass wenn er einem römischen Staatsbürger etwas zuleide täte, das Römische Reich über ihn herfallen würde wie der Zorn Gottes!" Walker hatte mittlerweile ein hochrotes Gesicht. „Unsere Situation ist vollkommen anders. Überall auf der Welt werden Amerikaner gezielt umgebracht, gerade weil sie Amerikaner sind! Du willst, dass alle Amerika lieben. Du willst Amerika in den Schoß der sogenannten Staatengemeinschaft zurück bringen. Das ist falsch!", schrie Walker und seine Augen funkelten dabei. „Die einzige Sprache, die die anderen verstehen, ist die Sprache der Gewalt. Da ist kein Platz für Streicheleinheiten! Da ist kein Platz für Verständnis! Die anderen dürfen uns nicht lieben. Sie müssen uns fürchten! Dominanz ist das Zauberwort! Militärische und wirtschaftliche Dominanz!"

Walker hatte sich nun in einen wahren Rausch gesprochen. „So, wie wir die UdSSR im Kalten Krieg niedergerungen haben, genau so müssen wir jetzt alle anderen niederringen!“, rief er und ließ sich auf Cliffords Stuhl fallen.

„Am liebsten würde ich sie alle in die Steinzeit zurückbomben“, sagte der leise.

„Was hast du gesagt, mein Sohn?“, fragte Walker vorsichtig nach.

„Ich sagte: am liebsten würde ich sie alle in die Steinzeit zurückbomben!“, wiederholte Clifford.

„Ja! Ja! So ist es richtig! Das ist die Sprache, die alle verstehen!“, rief Walker begeistert.

Clifford sprang erregt auf. „Mit guten Taten vorangehen oder an das Gute im Menschen glauben, bringt überhaupt nichts. Im Gegenteil, sie halten einen dann für schwach“, rief Clifford. „Wir müssen andere Seiten aufziehen. Zur alten Stärke zurückfinden. Sie haben völlig Recht, Mister President. Man muss uns fürchten. Dann folgt man uns auch!“

„Jetzt hast du es kapiert, mein Sohn. So und nicht anders funktioniert die Welt.“

„Sie sollten auf diesem Stuhl sitzen!“, wiederholte Clifford, diesmal mit Begeisterung in der Stimme.

Walker machte ein nachdenkliches Gesicht. Dann nickte er langsam. „Ich könnte in deiner Nähe bleiben. Dich unterstützen und beraten“, meinte er und sah den Präsidenten listig an.

„Mehr geht wohl nicht“, entgegnete Clifford enttäuscht. Allmählich wurde ihm schlecht.

„Oh doch“, meinte Walker leise. „Es geht noch viel mehr. Ich habe einflussreiche Freunde“, meinte er geheimnisvoll.

Clifford machte eine wegwerfende Handbewegung.

„Die habe ich auch. Und was hat es mir genützt?“, fragte er enttäuscht. „Nichts!“ Er setzte sich wieder hin und schien nachzudenken. „Einflussreiche Freunde können nützlich sein. Aber was wir brauchen, wäre ein Zeichen. Eines, das unmissverständlich wäre. Eines, das alle zum Verstummen brächte.“

Walker hob die Augenbrauen und sah Clifford forschend an.

„Und an was für ein Zeichen dachtest du?“, wollte er wissen.

„Am liebsten würde ich mitten in Teheran eine Bombe hochgehen lassen!“, rief Clifford und wirkte, nachdem er es ausgesprochen hatte, plötzlich erschrocken.

Walker lachte leise.
„Am Ende steckt ja doch ein Krieger in dir!", sagte er und sah Clifford milde an. „Ohne vorher provoziert zu werden, könnte dieser Schritt aber doch etwas zu extrem sein", gab er zu bedenken.
„Ich weiß. Und den Gefallen werden sie uns mit Sicherheit nicht tun", meinte Clifford in resigniertem Tonfall.
„Vielleicht nicht direkt", meinte Walker vorsichtig. Clifford tat so, als hätte er nicht gehört, dass Walker etwas gesagt hatte.
„Wenn sie doch nur genau jetzt einen Anschlag verüben würden. Dann hätten wir die Möglichkeit mit aller Härte zurückzuschlagen", murmelte er.
„Meinst du nicht, dass der Kongress mittlerweile kriegsmüde ist?", fragte Walker.
Clifford schnaufte verächtlich. „Unentschlossene und ängstliche Hosenscheißer!", presste er hervor.

Im Büro des Stabschefs saßen Laymann, Ryan, McGarry, FBI-Direktor Bannister und der Bundesstaatsanwalt. Sie hörten jedes Wort mit.
„Übertreibt er jetzt nicht etwas?", fragte Laymann etwas unsicher.
McGarry und Ryan schüttelten beide im Duett den Kopf.
„Er hat ihn genau da, wo er ihn haben wollte", entgegnete der Sicherheitsberater.

Walker konnte es nicht fassen. Clifford war jetzt fast soweit, den Plan in die Tat umzusetzen, an dem er, Walker, seit einem Jahr gearbeitet hatte. Hätte er gewusst, dass Clifford so leicht zu manipulieren war, hätte er Patterson niemals gebraucht. Ironie des Schicksals. Nun galt es nur noch, die Angelschnur behutsam einzuholen.
„Stell dir vor, es gäbe diese ganzen Hosenscheißer nicht mehr. Stell dir vor, du hättest ein jungfräuliches Amerika vor dir. Keine korrupten Senatoren und Gouverneure, keine Abgeordneten, die mehr Lobbyisten sind, als alles andere. Stell dir diesen Zustand vor, mein Sohn, und sage mir, was du siehst", sagte Walker in schon fast hypnotischen Tonfall.
„Unbegrenzte Möglichkeiten", flüsterte Clifford ergriffen.
„Ja, genau, unbegrenzte Möglichkeiten", wiederholte Walker.

„Und ich kann diesen Zustand für uns herstellen."

Clifford sah auf. Sein Blick zeigte Erstaunen, aber auch Hoffnung. „Wie meinen Sie das?", fragte er.

Walker antwortete nicht sofort. Stattdessen fing er an, im Oval Office auf und ab zu laufen. Sein kranker Verstand lief auf Hochtouren. Konnte er Clifford einweihen? Konnte er ihm von den fantastischen Möglichkeiten erzählen? Und was würde er mit ihm anfangen, wenn alles getan war? Walker war klar, dass mit dem Präsidenten an seiner Seite vieles einfacher wäre. Aber wie sollte er seinen Plan umsetzen, ohne dass der dabei ums Leben kam?

Walker blieb stehen und sah Clifford eindringlich an.

„Stell dir vor, eine gewaltige Explosion würde das Kapitol und mit ihm den gesamten Kongress hinwegfegen. Eine Explosion, so gewaltig und vernichtend, dass nichts mehr übrig bleibt von diesem Konstrukt aus Korruption und Lüge. Kannst du dir das vorstellen, mein Sohn?"

Clifford nickte stumm. Ihm wurde jetzt wirklich übel.

Walker setzte seinen Vortrag fort.

„Und nun stell dir vor, die Menschheit würde erfahren, dass diese Explosion die Tat islamischer Terroristen war. Terroristen aus der neuen Vereinigten Islamischen Republik." Walker spuckte diese drei Worte voller Verachtung aus. „Unsere Antwort bestünde aus einer noch gewaltigeren Explosion." Er sah Clifford an und ein triumphierendes Lächeln erschien auf seinem Gesicht. „Eine gewaltige Explosion genau da, wo du sie haben wolltest, in Teheran! Wir würden die Stadt dem Erdboden gleichmachen und die Welt wüsste, dass wir wieder da sind. Die Vereinigten Staaten von Amerika wären wieder da, stärker und eindrucksvoller als jemals zuvor. Alle würden uns fürchten. Und deshalb würden uns alle wieder respektieren!"

Clifford dachte fieberhaft nach. Er spürte, dass er Walker fast soweit hatte. Jetzt nur keinen Fehler machen, dachte er. Nur keinen Fehler machen...

„Es müsste eine große Bombe sein", gab Clifford zu bedenken.

„Oh ja, mein Sohn. Es sind gewaltige Bomben."

„Es sind?", fragte Clifford in hoffnungsvollem Ton. „Das heißt, wir haben die Bomben schon?"

Auf Walkers Gesicht erschien ein teuflisches Grinsen.

„Ich habe zwei Atombomben!", verkündete er stolz.

Im Büro nebenan sprang der Bundesstaatsanwalt auf.
„Okay, das reicht!“, meinte er.
McGarry hielt ihn am Arm fest.
„Nein. Das reicht noch nicht“, sagte er leise. „Erst wenn wir wissen, wo die Bomben sind, reicht es.“

Clifford sah Walker fassungslos an.
„Sie haben zwei Atombomben?“, fragte er flüsternd nach.
Walker nickte und setzte sich wieder auf den Stuhl des Präsidenten. „Ja. Ich habe zwei wunderschöne nukleare Sprengköpfe“, bestätigte er.
„Aber doch wohl hoffentlich nicht aus unseren Beständen“, rief Clifford besorgt. „Die können anhand der Bestandteile nämlich ermitteln, woher das Uran stammt.“
Walker sah Clifford verächtlich an. „Glaubst du wirklich, ich wüsste das nicht? Mein Plan ist bis ins kleinste Detail ausgearbeitet. Nichts wird darauf hindeuten, dass wir es waren.“
„Wo sind die Bomben?“, platzte es aus Clifford heraus.
Im Zimmer nebenan stöhnten McGarry und Laymann gleichzeitig auf.
Walker sah den Präsidenten misstrauisch an.
„Warum willst du das wissen?“, fragte er vorsichtig.
„Weil... ich...“, stammelte Clifford, der verzweifelt versuchte, sich aus dieser Situation zu retten. „Ich würde sie gerne sehen... sie... anfassen. Diese Bomben werden die Welt verändern... deshalb frage ich.“ Clifford hätte für diese Vorstellung einen Oscar verdient. Er spielte die Rolle seines Lebens.
Ein fast väterliches Lächeln erschien auf Walkers Gesicht.
„Ich verstehe dich, mein Sohn“, sagte er und stand auf. „Ich weiß genau, was in dir vorgeht.“ Er ging um den Schreibtisch herum auf Clifford zu und legte ihm beide Hände auf die Schulter. „Ich zeige dir die Bombe, die hier in Washington ist. Du darfst sie sehen und berühren. Wir werden beide bei der Bombe sein und gemeinsam für ein glückliches Gelingen beten“, sagte er feierlich und drückte die Schultern des Präsidenten.
„Und die andere Bombe ist schon auf dem Weg?“, wollte Clifford wissen.
„Ja. Sie ist auf dem Weg zu ihrem Ziel. General Powers kümmert sich darum.“

Clifford zuckte innerlich zusammen. Powers war der stellvertretende Kommandeur der Alliierten Streitkräfte im Irak. Der Präsident verdrängte den Gedanken und spielte seine Rolle weiter.

„Kann ich unsere Bombe gleich sehen?", fragte Clifford schüchtern wie ein kleiner Junge.

Wieder erschien das väterliche Lächeln.

„Natürlich. Sie ist ganz in unserer Nähe."

„Dann lassen Sie uns gehen!", rief Clifford und wandte sich zur Tür. Dann stoppte er plötzlich, drehte sich wieder um und sah Walker nachdenklich an.

„Ich kann nicht so einfach verschwinden", meinte er und wirkte ratlos. „Der Secret Service lässt mich nicht unangemeldet irgendwo hinfahren. Die wollen bestimmt wissen, wohin ich will, und sie wollen bestimmt vorher die Umgebung absichern."

Walker dachte kurz darüber nach.

„Hast du unter deinen Secret Service-Agenten Männer, denen du absolut vertraust?"

„Ja."

„Dann sag ihnen, du willst mit mir kurz zum Außenministerium fahren. Von dort ist es dann nicht mehr weit."

„Die Bombe ist im State Department?", rief Clifford erstaunt.

„Nein, natürlich nicht", brummte Walker ungeduldig. „Sie ist in der Tiefgarage des Watergate Hotels."

Im Büro von Laymann wurde hektisch telefoniert. FBI-Direktor Bannister rief das Bombenentschärfungsteam des FBI an, das in der Nähe des Weißen Hauses schon bereit stand, und gab die Zieladresse durch. Ein SWAT-Team der Washingtoner Polizei machte sich auf den Weg zum Watergate Hotel, um den Bereich zu sichern, während weitere Beamte damit begannen, das Gebiet rund um den Watergate-Komplex weiträumig abzusperren. Laymann verständigte den Secret Service. Deren Mitarbeiter sollten sich bereithalten. Der Justizminister telefonierte mit seinem Büro. Ein Haftbefehl musste beantragt werden.

Im Oval Office griff Clifford zum Telefon, rief den Chef seines Personenschutzes an und bat ihn zu sich ins Büro.

Wenige Augenblicke später öffnete sich die Tür und der Secret Service-Agent kam herein. Clifford informierte ihn darüber, dass er und Walker ins Außenministerium müssten und dass sie vorher einen kurzen Abstecher zum Watergate-Komplex machen wollten.

Der Agent hörte sich Cliffords Wünsche mit unbewegtem Gesichtsausdruck an. Dann räusperte er sich.

„Mister President, Sie wissen, dass solch kurzfristige Fahrten ein enormes Risiko mit sich bringen. Ich muss ein Vorausteam dorthin schicken. Sobald ich die Meldung erhalte, dass alles in Ordnung ist, können wir los", erklärte er mit stoischer Ruhe. Auch er war eingeweiht.

Clifford warf Walker einen schnellen Blick zu. Der nickte unmerklich.

„Okay, Fred. Tun Sie das."

Nun galt es, Walker so lange hinzuhalten, bis die Bombe gefunden und entschärft war. Niemand wusste, wie lange das dauern würde.

BERLIN, 25. SEPTEMBER, 17.45 UHR

Bundeskanzler Gerling hatte noch einen inoffiziellen Termin, der ihm sehr am Herzen lag. Er traf sich mit dem Chefredakteur der Zeitschrift Frontal und dem Journalisten Holger Fachner. Gerling hatte vor, beide zur Rede zu stellen und dann Frieden zu schließen.

Kaum hatten Wolf und Fachner das Büro des Kanzlers betreten, ergriff Wolf das Wort. „Herr Bundeskanzler, ich habe einen Fehler gemacht und möchte mich dafür entschuldigen", sagte er und wirkte dabei aufrichtig, fast niedergeschlagen. „Wenn der erschienene Artikel wirklich ausschlaggebend für den Abschuss Ihres Hubschraubers war, so ist das unentschuldbar. Bitte verzeihen Sie mir, dass ich mich nicht an unsere Absprache gehalten habe."

Gerling war erstaunt. Damit hatte er nicht gerechnet. Bevor er dazu kam, Wolf zu antworten, begann Fachner zu reden.

„Herr Bundeskanzler, wir hatten in der Vergangenheit unsere Probleme miteinander. Ich möchte Ihnen nur zwei Dinge sagen: zum einen habe ich die Klage gegen Sie wieder zurückgenommen und zum anderen war es ein journalistischer Fehler von mir, Rizzitelli eine Bühne für seine überzogenen Persönlichkeit zu bieten." Auch Fachner wirkte aufrichtig.

Jetzt war Gerling vollends verblüfft. „Meine Herren, ich muss zugeben, dass ich erstaunt bin. Mit diesen Statements habe ich nicht gerechnet. Aber ich danke Ihnen für diese Aufrichtigkeit." Der Kanzler wandte sich direkt an den Journalisten. „Auch ich möchte mich entschuldigen, Herr Fachner. Ich war geschockt, als ich das zerstörte Denkmal gesehen habe, und habe auf Ihre Fragen unangemessen reagiert."

Fachner quittierte die Entschuldigung des Kanzlers mit einem Nicken.

Nachdem die beiden das Kanzleramt verlassen hatten, informierte Gerling Kanzleramtschef Huber über die eben beendete Besprechung. Auch äußerte der Kanzler sein Erstaunen über die bereitwillige Entschuldigung der beiden. Huber quittierte das mit einem zufriedenen Brummen. Dass er Fachner und Wolf unter enormen Druck gesetzt hatte, musste der Kanzler nicht wissen.

WASHINGTON, DC, 25. SEPTEMBER, 11.49 UHR

Nach einer schier endlos scheinenden Zeit öffnete sich die Tür zum Oval Office und Fred Mancuso, der Sicherheitschef des Präsidenten, betrat das Büro.

„Alles okay", sagte er. „Es kann losgehen."

Das war das Zeichen dafür, dass die Bombe gefunden und entschärft worden war.

Clifford wandte sich an Walker. Sein Blick war hart und eiskalt.

„Es ist vorbei, Harold. Eine Einheit des FBI hat die Bombe in der Tiefgarage des Watergate Hotels gefunden und entschärft."

Walker blinzelte ungläubig.

„Wovon sprichst du, mein Sohn?", begann er. „Ich..."

„Für Sie Mister President!", donnerte Clifford. „Sie waren bereit, Hunderttausende von Amerikanern für Ihre wahnsinnigen Ziele zu opfern. Sie wollten Washington dem Erdboden gleichmachen. Mit einer Atombombe!" Clifford schüttelte fassungslos den Kopf. „Sie sind ein Monster", sagte er leise. „Ein wahnsinniges Monster." Er sah Mancuso an. „Schaffen Sie mir diesen Kerl aus den Augen", befahl er. „Im Büro nebenan sind ein paar Herren, die sich gerne mit ihm unterhalten wollen."

Kurz bevor Mancuso und Walker das Oval Office verließen, drehte sich der Ex-Präsident noch einmal um. Mit weit aufgerissenen Augen starrte er Clifford an. „Begreift ihr denn nicht?", schrie er „Ohne einen Sieg wird es keinen Frieden geben. Dabei gibt es nun einmal Tote. Das gehört dazu!"

Lange sah Clifford den schwer atmenden Walker an.

„George Washington hat einmal gesagt: 'lass dein Herz mit dem Leid und der Not eines jeden Menschen mitfühlen' Die Vereinigten Staaten von Amerika sind ein großartiges Land. Der überwiegende Teil der Amerikaner hat Werte und klare moralische Vorstellungen. Aber das fängt hier in diesem Haus an. Hier im Weißen Haus müssen wir diese Werte leben. Jeden Tag. Das ist unser Auftrag. Sie wollten wieder an diesem Schreibtisch sitzen? Sie haben es nicht einmal verdient, ihn anzusehen." Mit einem Nicken bedeutete der Präsident seinem Sicherheitschef, Walker hinaus zu bringen.

Unmittelbar nachdem Mancuso mit Walker das Oval Office verlassen hatte, kamen Laymann, Ryan und McGarry herein.

„Wir haben Jackson schon verständigt. Er wird in Kürze hier sein und mit Ihnen über General Powers reden", informierte Laymann den Präsidenten.

„Hoffen wir, dass die Bombe noch im Irak ist", antwortete Clifford.

„Ja", bestätigte Laymann.

„Mister President?", machte sich McGarry bemerkbar.

„Ja?"

„Gut gemacht."

BERLIN, 25. SEPTEMBER, 18.12 UHR

Bundeskanzler Gerling hörte sich schweigend an, was Clifford ihm zu sagen hatte. Erleichtert lehnte er sich dann in seinem Stuhl zurück.

„Gott sei Dank", seufzte er. „Mann, ich glaube, das war eng."

„Ja", bestätigte Clifford. „Das glaube ich auch. Die Bombe hätte in einem Radius von zwei Meilen alles zerstört. Hunderttausende wären ums Leben gekommen", sagte er leise.

Dann äußerte er noch eine Bitte an den Bundeskanzler. Gerling hörte sie sich an, stimmte sofort zu und machte sich auf den Weg.

BERLIN, 25. SEPTEMBER, 19.00 UHR

„Walker wurde verhaftet und die Bombe wurde in der Tiefgarage des Watergate Hotels sichergestellt und entschärft", erklärte Gerling.

Auch Logan war erleichtert. Er schloss kurz die Augen.

„Dem Himmel sei Dank“, flüsterte er.
„Ohne Sie hätten wir das wohl nicht geschafft. Auch im Namen von Präsident Clifford danke ich Ihnen.“
„Was ist mit der zweiten Bombe?“, wollte Logan wissen.
„Deshalb bin ich hier. General Powers gehört zu Walkers Leuten. Er hat den Auftrag, die Bombe nach Teheran zu bringen. Das einzige, was wir wissen, ist, dass sie dort noch nicht ist. Wir wissen nicht, wer sie dahin bringt, wir wissen nicht, wie sie dorthin gebracht werden soll und leider wissen wir auch nicht, wo sie sich im Augenblick befindet. Wir hoffen, dass Sie uns dabei helfen können.“
Logan dachte einen Augenblick nach.
„Ich kenne General Powers. Er ist ein brutales und intrigantes Arschloch. Er stand schon einige Male kurz vor seiner Ablösung. Aber er scheint einflussreiche Freunde zu haben, die ihm immer wieder Rückendeckung geben.“
„Können Sie sich vorstellen, wie er die Bombe nach Teheran bringen will?“, fragte der Kanzler.
„Das wird sicher der schwierigste Teil des Plans. Ich denke, das wird eine verdeckte Operation der CIA“, sagte Logan. Dann schwieg er nachdenklich. „Im Iran gibt es etliche Zellen der CIA, auch Iraner. Ich denke, die wenigsten werden eingeweiht sein. Die wissen gar nicht, was sie da in den Iran bringen. Bis zur Grenze werden es Leute von Powers sein, denen er vertraut. An der Grenze Irak-Iran ist es nur eine Frage des Geldes und der Beziehungen. Ist beides vorhanden – und dem ist so – wird es kein Problem sein, das Paket zu übergeben. Wie gesagt, diejenigen, die es an der Grenze übernehmen, werden nicht wissen, was sich darin befindet. Aber die, die das Paket in Teheran in Empfang nehmen, werden es wissen.“ Wieder schwieg Logan. „Ich denke, wenn die Bombe noch auf irakischem Gebiet ist, könnte es gelingen, sie abzufangen. Ist sie schon im Iran, wird es sehr schwer.“
„Nehmen wir mal an, Sie müssten die Bombe nach Teheran schaffen, wie würden Sie es machen?“, fragte Gerling nochmals nach.
„Ich würde den Weg über Kuwait nehmen. Für US-Soldaten ist es kein Problem, die Grenze Irak-Kuwait zu überschreiten. Das ist fast schon normal. In Kuwait hätte ich entweder schon ein Boot oder Schiff, das auf mich wartet, oder aber ich würde Ausschau

halten nach einem Boot oder Schiff, das in Richtung Iran fahren will. So würde ich die Bombe ins Land bringen."

Das klang plausibel, fand Gerling.

„Und Plan B?", wollte er wissen.

„Überwachen aller kleineren Grenzübergänge zum Iran. Und zwar im Norden des Irak. Aber ich gehe jede Wette ein, dass sie es über Kuwait versuchen."

Gerling dankte Logan und teilte ihm dann mit, dass er in Kürze in die Vereinigten Staaten zurückkehren werde. Was ihn dort erwarten würde, wusste er nicht.

Dann rief Gerling den US-Präsidenten an.

WASHINGTON, DC, 25. SEPTEMBER, 13.35 UHR

Sofort nachdem Clifford und Gerling ihr Gespräch beendet hatten, rief der Präsident den Oberbefehlshaber der Alliierten Streitkräfte im Irak, General McAllister, über eine gesicherte Leitung an und informierte ihn über alles, was geschehen war. McAllister reagierte gefasst.

„Ich wusste, dass mit dem Scheißkerl etwas nicht stimmt", brummte er.

„Können Sie herausfinden, ob Soldaten, die loyal zu Powers stehen, auf dem Weg nach Kuwait oder aber zur iranischen Grenze im Norden unterwegs sind?", drängte Clifford.

„Ist schon erledigt, Sir", verkündete McAllister. „Ich melde mich bei Ihnen innerhalb der nächsten sechzig Minuten."

Es verging keine halbe Stunde und McAllister war wieder am Telefon.

„Mister President, Logan hatte Recht. Vier Mann aus dem Stab von Powers sind vor zwei Stunden in geheimer Mission von Nasiriyya aus mit einem Jeep nach Kuwait aufgebrochen. Bis zur Grenze sind es etwas mehr als einhundertfünfzig Meilen. Bei den Straßenverhältnissen werden sie etwa vier Stunden brauchen. Ich habe die in Kuwait stationierten Special Forces alarmiert. Sie erwarten Powers Leute bereits am Grenzübergang Abdali. Ich melde mich bei Ihnen, sobald wir das Objekt sichergestellt haben."

„Danke, General", sagte Clifford, legte den Hörer auf und vergrub sein Gesicht in den Händen. Er betete, dass die Special Forces die Bombe sicherstellen konnten, ohne dass es zu einer Katastrophe kommen würde.

32

ROM, 25. SEPTEMBER, 19.40 UHR

Der italienische Ministerpräsident reagierte äußerst erfreut, als er erfuhr, dass zwei der angesehensten Journalisten aus den Vereinigten Staaten von Amerika ihn zu seiner Beteiligung am Nahost-Friedensprozess befragen wollten. Endlich wurde er beachtet. Seit Tagen ärgerte sich Rizzitelli, dass weder der deutsche Bundeskanzler noch der US-Präsident auf seine Anrufe reagierten, geschweige denn dass sie zurückriefen. Es war eine Frechheit, ihn so zu behandeln. Fast schon ein diplomatischer Eklat. Nun würde er die Bühne erhalten, die seiner würdig war, die ihm gebührte. Er hatte sich natürlich über die beiden Journalisten informiert, und was er erfahren hatte, bekräftigte ihn in der Entscheidung, dem Live-Interview zuzustimmen. Einer der beiden hatte sogar schon einmal den Pulitzer Preis gewonnen.

Seit Stunden nun arbeitete Rizzitelli an seinem Statement. Normalerweise erledigten das seine Redenschreiber, aber hier musste er selbst Hand anlegen. Er wollte seinen Platz in den Geschichtsbüchern sicherstellen, denn ein solcher Platz stand ihm seiner Meinung nach zu.

Der Meinung waren auch andere – allerdings sah dieser Platz anders aus als der, den Rizzitelli für sich vorgesehen hatte. Die Berater des Ministerpräsidenten waren zunächst skeptisch gewesen, als sie erfuhren, dass es sich um ein Live-Interview handelte. Sie konnten Rizzitelli dazu überreden, den Journalisten eine Bedingung zu stellen: sie wollten die Fragen im Voraus sehen. Ohne zu Murren stimmten die beiden Reporter zu und alle Zweifler verstummten.

Rizzitelli warf einen Blick auf seine teure Armbanduhr. Es wurde Zeit. Das Interview sollte um 20.00 Uhr stattfinden.

ROM, 25. SEPTEMBER, 20.00 UHR

Rizzitelli und die beiden amerikanischen Journalisten saßen entspannt auf Freischwingern, die in einer Art Halbkreis aufgestellt waren. David Cusack und Paul Johnson waren erfahrene Haudegen und genossen unter den Kollegen einen ausgezeichneten Ruf.

Zumindest bei Rizzitelli-treuen Kollegen würde sich dies heute Abend ändern. Mit voller Absicht hatten die beiden den Politiker in ihrer Mitte platziert. Cusack eröffnete die Fragerunde.

„Herr Ministerpräsident. Wann kamen Präsident Clifford und Bundeskanzler Gerling das erste Mal auf Sie zu, um Ihnen von den Friedensplänen zu erzählen?“, wollte er wissen.

Rizzitelli lächelte breit in die Kamera und entblößte eine Reihe von strahlendweißen Kronen, die mehr gekostet hatten, als ein Durchschnittsitaliener in einem halben Jahr verdiente.

„Dieser Prozess läuft ja schon sehr lange, wie Sie sicher wissen. Mein Land verfügt seit vielen Jahren über sehr gute Kontakte in diese... äh... Region. Präsident Clifford wollte auf diese Kontakte natürlich nicht verzichten“, meinte er und das Lächeln wurde noch breiter.

„Ich verstehe“, sagte Cusack. „Und wann kamen Präsident Clifford und Bundeskanzler Gerling nun das erste Mal auf Sie zu?“, fragte er nach.

„Das muss so, äh, das muss so vor drei oder vier Monaten gewesen sein“, behauptete Rizzitelli.

„Aha.“ Cusack machte sich Notizen.

„Herr Ministerpräsident“, schaltete sich Johnson in das Gespräch ein, „in dem Interview, das Sie vor einigen Tagen unserem deutschen Kollegen Fachner gaben, entstand der Eindruck, als wären Sie der entscheidende Impulsgeber dieses Erfolges gewesen. Sie bezeichneten sich selbst als, ich zitiere: Mann, bei dem alle Fäden zusammenlaufen, Zitat Ende. Darüber hinaus sagten Sie, ich zitiere Sie wieder: Ich, Präsident Clifford und Bundeskanzler Gerling haben den Plan entworfen.“ Johnson warf einen Blick in seine Notizen. „Dann fragte der Kollege Fachner: Und der Präsident und der Bundeskanzler setzten diesen Plan nun um? Worauf Sie sagten: Ich bleibe lieber im Hintergrund.“ Johnson warf Rizzitelli einen Blick zu. „Ist das korrekt wiedergegeben?“

Rizzitelli rutschte ein klein wenig unruhig auf seinem Freischwinger umher.

„Ja, ich glaube, das ist mehr oder weniger korrekt wiedergegeben. Schauen Sie, solche politischen Prozesse dauern normalerweise viele Jahre und...“

„Was genau war denn nun Ihr Anteil an dem Erfolg im Nahen Osten?“, unterbrach Cusack den Ministerpräsidenten.

„Ich... also... äh...“, stammelte Rizzitelli.
„Sie haben den Libyschen Staatschef angerufen, stimmts?“, wollte Johnson wissen.
„Äh... ja. Ich wollte...”
„Sie haben ihn angerufen und ihn gebeten, er möge bei Präsident Clifford und Bundeskanzler Gerling ein gutes Wort für Sie einlegen, damit Sie aktiv an der Umsetzung des Plans beteiligt werden, richtig?“, schoss nun Cusack auf Rizzitelli.
„Nein! Nein, so war das nicht...“
„Wie war es dann?“, fragte Johnson.
Rizzitellis Kopf schnellte nach links zu Johnson. Da er immer den Fragesteller ansah und die Fragen als Dauerfeuer auf ihn einprasselten, sah es so aus, als würde er einem Tennismatch beiwohnen. Einem sehr schnellen Tennismatch.
„Meine Kontakte nach Libyen...“, begann Rizzitelli.
„Ja, ja, das sagten Sie bereits“, meinte Cusack gelangweilt und hielt ein Blatt Papier in die Höhe. „Haben Sie Herrn Fachner in Ihre Sommerresidenz eingeladen, mit dem Hinweis, es wären dann auch schöne und junge Frauen anwesend?“
Rizzitelli wurde nun wütend. „Was hat das denn mit dem Erfolg im Nahen Osten zu tun?“, brauste er auf.
Johnson und Cusack warfen sich einen Blick zu.
„Nichts, Herr Ministerpräsident. Überhaupt nichts. Das trifft ja übrigens auch auf Ihre Beteiligung zu“, meinte Cusack.
„Sie sagten vorhin, dass Präsident Clifford und Bundeskanzler Gerling vor etwa drei oder vier Monaten auf Sie zukamen und Ihnen von dem Plan erzählt haben, richtig?“ Ohne auf eine Antwort zu warten, fuhr Johnson fort. „Das ist merkwürdig, Herr Ministerpräsident. Denn vor drei oder vier Monaten wussten Präsident Clifford und Bundeskanzler Gerling noch gar nichts von diesen Plänen.“
„Aber sie haben mich kontaktiert!“, rief Rizzitelli.
„Tatsächlich? Das ist ja ein Ding. Präsident Clifford und Bundeskanzler Gerling kontaktierten Sie, um Sie über Pläne zu informieren, von denen sie noch gar nichts wussten. Das macht Sinn, oder David?“
„Unbedingt, Paul“, bestätigte Cusack. „Das ist wohl so ein Psychoding, von dem wir nichts verstehen“, meinte er. „Wie Gedankenübertragung oder so.“

Rizzitelli verlor nun vollends die Beherrschung.

„Wollen Sie etwa behaupten, dass Don Rizzitelli lügt?“, brüllte er die beiden Journalisten an. „Wollen Sie das behaupten?“

Cusack warf Johnson einen abschätzenden Blick zu.

„Was meinst du, Paul, wollen wir das behaupten?“

„Ja, ich denke, das wollen wir“, meinte Johnson. „Herr Ministerpräsident, Sie hatten mit dem Nahost-Friedensplan nichts zu tun. Einzig und alleine Präsident Clifford und Bundeskanzler Gerling haben daran Anteil. Nach unseren Informationen hat Bundeskanzler Gerling Sie am 13. September darüber informiert, was er und Präsident Clifford vorhatten. Daraufhin haben Sie um mehr Beteiligung Ihrer Person an diesem historischen Ereignis geradezu gebettelt. Nachdem dies abgelehnt wurde, haben Sie sich sogar im Ton vergriffen und den Bundeskanzler beleidigt. Und nun versuchen Sie seit mehreren Tagen Präsident Clifford und Bundeskanzler Gerling ans Telefon zu bekommen – erfolglos. Und bevor Sie jetzt wieder ans Telefon laufen, um den Kanzler anzurufen – von ihm haben wir unsere Informationen nicht. Er stand uns für eine Stellungnahme nicht zur Verfügung.“

Wutentbrannt stand Rizzitelli auf und versuchte, das Mikrofon von seinem Revers zu lösen. Als ihm das nicht gelang, riss er es einfach ab, warf es auf den Boden und stürmte aus dem Studio.

Ein Livemitschnitt des Interviews wurde zehn Minuten später auf der Homepage von YouTube veröffentlicht. Innerhalb der ersten zwei Stunden wurde es mehr als zehn Millionen Mal aufgerufen. Die detaillierten Informationen der beiden US-Journalisten kamen tatsächlich nicht vom Bundeskanzler. De Vries und Huber hatten dafür gesorgt, dass sie von dem, was sich in Rom abgespielt hatte, erfuhren. Das Risiko, dass der Kanzler darauf wütend reagierte, nahmen sie in Kauf.

WASHINGTON, DC, 25. SEPTEMBER, 16.05 UHR

„Mister President, die Bombe wurde sichergestellt und die vier Soldaten sind in Haft“, verkündete McAllister. Präsident Clifford ballte die Faust und stieß einen stummen Jubelschrei aus.

„Danke, General. Das sind gute Nachrichten“, sagte er und legte den Hörer auf. Dann sah er Laymann und Ryan an.

„Eigentlich hätte ich gern, dass Hashemian erfährt, dass wir eben einen Atomschlag auf Teheran verhindert haben“, sagte er.

„Das kann ich gut verstehen, Sir. Aber es würde mehr Fragen aufwerfen, als uns gut tun kann“, gab Laymann zu bedenken.

Ryan stimmte dem zu.

„Sir, auch ich kann diese Gedanken sehr gut nachvollziehen. Aber Josh hat Recht, die Fragen, die man uns stellen würde, wären sehr unbequem. Wir haben jetzt schon Schwierigkeiten, die Abgänge von Russman, Fowler, Patterson und Carpenter zu begründen.“

„Ja, ich weiß. Trotzdem ist es schade, dass die Wahrheit wohl niemals ans Tageslicht kommen wird. Wir hätten der Islamischen Welt beweisen können, dass wir ihr nichts Böses wollen“, meinte Clifford enttäuscht.

Laymann räusperte sich. „Bei allem Respekt, Sir. Hochrangige US-Politiker und Militärs wollten eine Atombombe in Teheran zünden. Man kann wohl kaum davon sprechen, dass wir der islamischen Welt nichts Böses wollen“, gab er zu bedenken.

„Okay“, sagte Clifford mürrisch. „Ich habe verstanden. Wir kehren die Geschichte unter den Teppich.“

Das Telefon klingelte und Clifford nahm das Gespräch an. Er hörte stumm zu, dankte dann dem Anrufer und sah Laymann und Ryan stirnrunzelnd an.

„Hat einer von euch davon gewusst, dass Cusack und Johnson heute den italienischen Ministerpräsidenten vor laufender Kamera platt gemacht hat?“

BERLIN, 25. SEPTEMBER, 22.19 UHR

Der Bundeskanzler saß vor dem prasselnden Kaminfeuer im Wohnzimmer des Grafen und genoss den trockenen Rotwein, den dieser ihm angeboten hatte.

„Das war gute Arbeit, Herr Bundeskanzler“, bemerkte der Graf. „Sehr gute Arbeit.“

„Wir hatten aber auch eine Menge Glück“, gab Gerling zu.

„Mit Verlaub, Herr Bundeskanzler. Glück war dabei nicht im Spiel“, widersprach der Graf. „Alle Beteiligten haben entschlossen, besonnen und professionell agiert. Das hat mit Glück nichts zu tun.“

Gerling schüttelte trotz des Erfolges traurig den Kopf.

„Sagen Sie mir, in was für einer Welt leben wir eigentlich, dass es Menschen gibt, die bereit sind, für ihre eigenen Interessen

Millionen von anderen, unschuldigen Menschen zu töten?"

„Solange es Menschen auf diesem Planeten gibt, wird es immer Kriege geben, Herr Bundeskanzler. Das liegt, leider Gottes, in unserer Natur. Winston Churchill hat einmal gesagt, je weiter wir in die Vergangenheit blicken, desto weiter schauen wir wahrscheinlich in die Zukunft. Leider hat der Mann Recht. Die Vergangenheit unserer Spezies ist geprägt von Gewalt und Krieg." Der Graf nahm einen Schluck Rotwein und sah dann den Kanzler mit einem feinen Lächeln an. „Sie wurde aber auch immer wieder geprägt von Menschen, die dagegen aufbegehrten. Es gibt ein jüdisches Sprichwort: Rettest du ein Leben, rettest du die ganze Menschheit. Entscheidend wird sein, dass es immer wieder Leute gibt, die etwas gegen die Gewalt unternehmen. Leute wie Sie und Präsident Clifford zum Beispiel."

Gerling nickte stumm. Ohne den Grafen anzusehen, sagte er:

„Ich werde Vater."

„Ich weiß."

„Katja hat mich vor die Wahl gestellt. Sie nennt es einen Deal", sagte der Kanzler leise. „Sie ist es leid, mit der Angst zu leben, ich könnte umkommen. Sie sagte, ich hätte jetzt eine Familie und ich müsse mich entscheiden, ob ich weiterhin Kanzler bleiben oder ein Familienvater werden möchte."

„Und Sie haben eine Entscheidung getroffen, nehme ich an", vermutete der Graf.

„Ja", flüsterte Gerling.

„Sie werden sich nicht zur Wiederwahl stellen", stellte der Graf fest.

„Ich liebe Katja und ich will sie nicht verlieren. Sie und mein ungeborenes Kind sind das Wichtigste in meinem Leben." Gerling hob den Blick und sah den Grafen an. „Können Sie das verstehen?"

„Ja, Herr Bundeskanzler. Ich kann das sehr gut verstehen und ich habe Hochachtung vor Ihrer Entscheidung. Mir selbst war es nie vergönnt, Kinder zu haben. Ich freue mich für Sie. Auch wenn das Land einen der besten Bundeskanzler verliert, den es je hatte."

WASHINGTON, DC, 06. OKTOBER, 10.00 UHR

Die Operation trug den Namen „Flächenbrand" und sollte am heutigen Tag gestartet werden. Ziel war die Zerstörung der Schlafmohnplantagen in Afghanistan durch Phosphorbomben.

Insgesamt zehn Kampfbomber des Typs F-16 Falcon standen für diese Operation bereit. Allerdings war Präsident Clifford nicht bereit, zivile Opfer einfach so in Kauf zu nehmen. Daher waren zwei Tage, bevor die Kampfjets starten sollten, Flugblätter über den Regionen der Schlafmohnplantagen abgeworfen worden. Auf diesen wurde vor der bevorstehenden Bombardierung der Plantagen gewarnt. Einige Militärs des Präsidenten hatten ihm von dieser Aktion abgeraten. Sie hatten gemeint, so bekämen die Taliban die Möglichkeit, sich auf die Angriffe vorzubereiten. Darüber hinaus hatten sie behauptet, dass die meisten afghanischen Bauern ohnehin nicht lesen könnten.

Clifford fragte seine Militärs, ob sie nicht auch der Meinung wären, dass die Plantagen ohnehin gesichert seien. Die Militärs bestätigten das.

Dann fragte Clifford sie, ob es Beweise dafür gäbe, dass nicht ein einziger afghanischer Bauer lesen könne. Das wurde verneint.

Daraufhin gab der Präsident den Befehl.

Es sollten lasergesteuerte zweihundertfünfzig Kilo Bomben auf die Schlafmohnplantagen abgeworfen werden. Infrarot-Sensoren in der Flugzeugspitze würden ein Videobild ins Cockpit liefern. Sobald das Ziel auf dem Schirm erscheint, nimmt es der Waffenoffizier ins Fadenkreuz und peilt es mit einem Laserstrahl an. Einmal ausgelöst, steuert die „smarte" Bombe exakt auf den Laserpunkt im Ziel zu – wenn es sein muss, auch auf Umwegen, die ihr aus dem Cockpit elektronisch befohlen werden.

In zwölftausend Metern Höhe würden die Kommandoflugzeuge vom Typ E-3A, besser bekannt unter dem Namen „AWACS", kreisen. Die Besatzung verfolgt mit einem riesigen Arsenal von Apparaturen sämtliche Bewegungen am Boden und in der Luft, um den weiteren Ablauf des Geschehens zu steuern und zu koordinieren. Zu den AWACS-Aufgaben gehört auch das Überwachen und Stören des gegnerischen Funkverkehrs und der Radaranlagen. Wenn dies über längere Zeit gelingt, ist das Chaos perfekt: Kommandanten verlieren die Verbindungen zum Hauptquartier, Piloten wissen nicht mehr, wo der Gegner ist und, schlimmer noch, wo sie selber sind. Die fliegenden Kommandostationen selbst sind gegen Angriffe gut geschützt – dafür sorgt einmal mehr modernste Elektronik. Diese registriert sofort, wenn das

Flugzeug vom gegnerischen Radar erfasst wird und reagiert mit dem Aussenden von Hunderten falscher Echos.

Kurz bevor die Operation starten sollte, würde der Präsident eine Rede halten, die auch in der arabischen Welt ausgestrahlt werden sollte. Er wollte ankündigen, was geschehen würde. So wollte er vermeiden, dass die Operation falsch interpretiert und gegen Amerika ausgelegt wurde.

Was er in seiner Rede nicht erwähnen würde, war die Tatsache, dass er vor einigen Tagen mit dem Premierminister der Republik Myanmar gesprochen hatte. Neben Afghanistan war Myanmar ein weiterer bedeutender Produzent von Rohopium. Zwar stammte fast neunzig Prozent des in Europa verfügbaren Heroins aus Afghanistan. Aber durch die Produktion dieser beiden Länder könnte der globale Opiumbedarf nahezu gedeckt werden. In den vergangenen Jahren konnte die Opiumproduktion in Myanmar ungefähr halbiert werden, jedoch würde der Wegfall der afghanischen Produktionsstätten ein Vakuum erzeugen, das jemand bestimmt würde füllen wollen. Daher war es von entscheidender Bedeutung, dass die verbliebenen Schlafmohnplantagen in Myanmar ebenfalls zerstört werden. Der Premierminister der Republik erklärte sich dazu bereit, dem Drogenhandel in seinem Land einen erneuten Schlag zu versetzen. Vor allem, weil die Vereinigten Staaten von Amerika diesen finanzieren würde.

Es war Josh Laymann, der die Idee hatte, doch gleich zu versuchen, Nägel mit Köpfen zu machen, und auch dem Kokain den Krieg zu erklären. Das hätte auch noch den angenehmen Nebeneffekt, dass Afghanistan nur einer von vielen Schauplätzen wäre. Die Kokapflanze wird fast ausschließlich auf dem südamerikanischen Kontinent angebaut. In den drei Andenstaaten Kolumbien, Peru und Bolivien befinden sich nach wie vor die Hauptanbaugebiete. Also sprach Präsident Clifford auch mit den Staatschefs dieser drei Länder. Es würde die Vereinigten Staaten eine Menge Geld kosten. Aber das Ziel war diese Investition wert.

Der Grund, warum Clifford die Operationen in Myanmar und Südamerika nicht in seiner Rede erwähnte, war die Tatsache, dass sie unter anderen Bedingungen ablaufen würden. Geheimhaltung war hier oberstes Gebot.

WASHINGTON, DC, 06. OKTOBER, 12.55 UHR

Präsident Clifford verfolgte im Situation Room im Keller des West Wing die Bombardierung der Schlafmohnplantagen. In weniger als zehn Minuten war alles vorbei. Sämtliche Kampfjets meldeten, dass die Ziele vernichtet waren.

Der erste Schritt war gelungen. Nun musste man abwarten, wie es mit der Entwicklung der neuen Vereinigten Islamischen Republik weitergehen würde.

33

Die „Operation Morgenröte“ war die wohl ehrgeizigste und riskanteste Geheimoperation, die Israel jemals geplant und durchgeführt hatte. Ihr Ziel war es, Agenten des Mossad in die unmittelbare Nähe von Politikern zu bringen, die mit großer Wahrscheinlichkeit in Zukunft einflussreiche Positionen bekleiden würden. Was diese Operation so brisant machte, war die Tatsache, dass diese Politiker in Ländern wie Saudi-Arabien, Ägypten, Syrien oder aber im Iran ansässig waren. Die Operation Morgenröte hatte ihre Anfänge in den frühen siebziger Jahren. Zu dem Zeitpunkt begann der Mossad damit, Agenten in die palästinensischen Gebiete einzuschleusen. Dort führten diese Agenten ein für die vorherrschenden Verhältnisse normales Leben. Sie gaben vor, Israel zu hassen, und einige waren sogar an kleineren Anschlägen auf israelische Einrichtungen beteiligt. Und sie bekamen Kinder.

Diese Kinder, die auf palästinensischem Boden geboren wurden, waren das eigentliche Herzstück der Operation. Sie waren es, die von Kindesalter an auf ihre Aufgabe vorbereitet wurden. Und sie waren es dann auch, die das Land in Richtung Riad, Islamabad, Kairo oder Teheran verließen.

Einer von ihnen war vor achtzehn Jahren auf einen Geistlichen in Teheran angesetzt worden. Dieser Geistliche kam aus einer einflussreichen iranischen Familiendynastie und die Führung des Mossad hatte vorausgesagt, dass er eines Tages eine sehr hohe Position im Iran einnehmen würde. Die Spezialisten des Mossad sollten Recht behalten. Der Geistliche hieß Ali Akbar Mehdi Hashemian.

IRANISCH-AFGHANISCHE GRENZE, 08. OKTOBER, 12.30 UHR

Wirkliches Vergnügen bereitete Hashemian das Reisen nicht mehr. Auch wenn er die Hauptstrecke zum Grenzgebiet nach Afghanistan im Hubschrauber zurücklegen konnte, spürte er jeden Muskel seine Körpers. Allah hat mir ein langes und erfülltes Leben geschenkt, dachte er, auf Muskelschmerz hätte ich trotzdem gerne verzichtet. Er kicherte leise und einer seiner Leibwächter warf ihm einen fragenden Blick zu. Hashemian ignorierte ihn und konzentrierte sich wieder auf das bevorstehende Treffen mit Al Farag. Hashemian hielt Al Farag für ein wahres Gottesgeschenk. Allerdings hatte dieses Geschenk auch seine Schattenseiten. Es würde nicht einfach sein, ihn auf Dauer zu kontrollieren. Hashemian wusste, dass er Al Farag nicht zu sehr vertrauen durfte. Daher hatte er auch sechs seiner besten Leibwächter dabei. Alle waren bis auf die Zähne bewaffnet. Er bemerkte, dass Hassan Sannin wieder seine vier Handgranaten um den Bauch gebunden hatte. Hashemian lächelte leicht. Hassan war ihm der liebste seiner Leibwächter. Auf palästinensischem Gebiet aufgewachsen, war er mit zehn Jahren Waise geworden und zu seinem Onkel nach Teheran gekommen. Dort war er dann zu einem stattlichen Mann gereift, der mit Inbrunst den Islam lebte und, was fast noch wichtiger war, Israel hasste. Mit achtzehn ging Hassan zum Militär und zeigte hervorragende Leistungen, die ihn für weitergehende Aufgaben prädestinierten. Ihre Wege kreuzten sich und Hashemian nahm sich seiner an. Das war bis zum heutigen Tage so geblieben.

Und heute würde Hassan Sannin die Aufgabe erfüllen, für die er geboren wurde.

IRANISCH-AFGHANISCHE GRENZE, 08. OKTOBER, 13.55 UHR

Hashemian wurde wieder einmal klar, dass das Hauptmotiv Al Farags, sich der Vereinigten Islamischen Republik anzuschließen, die Aussicht auf das pakistanische Atomwaffenarsenal war. Ohne es zu wissen, handelten Hashemian und Al Farag nach dem gleichen Dominanz-Prinzip wie Walker. Hätte man sie mit dieser Tatsache konfrontiert, würden sie dies natürlich leugnen. Hashemian wusste inzwischen, dass es den Amerikanern gelungen war, die atomaren Sprengköpfe Pakistans aus dem Land zu schaffen. Al Farag wusste das noch nicht. Und so sollte es vorerst auch bleiben. Al Farag verfluchte gerade zum wiederholten Male die USA. Alle Schlafmohnplantagen waren fast vollständig zerstört worden und er hatte mehr als siebzig Männer verloren. Hashemian nickte traurig. In Wahrheit störte ihn die Vernichtung der Plantagen überhaupt nicht – im Gegenteil. Der Koran verbot den Konsum von Drogen genauso wie den Handel damit.

Sie waren gerade in eine hitzige Diskussion über Saudi-Arabien vertieft, als sich die Tür des einsam gelegenen Steinhauses öffnete.

Hassan Sannin betrat den karg eingerichteten Raum.

„Was ist los?", fragte Hashemian erstaunt.

Sannin antwortete nicht. Bevor er das Haus betreten hatte, hatte er die anderen fünf Leibwächter mit seiner SIG erschossen. Da er einen Schalldämpfer benutzt hatte, war dies vollkommen lautlos geschehen. Dann hatte er die Sicherheitsbügel aller vier Handgranaten herausgezogen. Von diesem Moment bis zur Detonation blieben im achtzehn Sekunden. Und genau die zählte er ab. Als noch fünf Sekunden übrig blieben, hatte er den Raum betreten. Er warf die Handgranaten in den Raum und schrie: „Lang lebe Israel!" Dann warf er die Tür wieder zu und schmiss sich in Deckung.

Al Farag und Hashemian hatten nicht den Hauch einer Chance. Die Wucht der Explosionen zerriss alles, was sich im Haus befand.

WASHINGTON, DC, 08. OKTOBER, 08.00 UHR

Als Nationaler Sicherheitsberater des US-Präsidenten bekam man nicht viel Schlaf. Allerdings war das ein Umstand, an den sich Ryan nur sehr schwer gewöhnen konnte. Dennoch gelang es ihm immer besser, spätestens um fünf Uhr früh aufzustehen, so dass er um sieben Uhr im Büro war. Der frühe Anruf erreichte ihn noch zu Hause. Ryan sträubten sich die Nackenhaare, als er hörte, was der Anrufer zu sagen hatte. Er bedankte sich, legte den Hörer auf und rannte ohne zu frühstücken zu seinem Wagen. Unterwegs rief er den Stabschef des Präsidenten an. Er würde in dreißig Minuten im Weißen Haus sein. Und er musste den Präsidenten sprechen. Laymann versprach, dass beide auf ihn warten würden.

Fünfundzwanzig Minuten später stürmte Ryan ins Oval Office.

„Die Israelis haben Hashemian und Al Farag umgelegt!", rief er.

Clifford und Laymann sahen ihn ungläubig an.

„Was?", fragte der Präsident. „Woher weißt du das?"

„Gershon Shafir rief mich an, um uns zu warnen", erklärte er.

„Warum warnen?", fragte Clifford. Dann wurde es ihm klar und er beantwortete seine Frage selbst.

„Weil alle glauben werden, wir waren es."

BERLIN, 08. OKTOBER, 16.21 UHR

„Al Farag und Hashemian sind heute getötet worden", sagte Clifford.

„Was!?", rief Gerling. „Wart ihr das?"
„Nein, die Israelis."
„Die Israelis haben Al Farag und Hashemian umgebracht? Wie haben die das denn geschafft?"
„Offiziell wissen wir das alles nicht. Aber so wie es aussieht, war einer der Leibwächter Hashemians ein Mossad-Agent", erklärte Clifford.
„Scheiße. Alle Welt wird glauben, dass ihr das wart. Das ist dir doch klar, oder?"
„Das ist mir klar. Die Frage ist, ob das überhaupt an die große Glocke gehängt wird."
„Du meinst, die Iraner halten das geheim?", fragte Gerling nach.
„Durchaus möglich. Die Opposition im Iran ist ziemlich groß. Und ziemlich laut. Du hast die Videos auf YouTube ja selbst gesehen. Es ist durchaus möglich, dass der Anschlag auf Hashemian unter den Teppich gekehrt wird. Auf jeden Fall wird es geheimgehalten, dass er sich mit Al Farag getroffen hat. Ich gehe davon aus, dass in den nächsten Tagen mit großem Bedauern verkündet wird, dass Hashemian einem Herzinfarkt oder etwas ähnlichem erlegen ist."

BERLIN, 10. OKTOBER, 11.50 UHR

Chefredakteur Michael Wolf zerbrach sich darüber den Kopf, welche Meldung er zur Titelstory machen sollte. Noch nie in seiner Laufbahn als Journalist ist ihm diese Entscheidung so schwer gefallen. Eigentlich wäre es die anstehende Hochzeit des Bundeskanzlers gewesen, doch im Iran überstürzten sich gerade die Ereignisse. In einer Pressemitteilung gab die iranische Übergangsregierung den tragischen Tod von Hashemian bekannt. Der große geistliche Führer hatte einen Schlaganfall erlitten und war an den Folgen verstorben. Es wurde eine dreitägige Staatstrauer verkündet und die daran anschließende Wahl eines Nachfolgers.

Doch alle Welt schaute derzeit auf den spektakulären Prozess in den USA, der mit ungewöhnlich harten Urteilen gerade zu Ende ging. Der ehemalige Verteidigungsminister der Vereinigten Staaten wurde wegen Hochverrates zu einer lebenslangen Freiheitsstrafe verurteilt. Der Ex-Direktor der CIA, Fowler, erhielt fünfzehn Jahre und Carpenter, der ehemalige Direktor der NSA, eine zwanzigjährigen Freiheitsstrafe. Kurz vor der Urteilsverkündung hatte Patterson, der ehemalige Vizepräsident der Vereinigten Staaten, Selbstmord begangen. Man fand ihn erhängt in seiner Zelle.

Gerade, als sich Michael Wolf entscheiden musste, klingelte sein Handy. Er warf einen Blick auf das Display und erkannte die Nummer seines Nah-Ost Korrespondenten.

„Michael, es ist unglaublich! Die neue ägyptische Regierung hat ohne Vorwarnung die Grenzen zu Gaza geöffnet. Deshalb hat Israel gerade offiziell die Friedensverhandlungen abgebrochen und das Militär in Alarmbereitschaft versetzt..."

Wolf sprang von seinem Sessel auf. „Was?? Das gibt's doch nicht!!!"

Diese Meldung war der absolute Wahnsinn. Eine Sensation, die reißenden Absatz versprach. Aber daran konnte der Chefredakteur nicht denken, während sein Korrespondent die Einzelheiten durchgab.

Was Wolf beschäftigte, waren die Ereignisse der letzten Monate und was daraus hätte entstehen können. Gerling und Clifford hatten enormes geleistet und waren dabei ein hohes Risiko eingegangen. Und alles, was sie erreicht hatten, löste sich gerade vor aller Augen auf. Fast wie in einer griechischen Tragödie, dachte Wolf.

Niemand konnte jetzt sagen, was als nächstes passieren würde. Eskaliert die Situation im Nahen Osten, oder gibt es doch noch die Chance auf einen dauerhaften Frieden?

Wolf gab sich einen Ruck, es gab viel zu tun.

Er hatte jetzt seine Titelstory, und das war ja schon ein Anfang.

EPILOG

BERLIN, 21. NOVEMBER

Eine Tageszeitung hatte dem Bundeskanzler einhunderttausend Euro für einen Exklusivbericht inklusive Fotos der Hochzeitsfeier angeboten. Natürlich lehnte Gerling ab.

Aber es hätte sich gelohnt. Es war ein rauschendes Fest, das in einem Schloss in Potsdam stattfand. Ein Höhepunkt des Abends war die Rede des amerikanischen Präsidenten, der mit seiner Ehefrau und den beiden Töchtern angereist war. Es war eine emotionale Ansprache, die manchem Gast Tränen in die Augen trieb.

Katja, der man schon ein klein wenig ansehen konnte, dass sie ein Baby erwartete, strahlte den ganzen Tag und den ganzen Abend.

Irgendwann im Laufe des Abends bemerkte Katja, dass Jan verschwunden war. Sie fragte einige Freunde, ob sie ihn gesehen hätten, was verneint wurde. Sie fand ihn schließlich alleine in einem der Kaminzimmer des Schlosses. Schweigend setzte sie sich zu ihm. Nach einer Weile nahm er ihre Hand und drückte sie leicht.

„Alles okay?“, fragte Katja leise.

Jan hob den Blick und sie konnte sehen, dass seine Augen feucht waren.

„Es ist alles okay“, sagte er. „Mir ist heute nur wieder mal bewusst geworden, dass ich keine Familie mehr habe. Am meisten vermisse ich Carola.“ Jan meinte seine Schwester, die vor etwas mehr als einem Jahr umgebracht worden war.

„Schade, dass ich sie nie kennen gelernt habe“, flüsterte Katja.

„Ihr hättet euch gemocht“, meinte Jan. „Sehr sogar.“

„Ich bin deine Familie“, sagte Katja zärtlich. Dann nahm sie Jans Hand und legte sie auf ihren Bauch. „Wir sind deine Familie. Werner Rosenthal und Jörn gehören auch dazu. Und nach dieser Rede wohl auch Bill Clifford.“

Beide lachten.

„Ich werde heute Abend noch mit Werner und Jörn reden und ihnen sagen, dass ich für eine erneute Kandidatur nicht zur Verfügung stehen werde“, sagte Jan.

„Ich danke dir.“

„Ich liebe dich mehr, als ich es in Worte fassen könnte. Ich will nicht mehr ohne dich sein. Die Entscheidung ist mir nicht schwergefallen."

„Ich danke dir", wiederholte Katja, „Aber du brauchst das nicht zu tun."

Verständnislos sah Jan sie an. „Wie meinst du das?"

„Es genügt mir, dass du es wirklich getan hättest." Abwehrend hob sie eine Hand. „Ich wollte dich nicht testen oder so. Ganz bestimmt nicht. Als ich das damals in deinem Büro gesagt habe, da meinte ich es auch so. Aber ich hatte in den letzten Wochen Zeit zum Nachdenken. Und ich bin jetzt der Meinung, dass ich meine Ängste in den Griff kriegen kann und muss. Du hättest dich niemals zwischen mich und meine Karriere gestellt. Das hast du schon einmal bewiesen. Ich werde es auch nicht tun." Sie lächelte leicht. „Darüber hinaus hatte ich ein sehr interessantes Gespräch mit der First Lady. Wusstest du, dass Bill pro Woche über einhundert Drohbriefe erhält?"

Jan schüttelte ungläubig den Kopf.

„Ist aber so. Über einhundert Drohbriefe pro Woche. Das sind mehr als doppelt so viele als bei anderen Präsidenten. Susan sagte mir, dass sie sehr große Angst vor einem Attentat hat. Vor allem weil Bill schwarz ist, wollen ihn viele töten." Katja schüttelte fassungslos den Kopf. „Er muss gar nicht erst nach Afghanistan fliegen. Die Wahnsinnigen, die ihn umbringen wollen, sind schon im eigenen Land. Ich fragte sie, wie sie das aushält. Sie antwortete, dass sie so stolz sei auf ihn und dass er so viel bewegen könne. Sie sieht die Hoffnung in den Gesichtern der Menschen, als er gewählt wurde, noch heute vor sich. Sie sagte, manchmal muss das Wohl eines Einzelnen zurückstehen vor dem Wohl vieler. Und ich denke, sie hat Recht."

Katja nahm das Gesicht von Jan in beide Hände.

„Du musst mir nur eines versprechen", sagte sie leise.

„Was?"

„Sollte dich jemals wieder ein Terrorist anrufen und dich zu ihm einladen, dann lehne bitte ab!"

ENDE

NACHWORT

Auch in diesem Roman taucht wieder die Organisation „Gladio“ auf. Diese Organisation gab es wirklich. Googeln Sie doch einfach mal den Begriff.

Das Unternehmen „Dark Water“ ist ein Konstrukt meiner Fantasie. Was nicht bedeutet, dass ein ähnliches Unternehmen nicht existiert. Es wird tatsächlich im Irak und in Afghanistan eingesetzt.

Die Ausrüstung der deutschen Soldaten in Afghanistan lässt zu wünschen übrig. Dies ist nicht nur eine der Botschaften dieses Romans, es verhält sich auch in Wahrheit so. Was ich zum Beispiel über das Kontingent an Hubschraubern geschrieben habe, beruht auf Tatsachen.

Ebenso ist es eine unumstrittene Tatsache, dass die Taliban sich zu einem großen Teil aus dem Verkauf von Rohopium finanzieren. Die Lage der Anbaufelder ist bekannt. Warum niemand etwas dagegen unternimmt, allerdings nicht.

Der Islam ist nicht böse. Muslime sind nicht böse. Das gleiche gilt auch für Christen, Hindus, Buddhisten und Juden. Es sind einige wenige charismatische Anführer, die heilige Schriften falsch interpretieren und ihrer radikalen Meinung gegenüber verunsicherten und orientierungslosen Menschen so eine fast schon göttliche Legimitation verleihen. Das Schlimmste, was passieren kann, ist, dass wir anfangen, in allen Muslimen potentielle Terroristen zu sehen. Wenn dann noch hochrangige Politiker Öl ins Feuer kippen, indem sie die Bevölkerung dazu auffordern, nach arabisch aussehenden Mitbürgern Ausschau zu halten, die „irgendwie verdächtig wirken“, dann schaffen wir genau den Nährboden, den diese Anführer brauchen.

DANKSAGUNG

Nun ist es auch für mich an der Zeit, einigen Menschen zu danken, die unmittelbar oder mittelbar an der Entstehung von „Pakt des Bösen“ beteiligt waren.

Zunächst möchte ich Marry und Tom vom Verlag Periplaneta dafür danken, dass sie mir, als damals unbekannten Autor, und meinem Debütroman „Das Kanzlerspiel“ eine Chance gegeben haben. Heutzutage ist es nicht gerade an der Tagesordnung, einem Newcomer diese Möglichkeit zu bieten. Vielen Dank auch an Julia vom Verlag Periplaneta für die kreative Unterstützung in Sachen „Pakt des Bösen“. Das waren wirklich sinnvolle und hilfreiche Änderungen von dir!

Ein besonderer Dank gilt Daniela Wilke für die überaus wichtige und konstruktive Kritik an jedem einzelnen Satz – deine Unterstützung war und ist sehr wichtig für mich!

Ich danke meinen Freunden vom BKA, die mich wieder einmal großartig unterstützt haben. Schade, dass ich eure Namen immer noch nicht nennen darf.

Sabrina Fuchs danke ich für die tollen Buchcover! Sabrina, du bist die Beste!!!

Natürlich möchte ich allen Lesern meiner Bücher danken. Ich hoffe, Sie wurden gut unterhalten.

Zu guter Letzt danke ich meinem Sonnenschein Bettine. Und ich entschuldige mich jetzt schon dafür, dass ich wohl auch in Zukunft das eine oder andere Mal kurz angebunden sein werde, wenn mich wieder mal ein Schreibrausch befällt. Ich liebe dich!

Die Geschichte von Bundeskanzler Gerling ist noch nicht zu Ende erzählt. Ein Buch wird es mit Sicherheit noch geben. Aber das wird noch etwas dauern, da sich mir eine andere Geschichte aufdrängt, die erzählt werden will.

V.S.Gerling, März 2011
www.vsgerling.com

PERSONENÜBERSICHT

DEUTSCHLAND

Jan Philip Gerling - Deutscher Bundeskanzler
Katja Bachmann - Verlobte des Bundeskanzlers
Jörn DeFries - Außenminister und Vizekanzler
Werner Rosenthal - Innenminister
General von Tjaden - Verteidigungsminister
Martin von Sengen - Berater des Bundeskanzlers
Günter Huber - Kanzleramtschef
Klaus Kirchner - Sicherheitsberater des Bundeskanzlers
Dirk Voges - Bundeskriminalamt
Der Graf - Berater des Bundeskanzlers
Jörg Bauer - Mitarbeiter des Grafen
Heinrich Müller - Waffenfabrikant
Holger Fachner - Journalist
Michael Rensing - Bundesamt für Verfassungsschutz
Hans Weber - deutscher Politiker
Hartmut Witt - ehem. Sicherheitsberater des Bundeskanzlers
Manfred Ziegler - Nahost-Experte des Außenministeriums
Michael Wolf – Chefredakteur Frontal

VEREINIGTE STAATEN VON AMERIKA

William „Bill" T. Clifford - Präsident der USA
Josh Laymann - Stabschef des Präsidenten
John Ryan - Nationaler Sicherheitsberater
Georg Patterson - Vizepräsident der USA
David Russman - Verteidigungsminister der USA
Paul Carpenter - Direktor NSA
James Fowler - Direktor CIA
Harold Logan - Geschäftsführer Black Water

SONSTIGE

Mohammed Al Farag - Chefstratege Al-Qaida
Özgür Karabey - Türkischer Waffenhändler
Gershon Shafir - ehemaliger Chef des Mossad
Ali Akbar Mehdi Hashemian - Iranischer Präsident
Giovanni Rizzitelli - Italienischer Ministerpräsident

EDITION TOTENGRAEBER

V.S. GERLING. „DAS KANZLERSPIEL“

2. Auflage, September 2009, Periplaneta Berlin,
Softcover 348 S., 20,6x13,5cm,
ISBN: 978-3-940767-37-0, GLP: 15,99 (D)

Stellen Sie sich vor, Sie bekämen die Chance, der nächste Bundeskanzler zu werden und Sie nutzen die Gelegenheit. Nach kurzer Zeit wird Ihnen klar, dass Sie nur eine Marionette sind. Doch Sie spielen das Spiel mit, in der festen Absicht, Seilschaften und Machtmissbrauch zu beenden. Sie erfahren schnell, dass niemand Macht und Privilegien so einfach hergibt und dass einige Menschen alles, wirklich alles tun, um ihre Macht zu erhalten. Deshalb wird Ihr beispielloser Aufstieg nicht nur von Intrigen überschattet, sondern auch von der Aufdeckung abscheulichster Verbrechen begleitet, in die selbst hochrangige Politiker verstrickt sind. Sie erleben Siege und Tragödien und sie erfahren, dass alles im Leben, jede Erkenntnis, jedes noch so selbstlose Ziel und jeder Erfolg seinen Preis hat.“

MARC LINCK „DAS MAJESTIC 12 DOKUMENT“

1. Auflage, August 2010, Periplaneta Berlin,
Softcover 302 S., 20,6x13,5 cm,
ISBN: 978-3-940767-58-5, GLP: 14,50 € (D)

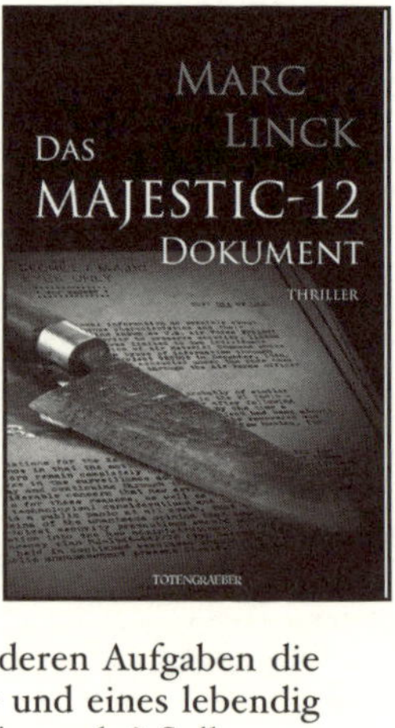

Dr. Colin Wallace, Wissenschaftler an der University of San Francisco, bekommt plötzlich Besuch von einem früheren Studienkollegen. Der bittet ihn um Hilfe bei der Suche nach einem alten Geheimdossier. Noch bevor Wallace Einzelheiten erfährt, wird sein Freund ermordet und auch auf Wallace beginnt eine gnadenlose Hetzjagd. Verzweifelt versucht er, seinem unsichtbaren Feind zu entkommen. Aber mit jedem Schritt gerät er tiefer in einen Sumpf aus Intrige, Mord und Korruption. Gemeinsam mit der Journalistin Susan Barett sucht er nach Antworten und sie stoßen auf das »Majestic-12 Dokument«. Es informiert über eine Regierungskommission, zu deren Aufgaben die Untersuchungen eines abgestürzten Ufos gehörten – und eines lebendig geborgenen Aliens. Doch ist diese TOP-SECRET-Akte echt? Sollte tatsächlich ein außerirdisches Raumschiff abgestürzt sein? Oder geht es in Wirklichkeit doch um etwas ganz anderes...

Ebenfalls bei Periplaneta erschienen:

Marion Alexa Müller
„Evasapfel“
Businessfrauenmärchen - Moderne Fabeln, Märchen & Gleichnisse für Suchende, Buch & CD, Englisch Broschur 116 S./60 min.,
ISBN: 978-3-940767-50-9,
Edition Periplaneta, GLP: 13,90 € (D)

CKLKH Fischers
„Große Kannibalenschau“
Ein skurril-unterhaltsamer historischer Roman über die Zeit der Menschenzoos.
Buch, Softcover 244 S.,
ISBN: 978-3-940767-60-8,
Edition Periplaneta, GLP: 13,90 € (D)

Christian von Aster
„Armageddon TV“
Eine bitterböse Mediensatire um Burger und Spiele. Buch, Softcover 220 S.,
ISBN: 978-3-940767-72-1,
Edition Periplaneta, GLP: 13,00 €

Frauke Danker
„Des Führers neue Wäsche“
Der Buttje und Fredis Alp. Surreale Geschichtsaufarbeitung Buch, Softcover 178 S.,
ISBN: 978-3-940767-67-7,
Edition Otto Lach, GLP: 13,50€ (D)

Marcel René Klapschus
„Der Rote Ozean“
2027: Der letzte Krieg beginnt, die Welt ertrinkt im Blut des Himmels. Ein dystopischer (Fantasy)Roman. Buch, Softcover 222 S.,
ISBN: 978-3-940767-63-9,
Edition Periplaneta, GLP: 13,00 € (D)